外国语言文学高被引学术丛书

陈福康 ◎ 著

日本汉文学史（上）

上海外语教育出版社
外教社 SHANGHAI FOREIGN LANGUAGE EDUCATION PRESS

图书在版编目(CIP)数据

日本汉文学史：上、中、下 / 陈福康著. -- 上海：上海外语教育出版社, 2024
(外国语言文学高被引学术丛书)
ISBN 978-7-5446-7884-1

Ⅰ. ①日… Ⅱ. ①陈… Ⅲ. ①日本文学—文学史研究 Ⅳ. ①I313.09

中国国家版本馆CIP数据核字(2023)第169578号

出版发行：上海外语教育出版社
（上海外国语大学内） 邮编：200083
电　　话：021-65425300 (总机)
电子邮箱：bookinfo@sflep.com.cn
网　　址：http://www.sflep.com
责任编辑：梁晓莉

印　　刷：上海盛通时代印刷有限公司
开　　本：635×965 1/16 印张 62.75 字数 1052 千字
版　　次：2024年2月第1版 2024年2月第1次印刷

书　　号：ISBN 978-7-5446-7884-1
定　　价：228.00元

出版说明

“外国语言文学高被引学术丛书”是基于“中文学术图书引文索引”(Chinese Book Citation Index，简称CBKCI)数据库的入选书目，将入库的引用频次较高的外语研究学术专著，进行出版或者修订再版。

该数据库由中国图书评论学会和南京大学中国社会科学研究评价中心共同开发，涵盖人文社会科学的11个学科，以引用量为依据，遴选学术精品，客观地、科学地反映出优秀学术专著和出版机构的影响力。上海外语教育出版社有32种图书入选“中文学术图书引文索引”数据库，占外国语言文学学科类入选专著数量近1/4(共132 种入选)，数量居该领域全国出版社首位。

本着“推广学术精品，推动学科建设”的宗旨，外教社整理再版这些高被引图书，将这些高质量、高水准的学术著作以新的面貌、新的方式展现给读者，这对于促进学者之间的思想交流，提高研究效率和研究质量，记录与传承我国学者在外国语言文学学科的优秀研究成果具有积极意义，同时也为广大语言学者提供了丰富的参考资源。

总　目

（上 册）

(下 册)

日本漢文學史

本书初版封面题签集自岩谷一六所书《千字文》
岩谷一六为著名汉诗人，本书第四章第六节论及
岩谷一六又是明治时代著名的三大书法家之一
《千字文》则传说是最早传入日本的汉籍之一

目　录（上册）

绪 论

本书论述的，是日本汉文学的历史。

首先，什么叫“汉文学”，也许还不是每位读者都了解的。常常连有的学者也将“汉文学”与“汉学”相混淆。其实这是两个完全不同的概念。通俗地说，所谓“汉学”是指外国人专门研究中国传统文化和历史、学术、思想等的种种学问，有关论文、著作多是用外文写的；而“汉文学”则是外国人用中文(汉字)按照中文意思、中文语法创作的文学作品(不包括研究论著)，如诗、词、散文、小说等等，作品的内容则不必与中国有关。

又有人将“汉文学”与“海外华文文学”相混淆。其实这也是两个完全不同的概念。所谓“汉文学”是指非中国血统的外国人用中文(汉字)创作的文学作品，而“海外华文文学”则是指海外华人(包括加入他国国籍的华裔)用中文(汉字)写的作品。

外国人用汉字(中文)创作文学作品，是件很特别的事情，也是很不容易的一件事情。试想，即使我们中国人识了字以后，也不是谁都能创作得出文学作品的；而外国人要创作“汉文学”，当然首先就得过汉字这一关。

汉字，是我们中国人老祖宗的一项独特而伟大的创造。它既是汉(中国)文化的最基本的“细胞”，同时也是传播汉文化的重要载体。安子介先生说：“汉字是中国传统文化的根，是中国的第五大发明。”[①]我们知道，世界上曾经有过四种最古老的文字，除汉字外，还有古埃及文字、古苏美尔文字、古巴比伦文字。然而，数千年大浪冲沙，其他三种古文字都已被无情地淘汰了，唯我汉字发展传承至今。这本身就是一个值得中国人无比自豪的奇迹！数千年来，汉字不仅在我中华大地上广泛流传使用，同时还伴随着中华文化向周边辐射传播，形成了“中华文化圈”，又称“汉文化圈”或“汉字文化圈”。

汉语，历史上曾经是东亚的国际通用语。我国古代周边有一些国家，如朝鲜/韩国、日本、越南，还有琉球国、渤海国等，以及缅甸、柬埔寨、泰

① 见李敏生等著《昭雪汉字百年冤案——安子介汉字科学体系》，北京：社会科学文献出版社，1994年。

国、马来西亚、菲律宾等等，在历史上未必都在口头上讲汉语，但在书面上都直接使用汉字(或者至少官方使用汉字)。其中最主要的，就是朝/韩、日、越三国。历史上这三个国家都曾产生过大量的汉文学作品。日本著名汉文学研究者神田喜一郎(1898—1984)在其名著《日本的中国文学》[①]的序言中说，作为日本汉文学的“同胞兄弟”，还曾有过朝鲜汉文学和越南汉文学，但它们“在历史的长短和成就上是无论如何也达不到日本汉文学的程度的”。由于我不懂朝/韩文和越文，也看不到这两个国家的汉文学的资料，因此无法作出比较，也不知道神田的上述论断是否准确。但我想，当年日本人要学好汉文，并进一步创作汉文学，其难度肯定比有陆路直接相通的朝、越两国人要大得多。因此，日本人能取得好成就，也就更令人佩服。

日本汉文学，本质上应该属于日本文学。“汉”是它的语言形式、语言载体。就像历史上俄国贵族曾用法语传信，印度文人至今还有用英文抒怀者一样，他们用的虽然不是本土语言文字，但并不影响他们作品的国家归属。泰戈尔是印度人最自豪的大诗人、文豪，他得诺贝尔文学奖的作品《吉檀迦利》就是用英文写的。因此，日本汉文学史研究，应该属于日本文学史、东方文学史的研究范围。

日本历史上有过多少汉文学作者，创作过多少汉文学作品？这个根本就没法作出准确的统计。1979年日本汲古书院出版的由著名汉学家长泽规矩也(1902—1980)监修、其嗣子长泽孝三编写的《汉文学者总览》一书，便收录了近五千(4930)个现存有生平史料的汉文学作者。但我在研读有关资料时，还是经常发现有汉文学作者的名字漏收于该总览。本书写到的作者中，就有不少不见于该总览者。更遑论不计其数的已被湮没、遗忘或缺乏生平史料的汉文学作者了。至于汉文学作品的数量，更是无从算起。中国研究者肖瑞峰在《日本汉诗发展史》(第一卷)[②]中提到《汉诗文图书目录》一书，[③]说该书目中记有从奈良时代到明治时代先后问世的汉诗总集与别集达七百六十九种、二千三百三十九册。这还不包括三个数字：一、已经佚失的诗集，二、未曾刊行的诗集，三、明治以后出版的

---

① 神田喜一朗著，《日本的中国文学》，日本二玄社，1965年。北京大学出版社的中译本取其副标题《日本填词史话》为书名。

② 肖瑞峰著，《日本汉诗发展史》(第一卷)，长春：吉林大学出版社，1992年。

③ 不知何人何时所编，我未曾见过。

诗集。而且，汉文学当然并不仅仅是汉诗。肖瑞峰说："即便仅就《汉诗文图书目录》所载录的汉诗总集与别集来估算，日本汉诗的总数也相当惊人：以每册收诗百首计，总数当远远超过二十万。"[1]因此，无论如何，日本汉文学是一笔数量十分可观的文学遗产。

那么，汉文学在日本文学史上应该处于怎样的地位呢？对此，当代日本人有两种截然不同的看法和评价。

一种我们姑且以西乡信纲(1916—2008)等人在1954年东京原文社再版的《日本文学史》中的说法为代表。(其实，这本书只是我顺手取来的，并非说它是《日本文学史》类中最有代表性的书。它有1978年人民文学出版社出版的中译本。)该书承认奈良朝"在贵族社会中汉诗被认为是官方的文学，时髦的文学，受到欢迎"，但又认为"盗木乃伊的人常常变成木乃伊"(按，此为日本谚语，意为自食其果)，"不久，连他们(按，指汉诗作者)的思想感情也产生了殖民地化的危险"。"因此，奈良朝写作汉诗成风，这也是贵族们受外来文化的毒害，逐步走上殖民地化的征兆。"该书还认为和歌"《万叶集》是从对外来文化进行民族抵抗出发而形成的感情的文学；而汉诗只是由头脑里产生出来的理性的文学，卖弄学识的文学"。书中还说："盛极一时的汉诗汉文，虽然在传播知识方面起了不小的作用，但是作为文学来说，它只不过是昙花一现而已。不管他们的诗文写得怎样工巧，但是身为日本人却用外国文学的形式，总是不可能充分表达自己活跃的思想感情的。……其中大部分只不过是中国诗人的思想感情的翻版，感觉不出扎根于日本人的思想感情中的真实性和直接性。我们满可以说它是接近于化石遗物的文学。"还说，经小野篁及菅原道真之手，"汉诗的世界终于自行崩溃了"。

对于该书作者的这种"民族感情"，这里不想评论。但是，他们把历史上中华文化对日本的影响和造福说成是"殖民地化"，是令人无法接受的。什么叫"殖民地化"？普世共识，那是与海盗式抢劫、欺诈性掠取、军事上侵略与杀戮、政治上压迫和奴役等等联系在一起的。那与中国文化及日本汉文学挨得上边吗？

所谓日本汉诗"昙花一现"，在小野篁、菅原道真时即已"自行崩溃"

---

① 作为一个参照，我国《全唐诗》总收作者二千二百余人、诗四万八千九百余首。

云云，显然也是完全不符合历史事实的，本书的全部内容都可以驳斥这种说法。奈良朝时期的汉文学，还处于初级的模仿的阶段，说那时的汉诗还不善于充分表达日本作者的思想感情，也许是可以的；但从整个日本文学史来说，称汉文学只是中国人的思想感情的翻版，感觉不出扎根于日本人的思想感情中的真实性和直接性，则是违反史实的。这里仅举一例，试问，那些明治维新志士，在政治、军事斗争中，在狱中，甚至在临牺牲前，多用汉诗文来表达自己的政治理念和思想感情，这难道不真实、不直接，而只是中国人的思想感情的翻版吗？这样说，对得起你们的老祖宗吗？

西乡等人说的《万叶集》是对中国文化进行所谓"民族抵抗"的产物，也是荒唐的。事实上，中日两国学者都早已研究指出《万叶集》恰恰是充分吸取中国文化的养料的。《万叶集》的序及部分内容甚至还是用中文写的"汉文学"呢！（这也请参看本书有关章节的论述。）必须遗憾地指出，西乡们的这些观点，是有相当代表性的，在当今日本比较流行，也许还是占主导地位的说法。现在出版的日本文学史，大多都只谈"国文学"而排除"汉文学"，或者就像西乡该书那样，只在早期作为所谓"国风暗黑时代"的东西而略为一提罢了。

日本学者中对汉文学的另一种看法，我们就举前已提到的神田喜一郎为代表。他在《日本填词史话》的序言中认为："日本汉文学是我国第二国文学，我认为本质上应该是这样的。但是在这方面我们不能否定日本汉文学是以汉本土的文学为基础而派生出来的。因为它的作品是用汉本土的文字，根据汉本土的语言规则而作，而且在历史上是一边不断追随汉本土文学的发展，一边实现自己发展的。长期以来，日本的汉文学就是这样发展着，今天已像一棵大树一样呈现出一派郁郁葱葱的景象。真可以说是莫测高深的谜一样的文学。"我认为要说明的是，如果讲日本汉文学曾经像郁郁葱葱的大树，那是符合事实的，但现如今应该说已经枯萎了。神田随后也说到日本汉文学"现在基本上已经灭亡了"，并悲凉地认为"我也只是在日本汉文学中不知不觉地充当了遗民的一个人"。

神田关于日本汉文学从中国文学基础上"派生""追随""自己发展"的特点的论述，是准确的。他还指出汉文学通过"模仿、改造，终于可以和使用自己的国语一样自由而巧妙地表现自己的思想和感情"，因此他认为这是日本人"自己的文学"。神田还指出，汉文学"生来就具有宿命的双重性格，所以一直在遭受灾难。在明治以来非常专业的我国文学界中，国语学者和汉语学者把日本汉文学当作‘后娘的孩子’对待，直到现在还未被作为专门的研究对象”。他强调指出：“日本汉文学作为我国第二国文学，其意义和价值都非常大，从某个角度来说甚至可以认为它的重要性超过了纯粹的本国文学。”

将汉文学定位为日本“第二国文学”，并不是神田最早提出来的。至迟，我看到1929年日本共立社出版的冈田正之的《日本汉文学史》的序言中曾写道：“汉字汉文作为第二国字国文，保有永恒的生命。”并强调：“世人动辄将诞生在我邦的汉文学疏外于我国文学史，这样既埋没了我祖先之苦心，亦狭窄了我国文学的范围。我国民之精髓之所发，实不独在和歌与和文也。”

从整体和现实上说，要求确立汉文学是日本的第二国文学，我认为是合理的；但如果从历史上看，实际在相当长的时期内，汉文学本是日本的第一国文学，是当时的官方文学、上层文学、主流文学、“硬文学”、“男人的文学”、中央的文学，乃至最高的文学。中村真一郎在《江户汉诗》(日本岩波书店1985年版)的序言中便指出，古代日本人用汉语来表达思想和感情，至于用日语创作，“在当时则是第二位的事情。对于奈良朝的知识阶层来说，《怀风藻》与《日本书纪》(按，均用汉语撰写)才是正式的文学，而《万叶集》与《古事记》(按，主要用汉字作标音的日文撰写，但其序及部分内容用中文写)只是所谓地方文学；同样，平安朝文学的代表是空海和道真，而紫式部与清少纳言则不过是闺房作家”。

中村指出的正是历史上的真实情况。然而，在现在的日本文学史著作中，《万叶集》和《古事记》才是日本古代文学的经典，紫式部的《源氏物语》、清少纳言的《枕草子》等更被认作日本古典文学的最高代表。这当然自有道理，但在它们诞生的当时，在日本文坛中的地位确实也就像中村所说的那样。这么大的价值判断的逆转，其实发生至今也仅仅不到二百年时间。正如肖瑞峰在《日本汉诗发展史》(第一卷)中说到的，一直到江户时代，如果与稍具文化素养的日本人谈论文学，那么，他们首先想到的并不是“净琉璃”，不是“俳谐”，也不是“随笔”“物语”，而是用汉字写成的诗文。在大多数江户人的心目中，最杰出的思想家是徂徕，最著名的文章家是山阳，最优秀的诗人是茶山。而这三位偶像文人无一不是汉文学家。其实，甚至到了明治时代，汉诗创作的盛况和艺术水平，也仍然高居于俳句、和歌之上。当时著名俳人、歌人，同时也是(汉)诗人的正冈子规(1867—1902)就说过:“今日之文坛,若就歌、俳、诗三者比较其进步程度,则诗为第一,俳为第二,歌为第三。”

我在这里重提这些事实,并无意要完全改变今人对日本文学的评价尺度,也不想要日本人去恢复明治以前他们对汉文学的崇敬态度。我仅仅想指出汉文学在过去时代的实际地位,因为这毕竟是无法抹去的真实历史。至于以前日本正统文坛对紫式部等“闺房”作品的轻视等,当然也是偏颇的。但应该反对从一种偏颇走向另一种偏颇。如今一些日本人对汉文学的过于轻视、鄙薄甚至厌恶的价值尺度,是否也应该作一些必要的调整呢?

而纠正世人对汉文学的一些不正确的看法,正是我撰写《日本汉文学史》的重要目的之一。迄今已出版的写得最厚重、最完备的《日本汉文学史》(日本角川书店1984年版)的著者猪口笃志(1915—1986),在他编注的《日本汉诗》[①]的序文中痛言:“历史既远,源流亦深。其作用于人心,培植于文化者几何哉!至此,汉诗已由外国文化之域蝉蜕而出,与和歌、俳句一样,成为日本之诗。恰似汉字早已是国字无疑。我们有义务继承祖先建造的文化遗产,并将它传之后人。回溯日本文化之根源,促使民族之自觉,也是我们的责任。‘自侮者人侮之。’如有人怀疑为何称汉诗为邦人之诗,我要说:‘请试读明治之诗!’翻阅过苍海、青厓、裳川、东陵、竹雨诸家之诗,大概会为自己的无知而羞耻吧。”

猪口等人说的是汉文学对日本当代读者的意义。那么,对中国读者、研究者而言,它还有很多重要意义也是不言而喻的。这里我想起了大智者钱钟书的一句妙喻,他在《写在人生边上》和《人·兽·鬼》重印本序中,把文学史研究工作戏说为“发掘文墓”和“揭开文幕”。前者殆指文史考证带有考古发掘的性质;后者则说叙述文学史就像演历史剧,还有让观众(读者)鉴赏的目的。

对我来说,研究日本汉文学史,确实首先就是一种挖其古坟、文化寻根的工作。这是不言而喻的。日本文学与中国文学之间,存在着十分悠久、十分密切的关系,而日本汉文学的源头更是直通中国,所以神田喜一郎甚至称之为“日本的中国文学”。研究它,实际也就是研究中日古代文学和

① 1972年日本明治书院出版。

文化的交流史。研究它,可以更清楚地看到中华文化的博大丰厚和对日本的深远影响。日本汉文学是一个丰富多彩的文化宝库,迄今日本学者也只作了初步的开发(至于绝大多数的中国读者,甚至连皮相的或者基本的了解也没有),因此,面对浩瀚的汉文学作品,研究者常常会有惊喜的发现。举例来说,我读江户时期著名汉文学家江村北海的名著《日本诗史》,便见到他揭示了日本汉文学史上这样一个重要规律:

> 夫诗,汉土声音也。我邦人不学诗则已,苟学之也,不能不承顺汉土也。而诗体每随气运递迁。所谓三百篇,汉魏六朝,唐宋元明,自今观之,秩然相别;而当时作者,则不知其然而然者,气运使之者非耶?我邦与汉土,相距万里,划以大海。是以气运每衰于彼而后盛于此者,亦势所不免。其后于彼,大抵二百年。胡知其然?《怀风》《凌云》二集,所收五言四韵,世以为"律诗",非也。其诗对偶虽备,声律未谐,是古诗渐变为近体。齐梁陈隋,渐多其作,我邦承其气运者。稽其年代,文武天皇大宝元年,为唐中宗嗣圣十四年[①],上距梁武帝天监元年,凡二百年。弘仁、天长,仿佛初唐。天历、应和,崇尚元白。并黾勉乎百年之后。五山诗学之盛,当明中世。在彼则李何王李,唱复古于前后;在此则南宋北元,专传播于一时。其距宋元之际,亦二百年矣。我元禄距明嘉靖,亦复二百年。则七子诗当行于我邦,气运已符,故有先于徂徕已称扬七子者。

日本古代汉诗,相对于中国本土诗的发展,大致滞后二百年左右。江村这一发现,已成学界共识。不过,有时也会出现特殊情况。比如说,日人填词(词可视为特殊的诗)之始,当推嵯峨天皇的五首题为"杂言"的《渔歌》,而这五首诗显然就是模仿唐代诗人张志和的五首《渔歌子》词。张志和这五首词的创作年代可考定为774年,而嵯峨天皇五首诗(词)的创作年代也可考定为823年,也就是说,以《渔歌子》这种形式的诗(词)的写作来说,日本人仅仅晚了四十九年。那还是在中日交通极为困难的平安时代。

到了江户、明治时代,日本汉诗的创作当然再没有那样长的滞后了,有时某种诗体引入以后发展之快,甚至还可能超过中国本土。例如,清初没什么名气的诗人魏宪(惟度)首创了一种杂体叫"八居诗"(据我考证,

---

① 指公元697年。是年日本文武天皇即位,但年号大宝则当从公元701年才开始;而唐中宗嗣圣年号则仅用一个多月即为武则天所废,中宗也直至二十多年后才复位。

约倡始于1673年),当时也有一些人唱和,但影响不大,在中国诗史上罕有人知,如今我也只找到当时四人的和诗,连魏宪的原唱也未能见到;但我却在江村北海的《日本诗史》中意外地见到这样一段记载:“白石尝和清人魏惟度《八居》七律八首,以‘溪西鸡齐啼’为韵者,请沧浪嗣响,遂传播京师。京师文人,效而和者数十人,坊间梓而行焉。白石览之,前作有与诸人和诗相类者,因再作八首,语无牵强,押韵益稳。”这里提到了江户前期著名诗人新井白石和室沧浪(鸠巢)都写了“八居”诗(白石先后共写十六首),京都一带文人竟有数十人效和,还专门出了书呢(可惜此书我未见到)。更令我惊奇的是,又过了百余年,江户后期大诗人藤森天山竟又与六位友人“分赋‘八居’,起用‘金石丝竹匏土革木’,韵限‘溪西鸡齐啼’”,而且藤森写的两首非常精彩。而此时,“八居”诗是怎么回事,恐怕很多中国诗人早已忘个精光了。

除了文学史料外,日本汉诗文中还常常可以发掘出其他重要的文化史料。例如,我便特别留意汉文学中写到的流传或失散到彼邦的中国文物。如义堂周信的文章,便写过用汉魏铜雀台古瓦制成的古砚,背面并有宋代苏轼、黄庭坚的刻文;安积澹泊的文中,写到他珍藏的明末大儒朱舜水的手迹;伊藤东涯的诗,咏述了宋大诗人苏轼《题陈迂叟园竹》五言十韵真迹(按,此诗今不见于苏轼诗集及《全宋诗》)和黄庭坚之跋文;菅茶山有诗咏唐代开元古琴;市河宽斋收藏中国文物更多,有诗写到汉代青鸾六乳铜镜、苏东坡专制古墨、成化窑瓷仙女立像、古铜爵、古端砚等等;赖山阳有诗写倪元璐书赠彭孙贻诗幅,内容是贻黄道周诗,一件墨宝竟联结明代三位大忠臣;菊池五山有首诗则写到了明代院体派花鸟大师林良的一幅画;鲈松塘诗中写到吴梅村七律诗幅,还有《三铜器歌》专咏中国上古重器;神波即山则歌咏了宋代大诗人陆游的遗砚;山田子静有为明万历进士祝世禄的草书真迹写的诗;永坂石埭题咏了明清之际爱国诗人归庄的书幅;等等。还有,我在斋藤拙堂的汉文与大朴规磐溪的汉诗中,还看到他们记述的日本从朝鲜掠夺的文物呢。我举以上例子,也可充分证明研究日本汉文学的“发掘文墓”的意义。

至于另一层“揭开文幕”的重大意义,首先在于我们认为,一切文学作品的艺术价值和思想价值的实现,都不只在其被作者创造之际,更重要的乃在它被众多读者鉴赏评析之时。那么,由于种种原因,日本汉文学其实尚未能被较多的中日读者所吟读品味，因此远未充分实现其价值。大量史料表明，日本人创作汉文学时，心中也是愿意请中国人为重要读者的，很希望得到中国人的评鉴。但近百年来，它不仅在日本几乎处于被遗忘、湮没的境地，在中国更少有人知。这实在是辜负了日本汉文学先贤的苦心，也令人为中国读者感到可惜。因此，有机会、有能力研读过日本汉文学的中国学者，就有了“揭开文幕”的责任。

日本汉文学的根，可以说既扎在本国，也远伸至中国；它是中日文化交孕而生的文学瑰宝。这应该是一笔中日两国共有的文学遗产，理应受到双方共同的珍视。但是事实上，中日两国都有一些人是轻视甚至无视日本汉文学的价值的。由于日本汉文学与中国文学有着极亲近的血缘关系，人们在评价汉文学时自然而然地会以中国文学作为参照。这本来也无可厚非。但有些日本人(如前面提到的西乡信纲)却认为日本汉文学不过是中国文学的翻版，有人说与其读日本汉诗，还不如直接读唐诗宋词好了。而中国有的读者也想当然地以为，日本人还能用中文写出什么好诗文？能比得上我们的古典文学吗？我认为这种想法不一定对。

从整体上说，日本汉文学的质量水平确实是不能与中国文学比肩的。这也是日本很多汉文学作者和研究者都一直坦率地承认的。但是，我们必须再次指出：这毕竟是外国人用咱们的汉字写的啊！尤其是用复杂的汉语语法来创作有特殊音节韵律及修辞等要求的汉诗，其困难简直难以想象。江户诗人斋藤竹堂有一首诗形容说：“拟将汉语学吟哦，犹觉牙牙一半讹。不比东音曾惯熟，唱成三十一字歌。”(按，指五七五七七音数律的和歌)但是，日本的汉文学家坚韧不拔地克服种种困难，殚精竭虑，呕心沥血，终于写出了那么多作品，这本身就是世界文化史上的奇迹，后人实在没有理由不尊重、不珍视他们的劳动。

其次，日本汉文学作品的水平虽然参差不齐，但总的来说流传下来的大部分还应属于合格之作。尤其是一些著名作家的优秀作品，确实达到了很高的水平，可以让中国作家也佩服。我认为，虽然在总体上，日本汉文学不可能胜过中国文学；但是在局部，有一些汉文学作品，如果置诸中国大作家集中也可能难以辨别，甚至还时有“青胜于蓝”的现象。这里，我就随手例举两位不算太有名的、在日本人的汉文学史里都未提到的明治诗人的两首汉诗，来让大家鉴赏。

读长谷梅外的《雨中作》时，我就扼腕叹息，可惜钱钟书先生没有能读到：

暗湿无痕上客衫，单身吊影瘦巉巉。
树翻新叶风声绿，潮卷平沙雨气咸。
迢杳乡书恨黄耳，艰难旅食叹长镵。
小窗日暮独敧枕，梦里归舟忽挂帆。

此诗写雨中思乡之情很是生动。颈联用典贴切，且也甚雅："黄耳"用晋人陆机事，乃送信之爱犬之名；"长镵"用杜甫《乾元中寓居同谷县作》句意，乃托命之劳动用具。而最妙是颔联：风声(听觉)竟因树翻新叶而绿(视觉)，雨气(嗅觉)竟因潮卷平沙而咸(味觉)。那不是钱大师名文《通感》中论述过的文学妙境吗？钱先生文中旁征博引了中国诗人很多佳句，但多为单句；偶有诗联，便不免合掌之嫌。如所引李世熊联"月凉梦破鸡声白，枫雾烟醒鸟话红"，鸡声鸟话皆是听觉，白红皆是视觉，哪有日人梅外写的这联好啊？所以我想，我如果能在钱先生生前抄呈此诗，他老人家一定会击节赞赏的！

在江苏常熟当过日文学校总教习的金井秋苹，曾去凭吊过钱谦益墓，写下一绝句。我读后，又喟然惋惜陈寅恪先生生前没能读到：

乌台诗案乌程狱，才大其如命蹇何。
若说文章千古事，只应东涧似东坡。

陈大师晚年"然脂瞑写"巨著《柳如是别传》，费力搜寻各种与钱谦益生平、评价有关的诗文。如果他知道有一位日本朋友曾将钱氏比拟苏轼，对其冤案大表同情，我想他一定会引在其书中的(陈先生当时感叹"明清痛史新兼旧，好事何人共讨论？")。何况秋苹此诗以"乌台"对"乌程"，以"东坡"对"东涧"，真是妙极！像这样的诗作，又何逊于中国诗人？

日本汉文学史上，有很多事实可以证明有一些汉文学家达到了非常高的水平，并且得到中国方面的承认和推崇。这里就举两位僧人为例子。公元九世纪初，日本僧人空海到唐朝国都长安，拜著名的惠果大师为师。未久，大师圆寂。当时长安城内会葬的中国僧俗有千余人之多，其中当然不乏文章高手；但是大家却推仅仅只有半年师徒关系的空海来为大师撰写碑文。这除了表明重视中日友谊外，当然也证明空海的汉文水平是博得中国同行的赞美的。另一位十四世纪的入元僧中岩圆月，得到江西百丈山东阳德辉长老的赏识，被礼聘为书记。当时正值名刹大智寿圣寺新修佛堂“天下师表阁”，从阁名看也可知是极重要的建筑，但东阳长老竟指定由中岩撰写上梁文。由此也可知中岩的汉文功力非同一般了。我们撰写《日本汉文学史》，当然就要揭开这样的“文幕”，让今人了解或欣赏这些诗文。

日本汉文学史上，这类佳话是不少的。比如说多产诗人，王朝时代就有岛田忠臣，他把写诗上呈戏称为“年调”（纳税），其诗注中言：“贞观元年（按，公元859年）春献年调三百六十首。”其诗曰：“祝著圣年三百首，赞来良史半千篇。”亦即平均一天作诗一首，一年写文约五百篇。当时的关白藤原基经，便曾以岛田的诗五百首刻制成屏风十个，时时鉴赏。江户名诗人祇园南海，在春分时节，从午时至子时十来个小时内，一口气作五律百首；有人疑其事先备有腹稿，于是在秋分时又突然临时令他写诗，他又从午时至夜半共作百首，且无一句雷同。江户诗人伊藤兰斋，少年时即一日赋百律；后又有宾客刻烛以试，他当场连写十五首五律，“笔不停辍，句不改易”。连中国大学者俞樾也称道：“古人七步五步不得专美矣。”又有河野铁兜，据说十四岁时亦一夜赋诗百首。草场佩川则一生作诗二万余首，广濑淡窗称他是以诗为日记。多产当然未必就是好诗人，可贵的是这些诗人却的确写得不错。

有些著名汉文学家往往还全家都创作汉诗文，且又都是高手。如王朝时代的藤原明衡与他的儿子藤原敦基、藤原敦光共擅诗文，人以宋代“三苏”比之。江户前期的汉诗人伊藤仁斋有子五人——东涯、梅宇、介亭、竹里、兰嵎，都有俊才之名，而尤以长子东涯（字源藏）和末子兰嵎（字才藏）为胜，人称仁斋的“首尾藏”。江户中期伊藤龙洲与他的三个儿子——伊藤锦里、江村北海、清田儋叟（三子姓各不同，是因为过继等原因造成的）——也是一例。中国唐代诗人王勃三兄弟均有名，人称“三珠树”；日本汉文学界因此也称龙洲的三个儿子为“伊藤三珠树”。又如江户后期萩原大麓，一家三代都是汉诗人、学者，俞樾赞叹道：“一门之中，父子自相师友。使在中华，亦不让元和之惠氏、高邮之王氏矣。”与他们同时的尾池桐阳，和他的两个儿子亦都擅汉诗，父子兄弟三人合出诗集，取名《縠似》，“縠似”出于《诗经》。江户后期水户的青山拙斋四个儿子，个个都是优秀的汉诗人，俞樾又赞叹曰：“一家父子兄弟并擅词藻，亦云盛矣。”四兄弟遵父嘱，合出诗集《埙篪小集》，“埙篪”亦典出《诗经》。加贺的横山致堂则先后两位妻子以及儿子女儿均善诗，也真正是"一门风雅，令人神往"(俞樾语)。令人感慨的还有江户时代京都的赐杖堂(是江村家的堂名，也是诗社名)，从江村专斋起到江村北海，就延续了五代人，一百五十年间弦歌不断，亦云盛矣！

日本汉文学史上还出现过很多诗童、神童，前面提到的伊藤兰斋、河野铁兜等人早年就都是。早在平安朝初期编选的《经国集》中，就有年仅十几岁的小僧人源弘、源常的不俗之作。江户时期江村北海选编《日本诗选》，原本他"不录童子之诗，以后来造诣、地位不可预卜也"，但看到年甫十二的滕轨的一首诗，还是爱不舍释，遂打破了自订的体例。俞樾编选《东瀛诗选》，也收录了不少诗童之作，如山崎桃溪，其人不幸早夭，其诗就甚可一读。再如明治著名诗人竹添井井，据说四岁即诵《孝经》，五岁学《论语》，七岁读《资治通鉴》，其父自教其作诗，那真令我们中国人也吃惊！直到1919年，中国青年才子、诗人郁达夫留学日本，一次与彼邦名诗人服部担风等人联句，席上同吟者中就有一位年仅十五的小学生角田胆岳。

以上这些例子都表明，有些人对日本汉文学的轻视是不对的，倒是缘于自己的无知。

迄今为止，只有日本本国学者撰写过《日本汉文学史》；中国非但没有人写过，甚至连翻译出版的这类书也极少。[①]不过，即使日本人写的汉文学史也不多，经我多方搜寻，不超过十种。我基本都读过，有的还是细读。下面，给读者作一简单述评。

日本最早在大学里开设汉文学史课的，是芳贺矢一(1867—1927)教授。第一部《日本汉文学史》，就是根据他明治四十一、四十二年(1908、1909)在东京帝国大学讲课的记录，加上他的部分手稿，由他的学生佐野保太郎等人在他身后整理的。1928年由东京富山房出版，收入《芳贺矢一遗著》中(与他的《国语与国民性》一书合刊)。该书除总论外，分上古、中古、近古、近世四章，写到江户时期为止。此书的特色，一是这方面的第一部书，具有开创性；二是基本上紧紧围绕汉文学来讲，也注意论述汉文学与国文学的关系，但支蔓不多。其不足处，一是未经本人修订审定，有的诗文引例整理者找不到出处；二是缺了明治、大正时期一段生气勃勃

① 只在网上看到1968年中国台湾正中书局出过丁策译的绪方惟精《日本汉文学史》。

的历史；三是比较简单粗疏，如五山时期仅提及十来人(但其中却没必要地写了中国诗僧)，江户时期诗人也写得太少，且大多只是提一下名字而已。全书如译成中文，大概只有十二万字左右。

冈田正之(1864—1927)是继芳贺矢一后也在东京帝国大学讲授汉文学史课的教授。他逝世后，也由他的学生长泽规矩也等人，根据听课笔记和他发表的一些论文及手稿，整理成第二部《日本汉文学史》。1929年由东京共立社出版，1954年又由东京吉川弘文馆出版增订版。该书在“序说”以外，分“朝绅文学时代”“缁流文学时代”二篇(每篇又各分四期)，写到五山时期即中辍了。该书的论述要比芳贺详细，颇有见地，篇幅几近芳贺一书的两倍；可惜写到的历史反而比前一书还短，连江户时期都还没写及，太不全了，而且也未经本人审定。另外，该书在王朝时代的学校与学制、《文选》和《白氏文集》的流行、宋学之传来、训点与抄写汉籍等等方面写得过多，显得芜杂。

此后，又有山岸德平(1893—1987)的《日本汉文学史(一)》和小野机太郎的《日本汉文学史》，虽然书名也很大，其实均名不符实。山岸写的载1931年共立社《汉文学讲座》第二卷内，因该讲座停止而仅发表“序说”及启蒙时代开头一段。小野写的为1932年岩波书店出版的《岩波讲座·日本文学》，原拟从上古写到江户时代，后亦仅出一小册，篇幅仅及芳贺一书的二成，时间仅写到五山时代，极为简略。

1939年，东京富山房出版安井小太郎(1858—1938)的《日本儒学史》，其实包含两部书，后半本即《日本汉文学史》。这是安井在东京文理科大学及大东文化学院的讲义，有稿本，亦在他逝世后由其学生(未写上名字)整理出版。该书仅写三期：上古，近江奈良朝、平安朝，镰仓时代。连五山文学也未写全。全书字数不及芳贺一书的一半，过于简略、残缺。书中偶有利用中国方面的史料写到僧天祥、机先等人的汉诗，可算是其亮点。

1957年，东京武藏野书院出版了户田浩晓(1910—1983)的《日本汉文学通史》。这是第一部由著者本人在生前出版而且又较完整(一直写到大正时期)的汉文学史。全书有“序说”，继分五个时代论述：大和时代(宫廷文学时代)、平安镰仓时代(贵族文学时代)、吉野室町安土桃山时代(僧侣文学时代)、江户时代(儒者文学时代)及明治大正时代。此书是作者根据他在玉川大学通信教育部的教材改写的。字数大概只有芳贺一书的一半略多。其特点是过于简略，并附有较多的例文例诗及其解释和评赏，还附了不少书影和插图。此书体现了函授教材的特色，对引导一般读者走近汉文学可能有用，但对专家和研究者来说也许价值就不大了。

1961年，东京评论社出版了千叶大学教授绪方惟精(1907—1983)的《日本汉文学史讲义》。全书共分五章：大和时代(宫廷文学时代)、平安时代(贵族文学时代)、镰仓室町时代(僧侣文学时代)、江户时代(士人文学、儒者文学时代)、明治大正时代。此书在所述时代上也比较全，篇幅比上一种要多一倍，比芳贺一书也略多一二成。据作者说，他作为大学讲义使用修改已经十年。但此书仍嫌简略，并亦稍有支蔓杂芜，如对金泽文库、足利学校等都写有专节，并无必要。

1969年，东洋学术研究会出版了信州大学教授市川本太郎(1898—？)的《日本汉文学史概说》一书。该书也是在大学作为一学年使用的教材的基础上改写而成的，由序论和六篇组成：大和时代、平安朝时代、镰仓时代、吉野朝(南北朝)时代、室町安土桃山时代、江户时代。该书篇幅与上书相仿佛，约为芳贺一书的一倍半，也嫌简略。书后首次附载了汉文学史年表。但书中也写了一些不必多写的内容，如飞鸟朝的冠位制、近江朝的学制、和歌受中国文学的影响、一些汉字音韵书的介绍、中国作品的日译等等，浪费了宝贵的篇幅。

以上诸书，如译成汉语，多在十几万字以下；仅冈田的一本最厚，也最多只有二十五万字左右，但它又只写到五山时期。可以说都不足以较全面地反映日本汉文学史。直到1984年，东京角川书店出版大东文化大学教授猪口笃志(1915—1986)的《日本汉文学史》，才是时间写得最全(到昭和年代)、作家介绍最多、作品引用也最多的一部。它的篇幅也最巨，约是芳贺的四倍。如译为中文，估计约近五十万字。全书由绪论和七章组成：上古，近江、奈良朝，平安朝，镰仓、室町时代，江户时代，明治时代，大正、昭和。书后附有比市川一书详细得多的汉文学史年表。此书亦从讲义改写而来，但显然在大学课堂上是讲不完这么多内容的。它已成为一部研究专著了。此书尽管仍有一些不足之处(下面再讲)，但已远远超过之前诸书，达到这方面的最高水平。此书问世二十多年来，日本再也没有出过汉文学史。看来，日本人似乎已经很难再超越它了。

除了上述全称概念的汉文学史书外，日本还出过几本断代的或专题性的汉文学史书，如《上代日本汉文学史》(柿村重松，1947)、《平安朝汉文学》(川口久雄，1981)、《五山文学史稿》(北村泽吉，1941)、《近世汉文学史》(山岸德平，1987)、《日本汉诗史》(菅谷军次郎，1941)等等，这里就不再一一述评了。

1999年，我在日本访学时，浏览了上述诸书，便萌生了想将猪口一书翻译成中文介绍到国内出版的念头。可是，我联系不到著者的家属，也就无法得到授权。后来，我仔细研读了这部书和其他汉文学史书，在受益的同时也感到猪口一书有不少地方不能令我满意，便放弃了原先打算翻译的想法。猪口先生早已过世，我无法向他请教了；今我坦率写下自己的一些想看法，欲请中日有关专家批评指教。

一、猪口一书虽然已经很厚，但对汉文学作家作品的论述仍有重要遗漏。例如，书中对“词”这一重要汉文学品种几乎毫不提及，而上文提到的神田喜一郎的《日本填词史话》已在该书出版前十九年就问世了(更不说神田的有关论文更早已在刊物上发表了)，猪口不写到那么多填词作家和作品是没道理的。还有一些较重要的或在当时有影响的作家，书中不写到也是不妥的，这方面我可开出长长的一串名单(主要填词的作者还不在内)，如大智祖继、古剑妙快、贝原益轩、笠原云溪、柳川沧洲、堀南湖、百拙、南山(释)、梅痴、松蔼、服部白贲、入江若水、福田渭水、浦池镇俊、后藤松阴、奥野小山、山田翠雨、青山佩弦斋、青山松溪、青山柳庵、横山致堂、金本摩斋、江源琴峰、尾池桐阳、长谷梅外、源桂阁、阪口五峰、宫崎晴澜、森鸥外、正冈子规、永井荷风、河上肇、富长蝶如、杉田鹑山、内藤湖南、狩野君山、盐谷节山、吉川善之……这么多名作家不写到，是很遗憾的。

二、猪口书中却又写了很多不必多写或者不应写入的内容。首先，他论述的有些作品是非文学的汉文论著，如圣德太子的《三经义疏》、空海的《篆隶万象名义》、源顺的《倭名类聚抄》、清原夏野的《令义解》、藤原佐世的《日本国见在书目录》、昌住的《新撰字镜》等等。其次，他论述的有些是非汉文学的用汉字写的作品，如所谓“变体汉文”的《天寿国曼陀罗绣帐铭》。(如果这也算是汉文学的话，岂非整部《万叶集》也可称为汉文学了？)又如《吾妻镜》《玉叶》《明月记》这类日记类作品，也是和汉混淆的变体汉文。还有狂诗、戏文，是汉文学的怪异变种，书中亦不宜多写。再次，他有时论述的甚至是日文作品，如上田秋成的《雨月物语》、山东京传的《娼妓绢丽》、泷泽马琴的《南总里见八犬传》之类“翻案传奇小说”,本身就不是用汉文写的,书中竟然还专写了一节。书中还有《俳句、川柳(杂俳)与汉文学》一节,篇幅很长,论述的却是松尾芭蕉和柄井川柳的纯“国文学”及其与“汉文学”的关系,而这里说的“汉文学”实际却是中国文学!还有,他有时论述的是非日本人作品,如五山文学一章中写到并引用作品的兰溪道隆、无学祖元、一山一宁等,都是中国人。此外,还有一些内容写的并不是日本汉文学本身,如百济的灭亡与归化人、白居易诗在日本的流传及其原因、宽政的学制改革和三博士之功过之类,即使需要提到一下,也不必写得那么多。

三、书中引录了很多汉文学作品,但我觉得有的所引作品水平(思想、艺术或史料价值)不高;而我很喜欢或觉得很重要的作品,很多则未见猪口引录。这方面的例子实在太多,这里就不举了。

四、书中所分章节也有可议处。如最后一章题为《大正、昭和汉文学》,但所述作者作品多无法与明治时期割断,如写到的饭塚西湖,引录的诗作却都写于明治时期(我对分期、分章的想法,下面再讲)。猪口自己还承认,此书执笔时间间隔较久,因此难免有体例不一、详略不一等情况出现。

五、书中有一些见解、论述我认为是错的,或不符合史实。如说《怀风藻》书中没有七言诗,其实《怀风藻》以五言诗为主,但七言诗也有几首。又如,对一些涉及军国主义内容的作品,书中没有批评谴责。还有,书中将有的作家的生卒年、师承关系等说错了,或对有的作品涉及的典故史实解释不了或解释错误,对有的作品的标点点错了,等等,时有发生,这里不举例了(我在本书中时有指正)。至于书中常出现的笔误、引文字句遗漏、排印错误等等,就更不用多说了。

猪口此书实际上代表了日本汉文学史专著的最高水平,而以上我指出的这些问题在其他作者的同类书中也普遍存在,甚至更为严重。这种种情况,也促使我不自量力地考虑由自己来尝试撰写一部《日本汉文学史》。

日本汉文学是世界汉文文学之一种。甚至像神田喜一郎说的,是“在日本的中国文学”,是以中国文学为基础的派生物。既然它是中日两国共有的文学财产,值得两国人民共同珍视和研究,那么,这么多年来在我们偌大的中国竟然还没有一部《日本汉文学史》,真正是说不过去的。这不仅影响我们对日本文学历史的全面了解，而且对中日文学比较研究、中日文化交流史研究等等，都是很不利的。我认为，在目前情况下，跳过翻译介绍，由国人自己来撰写一部纵观日本汉文学全局的通史性专著，已为当务之急。

据我所知，当代日本人研究汉文学史者越来越稀，老者凋谢，似呈“断层”之势。甚至有些专门研究日本汉文学史的学者，竟然也不分清汉文学与汉学的差别。在我看来，现在的日本学者要在猪口《日本汉文学史》上再超越一步，好像已经很难。而在中国呢，中国学者要是只懂日文而中国古典文学根柢差的，或者研究中国古典文学但不懂日文的，都显然无法从事日本汉文学史的研究和撰著。就我来说，在日文和中国古典文学方面倒是都略懂一点，关键是还有着极浓厚的兴趣，虽然明知自己也并不是这方面最合适、最理想的研究项目承担者，但我想起了我们古人的一句话：“与其临渊羡鱼，不如退而结网。”虽然我明明知道，我写出来的书肯定不会获得那些高明的理论家的喝彩；虽然我也知道，我写出来的书也许，不，肯定也达不到自己心目中的较好标准，但我又想起了我们鲁老夫子的一句老老实实的话：那么，“我就只要来填这从‘无有’到‘较好’的空间罢了”（鲁迅《“硬译”与“文学的阶级性”》）。

其实，对于某些高明的理论我也并非一无所知。“洋”的且不说，就说我很敬佩的清代学者章学诚的一个观点：要明白著述和纂辑的区别。真正的著作总是自有主见，别出心裁，不拘一格，在取材上详人所略，略人所详。而一般的文学史的写法则是面面俱到，在综论之后，以作家为纲，生平简介，作品举例，略作评述。有人称这是教科书写法的固定模式。事实上，日本学者的《日本汉文学史》就都是这样写的，而且它们也确实原先都是教科书。然而我很赞同一位中国台湾学者的高见：“教科书不仅需要有人写，还需要高人写，……而且教科书与学术价值之间并不存在鱼与熊掌难以兼得的问题，端看怎么写、写什么。撰写格式与内容固然会交互作用，要紧的还是后者。否则，怎么改头换面，只怕也难益人神智。”[①]其实我也颇想“趋新”，“改头换面”地来写，但又想到就绝大多数中国读者来说，他们对日本汉文学史还处于几乎无知的状态。因此，“教科书写法”倒是非常合适的。反复考虑后，我还是只能采用一般的文学史的写法。

---

① 见朱晓海《汉赋史略新证·序论》，西安：陕西人民出版社，2004年。

我还决定了本书的一些具体的做法。

一是我非常赞同猪口先生在他的书前序言中的一个观点，即如果抽去具体的作品、资料而来作泛泛的史论、概说，那就像不让看照片而讲述一个人的容貌一样，读者很难有深切的感受。因此，与其空论，还不如多引录一些实际作品，可以让读者印象深刻。猪口还谈到，在现在的日本，有关汉文学的文献很难找，即使能找到某些书，售价也很贵。因此他为读者着想，便在书中较多较完整地引录了一些作品、资料。他在凡例中还把这一点称作"本书的特色"。他还提到，现在的日本人读汉文(诗)的水平很低，必须对那些作品加上"返点"和"送假名"(指日本人的训读法)，还要加上很多译注。这样不仅大大增加了他的工作量，而且在排版印刷上也大大增加了成本。但是，为读者着想，他还是坚持这样做了。那么，我想我们中国人要找寻那些日本汉文学作品，比起日本人来更要困难千百倍。自1882年陈鸿诰编选《日本同人诗选》和翌年俞樾编选《东瀛诗选》时起(按，二书均在日本印行，当时在中国国内就少见或罕见。例如，民国时期学者胡怀琛在写《海天诗话》时，就写到"尝见俞曲园纂《东瀛诗选》数十卷，书肆索价甚昂，力不能置。此中必多佳构，而困于囊涩，为可叹也")，直到1985年才有刘砚、马沁编选的《日本汉诗新编》出版。此后，1988年有程千帆、孙望选评的《日本汉诗选评》，1995年有王福祥等编选的《日本汉诗撷英》，2004年马歌东的《日本汉诗溯源比较研究》一书中附有他选的《日本汉诗精选五百首》。这些，就是我写本书时所知中国出版的日本汉诗的全部了。而这些后来出版的书，选得最多的也只有二百来人、千余首诗，且印数极少，现在未必还能买到；而且我认为有的选得也不够高明。例如，这些书中往往对长篇古诗不予选录，很多日人编的汉诗选中也多选短诗，而其实长诗往往更是显出作者的艺术功力。正如明代学者胡应麟在《诗薮》中说的："古诗窘于格调，近体束于声律，惟歌行大小长短，错综阖辟，素无定体，故极能发人才思。"胡氏又说，七言长歌"非博大雄深、横逸浩瀚之才，鲜克办此"。选长诗这一点，猪口一书倒做得比较好，也是我要向他学的。再说，汉诗还不是汉文学的全部。因此，我在本书中向猪口学习，较多地选录一些日本汉文学作品，而且有些优秀作品也不嫌其长，也就有了极充分的理由了。何况其中不少作品还是上述选本及日人写的汉文学史书中未曾见过的，是我好不容易发掘出来的呢。

我平时爱读各种文学史书，有时读到见解深刻、阐述精辟的文学史，当然深为喜欢;但仍必须自己也对这时段的文学家的生平及其代表作品比较熟悉,才能有所领悟,不然如果书中叙述过简,引用过少,哪怕理论再强,对我来说也不能有大的收获。更何况,我常常读到的不过是议论虚泛、不知所云的空头讲章。每读到这样的书,我就非常懊恼,宁愿去读那些虽然理论显得不强,但史料翔实、引证丰富的书。推己及人,我想,在目前中国读者对日本汉文学几乎一无所知的情况下,如果仅仅强调理论阐述,徒作空谈,更是没有意义的。本书是写给读者看的,但同时,老实说也是写给我自己看的;或者说,主要是写给像我这样的读者看的。我将日本汉文学史梳理了一遍,一些我认为精彩的作品也就爱不忍释地抄录了下来,并想贡献给我的读者。因此,我也把这一点作为本书一个可以"引以为傲"的特点。本书精心挑选后引录的作品,比猪口一书多得多。具体数量没统计,仅从涉及作家人数来说,猪口约写到二百四十余人,本书则达六百四十来人。我希望本书的这样一番苦心,读者当能理解,也相信有益于人,并会有"识货"之人。

二、本书的分期分章,划为四个时代、四大章,即王朝时代、五山时代、江户时代、明治以后。这也不是我的创新,至迟在1929年岩波书店出版的吉田学轩《平安朝时代的诗》一书中,吉田便作了这样的分期,并取名曰:翰林时代、丛林时代、儒林时代、士林时代。这一命名主要着眼于汉文学(汉诗)主要作者的身份。特地用了四个"林"字,似乎显得巧妙,但多少有点牵强。试想,儒林与士林又有何区别呢?其实,猪口在《日本汉文学史》之前于1980年出版的《日本汉诗鉴赏辞典》的序言中,也正是这样划分的;猪口的标目是王朝时代、五山时代、江户时代、维新以后。这样的分期与猪口的标目,已经得到很多研究者,特别是中国学者的认可与趋同,例如上面提到的刘砚、马沁、肖瑞峰、王福祥、马歌东等人,都是这样分的。我认为这样分期标章,既显示出日本汉文学发展的大节,也简单明了,故本书亦从之。

三、本书最力求做的,是以科学的理论指导,放出中国人的眼光,来对日本汉文学进行审视、鉴赏、品评、研究。既充分参考日本学者的论著,又坚持独立思考。既反对狭隘的民族主义,注意揭露日本汉文学中一度游荡的军国主义幽魂;也注意反对大汉族主义,反对带着过分的文化优越感来对待日本汉文学。在论述中,力求做到史学与美学的结合,宏观与微观的统一。坚持论从史出,尽可能广博地占有史料,包括少量保存于中国古籍中的史料，采铜于山，不炒冷饭。做到纵横结合：纵的方面，力求理清历史发展脉络，并振叶寻根，观澜索源；横的方面，尽可能网罗汉文学各类品种，更注意不能遗漏当时有影响的作家和作品。

下面我就略举一些例子。

我在本书中，在坚持艺术标准的同时，特别注重论述那些反映中日人民友谊的汉文学作品及其“本事”。如注意遣华使、入华僧的有关作品，更注意发掘一些正直的日本人在中国人民遭受苦难的时候的一些作品。如一位在少年时被倭寇抢掳至日本，二十年后有机会生还祖国的明朝人，在他回国时有几位日本朋友写了深情的赠别诗，保留在中国和日本的典籍中。尽管是些无名诗人，我也写入书中。又如明治时代著名学者、汉文学家中村敬宇，在作品中明确反对侵略中国，本书对此给予高度评价。至如日本传播马克思主义的先驱河上肇的诗，在日人的汉文学史书中连提也不提，本书则作了重点介绍。再如，战后在中日尚未建交、日本追随美国反华的不正常年代，吉川善之在欢迎中国京剧代表团时赋诗热烈歌颂新中国。这样的佳作，本书当然也大书一笔。

本书在引用论述时，注意发掘和评论那些生动地、艺术地反映日本社会、民生的作品。例如，对于平安朝汉文学大作家菅原道真，本书不看重他在朝当官“春风得意”时的“贵族文学”，也不欣赏他那些歌颂皇恩、强调忠君的作品，而是着重评介他在两个贬谪时期写作的面向社会低层的悲怨呼号的诗文。日本汉文学史上同情和描写劳动人民贫困生活的诗文不是很多，因此，当我看到像山梨稻川的《风灾诗》、田能村竹田的《卖瓮妇》、梅辻春樵的《米贵行》、安积艮斋的《侠客行》、摩岛松南的《荒岁咏》、村上佛山的《鹈岛孀妇行》、国分青厓的《泣孤岛》之类的作品时，就给予特别的关注。

在这里，我要公然地、明确地说明我坚持的一个观点。我认为，从社会、政治功能来评述文学作品的价值，不一定就意味着脱离了文学艺术的脉络，因为文学最终是靠打动人的情感来实现它的价值的，而人的情感则无不深深地打上了一定的社会、政治的烙印。我在读日本汉文学作品时，就常常不由自主地为那些生动反映中日人民友谊，生动反映日本社会、民生的作品而感动。我相信这样的作品，也是绝大多数读者认可的优秀作品。如果要说“人性”，这样的作品才体现了真正善良的人性。如果有高雅的批评家讨厌我选择的这样的作品，那么请扭头不看就是；同时，也希望他能允许我们持有这样的观点和这样的情感的自由。

本书当然尽可能引录优秀作品,但有两条请读者不能误会。

一条是这些作品既然是千挑百选而引录的,当然是代表了当时汉文学的较高水平,但切不可误认为是当时汉文学普遍达到的常见水平。而且还有一点必须说明一下。陈鸿诰在《日本同人诗选》的《凡例》中说,日本汉诗"于声调格律,即近体中亦有错误,而古体则尤甚者,是编……不揣冒昧,均为一一酌正"。俞樾在《东瀛诗选》的《例言》中也说:"东国之诗,于音律多有未谐。""施之律诗,殊欠谐美。如此之类,不得不从芟薙。间或以佳句可爱,未忍弃遗,辄私易其一二字,以期协律。代斫伤手,所弗辞矣。"又说该书既选自其手,又在中国刻版,故凡中国"例应敬避之字"便"必应改易"。这样一来,本书中凡是复选自《东瀛诗选》及《日本同人诗选》的诗,就有可能已经经过俞樾和陈鸿诰的修改,即使只是"易其一二字",也有可能提高或改变了原诗的水平。如今我没有条件将俞樾及陈鸿诰选的诗与其原来的诗集(有的且已失传)一一对照,所以在这方面也要请研究者注意(如能发现俞氏修改的地方,已随即指出)。而且,据说江村北海选《日本诗选》时,也偶有为人修改之处。

另一条是本书所选引的,除了主要是优秀作品外,也有些是因为具有特殊的或特定的意义,甚至是作为反面例子供示众、供批判而引录的,读者切不可误将这些当作优秀作品。例如,本书选录了释松蔼写的捧读南朝艳诗的一首诗,还选录了释道雅的月夜读《西厢》诗,这并不意味着这两首诗写得有多么好,而是因为可以从中看出江户时期诗风的某些特点,以及这些特点如何甚至影响到了僧人的诗作。再如,本书提到日本甲级国际战犯松井石根在中国南京大屠杀时写的一首诗,当然绝非把松井也算作优秀汉诗人,更绝非肯定这首血淋淋的屠城诗是优秀作品,而是为了说明日本汉诗史上曾经有过如此兽性而血腥的一页!

我是中国人,我永远不会忘记我们民族的血泪史。我也希望中日两国读者都不要忘记这些。可惜的是当年我在日本访学的时候,没有来得及多挖掘一些日本汉文学史上反映其军国主义流毒的作品。我见神田喜一郎选编的《明治汉诗文集》的后记中说:关于日清战役(即甲午战争)的汉诗文非常之多,野口宁斋就曾编选过一本叫《大纛余光》的书,神田因其中充满了军国主义精神,认为不宜选用,就未选之。神田先生的态度当然是对的,但我们现在倒是可以从中挑选一些"作品"来作为反面材料。《大纛余光》的例言中说，这本"征清诗集"收有一百八十七人写的四百六十七首诗(都是支持、赞美当局侵略中国的)。其实还不止这些数目，因为这本书的评语中还有不少人的"步韵""次韵"呢。这可真是难得的反面教材！[①]此外，我还知道有土居香国的《征台集》等，是写侵略我国台湾的，未能读到。但我还是读到了一些明治以后或多或少表露出军国主义思想的作品。这其中，有的人本身就是军国主义者、侵略者，如副岛种臣、伊藤博文、乃木希典、松井石根等等；有的却是大文学家，如竹井添添、国分青厓、森槐南、森川竹磎、本田种竹、斋藤拙堂、大槻磐溪等等；还有像狩野君山这样的大学者；甚至在明治以前，也有像吉田松阴这样的名人流露出强烈的侵略思想；其他更多的则是一些无名之人。凡遇到这类作品，本书都随处做了必要的批驳，并在第四章《明治以后》的第四节后，附了《甲午"军中诗"等》一节，专谈军国主义汉诗。

如果有高雅的学者讨厌我这样的做法，那么也得请他尊重我这样的立场和这样的感情。如果有人(不管是中国人还是日本人)，读了这些内容(不管是因为这些诗文还是因为我的批判)而感到不快甚至愤怒，我都将认为这是本书的成功。我特别要告诉日本的右翼学者，你们的一些先人作了孽，写下了这样的东西，是抹不掉的，谁也无权剥夺被侵害国家的学者批驳这些东西的言论自由。我也要告诉中国的某些鼓吹"应该停止宣仇式反日宣传"的学者，我对日本人民无仇，我有很多日本朋友，我揭露日本汉文学史中的军国主义流毒绝不是所谓的"宣仇"，而是披示历史的真相，为了大家记取历史的教训。

另外，日本在明治前期悍然吞并了琉球王国，该国现已成为日本的一个县，而琉球国也有汉文学。日本人写的汉文学史都未写到琉球汉文学，我也认为琉球汉文学不属于日本汉文学；但琉球(冲绳)今已归日本版图，其历史上的汉文学难道一笔勾销，谁也不提？考虑再三，本书决定将之作为特殊情况，专写一章《琉球汉文学概述》，附于第四章之后。其中《琉球汉文学的绝唱》一节，评述的就是琉球汉文学家对日本军国主义的血泪控诉和拼死反抗的作品。

本书也时常有些小小"考据"。例如，书中比较注意"溯源"，对日本

① 中国国内是找不到此书的，我在友人顾伟良及工藤贵正的帮助下，好不容易才在日本找到(在此我特记一笔，表示感谢)，但已在本书交稿以后，不及补写了。

最早的汉文游记，最早的祭孔文、祭孔诗，最早、最漂亮的墓志铭，最早的赋，最早的书信体小说，最早的传奇(戏剧)，以及日本最早的女诗人等等，作了点提示，或谈了点看法。书中也常有作品相互比较和有无影响的提示，如在写到江户诗人大畠九龄的《浦岛行》和薮孤山的《仙游悲》、菅茶山的《浦岛子归家图》时，就指出它们与日本最早的汉文小说《浦岛子传》的关系。在这样的比照、联系中，甚至还看到一些日本汉文学史上的抄袭或雷同现象。如早期的《怀风藻》中的诗，多有明显模仿中国六朝诗者，像中国台湾某研究者吹捧的纪末茂的《临水观鱼》一首，其实就可称之为抄袭中国诗人之作。我还发现森川竹磎最早发表的一首词，实是袭自横山兰洲。又如，桥本蓉塘比村上佛山小三十四岁，桥本的诗句“星彩射江鱼脊闪，霜威压野鹤身寒”，很可能是抄袭了村上的“一江星彩闪鱼脊，大野霜威彻鹤身”。岩溪裳川与小室屈山二人年龄相仿，前者的诗句“海龙归窟金灯灭，雨送余腥入乱松”与后者的“出窟神龙卷风雨，余腥吹入乱松中”，还不知是谁抄谁的；当然，中国诗人中也早有相似诗句，二人均仿自中国诗也有可能。又如年龄相仿的冈本黄石和村上佛山，描写农民割稻插秧的诗句居然如出一辙，也不知是否真的巧合如此，还是有人抄袭。(另外，还有我没有写进书里的，也可举一例。猪口笃志《日本汉文学史》第四章第十节写到东阳英朝(1428—1504)，称他诗文著名，并引其《马祖与西堂、百丈、南泉玩月》：“有梅无雪不精神，有雪无诗俗了人。薄暮诗成天又雪，与梅并作十分春。”这首诗固然极佳，但东阳却是一字不差地抄袭自中国宋朝诗人方岳的《梅花》！)我想，书中写到这些，至少也可活跃一下气氛，增加一点趣味。而且，我认为文学鉴赏其实也是需要考证眼光的。当然，我也注意到写这些考证内容不能喧宾夺主。

本书还顺便指出了不少日本人写的汉文学史书中的史实性错误。如江户诗僧南山，《日本汉文学大事典》竟把他误认为菅原南山了；我还考证出其所以致误，乃因中国俞樾将僧南山的籍贯写错而引起的。又如，猪口笃志《日本汉文学史》和山岸德平《近世汉文学史》都写到龙草庐“创作”过一幅酒店的对联，而其实早在龙草庐约一百四十年前的中国小说中就已有了这幅妙联。再如，日本研究者菅谷军次郎、绪方惟精、市川本太郎等人都认为橘在列是回文诗的最早作者，但本书指出早在橘氏几十年前都良香就写过回文诗；此外，冈田正之、绪方惟精、市川本太郎又都说橘在列是离合诗的最早作者，但其实比橘氏早百多年的空海就写过离合诗。再如,近藤春雄和长泽孝三的书中,都称明治诗人高桥白山是坂本天山的学生,然而我查出天山早在白山出生前三十多年已经去世;猪口笃志和长泽孝三的书中都称明治诗人丹羽花南是奥田莺谷的学生,但我查出莺谷也在花南出生前十多年已逝世。这类例子并不少,就不再举了。另外,我还指出有中国研究者竟然把和歌的汉译(且是当代中国人翻译的,甚至是同一首和歌的不同汉译)也算作日本汉诗之类的荒唐错误。至于日本学者(还有一些中国研究者)对日本古代汉诗文中的一些典故(有的确实是僻典)注不出或注错了的,就更多了。对此,本书作了一些指正,并大多给予圆满的释惑解疑。本人对此是颇为"得意"的,具体例子这里就不多举了。

以上所述,并不想"王婆卖瓜",只不过希望读者知道本人写这本书,确实耗费了巨大心血,绝不是抄抄弄弄拼凑出来的。当然,我要再次强调,由于本人在日本看书研究的时间不多,还有很多我想读的书没有读到,其中包括一些在日本也还没有发掘出来的资料。例如,我曾看到著名仙台诗人大槻磐溪盛赞"仙台二井"的诗为佳,我考出二人名为油井牧山和松井竹山,但是根本就查找不到他们的诗作。我读到过俞樾为桥口诚轩的汉诗集写的序文,评价甚高,但是此人的名字在日本的汉文学史书中都找不到,我也未能看到他的诗。我读到内藤湖南在1919年写的《天璞集序》,说有个叫长尾子生的汉诗人,中国著名词人、学者文廷式"读其诗稿,乃尤推称其体大思博,谓[森]槐南不如也"。长尾子生后又在上海生活了十余年,与中国诗人交往。但其人其诗我都查不到。我又曾读到郭沫若于1933年5月写给田中庆太郎的信,说:"土居香国门下故芝香女史著《九华仙馆诗草》(大正七年出版),有法购求否?其诗甚清隽,斯文中人远非所及。"我在日本时也曾千方百计寻找,但毫无踪影。因此,日本汉文学史的资料目前很难说已经发掘得差不多了,而是差远了。但是,更令我遗憾的是,因为在日本时间短暂和金钱缺乏,我连日本已出版的像二十大卷的《日本汉诗》总集也来不及全看,更未能买回来。吾生也有涯,金也无多,逐物实难!

因而,我只能模仿梁刘舍人感叹曰:茫茫他国往代,既沈予闻;眇眇我生来世,倘尘彼观也!

第一章

王朝时代

一、引言

论述日本汉文学史，是不必或不能像论述日本文化史那样，从日本民族的起源、列岛文明的曙光等等写起；也不必或不能像论述一般日本文学史那样，从文学艺术的产生、日本古代歌谣及神话传说等等写起。倒是应该从汉字和汉籍的开始输入写起。这个道理显而易见，是由“汉文学”本身的性质所决定的。日本学者写的《日本汉文学史》，大多也正是这样写的。而日本汉文学的正式产生，已是在以天皇为政权中心的王朝时代的公元六世纪之末了。

日本旧史学上的“王朝时代”，是从传说中的第一代天皇神武天皇算起的。成书于公元八世纪的《日本书纪》，定神武即位之年为干支“辛酉”(意即公元前660年)；然而，现代史学研究早已证明，那不过是一种虚构和伪造。而像本书提到的那以后确实存在的一些古代天皇(如应神天皇等)，其实当他(她)们在位时连“天皇”这个名称也都还没有产生(时称“大王”)。本书对这些早期天皇，有时像其他书那样按《日本书纪》等书的推算注上公元纪年，这只是为供读者参考。其实，这些推算不能视为真实年份，当今史学家也多不承认。读者对此须加注意。据那珂通世等学者研究，神功、应神两代的纪年就比实际年份提前了约一百六十二年左右。

本书所说的“王朝时代汉文学”，大致从飞鸟朝、近江奈良朝到平安朝，即公元六世纪末到十二世纪末，共约六百年，大概相当于中国的隋唐、五代到南宋前期。一些研究者又称之为宫廷文学时代，或贵族文学时代、朝绅文学时代、翰林文学时代等等，无非都是表明这一时代的汉文学的创作主体和中坚力量是帝王、贵族、朝中大臣。

日本的王朝时代并非起于飞鸟朝，但那之前还没有汉文学(连真正的和文学也还没有)。因此,“王朝汉文学”的提法,并非指日本自有王朝始便已有了汉文学,也不是说这时期以后日本便没有了“王朝”,只是那以后的汉文学不再以“王朝”为重心和标志了。

飞鸟、近江、奈良、平安,这些本来都是地名,大致都在今日本近畿地区。以它们来命名朝代,是因为这些朝代分别建都于这些地方。飞鸟朝又称推古朝,因为当时的皇帝是日本第一位女天皇推古(592—628在位)。

对这六个世纪的汉文学史,有的研究者将它分为三段,即飞鸟朝(或推古朝),约一百二十年;近江、奈良朝,约八十五年;平安朝,约四百年。也有学者将上述前两段合并,即称为“大和时期”(大和也本是地名,历史学上的大和时期可上溯到公元四世纪,因此这里更准确的应称为大和时代后期)和平安时期。

日本当代学者石川忠久在《汉诗在日本》一文中,曾打过一个生动的比方:“如果把卑弥呼时代(按,约公元三世纪)比作刚刚呱呱坠地的婴儿,那么圣德太子时代(按,即飞鸟朝)就是开始牙牙学语,企图与大人对等地交谈的少年了。”日本汉文学就开始于日本社会的少年时代。据中国史书记载,圣德太子(574—622)开始用汉文与中国皇帝通信。到公元八世纪,用汉字撰写的日本第一部国史《日本书纪》和第一部日本汉诗选集《怀风藻》问世,表明奈良朝的日本文坛完全以汉文为主,虽处于初步模仿阶段,但显示了一派繁荣景象。

随着文化与经济的飞速发展,平城京(奈良)作为国都,日益显现其地理条件的不足,主要是缺少水陆交通之便,因而妨碍政令之通达。元应元年(781),桓武天皇即位,三年后迁都于淀川水域的长冈京。不久,因宫廷内部斗争等原因,又于794年迁都于同属淀川水域的平安京(今京都)。自此,至武士执政的源赖朝镰仓开幕(1192年),为平安朝四百年。日本历史学家一般称它为“中古”。而平安京作为日本的首都,一直到明治元年(1868)迁都江户(东京),竟长达一千多年。平安京也是模仿唐都长安建造的。

平安朝是日本文化史上的辉煌时期。它上承奈良朝规摹唐风的繁荣景象,另开“国风文化”之先风,又远启数百年后江户时代之西洋化,可称日本文化之精华尽在其中。在这四百年间,汉文学达到它的第一个“王朝时代”隆盛的高峰,出现了“敕撰三集”(即《凌云集》《文华秀丽集》《经国集》),也出现了空海、嵯峨天皇、菅原道真这样的汉文学大家。然而,以宫廷和贵族作家为主的汉文学“王朝时代”又逐渐僵化、衰退，最后不得不再让位于以僧侣为主要汉文学作家的“五山时代”了。

对平安朝四百年汉文学史，中日两国的一些研究者又曾作过多种分期，主要分为前、后两期，或前、中、后三期，而各人的分法又各不相同。这里参考斟酌，又为叙述方便，分为三期作一些概述。

平安朝前期，是从桓武天皇时期开始的一百十年左右。桓武于天应元年(781)即位，延历三年(784)迁都长冈，十三年(794)迁都平安。此时，汉文学家石上宅嗣(781年卒)、淡海三船(785年卒)、大伴家持(785年卒)等相继逝世，标志着此前的奈良朝汉文学告一段落。而平安朝汉文学则仍沿着奈良朝汉文学的上升轨道继续发展。朝廷继续向中国正式派出遣唐使及留学生等，直接从中国吸收先进文化，全面模仿唐朝，达到前所未有的高度。而朝野文人竞相学习初唐、盛唐文学，从皇室到臣下，盛行汉诗文写作和研究。七言诗流行，不仅出现了“敕撰三集”，还出现了很多“家集”(指某位名家的个人集子，或其父子、兄弟的合集)，涌现了不少有名的汉文学家。日本汉文学史达到第一个黄金时代。这一前期至宽平八年(896)宇多天皇让位时止。这时的标志性事件，便是宽平六年(894)朝廷因已任命的遣唐大使菅原道真九日十四日提出《请令诸公卿议定遣唐使进止状》，于九月三十日决定停止长达二百六十多年的遣唐使制度(共计令派遣唐使二十次，实际成行十六次)。菅原当时的理由是，据入唐僧中瓘来信云“大唐凋弊，载之具矣”，虽然菅原又说“未然之事，推而可知”，但却仍请当局一议。议的结果是中止。而不久，唐朝确实也于907年灭亡了。

平安朝中期，是从醍醐天皇即位的宽平九年(897)起，至一条天皇的宽弘七年(1010)的一百十年左右。此时，自推古朝以来的律令制度已经解体，天皇逐渐形同虚设，朝廷实权落入贵族外戚之手。早在年仅九岁的清和天皇于天安二年(858)即位时起，其外祖父藤原良房就代为“摄政”。后来天皇长大成人，藤原家族仍不肯交还实权，就改称自己为“关白”，继续操纵朝政，“挟天子以令诸侯”。到康保四年(967)冷泉天皇即位，关白藤原实赖索性将摄政和关白规定为常置官职，由藤原氏独霸其位。因此，这一时期史称“摄关政治”。而中国，经过唐末和五代十国之乱，于960年建立宋朝。其间，中日两国官方外交停顿，但民间往还并未中断。中国南方的吴越国当局也曾遣使赴日。宋初，亦有日本僧人等来华。日本汉文学也继续发展，继续受中国中晚唐诗文的影响，模仿的七律诗甚为流行。

表面上似乎仍然维持热闹，但实际已开始呈现衰微之状。在贵族们的赛诗会上，汉诗创作走向竞技化、游戏化的形式主义道路。同时，所谓“国语意识”开始高涨，以“女房作品”为特色的“国文学”发达起来，开始与被视为“正统”“正宗”的汉文学分庭抗礼。例如，这一中期的最末，在编成汉诗集《本朝丽藻》的同时，女作家紫式部的和文学小说《源氏物语》及《紫式部日记》诞生了。当然，《源氏物语》也是深受汉文学的影响的。

平安朝后期，是从宽弘八年(1011)三条天皇即位起，至建久三年(1192)后白河法皇死去，源赖朝被任命为“征夷大将军”，到镰仓建立幕府时止，约有一百八十年左右。自冷泉天皇(967—969在位)后，在位天皇被称作“院”(原是称退位天皇的居所为院)，因为朝政已尽由摄关掌握，天皇只在自己的“院”里办理一些公私事务而已。如藤原赖长在其《台记》中公然说：“摄政即天子也。”但后三条天皇(1068—1072在位)未与藤原氏联姻，并大胆起用其他氏族的官员；后继的白河天皇(1072—1086在位)继续采取多种措施以图恢复皇权，退位成为上皇(后因出家，又称法皇)后，在居所设“院厅”，开启“法王执天下政”之先风。因此，平安朝后期有一百多年，史称“院政时期”。此一时期，皇室政权虽然有所中兴，藤原氏势力受到遏制，但仍未从根本上改变摄关制带来的政权统治格局。天皇与藤原氏的争权夺利互相削弱了对方的力量，倒使新起的源氏、平氏等武士集团迅速壮大，终于使在平安京延续了几百年的天皇统治真正成为一种徒具虚名的象征性存在。同时，以宫廷皇上与大臣贵族为主体的汉文学王朝时代，也就随之结束了。这一时期的一些汉诗文作品，有如夕阳斜照，虽然仍在模仿、反省、整理，但更趋向艳靡、颓唐。到最后，倒是一些在野文人的汉诗文，或是一些僧侣的汉文讽诵、唱导，在民间流传。还有就是一些中国文学的翻译、改写，以及一些和汉文混淆的作品在流传。这些，成为后来“五山时代”汉文学复兴的起始力量。

总的说来，王朝时代除了个别短暂时期外，基本处于和平安定状态，大规模的战乱较少。随着中央集权的统治体制的成熟，朝廷内部的争斗虽然一直不断，但政权的交替都是在皇室内部进行的。这种政治局面是汉文学得以发展的重要条件。当然，促进汉文学繁荣的最重要的原因，是这一时期日本上至天皇、贵族，下至一些文人、僧尼等，都虔诚地全方位摄取中国文化。日本通过派出遣隋使、遣唐使的方式，同中国进行直接的交流；同时，又与朝鲜半岛及主要在中国东北地区的渤海国密切接触。在这些交往中，汉文汉诗是必不可少的有效交流手段。因此，从天皇、贵族到官吏、文人，都将学习汉文学视作个人最高尚的修养和爱好。在这样的文化氛围中，日本汉文学经过大和后期，到平安前期很快就达到它历史上的首次巅峰状态，尽管其艺术水平和思想容量、反映社会的广度等等，还存在明显的不足。然而，到了平安中后期，随着遣唐使制度的废止，汉文学又开始了衰退和消沉，与中国正式交往的中断也使得日本汉诗文创作从大潮渐渐变为涓涓细流。

二、汉字汉籍的传入

在汉字传入日本之前，日本有没有文字？

平安时代初期学者斋部广成，早在大同二年(807)写的献给平城天皇的历史名著《古语拾遗》的序文中，就明确地写道：

> 盖闻上古之世，未有文字，贵贱老少，口口相传，前言往行，存而不忘。

然而，也有个别日本人一直称，在日本古代存在过所谓“神代文字”。镰仓末期的卜部兼方在《释日本纪》中，一开头就说：

> 先师说云，汉字传来我朝者，应神天皇御宇也。于和字者，其起可在神代欤？龟卜之术者，起自神代，……无文字者，岂可成卜哉？

但这是丝毫没有说服力的。要证明所谓“神代”有卜辞，那就必须拿出如同殷墟甲骨那样的实物来。于是，那些无视历史事实、鼓吹国粹主义的神道家，居然还伪造了一些所谓的“神代文字”。到了江户时代，所谓“神代文字”的问题还引起了一场大争论，甚至使原先的结把兄弟伴信友和平田笃胤因此而翻脸绝交。(笃胤认为有“神代文字”，撰有《神字日文解》；而信友则认为不存在，撰有《假字本末·神代字辨》。)鹤峰戊申也认为存在“神字”，写了《神代文字考》。而落合直澄的《日本古代文字考》则是这种所谓的“存在说”的“集大成”著作。但到明治年代，西方学者Basil Hall Chamberlain在1886年日本《东洋学艺》杂志上发表了《神字有无论》，对“神代文字”予以彻底否认。假的就是假的。如今，在学术界已经再没有什么人还相信这种“存在说”了。

当然，古代日本人并非全然不用文字，而是从很久远的时代开始，他们就引进和使用了中国的汉字。一般认为，汉籍(中国书)正式输入日本，是始于应神天皇十六年(285)王仁带去的《论语》等书。因此有人便认为日本人使用汉字当在这以后；其实，汉字的输入还要早得多。试想，在《后汉书》中有明确记载，并在江户时代已发现实物的东汉光武帝在公元57年赐给倭王的“汉委奴国王”金印，上面镌刻的不就是汉字吗？这就比上记王仁输入汉籍年代要早二百二十八年。汉光武帝前后，中国皇帝如果有颁发给倭王的诏书等的话，也必然是使用汉字的。因此，列岛住民当在王仁带去汉籍之前就有人开始使用和学习汉字了。不然，当王仁携去《论语》诸书时，他们也根本不可能很快便读懂。而日本古史上津津乐道的当时皇太子菟道稚郎子“识破”高丽王表文(用汉语写就)中的“无礼”，也就完全不可能的了。我们还可以推想：那枚有汉字的金印，如果不仅仅是作为供奉之物，而是使用在文书上的；那么，那些文书当然也应该是用汉字写的。

汉字究竟在什么时候传入日本，现在实难以确定，但是，我想可远在公元之前。至于中日之间的文化交流之早，更是超乎一般人的想象。东汉王充的名著《论衡》卷八《儒增篇》就记有：“周时天下太平，越裳献白雉，倭人贡鬯草。”卷十三《超奇篇》也说：“白雉贡于越，畅草献于倭。”卷十九《恢国篇》又说：“(周)成王之时，越常(裳)献雉，倭人贡畅。”这里的“倭人”当是古代日本人。(有当代日本学者认为，王充提到的“倭人”是中国境内长江流域周代的原始居民。然而，在中国古代文献中，从未有过称“东南夷”内有“倭人”的例子。)鬯(畅)之献，显然带有文化色彩。那么，早在周成王(公元前1042 — 前1021在位)时，日本先民便开始与中国交往了。至于西汉司马迁《史记》中记述的秦朝徐福渡海一事，已有越来越多的中日史学家认为徐福到达的地方就是日本，并且列岛最初的文明曙光——弥生文化的突然出现正与此有关。虽然这尚缺少令所有人信服的文物实证，但我也是相信这一说法的。那么，中国大陆移民，尤其像徐福这样的方士，是不可能不带去汉字的。这一推测已为近年来有关“弥生汉字”在出土陶器上的发现而得到证实。(参见1999年1月日本《考古学》月刊上高仓洋彰的《弥生人与汉字》)

当然，当时日本先民中有多少人能识汉字、能写汉字，那又是另一回事。

在《古事记》《日本书纪》撰成以前，日本本土还没有文字书写的史书。记载日本上古时期的信史，最早而且最详尽的，就是中国人写的收在列为我国第四部正史的《三国志》中的《魏书·东夷传》中的《倭人传》。（中国正史排列在《三国志》前的《后汉书》的《东夷传》中也有《倭传》，但《三国志》成书要比《后汉书》早一百多年。）《三国志 · 魏书 · 东夷传》中记载，景初二年（238）魏天子曾以“诏书”报日本邪马台国女王卑弥呼，封她为“亲魏倭王”，并赐金印（至今尚未发现实物）。有研究者认为，魏廷的这份诏书，可能是古代日人所看到的第一份中国官方文件。它当然是用汉字写的，同时又用汉字标记了日本人的名字（如“卑弥呼”及遣魏使节“难升米”“都市牛利”等）。因此可以说，以汉字标记日语读音（即“音读”）这个方法，应该还是中国人创建的。《三国志 · 魏书 · 东夷传》中还提到，正始元年（240），“倭王因使上表，答谢诏恩”。当然，这一“上表”很可能是倭廷内中国移民所撰，因而不能代表当时日本列岛上官民掌握汉字、撰写汉文的实际水平；但起码可以说明，至少三世纪上半叶日本倭王宫廷中已有人懂中文。

汉籍何时开始传入日本？此事亦无法确说。日本和中国都有过“徐福赍书说”。十四世纪前叶，北畠亲房《神皇正统记》中说，秦“始皇好仙，求长生不老之药于日本，日本则求五帝三王遗书于彼国，始皇悉数予之”，后来秦始皇“焚书坑儒”，“孔子全经唯存日本”云云。而更早在十一世纪时，中国便有《日本刀歌》（分别载于欧阳修和司马光的集子，又有人考证当为钱君倚所作）称：“徐福行时书未焚，逸书百篇今尚存。”按理说，徐福既是一位有文化的方士，东渡时携去汉籍是完全可能的。然而可惜，迄今没有任何实物或记录可以证明这一点。这可能是因为当时中日文化的差距实在太大了，岛国居民还没有可能学习汉籍，他们接受的主要是水稻、铁器，因而即使当时汉籍已携入日本，我们也未能在日本文化史上找到任何痕记。

此外，日本又有“征韩收书说”，出自《日本书纪》卷九，说仲哀天皇九年（200）“神功皇后征三韩”，入新罗国，“封重宝府库，收图籍文书”，满载而归云云。江户时代以来，松下见林、谷川士清、伊地知季安等人都津津乐道，认为这是汉籍传入之滥觞。但也有学者不同意此说，因为《日本书纪》中语几乎都是照搬中国《汉书 · 高祖本纪》中的“封秦重宝财物府库，……尽收秦丞相府图籍文书”的现成文句；且萧何所收“图籍文书”

不过是公文档案之类，并非典籍。更有不少历史学家认为，神功皇后“征韩”乃是《日本书纪》编纂者为了提高日本“国威”而虚构编造的。(然而这是一件光荣的事吗？)不过，公元四世纪，倭人确实有入侵三韩抢劫之事，掠夺文化财富的可能性也肯定是有的，但是一般认为，从种种史料来看，此时的日本统治者尚未掌握阅读汉籍的能力。纵使掠书新罗实有其事，似也未能对日本文化带来实质性的影响。

因此，《古事记》和《日本书纪》等书把王仁贡书一事视作汉籍正式传入日本之始，还是较为可信的，也是颇有道理的。

《古事记》中卷应神天皇条记：

> 百济国主照古王，以牡马壹匹、牝马壹匹，付阿知吉师，以贡上。（此阿知吉师者，阿直史等之祖。）亦贡上横刀及大镜。又科赐百济国：若有贤人者，贡上。故受命以贡上，人名和迩吉师，即《论语》十卷、《千字文》一卷，并十一卷，付是人，即贡进。（此和迩吉师者，文首之祖。）

这说的是，朝鲜半岛上的百济国王照古，派一个叫阿知的，以马、刀、镜等物献给日本国王，而日王则要求百济上贡比阿知更优秀的“贤人”。于是，百济便选派了一个叫和迩的人，和迩还带去并献上了《论语》和《千字文》。后来的日本学界一直公认这是最初输入的汉籍。

与《古事记》相对应，《日本书纪》卷十亦载：

> （应神）十五年秋八月壬戌朔丁卯，百济王遣阿直岐，贡良马二匹。……阿直岐亦能读经典，即太子菟道稚郎子师焉。于是天皇问阿直岐曰：“如胜汝博士亦有耶？”对曰：“有王仁者，是秀也。”时遣上毛野君祖荒田别、巫别于百济，仍征王仁也。
>
> 十六年春二月，王仁来之。则太子菟道稚郎子师之。习诸典籍于王仁，莫不通达。故所谓王仁者，是书首等之始祖也。

《日本书纪》成书于720年，晚于《古事记》八年。一般认为“和迩”即“王仁”，二者文字上的差异，乃因《古事记》是用一种变体汉文，即用部分汉字充当日语读音写成的(上面引文采自后来的汉字改定本)，而《日本书纪》则是纯汉文著作。“王仁”的古日语音(“真名”)即读若“和迩”。应神十六年，据《日本书纪》推算当是公元285年，但实际应是446年前后。至于《古事记》记了《论语》等书名和卷数，而《日本书纪》为什么漏记了这么重要的内容又笼统地说是“诸典籍”呢？市川本太郎《日本汉文学史概说》认为，那是因为《日本书纪》的编写目的之一是向外宣扬所谓的“国威”，所以把汉籍经典写成似乎是日本早已存在的东西，以便夸示当时日本的文化水准。但如前所述，日本掠夺三韩汉籍的可能性是存在的。日本皇帝延聘王仁等人为师，也可能就是因为想读懂这些典籍。

又据《续日本纪》卷四十桓武天皇延历九年(790)七月条津连真道等人的上表：

> 轻岛丰明御宇应神天皇，命上毛野氏远祖荒田别，使于百济，搜聘有识者。国主贵须王恭奉使旨，择采宗族，遣其孙辰孙王（一名智宗王）随使入朝。天皇嘉焉。特加宠命，以为皇太子之师矣。于是始传书籍，大阐儒风。文教之兴，诚在于此。

据此，真道等人认为荒田别奉旨到百济请来的老师，名字又叫辰孙王(即真道等的先祖)。因为所说始传书籍、为皇子之师等事与王仁相同，因此《大日本史》等书均认为二者是同一人。但绪方惟精《日本汉文学史讲义》指出，在《续日本纪》延历十年四月戊戌条又有文忌寸最弟、武生连真象等人的奏言，谈到了王仁，并说王仁是中国汉高帝的后代。而真道是参与撰写《续日本纪》的，当然也知道《古事记》和《日本书纪》的说法，他必是有所据而言。绪方认为二者不是一人，记、纪二书是省略了辰孙王其人。因此，绪方便将阿直岐、王仁、辰孙王三人并称为“国初三儒”。

《古事记》记载最初传入的汉籍本身，也引起后人很多讨论。《论语》《千字文》在中国有很多版本，最初传入日本的又是哪一种呢？《论语》若只是本文的话，是没有“十卷”之多的，十卷当是有注疏的本子。谷川士清、粟原信充等认为当是三国曹魏时期何晏的《论语集解》，岛田重礼、久保天随等则认为是更早的东汉郑玄的注本。后来日本的大学寮所设的《论语》课，使用的教材就正是二者都有的；但当初最早输入者究是何种，实难判断。至于《千字文》，后来通行的是南朝梁周兴嗣的本子，那是晚至六世纪前半叶的作品了，是不可能在应神天皇时传去日本的。据说，三国曹魏时期有钟繇《千字文》，谷川士清、木村正辞、冈田正之等人即认为是此书。而本居宣长不同意，新井白石、岛田重礼等人则认为当时中国还没有《千字文》，当是《急就章》等“小学”类书，而被《古事记》误记或附会为《千字文》了。

历来有很多日本学者尊奉王仁为“日域文华之魁”(橘直幹语)。至今在近畿河内犹有传说是王仁的坟墓所在。王仁虽来自古朝鲜的百济，但他无疑具有中国人血统，他的名字就有着强烈的中国儒文化色彩。他带到日本的书，一是儒家的元典，一是汉字启蒙书，都有着最高的代表性或象征意义。《论语》是富有文采的先秦散文，《千字文》(包括《急就章》)则是韵语，二者传至日本，必将对其汉文学写作产生重大影响。

最初来日的学者阿直岐、王仁等人，都担当了太子稚郎子的老师；而且他们的后代也都成了日本的“史”“书首”，司文教之业。因此可以想象，最早学习汉籍的是太子，而后以仁德天皇为首，加上其他贵族子弟，便相继学习汉籍了。

据日本史载，应神二十年(450?)，又有阿知使主(据说是中国东汉灵帝的后裔)及其儿子都加使主率十七县之民归附。这二人即使不能称之为学者，也是有文化的人。其子孙被称为“东文直”，以与王仁的子孙“西文首”相并列，均世袭文章之业。前述《续日本纪》所载文忌寸最弟、武生连真象的奏文中即称：“东文称直，西文号首，相比行事，其来远焉。”

其后，有关学者来日的记载未见，至继体天皇七年(据《日本书纪》推算为513年)，又有“五经博士”来日之事。《日本书纪》卷十七载：

> 七年夏六月，遣姐弥文贵将军洲利即尔将军、副穗积臣押山，贡五经博士段扬尔。

同卷又记载：

> 十年，……秋九月，百济遣州利即次将军、副物部连来，谢赐己汶之地，别贡五经博士汉高安茂，请代博士段扬尔。

所谓“五经”，当指中国经典《易》《书》《诗》《礼》《春秋》。百济所“贡”的段扬尔，显然是中国血统的学者，而后来代替段的高安茂更写明是汉人。五经博士看来是不归化的，而是轮流替换。

又见《日本书纪》卷十九，钦明天皇十五年(554年)载：

> 二月，百济……贡五经博士王柳贯，代固德马丁安；僧昙惠等九人，代僧道深等七人；别奉敕贡易博士施德王道良、历博士固德王保孙、医博士受卒王有㥄陀、采药师施德潘量丰、固德丁有陀、乐人施德三斤、季德己麻次、季德进奴、对德进陀。皆依请代之。

可知这时从朝鲜赴日本的汉学者越来越多，而且学科分类也更精细了。

以上主要只是从《日本书纪》中看到的有关汉籍、汉学者来日的记载。如果我们再看看平安时代编写的《日本国见在书目录》等，对当时汉籍之输入情况就可以更加清楚地了解了。书目中所记的很多汉籍，都是《日本书纪》中所未提及的。即如《日本书纪》卷十一写到应神天皇去世后，太子稚郎子与他的哥哥大鷦鷯之间互让帝位的故事，与中国古籍《左传》《史记》中记载周泰伯、仲雍让位于季历之事极其相似，令人相信当时日本必然已输入了这两部中国史书。

与汉籍及汉学者之东来相关的一个问题是，当初的王仁、阿直岐等人是用什么读法来教太子等人学汉籍的呢？历来对此有很多说法，主要当然分训读和音读二种。

本居宣长、日尾荆山等人认为是用训读，即用日语语序加上汉字训读来读汉籍。他们的理由是，朝鲜语的语序与日语相似，而与汉语不同。因此，朝鲜人发明了“吏读”。这种读汉文的方法用到日本，就产生了训读。特别像王仁，还能作和歌《难波津》，说明他精通日文，当然在教书时会采用训读了。另一部分学者则认为是用音读。汤浅常山指出，即使在朝鲜读汉籍也有两种读法，而王仁教太子应该是“直读”，即音读。

以上二说我们难以定夺。事实上直至今天，日本的中国学学者读汉籍也大多是二者并用的。但说王仁等一开始就直接以训读教太子，令人怀疑。因为他们初到日本似不可能有这样的日语能力，和歌《难波津》也有学者认为非王仁所作。再说，后来大学寮的《学令》中规定：“凡学生先读经文，通熟，然后讲义。”对此的解释是：“读文谓白读也”“谓读经音也”。《职员令》中也说：“明经生必先就音博士读五经音，然后讲义。”大学寮的设立已在天智天皇时代，离王仁来日已有四百年。这时尚行音读，王仁时怎么会训读呢？因此，看来当是音读，当然在解释意义时必然是汉字训读。应该说，这样的读法才促进了日本汉文学的产生。

那么，当时日本皇族学习汉文的效果又如何呢？据说，稚郎子在学习汉文十二年后(即应神天皇二十八年)，从高丽王的表文(汉文)中看出“高丽王教日本国”的一句话是“蔑视日本”，于是予以斥责并撕毁了表文。天皇感叹道：“要不是你读懂了，国朝还不知失礼如何呢！”由此可见这位太子学得还不错。据说，应神天皇死后，他谦让王位三年，后竟自杀以明志，日本人称其贤胜于中国的泰伯，亦可见他受汉文化影响之深。

当时日本人学习汉文后，实际写作应用的情况又如何呢？据《日本书纪》卷十一，继应神天皇后继位的仁德天皇，在四十一年(353)春三月，“遣纪角宿弥于百济，始分国郡疆场，具录乡土所出”。市川本太郎认为，这是日本史书中所见记载的以文字(当然是汉文)“具录”的首次；而且可以看出当时在日本国内必然已经广泛地作这类记录了，因为此做法进而施行于“属国”百济。在《日本书纪》卷十二，又见履中天皇四年(403)“始之于诸国置国史，记言事达四方志”，可知已于诸地置史官，以记载旧事异闻。这类史官大概多由“归化人”的子孙担任，如《日本书纪》卷十四载雄略天皇二年(458)“冬十月，……置史户河上舍人部。天皇以心为师，……唯所爱宠史部身狭村主青、桧隈民使博德等也”。史户、史部即是这类史官。而当时官方的诏书、通报之类，也当广泛应用汉文。只可惜推古朝以前的文书几乎都未流传下来，难以评述。我们只在后来考古发掘中见到的一些刀剑、铜镜上读到过一些汉字铭文。还有，在中国史书《宋书·夷蛮传》中，记载了宋顺帝昇明二年(478)倭国王武遣使呈表的长文(当然，文字可能已经由中国史官修润过了)。而到佛教传入日本以后，汉字汉文的使用就更广了，遗存至今的文字也多了。

三、最古的汉文

日本古代文化远远落后于中国，日本遗存的古代金铭石刻文字当然也就比中国要少得多了，然而日本最古的汉文还是得从金石中去找。

猪口笃志的《日本汉文学史》等书认为，今存日本最古的汉文，是1873年从熊本县玉名市江田町的船山古墓中出土的大刀上的铭文。这把作为随葬品的刀，经福山敏康等人考证，认为是反正天皇时期的制品。反正天皇在位仅四年(一说六年)，据推算为406—409年(但也有学者认为真实年代当在438年前后)。这把刀今藏东京上野国立博物馆，其铭文经判读大致如下：

> 治天下獲宫弥都齿大王世，奉事典曹人名无利弖，八月中，用大锜釜并四尺廷刀，八十练六十捃三寸上好□刀，服此刀者长寿，子孙注注得其恩也，不失其所统。作刀者名伊太加，书者张安也。

这里的“獲[宫][弥][都]齿”与反正天皇的“宫号”多迟比瑞齿的读音相合。文中“弖”“注注”之类文字，表明它是将中文和日文文字混用了。这种和汉混合的汉文体，与后来的《古事记》以及“宣命体”文书(即古代天皇的敕诏等)倒是接近的。撰写者留下了名字，张安显然是位华裔。(关于该篇铭文的写作年代，尚有不少争议。如宫崎市定认为，对照后来1968年出土的埼玉县稻荷山古墓出土的铁刀上的文字，文中大王的名字应判读为“獲加多支卤”，那就应是雄略天皇而非反正天皇了。那么，该文的年代就要晚约半个世纪。)此外，在和歌山县伊都郡隅田村的隅田八幡神社中，还藏有一枚日本“国宝”——人物画像铜镜，背面亦有铭文，与船山古墓及稻荷山古墓出土的大刀铭文一样，同属于日本最古的汉文。铭文同样也是和汉混合，人名用汉字作假名；而且，同样也缺乏文学性，因此我们不能将它们作为汉文学来研究。

从时间上接着可提及的，则是书面文字。允恭天皇四年(415)下诏正姓氏，后又制定《姓氏录》。这当然是用汉文写的。而从中国的《南史》等可知，更早从履中天皇开始，日本就和朝鲜半岛，不用说又与中国，频繁交往了。据《宋书》《梁书》和《南史》等记载，东晋安帝时倭王遣使来华；其后又有珍、济、兴、武各位倭王来华受封。《宋书》等所记，在人名、五人之间的关系及来华时间等问题上不尽一致；但五位倭王曾先后来华一事，虽然在日本古史上没有记载，历来却并无日本人置疑。大多数研究者认为，“倭五王”相当于履中、反正、允恭、安康、雄略五位天皇。据《日本书纪》，雄略天皇十二年(468)，曾派使遣吴，后来他们带回了吴的使者以及大量纺织技工等。当时中国正处于南北朝时期，塞外少数民族在北方建立政权，汉民族则在南方原三国时吴国等地建立政权，而日本古史上所谓的“吴”实际包括整个南朝。据《宋书》记载，从南朝宋高祖永初元年(420)至顺帝昇明二年(478)，日方曾遣使九次。而在478年的第九次倭王武(被认为是雄略天皇)派来的使者所上的表文，被完整地记录于《宋书·夷蛮传》中：

封国遍远，作藩于外。自昔祖祢，躬擐甲胄，跋涉山川，不遑宁处。东征毛人五十五国，西服众夷六十六国，渡平海北九十五国。王道融泰，廓土遐畿，累叶朝宗，不愆于岁。臣虽下愚，忝胤先绪，驱率所统，归崇天极，道迳百济，装治船舫，而句骊无道，图欲见吞，掠抄边隶，虔刘不已，每致稽滞，以失良风。虽曰进路，或通或不。臣亡考济，实忿寇雠，壅塞天路，控弦百万，义声感激，方欲大举。奄丧父兄，使垂成之功，不获一篑。居在谅闇，不动兵甲，是以偃息未捷。至今欲练甲治兵，申父兄之志。义士虎贲，文武效功，白刃交前，亦所不顾。若以帝德覆载，摧此强敌，克靖方难，无替前功。窃自假开府仪同三司。其余咸各假授，以劝忠节。

倭王表文中的“亡考济”，当指允恭天皇；“父兄”，当指允恭与安康天皇。重野安绎、久米邦武、冈田正之等研究者均认为它确实是日皇发送的文章，绝非《宋书》编撰者所杜撰。而久米又认为起草者可能是韩汉人身狭青和桧隈博德等人，而被沈约收入《宋书》时又作了修润。确实，这篇表文反映出当时东北亚政治、军事形势，有很高的史料价值；而且文采斐然，用了大量四字句，近乎骈文，是《宋书·夷蛮传》中最漂亮的文章。人们因此而怀疑出自韩汉人之手，并经中国史官修润，也很自然。冈田正之认为，此文措辞风格颇肖《日本书纪》，若出现于《书纪》中，世人或会疑为《书纪》编者的拟笔；今幸而载诸《宋书》，确见其为雄略朝之遗文，可以作为当时汉文学进步程度的一大证明。然而，该表文早于《书纪》二百余年，其风格两不相似，而明显像魏晋后兴起的骈文，又流畅简约。当时倭人能有如此汉文学功力？由于缺少同时期其他同类日本汉文以作对照，对于它是否真的能代表当时日本汉文学的程度，终究是大有疑问的。

作为日本汉文学主要成就的汉诗，究竟滥觞于何时呢？猪口笃志的《日本汉文学史》等书从《日本书纪》中找到一条线索：显宗天皇元年(485)条记有：“三月上巳，幸后苑，曲水宴。”这指的显然是仿效王羲之《兰亭集序》中描写的东晋穆帝时永和九年(353)三月上巳在会稽山阴的兰亭举办的曲水之宴。兰亭的宴会上“一觞一咏”，有诗歌创作。因此，猪口认为只要《书纪》这条记载可信，那么在显宗的宴集上也是必然有汉诗创作的。然而，可惜这也只是一种简单的推理和想象，人们尚未见到一首五世纪的日本汉诗。今存日本最早汉诗——大友皇子的五言《侍宴》是其后二百年(668年)才出现的。

前引《日本书纪》记，钦明天皇十五年(554)百济曾派来“僧昙惠等九人，代僧道深等七人”，可见此时佛教已从中国通过朝鲜半岛传入日本。又据《日本书纪》，在这两年前的壬申年(552)十月，百济圣明王还遣使献“释迦佛金铜像一驱、幡盖若干、经论若干卷”，并附表称颂佛法。钦明天皇闻之大喜，说：“朕从昔来，未曾得闻如是微妙之法。”后又为推广佛法而令群臣讨论。经过崇佛派与排佛派的反复较量，佛教最终在日本站稳了脚跟，并成为占统治地位的意识形态，此时即进入圣德太子执政的推古朝了。而日本的汉文学，也正式诞生。此时略相当于中国的隋朝。《隋书·东夷传·俀(倭)国》云："无文字，唯刻木结绳，敬佛法。于百济求得佛经，始有文字。"如前所述，汉字之输入倭国，实在佛教东传之前；但如把这里的"文字"理解为文学或汉文学，则大致没错。佛经当然都是汉译的，佛教思想的流行更推动了汉文学的产生。

四、飞鸟朝与圣德太子

592年，推古女皇即位后，即请用明天皇嫡子摄政，人称圣德太子。圣德太子(574—622)是日本古史上被美化和神化的人物，也是至今日本人家喻户晓的历史名人。《日本书纪》称他"生而能言，及壮有圣智，一闻十人诉，以勿失能辨"，又说他"习内教于高丽僧惠慈，学外典于博士觉哿，并悉达矣"。"内教"即佛学，"外典"指儒学等其他中国文化典籍。圣德太子执政之初，朝廷内外交困。国内因阶级矛盾和新旧力量之间的斗争而动荡不安，豪族势力猖炽，皇室势单力薄。国外是中国结束了长期分裂，隋朝强盛起来，在朝鲜半岛扩大影响；半岛上则新罗崛起，驱逐了大和朝廷在任那的侵略势力。七世纪初，日本数次"征讨"新罗均告受挫或失败，于是促使圣德太子将主要精力放在国内的政治改革上。

他主要做了这样一些影响深远的事：制定冠位制，颁布《宪法十七条》，提倡佛教，派出遣隋使，编纂史书等。其中制定"宪法"和编纂史书、提倡佛教等事，均与汉文学有关系。

《日本书纪》卷二十二载，推古天皇十二年(604)"夏四月丙寅朔戊辰，皇太子亲肇作《宪法十七条》"。"宪法"意即法律，该词原出中国典籍："赏善罚奸，国之宪法也"(《国语》)，"有一体之治，故能出号令，明宪法矣"(《管子》)。但圣德太子制定的十七条，主要是群卿百臣应守的道德、行为规则，并非法律，更不是现代意义上的国家之根本大法的宪法。《宪法十七条》是用纯汉文写的，显然大量参考了汉文典籍，以儒学为经、佛教为纬，参用了法家诸说，突出地反映了日本当时的最高道德思想；而且，文字精练，颇具文采，以致有人怀疑它是不是真的出自圣德太子甚或出自日本人之手。原文如下：

一曰，以和为贵，无忤为宗。人皆有党，亦少达者，是以或不顺君父，乍违于邻里，然上和下睦，谐于论事，则事理自通，何事不成？

二曰，笃敬三宝。三宝者，佛法僧也。则四生之终归，万国之极宗。何世何人，非贵是法，人鲜尤恶，能教从之。其不归三宝，何以直枉？

三曰，承诏必谨。君则天之，臣则地之，天覆地载，四时顺行，万气得通。地欲覆天，则致坏耳。是以君言臣承，上行下靡。故承诏必慎，不谨自败。

四曰，群卿百寮，以礼为本。其治民之本，要在乎礼。上不礼而下非齐，下无礼以必有罪。是以群臣有礼，位次不乱；百姓有礼，国家自治。

五曰，绝餮弃欲，明辨诉讼。其百姓之讼，一日千事，一日尚尔，说乎累岁？顷治讼者，得利为帝，见贿听谳。便有财之讼，如石投水；乏者之诉，似水投石。是以贫民则不知所由，臣道亦於焉阙。

六曰，惩恶劝善，古之良典。是以无匿人善，见恶必匡。其谄诈者，则为覆国家之利器，为绝人民之锋剑。亦佞媚者，对上则好说下过，逢下则诽谤上失。其如此人，皆无忠于君，无仁于民，是大乱之本也。

七曰，人各有任，掌宜不滥。其贤哲任官，颂声则起；奸者有官，祸乱则繁。世少生知，剋念作圣。事无大少，得人必治；时无急缓，遇贤自宽。因此国家永久，社稷勿危。故古圣王，为官以求人，为人不求官。

八曰，群卿百寮，早朝晏退。公事靡盬，终日难尽。是以迟朝不逮于急，早退必事不尽。

九曰，信是义本，每事有信。其善恶或败，要在于信。群臣共信，何事不成？群臣无信，万事悉败。

十曰，绝忿弃瞋，不怒人违。人皆有心，心各有执。彼是则我非，我是则彼非。我必非圣，彼必非愚，共是凡夫耳。是非之理，讵能可定？相共贤愚，如环无端。是以彼人虽瞋，还恐我失；我独虽得，从众同举。

十一曰，明察功过，赏罚必当。日者赏不在功，罚不在罪。执事群卿，宜明赏罚。

十二曰，国司国造，勿敛百姓。国非二君，民无两主。率土兆民，以王为主，所任官司，皆是王臣。何敢与公，赋敛百姓？

十三曰，诸任官者，同知职掌。或病或使，有阙于事，然得知之日，和如曾识。其以非与闻，勿防［妨］公务。

十四曰，群臣百寮，无有嫉妒。我既嫉人，人亦嫉我。嫉妒之患，不知其极。所以智胜于己则不悦，才优于己则嫉妒。是以五百之乃今遇贤，千载以难待一圣。其不得贤圣，何以治国？

十五曰，背私向公，是臣之道矣。凡人有私必有恨，有憾必非同，非同则以私妨公，憾起则违制害法。故初章云，上下和谐，其亦是情欤？

十六曰，使民以时，古之良典。故冬月有间，以可使民。从春至秋，农桑之节，不可使民。其不农何食，不桑何服？

十七曰，夫事不可独断，必与众宜论。少事是轻，不可必众，唯逮论大事，若疑有失。故与众相辨，辞则得理。

十七条“宪法”中大量采用了中国儒家的学说，这是一目了然的，特别是《论语》中的话最多。如第一条“以和为贵”、第三条“四时顺行”、第十六条“使民以时”等等。此外，如“人皆有党”（出《左传》）、“上下和睦”（出《孝经》）、“君则天之，臣则地之，天覆地载”（出《礼记》）等等，亦都来自儒学经典。对佛教思想的弘扬，最明显的是第二条“笃敬三宝”等。而第十一条“明察功过，赏罚必当”等，则是采自法家之说。还有如第五条“如石投水”诸语，乃出自《昭明文选》中李萧远的《运命论》。又据冈田正之等人研究，连“十七条”之数，也是基于《管子·五行篇》《楚辞·天问》以及《淮南子》等书中所说的天数为九、地数为八，阳数之极为九、阴数之极为八。两数合之，以期达到天地和谐、万物昌盛之目的。又有人认为，“宪法”的内容及形式，也可能是在西魏大臣苏绰(498—546)的《奉行六条诏书》的启示下写成的。

从文学的角度看，江户时期著名学者斋藤正谦在《拙堂文话》卷一指出，《宪法十七条》是“本朝(日本)文章”中“最古”者，“其文有汉魏遗风”。冈田正之则认为此文无中国六朝骈俪浮华之弊态，字句精炼，造语简古，广泛引用了《诗经》《尚书》《论语》《孟子》《孝经》《左传》《礼记》《管子》《墨子》《荀子》《韩非子》《史记》《文选》及佛书等，但务避蹈袭，对原文又有些许改动。且每条自成短篇，长则七十五字，少则二十四字。以四字句为多，约占全文的八成，有律语之趣。因此，文章品格简奥奇峭，古色蔚然，如读《管子》的《经言》,《韩非子》的《至道》《扬榷》诸篇。而猪口笃志又指出，文中亦略有可议者，如“我必非圣，彼必非愚”（中文的正常写法当是“我非必圣，彼非必愚”），“以可使民”(中文当为“可以使民”)，“必与众宜论”（中文当为“必宜与众论”）等等，还是未能掩盖其“和臭”(即日本味)。由此看来，《宪法十七条》出自圣德太子之手倒还是可信的。

圣德太子还撰有《三经义疏》。所谓三经，指《胜鬘经》《维摩经》《法华经》，皆大乘佛学经典。他通过对这三部佛经的疏释，来昭示以佛教治国的理论根据。三经的撰年，据《上宫圣德太子传补阙记》，依次为611、613、615年，为已知日本人撰写的首批汉文典籍，比《古事记》《日本书纪》还早百年。而且这三部书稿长期收藏于法隆寺，后又移至宫内厅珍藏，为今存日本最古的稿本手迹，其珍贵可知！《三经义疏》旨在用浅显易懂的文字阐述深奥的佛性、佛理，因此文风简朴，缺少文学性，而且书中不合汉语语法的"和臭"也不少。但是，其抄本在日本广为流传(而且有史料表明《胜鬘经义疏》等还曾回传至中国)，自然对当时日本汉文学的写作起了推动作用。兹引录《法华经义疏》之序文，以见一斑：

> 夫《妙法莲华经》者，盖是总取万全、合为一因之丰田，七百近寿、转成长远之神药。若论释迦如来应现此土之大意者，将欲宜演此经教，修同归之妙因，令得莫二之大果。但众生宿殖善微，神暗根钝，以五浊障于大机，六弊掩其慧眼，卒不可闻一乘因果之大理。所以如来随时所宜，初就鹿苑，开三乘之别疏，使感各趣之近果。从此以来，虽复平说无相劝同修，或明中道而褒贬，犹明三因别果之相，养育物机。于是众生历年累月，蒙教修行，渐渐益解，至于王城，始发一大乘机，称会如来出世之大意。是以如来即动万德之严躯，开真金之妙口，广明万全同归之理，使得莫二之大果。

据说，圣德太子还曾写过一篇游记。那是推古天皇四年(596)，二十三岁的太子偕法师慧聪、葛城臣等，赴道后温泉游玩，太子兴之所至，写下游记一篇。后人勒石纪念太子，遂将此文刻于碑上，称《道后温泉碑文》。该碑未见保存，而碑文则曾收入《伊豫国风土记》一书，而该书今亦失传，好在该碑文又为《释日本纪》卷十四引录。文如下：

> 惟夫日月照于上而不私，神井出于下无不给。万机所以妙应，百姓所以潜扇。若乃照给无偏私，何异于寿国随华台而开合；沐神井而瘳疹，讵升于□□落花池而化溺。窥望山岳之岩崿，反冀子平之能往。椿树相荫而穹窿，实想五百之张盖；临朝啼鸟而戏咔，何晓乱音之聒耳。丹花卷叶而映照，玉果弥葩以垂井，经过其下可优游，岂悟洪灌霄庭。意与才拙，实惭七步，后之君子，幸无嗤笑也。

文中有数处意义不明，可能因有脱漏或误植。从文体看，似乎想写成四六骈体，但不大工整。不过这显然是一篇苦心之作。文中可见东汉张衡《温泉赋》的影响，其中提到的“子平”即张衡。张赋中有“观温泉，浴神井”句，正是这篇碑文中“沐神井”的出处。北周的庾信、王褒也都写过温泉碑文，也可能为作者所知。但此碑文将日月比作佛德，将神井比作净土寿国之池水，可见是以佛教思想为根柢，当为其创造性之所在。据知这是今存日本的第一篇汉文游记，亦即最早的纯汉文学作品。其运笔雅致缓舒，已有较高的驾驭汉语的文学描述及用典能力，似非二十几岁的日本年轻太子所能胜任，因此如佐佐木信纲即认为恐怕非邦人之笔。也有人认为可能是随行法师慧聪(来自百济的“归化僧”)所作，后人因仰慕太子业绩，便将此篇游记也归诸他的名下了。

佛教因圣德太子的提倡而兴隆，建了不少寺庙，造了不少佛像。那些铜佛像的光背多有汉字铭文。如法隆寺发现光背五，元兴寺发现露盘铭一、光背一。这些铭文大多不长，只是记载了造像的愿主及年月。文字雅俗不一，多缺少文学性，有的还夹杂着变体汉文。不过，如将这些金石文按写作先后整理研究，也可以观察到当时日本汉文的进化脉络，从而可作为汉文学发展的参照。例如，《法隆寺王延孙释迦佛像铭》:

> 甲寅岁三月二十六日，弟子王延孙，奉为现存父母敬造金铜释迦像一躯，愿父母乘此功德，现身安稳，生生世世，不经三途，远离八难，见佛闻法。

这是推古天皇二年(594)佛弟子王延孙为他健在的父母祈福而铸佛像的铭文，作为光背是现存最早的。它不像后来有的光背铭文只写愿主姓名与年月，还写了祈愿目的，流露出真情。行文畅达，没有“和臭”。但从王延孙之名看，显然是个华裔。

又有推古四年(596)建成的建通寺(又名元兴寺)的《露盘铭》，为博士百加、阳古二人撰写，记述了建寺的经过和功德。前半部分是用万叶假名写的和文，后面的赞辞则为汉文，而且基本是纯正的汉文:

> 魏魏乎，善哉善哉！造立佛法，父天皇、父大臣也。即发菩提心，誓愿十方诸佛，化度众生，国家太平，敬造立塔庙，缘此福力，天皇大臣及诸臣等，过去七世父母，广济六道四生，众生处处，十方净土，普因此愿，皆成佛果，以为子孙世世不忘，莫绝纲纪，名建通寺……

写这篇铭文的两个博士，大概是史部的掌文书和记事的吏员。他们的祖先应是三百年前来自百济的王仁或阿知使。经过近三个世纪的同化，他们早已融入日本社会之中。因此，这篇《露盘铭》的赞辞，要比上述王延孙的光背铭更能代表当时日本的汉文创作的水准。

推古三十年(622),圣德太子和膳夫人相继病故,翌年橘氏夫人及王子、诸臣为实现祈愿并祝冥福,在法隆寺铸金堂释迦牟尼像一尊,其光背铭近二百字,为狩谷棭斋收入《古京遗文》一书,历来受日本学者重视,甚至认为其存有中国六朝遗风,高雅典古,气韵厚重。但我们从汉文学角度看,虽然该愿文已能运用四言韵文形式,却仍嫌缺少文采。

> 法兴元卅一年,岁次辛巳十二月,鬼前太后崩。明年正月廿二日,上宫法皇枕病,弗悆干食。王后仍以劳疾,并著于床。时王后、王子等,及与诸臣,深怀愁毒,共相发愿:"仰依三宝,当造释像尺寸王身。蒙此愿力,转病延寿,安住世间;若是定业,以背世者,往登净土,早升妙果。"二月廿一日癸酉,王后即世;翌日,法王登遐。癸未年三月中,如愿敬造释迦尊像并侠侍及庄严具竟,乘斯微福,信道知识,现在安稳,出生入死,随奉三主,绍隆三宝,遂共彼岸,普遍六道,法界含识,得脱苦缘,同趣菩提。使司马鞍首止利佛师造。

文中"法皇"即圣德太子。"鞍首止利"则是日本美术史上以师法北魏造像闻名的雕塑家。文章叙事明快简洁,不过"及与诸臣"等语,显然不合汉文规则,略嫌"和臭"。但比起同是记述法隆寺铸像的《药师佛像造像记》,文字漂亮多了。(后者作于607年,只能算是"准汉文"。)可惜的是,有的中国研究者竟不懂文意,称其为祈求圣德太子康复而作(见高文汉《中日古代文学比较研究》),甚至说可能出于圣德太子手笔(见陈振濂《日本书法史》)。

据《日本书纪》,推古二十八年(620)圣德太子与大臣们商议,并命撰写各种史记。这是日本历史上第一次编撰国史,后来确实完成了一部分。可惜未久太子便病故,而这些史书又在兵荒马乱中大多被烧,仅抢救下少量,可能后来被吸收到《日本书纪》中去了。原稿未能流传下来,而原稿肯定是用汉文写的。

有关圣德太子与汉文学,还可一谈的是当时的两封致中国隋炀帝的国书。一封是第二次遣隋使(607年)带至中国的,仅见开头一句载于《隋书》的《俀(倭)国传》:"日出处天子,致书日没处天子,无恙。"另一封由第四次遣隋使(608年)带至中国,《隋书》未见记载,今见《日本书纪》推古天皇十六年九月条:

东天皇敬白西皇帝：使人鸿胪寺掌客裴世清等至，久忆方解。季秋薄冷，尊候何如？想清悆。此即如常。今遣大礼苏应高、大礼乎那利往。谨白，不具。

很多人都认为这两封国书当是圣德太子写的，其实未必，至少文字上会请在日汉人修润一下吧。据《隋书》记载，炀帝见第一封信后颇感不快，说："蛮夷书有无礼者，勿复以闻。"但他后来还是派文林郎裴世清回访了倭国。而日本有很多学者都认为这两封信显示了圣德太子不畏强邻、敢向华夷秩序挑战的独立自立精神，还有的更津津乐道所谓"日没处"乃鄙视中国之豪言(中国也有学者附和的，如王元化《扶桑考》)。但有日本学者早就指出，上述国书中的措辞可能出自《大智度论》："日出处是东方，日没处是西方，日行处是南方，日不行处是北方。"(见东野治之《遣唐使与正仓院》，岩波书店1992年出版)而《大智度论》的隋代抄本残卷今犹存正仓院，圣德太子也曾在《维摩经义疏》中引用过《大智度论》的。从佛教流播的角度讲，西方为佛祖圣地，东方乃未化之域。因此，"日没处""西皇帝"的称呼至少并不能说含有贬义。王勇在《日本文化》中认为，不少日本学者至今未能摆脱战前国粹主义和皇国史观的思维模式，以为现在的日本可以对美国说"不"，因而推论千余年前的圣德太子也会对隋炀帝说"不"。这种想法其实十分幼稚可笑。试想，携带第一封国书的使者，还捎去了圣德太子的口信："闻海西菩萨天子重兴佛法，故遣使朝拜，兼沙门数十人来学佛法。"既自称"朝拜"，又派员留学，何来鄙视中华之意？何有分庭抗礼之席？遣隋使既然主要冲着"重兴佛法"的"海西菩萨天子"而来，那么，对两封国书的用词确实也有必要从佛教角度来作分析。

五、大化改新以后

圣德太子对日本文化的发展作出了重大的贡献。在他和推古天皇相继去世以后，日本进入了孝德天皇的"大化改新"时代。这时的中心人物是中大兄皇子(后即位为天智天皇)和中臣镰足。皇极四年(645)六月，中大兄皇子等发动宫廷政变，清除了在朝中拥兵自重的守旧势力，推立孝德天皇登位，即定年号为"大化"。这是日本朝廷仿效中国而正式使用年号之始。中大兄皇子采纳镰足的建议，仍为皇太子，主持一系列重大改革，史称“大化改新”。大化改新本质上是推古朝圣德太子改革的继续和深化。而且，更重视从中国回来的留学人员，如南渊清安作为中大兄皇子和中臣镰足的老师，参与领导改新运动。又如任命了留学隋唐的僧旻法师、高向玄理为国博士(国家政策的最高顾问)。如此种种显示了日本朝廷不仅继续以大陆文明为样板来改造列岛，而且已及时把握了最新国际形势，将学习目标瞄准了大唐王朝。

大化改新使正在成熟的中央集权官僚机构在法律上明确了下来，实现了以天皇为首的中央政府对全国的直接统治。以大化改新为起点，日本开始成为“律令国家”。从这时开始，日人逐渐抛弃“倭国”的称呼，正式称国号为“日本”。大化改新的成功，使日本从奴隶社会步入了封建社会。

在大化改新中，一项特别重要的新政就是正式设置了国家大学。最初即由博士高向玄理和僧旻任教授，百济遣臣鬼室集斯任学职头。学生所学的都是中国的传统经典。另外，新政府成立前，朝廷已经有过一次遣唐使；而大化改新后，更兴起了遣唐学习的高潮。这些，也都促进了汉文学的新发展。可惜的是当时留存下来的作品不多。

就在大化改新的第二年(646)，在纷纷扬扬的改革声浪中，有一个名叫道登的僧人，在水流湍急的宇治河上造了一座石桥，并在桥侧立了一块碑，碑文则是一首四言汉诗。据《古京遗文》记载，碑文如下：

浼浼横流，其疾如箭；修修征人，停骑成市。
欲赴重深，人马忘命，从古至今，莫知杭竿。
世有释子，名曰道登，出自山尻，惠满之家。
大化二年，丙午之岁，构立此桥，济度人畜。
即因微善，爰发大愿，结因此桥，成果彼岸。
法界众生，普同此愿，梦里空中，导其昔缘。

这块碑在一千多年后的宽政三年(1791)才在山城宇治的常光寺庭院内出土，已经残破，仅保存上部约三分之一。幸而在《历代帝王编年集成》中录有全文。据考，道登是高丽的归化僧、元兴寺的沙门，那么也许不好径算作日本作者。全篇颇似铭文，文字朴质，有汉魏风。猪口笃志认为碑文中“莫知杭竿”乃“造语未熟”，“世”当改为“时”，其实未必。(“杭”即渡船，“竿”乃竹篙。)可惜诗未全押韵，亦少文采，因此很多研究者并不把它当作汉诗。

然而，今存最早的汉诗，则正是出现在近江朝，那就是大友皇子(648—672)的两首五言诗。大友皇子是天智天皇的长子，生于大化四年。据《怀风藻》的诗人小传，称他“魁岸奇伟，风范弘深，眼中清耀，顾盼炜炜。唐使刘德高见而异，曰：‘此皇子风骨不似世间人，实非此国之分。’”又说他“博学多通”“广延学士”，“天性明悟，雅爱博古，下笔成章，出言为论，时议者叹其洪学。未几，文藻日新”。天智天皇死后，他与叔叔大海人皇子争夺皇位，史称“壬申(按，672)之乱”，他兵败自杀。千余年后，于明治三年(1870)被追谥为弘文天皇。

江村北海《日本诗史》认为，日本汉诗即始于大友皇子。其实，只不过是他的两首诗成为后来保存下来的最早的汉诗而已。其《侍宴》曰：

皇明光日月，帝德载天地。
三才并泰昌，万国表臣义。

另一首题曰《述怀》：

道德承天训，盐梅寄真宰。
羞无监抚术，安能领四海。

两诗口吻均与皇储身份相称。“三才”即天、地、人，出自《易经·系辞》。“盐梅”喻治国之术，出自《尚书·说命》。足见大友皇子精熟于中国典籍。日本近代汉诗人国分青厓有诗赞曰：“弘文聪睿焕奎章，东海诗流此滥觞。仰诵皇明光日月，于今艺苑祖君王。”中国近代大诗人黄遵宪在《日本杂事诗》中说“观风若采扶桑集，压卷先编《侍宴》诗”，盛赞此诗“殊有天地开辟、日月重光气象”。研究者从《侍宴》的诗意，推测此诗是出席其父天智天皇即位(661年)时所作的颂诗。后一首，当是他任太政大臣执朝政时所作。江村北海认为“大友……与太叔龙战于关原，天命不遂，‘安能领四海’之语为谶”。二诗虽然写得有点概念化，但也算得上古雅厚重，有相当功力。因此，日本人视为名誉之作。

今存此一时期的汉文，也有几篇值得一提的。一是《药师寺东塔檫铭》。药师寺在今奈良，是天武天皇为祈求皇后康复而开始修的，后经持统朝，至文武初年方始建成。据《续日本纪》，建成于文武天皇二年(698)十月。所谓“檫”，即覆裹相轮柱的铜板。铜板上的铭文为舍人亲王所作，记述了造寺的经过：

> 维清原宫驭宇天皇（按，即天武），即位八年，庚辰之岁（按，即680年），建子之月，以中宫不念，创此伽蓝，而铺金未遂，龙驾腾仙。太上天皇（按，即持统），奉遵前绪，遂成斯业。照先皇之弘誓，光后帝之玄功，道济郡生，业传旷劫，式於（旌）高躅，敢勒贞金。其铭曰：
>
> 巍巍荡荡，药师如来。大发誓愿，广运慈哀。猗欤圣王，仰延冥助。爰饰灵宇，庄严调御。亭亭宝刹，寂寂法城。福崇亿劫，庆溢万龄。

《檫铭》显然参照了唐代长安的西明寺钟铭。《唐西明寺钟铭》中即有“式旌高躅，敢勒贞金”“声腾亿劫，庆溢千龄”诸语。（而《檫铭》作者不识“旌”字义，误写为“於”。）此文虽是模仿，但序与铭浑然一体，恢宏有气势。“巍巍荡荡”用《论语·泰伯》语，恰到好处。实可视为日本早期金文中罕见的珍品，与前引法隆寺释迦铸像铭文相比，又有了很大的进步。

又有刀利康嗣写的《释奠文》一篇（所谓“释奠”，就是祭祀孔子）。日本自大宝元年（701）始，大学首次祭孔，其后成为定例，每年春秋两次举行释奠。猪口笃志认为，该文当作于文武天皇庆云二年（705）：

> 惟某年月日朔丁，大学寮某姓名等，以清酌蘋菜，敬祭故鲁司寇孔宣父之灵。惟公礼山降彩，诞斯将圣。抱千载之奇姿，值百王之弊运。主昏时乱，礼废乐崩。归齐去鲁，含叹于衰周；厄陈围匡，怀伤于下蔡。门徒三千，达者七十。敷洙泗兮忠孝，探唐虞兮德义。雅颂得所，衣冠从正。岂谓颓山难维，《梁歌》早吟，逝水不停，楹奠奄设。呜呼哀哉！今圣朝巍巍，学校洋洋。褒扬芳德，钻至道神，而有灵化。惟尚飨！

这是现今能见到的日本最古的祭孔子文。文辞简练，颇见功力。同时也是儒学东传史上的重要文献。

还可一提的是文武帝庆云四年（707）的一篇墓志铭。墓志是明和七年（1770）大和葛下郡马场村的一个农民在山里发掘出来的，今藏大阪四天王寺明净院。题曰《小纳言正五位下威奈卿墓志铭》。据狩谷棭斋研究，墓主威奈，《古事记》中称“韦那”，《日本书纪》称“伟那”，《续日本纪》称“猪名”，《新撰姓氏录》称“为那”。此人大概是宣化天皇皇子惠波王之后，或是皇子火焰王之后。铭文如下：

卿讳大村，桧前五百野宫御宇天皇（按，即宣化）之四世，后冈本圣朝（按，即斋明）紫冠威奈镜公之第三子也。卿温良在性，恭俭为怀，简而廉隅，柔而成立。后清原圣朝（按，即持统）初授务广肆。藤原圣朝（按，即文武）小纳言阙。于是高门贵胄，各望备员。天皇特擢卿除小纳言，授勤广肆。居无几，进位直广肆。以大宝元年律令初定，更授从五位下，仍兼侍从。卿对扬宸扆，参赞丝纶之密；朝夕帷幄，深陈献替之规。四年正月，进爵从五位上。庆云二年，命兼太政官左小辨。越后北疆，冲接虾虏，柔怀镇抚，允属其人。同岁十一月十六日，命卿除越后城司。四年二月，进爵正五位下。卿临之以德泽，扇之以仁风，化洽刑清，令行禁止。所冀享兹景祐，锡以长龄；岂谓一朝遽成千古！以庆云四年，岁在丁未，四月廿四日，寝病终于越城，时年卌六。粤以其年冬十一月乙未朔廿一日乙卯，归葬于大倭国葛木下郡山君里狛井山冈。

天潢疏派，若木分枝。标英启哲，载德形仪。惟卿降诞，余庆在斯。吐纳参赞，启湲陈规。位由道进，荣以礼随。制锦蕃维，令望攸属。鸣弦露冕，安民静俗。憬服来苏，遥荒佱足。辅仁无验，连城析玉。空对泉门，长悲风烛。

这是迄今所知日本最早、也是写得较漂亮的汉文墓志铭。小序简述了墓主的仕履生平，行文整饬，用语典雅，如“温良”“恭俭”“廉隅”“对扬”诸语，均出诸《论语》《礼记》《尚书》等中国儒家经典。铭诗也很有气派，押韵。此篇墓志铭显然出于汉文高手，有日本学者推测亦为《药师寺东塔檫铭》作者舍人亲王所撰，也有人以为是参与制定《大宝律令》和《养老律令》的藤原不比等。

从保存下来的大化改新以后的这几篇汉诗文看，到公元八世纪初，日本汉文学已完成了它的准备期，即为奈良时代汉文学的进一步提高做好了准备。

六、进入奈良朝

庆云四年(707)六月，文武天皇驾崩，年仅二十五岁。其生母元明女帝即位。翌年正月，武藏国发现铜矿并献铜，元明帝以为是神助之兆，特地称为“和铜”(因以前日本的铜均由中国输入),并改元为和铜。同时,大赦天下,并决定迁都。和铜三年(710),元明天皇正式下令从藤原京迁都至平城京(奈良)。日本从此进入奈良时代。平城京仿照中国唐朝都城长安(今西安)营造,虽然规模要小得多,但上自制度、宗教、教育等,下至建筑、服饰、饮食等,无不接受唐风熏染。因此奈良即有“小长安”之称。至于其时之文学及史学(当时文史难分),则更是向中国学习的。奈良朝虽然只有短短七十几年,但日本文学取得了巨大的进步,文坛呈现出繁荣昌盛的局面。其时“奉敕”编纂了日本最早的两大史书《古事记》和《日本书纪》,还有各地的《风土记》。又编集了第一部汉诗集《怀风藻》和第一部和歌集《万叶集》。这两部书是日本古代文学最伟大的遗产。此外,传记类有《延历僧录》《唐大和上东征传》等,甚至还出现了汉文小说《浦岛子传》。

奈良初年,有一篇梵钟铭文值得一提。该青铜钟为神龟四年(727)所铸,原为奈良兴福寺观禅院之物。明治初,竟被用作奈良公园的喷水器,后经有识者发现,归藏于兴福寺。钟有楷书铭文四行,行二十字,为刻范后铸成。可惜因保护不善,文字损蚀颇盛。文载《古京遗文》《大日本金石史》《日本上代金石丛考》诸书,曰:

> 揵搥神器,金鼓仁风。声振鹫岳,响畅龙宫。奉为四恩,先灵圣躬。神游寿域,晤言天众。□轮□下,销机清空。芥城伊竭,弘誓无穷。铸铜四千斤,白镴二百□十斤,神龟四年,岁次丁卯,十一月十一日铸,□主德因时。

其中四言文,押韵和对偶之工稳,在日本古代金石铭文中是不多见的。可惜日人所撰几本汉文学史书中皆未提及。

前已说过,日本最早的史书编撰,始于飞鸟时代。圣德太子通过派出遣隋使向中国学习,认识到为了建立以天皇为中心的律令国家,必须修撰一部权威的“正史”。他不仅为修史而制定了历法,而且组织人员撰修了一部分“天皇记”及“国纪”“本纪”等。但苏我氏在争权斗争失败时,不甘心让这批史书落入对方手中,竟怀恨焚之,仅被人从火中抢救出一部分。此后天武天皇继位,以国史“乃邦家之经纬,王化之鸿基”,命舍人稗田阿礼“讨核旧辞,削伪定实,欲流后叶”。但阿礼主要只是“诵习旧辞”,并未完成修史之事。直到和铜四年(711)九月十八日,元明天皇又令太安万侣根据稗田阿礼所记忆和背诵的国史“旧辞”，以变体汉文的形式，费时四月，于翌年正月二十八日撰成日本第一部史书《古事记》上呈天皇。全书上自开天辟地，下迄推古王朝，厘为三卷。由于基本思想是为了巩固皇权，因此虚构了天皇世系悠久的谎话。当然，同时也保留了许多日本古代神话传说、民间故事和歌谣。因此，可以说《古事记》的主要价值其实并不在史学方面，而是在文学方面。此书虽然全用汉字写成，而且其语法也是汉文式的，但这些汉字有的用作表意，有的用作表音，中国读者是看不懂的，一般日本人也是看不懂的。然而它的序却是比较流畅的汉文，在汉文学史上也有着重要的地位：

> 臣安万侣言：夫混元既凝，气象未效，无名无为，谁知其形？然乾坤初分，参神作造化之首；阴阳斯开，二灵为群品之祖。所以出入幽显，日月彰于洗目；浮沉海水，神祇呈于涤身。故太素杳冥，因本教而识孕土产岛之时；元始绵邈，赖先圣而察生神立人之世。实知悬镜吐珠，而百王相续；吃剑切蛇，以万神蕃息欤？议安河而平天下，论小滨而清国土。
>
> 是以番仁岐命，初降于高千岭；神倭天皇，经历于秋津岛。化熊出爪，天剑获于高仓；生尾遮径，大乌导于吉野。列舞攘贼，闻歌伏仇。即觉梦而敬神祇，所以称贤后；望烟而抚黎元，于今传圣帝。定境开邦，制于近淡海；正姓撰氏，勒于远飞鸟。虽步骤各异，文质不同，莫不稽古以绳风猷于即颓，照今以补典教于欲绝。
>
> 暨飞鸟清原大宫，御大八洲天皇御世，潜龙体元，洊雷应期。闻梦歌而想纂业，投夜水而知承基。然天时未臻，蝉蜕于南山；人事共洽，虎步于东国。皇舆忽驾，凌渡山川；六师雷震，三军电逝。杖矛举威，猛士烟起；绛旗耀兵，凶徒瓦解。未移浃辰，气沴自清。乃放牛息马，恺悌归于华夏；卷旌戢戈，舞咏停于都邑。岁次大梁，月踵夹钟，清原大宫，升即天位。道轶轩后，德跨周王。握乾符而总六合，得天统而包八荒。乘二气之正，齐五行之序。设神理以奖俗，敷英风以弘国。重加智海浩瀚，潭探上古，心镜炜煌，明睹先代。
>
> 于是天皇召之：“朕闻诸家之所赍帝纪及本辞，既违正实，多加虚伪。当今之时，不改其失，未经几年，其旨欲灭。斯乃邦家之经纬，王化之鸿基焉。故惟撰录帝纪，讨核旧辞，削伪定实，欲留后叶。”时有舍人，姓稗田名阿礼，年是廿八，为人聪明，度目诵口，拂耳勒心。即敕语阿礼，令诵习帝皇日继，

及先代旧辞。然运移世异，未行其事。

伏惟皇帝陛下，得一光宅，通三亭育。御紫宸而德被马蹄之所极，坐玄扈而化照船头之所逮。日浮重晖，云散非烟。连柯并穗之瑞，史不绝书；列烽重译之贡，府无空月。可谓名高文命，德冠天乙矣。於焉，惜旧辞之误忤，正先纪之谬错，以和铜四年九月十八日，诏臣安万侣，撰述稗田阿礼所诵之敕语旧辞，以献上者。

谨随诏旨，仔细采摭。然上古之时，言意并朴，敷文构句，于字即难。以因训述者，词不逮心；全以音连者，事趣更长。是以今或一句之中，交用音训；或一事之内，全以训录。即辞理叵见以注明，意况易解更非注。亦于姓日下谓玖沙诃，于名带字谓多罗斯。如此之类，随本不改。大抵所记者，自天地开辟始，以讫于小治田御世。故天御中主神以下，日子波限建鹈草葺不合尊以前，为上卷；神倭伊波礼毗古天皇以下，品陀御世以前，为中卷；大雀皇帝以下，小治田大宫以前，为下卷。并录三卷，谨以献上。臣安万侣诚惶诚恐，顿首顿首。

和铜五年正月二十八日，正五位上勋五等太朝臣安万侣谨上。

显然，这篇序文实际是太安万侣给元明天皇的奏章，其中详细记述了《古事记》的撰写缘起、经过及内容等，后人即将它作为此书的序。这种文体在中国古已有之，如南朝宋的裴松之《上〈三国史注〉表》、唐朝长孙无忌《上〈五经正义〉表》等。可以看出太安万侣正是仿效它们的。研究者都指出，该序文中有不少用语出自《诗经》《尚书》《周易》《论语》《老子》《列子》等中国古籍，还用了《尚书·武成》中“放牛息马”等中国典故。但我认为尤可注意的是它用了大量日本古代神话及“典故”，如“参(叁)神”“二灵”“吐珠”“吃剑”“切蛇”“化熊”“觉梦”“望烟”等等。虽然字面上有的可能还借用了中国典故成语，但实际却完全是日本的内容。由于这全是出自作者“杜撰”，没有历史传承，因此不经注释，中国读者是看不懂的，日本读者也同样看不懂，从而也就失去了生命力。这种现象，在日本汉文学史上，似是第一次出现。这就比在它以前的汉文中只是出现一些日本人名、地名、官职、年号之类要更进一步了。也比以前的文章中“汉典和用”进了一步，而开始“和制汉典”了(即以日本故事创制类似中国典故的词语)。只不过这样的做法在后来的汉文学史上也并不多见。后又经过试写，证明这种“和制汉典”是行不通的。至于此序的文学价值，历来受到研究者的重视。江户后期学者斋藤正谦在《拙堂文话》卷一中称“太安万侣《古事记序》，……征古典雅，文辞烂然。不得以排偶之文贬之”。这是一篇较标准的骈体文，不仅遣词典雅，还能巧用互文，再加上本国“典故”，确实是难得的。不过，猪口笃志指出它亦有微瑕，如“日继”不是汉语词，“度日”“拂耳”诸语亦嫌生硬。至于猪口认为“华夏”一词不妥，我看倒未必，因为此处正是用典；“以献上者”的“者”字，猪口认为亦是日语用法，其实中文用作语末停顿助词，是可以的。

《古事记》完成的翌年，和铜六年(713)五月二日，朝廷又令诸国(各地)“郡乡著好字：其郡内所生银铜、彩色、草木、禽兽、鱼虫等物，具录色目；及土地沃瘠、山川原野名号所由，又古老相传旧闻异事，载于史籍言上。”也就是说，要各地官员撰写各地的《风土记》。各国(地)完成的时间有先有后，但大多成书于八世纪上半叶。今存五种，仅《出云风土记》为完本(完成于733年)，其余《常陆风土记》《播磨风土记》《肥前风土记》《丰后风土记》均仅存残卷。据说这些在平安朝初年即已散佚，醍醐天皇在延长三年(925)就要太政官府探寻。如今我们较易找到的，是明治三十一年(1898)出版的栗田宽编集的《古风土记逸文》，共涉及三十五国。

“风土记”之名，源于中国晋代平西将军周处的《风土记》一书，主要记载各国(地)的风俗、传说、物产、古迹及现状等。今唯见《常陆风土记》最近于汉文学，辞藻华丽，时有四六骈体；其他几种都是与《古事记》类似的准汉文，而《出云风土记》文采最差。据说，《常陆风土记》的作者，就是本书下面要写到的《怀风藻》中诗人之一、常陆太守藤原宇合。今选其中两篇文字，略见一斑。

《童子女松原》：

> 古有年少僮子、僮女，男称那贺寒田之郎子，女号海上安是之娘子。并形容端正，光华乡里。相闻名声，同存望念，自爱心炽。经月累日，嬥歌之会，邂逅相遇。于时郎子歌曰（按，歌用汉字假名写，今略），娘子报歌曰（按，歌用汉字假名写，今略）。便欲相语，恐人知之，避自游场，荫松下，携手低膝，陈怀吐愤。既释故恋之积疹，还起新欢之频笑。于时玉露杪候，金风之节。皎皎桂月照处，唳鹤之西洲；飒飒松飔吟处，度雁之东岵。山寂寞兮岩泉旧，夜萧条兮烟霞新。近山自览黄叶散林之色，遥海唯听苍波激碛之声。兹宵于兹，乐莫之乐。偏耽语之甘味，顿忘夜之将

开。俄而鸡鸣犬吠，天晓日明。爰童子等不知所为，遂愧人见，化成松树。郎子谓奈美松，娘子称古津松。自古著名，至今不改。

《高滨》:

夫此地者，芳菲嘉辰，摇落凉候，命驾而向，乘舟之游。春则浦花千彩，秋是岸叶百色。闻歌莺于野头，览舞鹤于渚于。社□渔孃，逐滨洲以辐凑；商竖农夫，棹艄艖而往来。况乎三夏热朝，九阳蒸夕，啸友率仆，并坐滨曲，聘望海中。涛气稍扇，避暑者祛郁陶之烦；冈阴徐倾，追凉者轸欢然之意。

《童子女松原》记载了一个生动的民间爱情故事。少年男女相爱，仅“耽语”了一夜，便为社会所不容，“愧人见”，为此竟化为了松树，令人感慨不已。文中“嬥歌”一词出于晋朝左思的《魏都赋》“或明发而嬥歌”，为一种民间歌舞。《高滨》则描写了避暑胜地，亦较可读。

“风土记”中最值得提及的汉文学作品，当推已佚的《丹后风土记》中的《浦岛子传》，作者据说是持统天皇时(687—696)的伊予部马养连。这篇作品被认为是迄今所知日本最早的汉文小说，保存在《释日本纪》卷十二，编入《群书类从·文笔部》。日本学者小中村清矩在《国文论纂》和青木正儿在《日本文学》中都指出，这是比《万叶集》还要早的作品。该作内容如下：

当雄略天皇二十二年，丹后国水江浦岛子，独乘船钓灵龟。岛子屡浮浪上，频眠船中，其之间灵龟变为仙女。玉钿映海上，花貌耀船中，回雪之袖上，迅云之鬓间，容貌美丽而失魂，芳颜熏体而克调，不异杨妃西施。眉如初月出峨嵋，靥似落星流天汉。水岛子问神女曰：“以何因缘故，来吾扁舟中哉？又汝栖何所？”神女答曰：“妾是蓬山女、金阙主也。不死之金庭，长生之玉殿，妾居所也。父母兄弟在彼仙房，妾在世结夫妇之仪。而我成天仙，乐蓬莱宫中；子作地仙，游澄江浪上。今感宿昔之因，随俗境之缘，子宜向蓬莱宫，将遂曩时之志愿，令为羽客之上仙。”

岛子唯诺，随仙女语，须臾向蓬山。於此神女与岛子携手来到蓬莱仙宫，而令岛子立门外，神女先入金阙，告於父母，而后共入仙宫。神女并如秋星连天。衣香馥馥，似春风之送百花客；珮声锵锵，如秋调之韵万籁响。岛子已为渔父，亦为钓翁，然而志成高尚，凌云弥新。心虽存强弱，得仙自健，其宫为躰。金精玉英，敷丹墀之内；瑶珠珊瑚，满玄圃之表。清池之波心，芙蓉开唇而发荣；玄泉之涯头，半菊含笑而不稠。

岛子与神女共入玉房。薰风吹宝衣，而罗帐添香；红岚卷翡翠，而容帷鸣玉。金窗斜，素月射幌；珠帘动，松风调琴。朝服金丹石髓，暮饮玉酒琼浆。千茎芝兰，驻老之方；百节菖蒲，延龄之术。“妾渐见岛子之容颜，累年枯槁，逐日骨立。定知外虽成仙宫之游宴，而催故乡之恋慕，宜还旧里寻访本境？”岛子答云：“暂侍仙洞之霞筵，常尝灵药之露液，非是我幸乎？久游蓬壶之兰台，恣甘羽客之玉杯，非是我乐哉？抑神女施姊范岛玩夫密进退在左右，岂有逆旨乎？虽然，梦常不结，眠久欲觉，魂浮故乡，泪浸新房，愿吾暂归旧里，即又欲来仙室。”神女宜然哉。与送玉匣，裹以五彩，缄以万端之金玉。诫岛子曰：“若欲见再逢之期，莫开玉匣之缄。”言了约成，分手辞去。

岛子乘船如眠自皈去，忽已至故乡澄江浦。寻不值七世之孙，求只茂万岁之松。岛子龄于时二八岁许也，至不堪，披玉匣，见底紫烟升天，无其施。岛子忽然顶天山之雪，乘合浦之霜矣。

从文字及结构来看，模仿削凿的痕迹都是很明显的。青木正儿认为全篇脱胎于中国南朝梁的吴均的《续齐谐记》。中国学者严绍璗则认为它承袭了唐代张鷟的文言小说《游仙窟》，不过是借用神仙精灵的面目和形态，描写了游女与狎客的故事。可以说，这还是日本古代文学中最早的艳情作品，是日本娼妓制度的反映。严教授的分析颇有道理，尽管实在有点“煞风景”。这也就进而论证了人们称它为小说而不作为“传说”，是正确的。因为它虽然有“传说”的来源，采用了民间题材；但是，已经经由文人对这传说题材作了加工和再创造，以反映当时日本的现实生活。因此，它确实是最早的日本小说，尽管反映的社会内容比较偏邪，但这是由于社会生活本身的某种扭曲造成的。这篇作品在日本文学史上还颇有影响，《万叶集》中即有《咏水江浦岛子》的和歌，后来朱雀天皇承平二年(932)又有人写了《续浦岛子传纪》。直到江户时代，还有汉诗人大畠九龄、薮孤山、菅茶山等人的诗写到它。

《日本书纪》是元正天皇养老四年(720)五月二十一日完成进呈的史书。它不只是元正一朝，而是整个奈良朝最大的著作。舍人亲王受敕为总裁，太安万侣和其他许多学者都参与编撰。共为纪三十卷、系图一卷(该卷后佚)。《日本书纪》最先的二卷为所谓“神代纪”，以下是从神武天皇到持统天皇的纪。与《古事记》之偏重于神话、传说相较,《日本书纪》则整体上偏重于史事的记述,也注重于思想文化方面的内容,对儒学、佛教的输入,农业、工艺的进化等均有记载。《日本书纪》中又常用“旧本”“一书”“或本”的形式记述不同说法,让读者自行判断。这也与《古事记》不同,增添了“信史”的色彩。但是,它的“神代纪”显然仍是与《古事记》相类的日本古代神话传说;其后的神武天皇等记载,更伪造史实,从而使许多古代天皇都成了长生不死的神仙,毫无可信性。此书是模仿中国的《史记》《汉书》等正史的,但《史记》《汉书》皆纪传体,而它却是编年体,因此有日本学者认为是学中国的《左传》。但是,所谓的“神代纪”又无法编年,因此也只能从第三卷神武帝开始,采用干支纪年。只是其前期纪年多不可信,如神武天皇即位和天智天皇的新政等,都写成是辛酉年,显然是照中国谶纬迷信的“辛酉革命”之说而有意编造的。大致说,从卷十四以下记事趋详,特别是对大化改新及壬申之乱的记述较近于史实。

从汉文学的角度看,《日本书纪》与《古事记》本文不同,用的是纯粹的汉文,只有在记述和歌和日本固有的人名、地名及专有事物时,才借用汉字表音。因此,它开头几卷的大量内容,实际就是用汉文写的日本古代传说故事;而在其后记述日本历史时,又大量取材于中国的史籍及经籍、子书和诗文,以增加文采,讲究辞藻。这虽然有损于信史的品质,但无疑增添了文学色彩。日本学者曾举出过很多《日本书纪》中化用汉籍的显著例子。据小岛宪之统计,被征引的中国籍典(包括间接引用)多达八十余种,主要可分四类:一是《史记》《汉书》《三国志》等史书,二是《艺文类聚》等类书,三是《文选》《淮南子》等文学书,四是《金光明最胜王经》《高僧传》等佛书。有的甚至是原文照抄。下面略举几个例子。

《日本书纪》开卷第一段话说:“古天地未剖,阴阳不分,浑沌如鸡子,溟涬而含牙。及其清阳者薄靡而为天,重浊者淹滞而为地,清妙之合抟易,重浊之凝竭难。故天先成而地后定。”从“清阳者”开始就是一字不差地照抄自《淮南子·天文训》。

书中《钦明纪》所云:“睨影高鸣,轻超母背,就而买取,袭养兼年。又壮鸿惊龙翥,别辈越群,服御随心,骏骤合度。”《雄略记》所云:“逢骑赤骏者,其马时濩略而龙翥,欻耸擢而鸿惊。”大多袭自《文选》中颜延之的《赭白马赋》。

《雄略记》中所云:“命虞人纵猎,陵重巘,赴长莽,未及移影,弥什七八。每猎大获，鸟兽将尽，遂旋憩乎林泉，相羊乎薮泽，息行夫，展车马。”基本乃颠倒摘抄自《文选》中张衡的《西都赋》。

最滑稽的是，中国古史中用“东夷”来称呼日本人(及其他东方未开化民族)，《日本书纪》则以“东夷”来称呼日本列岛中的虾夷族人。中国古史写到一些开国皇帝等大人物诞生时，常常有神乎其神的描写，而《日本书纪》也照样模仿，如《雄略记》中道：“天皇产而神光满殿，长而伉健过人。”还有《垂仁纪》中道：“生而有岐嶷之姿，及壮倜傥大度，率性任真，无所矫饰。”《绥雄纪》中道：“天皇风姿岐嶷，少有雄拔之气。及壮容貌魁伟，武艺过人，而志尚沈毅。”《景行记》中道：“幼有雄略之气，及壮容貌魁伟，身长一丈，力能扛鼎焉。”这些描写，几乎都是从中国史书中搬来的。由此也可知，《日本书纪》如果从汉文学的角度来看，还只能称为处于模仿阶段。

奈良朝集中力量编撰《古事记》《日本书纪》及各地风土记，显然是有着内在联系的系统工程。其目的无疑是对外扬国威，确认国家独立；对内突出皇权，张扬神道。中国研究者王勇认为，从《日本书纪》引用《汉书》《后汉书》最多这一点看，可能该书原先拟名为《日本书》。同时诏令写《风土记》，说明也许当时计划分写《日本书》中的《帝王纪》和《地理志》；后来也许因诸地上呈风土记的质量和完成时间参差不齐，未能编成《地理志》，遂以《帝王纪》先成书，依中国已有的《史记》《汉纪》之书名，取名《日本纪》；其后二者混淆，而名《日本书纪》。此说似颇合理。总之，日本奈良朝廷首次官方编撰本国史书，是一重大文化建设工程。由于是以汉文撰写的，客观上也有力地推动了汉文学的发展。

七、《怀风藻》

《怀风藻》是今存日本最古的汉诗总集，也是中国域外保存的最早的汉诗选集之一。江户时代著名学者林罗山在《怀风藻跋》中说：“本朝之文集者，《怀风藻》盖其权舆乎？诚是片言只辞，足比拱璧镒金也。”另一位学者江村北海的《日本诗史》也云：“古昔诗可征于今者，莫先乎《怀风藻》。”足见日人对其高度重视。这也是应该的。不过，林罗山在跋中又提到藤原惺窝读《怀风藻》“因称本朝之上代，不让中华之人”，后来的研究者冈田正之在《日本汉文学史》中又认为此集“堪并汉魏，可比隋唐”，则不免令识者匿笑了(绪方惟精、猪口笃志等人便都不同意)。我们应该充分肯定日本古代汉文学作者的成绩，但说话也得掌握尺寸，不能过头。

《怀风藻》的书名，有人认为取自中国南朝齐王融的《咏琵琶》：“抱月如可明，怀风殊复清。”还有人认为出于初唐王勃《夏日宴宋五官宅观画幛》诗序中的“佩引琅玕，讵动怀风之韵”。但此二处均指自然界之清风，并无别意，引在这里不能说明任何问题，何况这样的诗文句子在中国又不知能找到多少；而《怀风藻》编者序中则明确说明：“为将不忘先哲遗风，故以‘怀风’名之云尔。”至于以“藻”喻诗文，则见于《文选》陆士衡《文赋》的李善注：“藻，水草之有文者，故以喻文焉。”不过，以“藻”名诗文集，此前在中国并无先例，此后也未曾见。《怀风藻》书名，千余年来大家见怪不怪，也就接受了它。而日本在此书之前，确另有石上乙麻吕的个人汉诗集《衔悲藻》(今已佚)，以藻名集，当昉于此。

据序文，《怀风藻》编成于天平胜宝三年(751)十一月，即《日本书纪》完成后约三十年。但随后并未广泛流传，其因未详。今传者为长久二年(1041)身为“文章生”的惟宗孝言(此人后为大学头，《本朝文粹》中有作品)的抄本。此抄本距编成之年已有二百九十年之久了。而该书的闻显于世，全赖江户初年林罗山及其师藤原惺窝的激赏。天和四年(1684)《怀风藻》首次付梓，自书成抄本传世已九百三十余年矣；宝永二年(1705)补订再版，宽政五年(1793)再校三版，方得以广泛传播。

由于书上未写明编者名字，因此自江户以来学者们对此有多种说法。林罗山之子林鹅峰在《本朝一人一首》中最先考证为淡海三船所编，因淡海为大友皇子之曾孙，而此书首载大友诗，又在传中记大友及其儿子的言行，均为外人所未能知者。他认为该书未署名，乃淡海为避时嫌。此说从者甚多，松崎兰谷、冈白驹、藤井贞干、伴蒿溪、尾崎雅嘉等人均表赞成。但市河宽斋、平出铿痴、芳贺矢一、冈田正之等人则持有异议，武田祐吉认为编者是葛井广成，川原寿一认为是石上宅嗣，山岸德平认为是藤原刷雄。总之，尚无定论。但编者必是奈良朝孝谦天皇时能经常列席于宫廷宴席的上层人士。

《怀风藻》的序文，是日本汉文学史上的重要文献，其本身又是一篇骈体汉文：

逖听前修，遐观载籍：袭山降跸之世，橿原建邦之时，天造草创，人文未作。至于神后征坎，品帝乘乾。百济入朝，启龙编于马厩；高丽上表，图乌册于鸟文。王仁始导蒙于轻岛，辰尔终敷教于译田。遂使俗渐洙泗之风，人趋齐鲁之学。逮乎圣德太子，设爵分官，肇制礼义。然而专崇释教，未遑篇章。

及至淡海先帝之受命也，恢开帝业，弘阐皇猷；道格乾坤，功光宇宙。既而以为：调风化俗，莫尚于文；润德光身，孰先于学。爰则建庠序，征茂才，定五礼，兴百度。宪章法则，规模弘远，夐古以来，未之有也。于是三阶平焕，四海殷昌；旒纩无为，岩廊多暇。旋招文学之士，时开置醴之游。当此之际，宸翰垂文，贤臣献颂；雕章丽笔，非唯百篇。但时经乱离，悉从煨烬；言念湮灭，辄悼伤怀。

自兹以降，词人间出。龙潜王子，翔云鹤于风笔；凤翥天皇，泛月舟于雾渚。神纳言之悲白鬓，藤太政之咏玄造，腾茂实于前朝，飞英声于后代。

余以薄官馀闲，游心文囿。阅古人之遗迹，想风月之旧游，虽音尘眇焉，而馀翰斯在。抚芳题而遥忆，不觉泪之泫然；攀缛藻而遐寻，惜风声之空坠。遂乃收鲁壁之馀蠹，综秦灰之逸文。远自淡海，云暨平都，凡一百二十篇，勒成一卷。作者六十四人，具题姓名，并显爵里，冠于篇首。余撰此文意者，为将不忘先哲遗风，故以“怀风”名之云尔。

于时天平胜宝三年，岁在辛卯，冬十一月也。

序文显然是效仿南朝梁昭明太子《文选序》的结构的。《文选序》开首二句为“式观元始，眇觌玄风”，此序以“听”对“观”，改得还比原文好一点。“逖听前修”，语出《隋书·律历志》。然而序文接着又填换和杂用了日本史事和地名等，晦涩难懂。如“征坎”，据猪口笃志注解，坎指北方(从八卦意来)，“征坎”就是神功皇后侵略三韩。这种生造的词语和“典故”，是没有生命力的，更不用说其肯定侵略战争的态度不对了。再如，“图乌册于鸟文”，说的是本书前面讲到过的敏达天皇元年(572)王辰尔读懂高句丽“乌羽”国书的故事；那么，这句话应写作“图乌册以鸟文”，现在的句子显然不通。《怀风藻》的序文，是继《古事记》之序试图“和制汉典”的第二次尝试。事实证明这样的“制典”能读懂的人极少，也未能传诸久远。这以后，在千余年日本汉文学史上，除了运用中国典故，或者“汉典和用”外，这类“和制汉典”是极少见到的。尽管该序并不像某些日本研究者吹的那样精彩，但序中对日本上古汉文学史的简述还是比较精当的。

《怀风藻》目录下注："略以时代相次，不以尊卑等级。"开卷便是我们前面已写到的大友皇子的两首五言诗。这是日本现存最早的近江朝的汉诗；此外，书中收入的都是奈良朝的作品。序中说书中共一百二十首，今见一百十六首；序中说作者俱有小传置篇首，今仅见九篇。诗的内容，很多是朝廷侍宴、应诏之作，计三十四首，约占全集的四分之一；其次是官僚间的宴集之作二十二首；其他还有游览十七首，述怀九首，闲适九首，等等。那种应酬场面的诗，风格铺张靡曼，歌功颂德，缺乏思想价值和欣赏价值；倒是某些感怀伤时、吟景咏物之作或稍为可读。由于作者大多是皇族廷臣、留唐归僧等，加之又深受中国六朝绮靡诗风的影响，出现诗歌内容的狭窄和雷同也是不足为奇的。其诗的形式，则绝大多数为五言，七言诗仅七首；而且，五言诗大多为八句，共七十二首，十六句以上的仅三首。几乎都讲究对仗，失对的仅二首；但平仄则多不谐。用韵大多为平声，且集中于真、尤、东诸韵。这说明他们主要模仿的是中国的六朝古诗。正如中国学者梁容若说的："其罕见长篇，用韵偏执，殆以模仿伊始，笔力未畅，且驱驾声音，未能自由也。"（《日本最古之汉诗集》）

集中具备律诗格调者，仅石上乙麻吕(?—750)的一首《飘寓南荒赠在京故友》：

辽敻游千里，徘徊惜寸心。
风前兰送馥，月后桂舒阴。
斜雁凌云响，轻蝉抱树吟。
相思知别恸，徒弄白云琴。

这是乙麻吕因犯奸淫罪而于天平十一年(739)被流放时写的诗，无思想性可言。"别恸"一词生硬，大概是别离之恸的意思。从这首诗中可以看到日本汉诗从古诗向律诗转化的端倪。

台湾大学教授伍俶，曾评此书谓"集中佳句，往往与梁陈名家相比并"，实属吹捧过甚。梁容若指出"集中有句无篇者颇多。稚率趁韵之作，时所不免"。而其实，书中不少佳句均是剿袭或模仿中国六朝及唐初诗人的。兹略举数例。伍氏吹捧为"清丽绝伦"的百济和麻吕《七夕》中的"昔惜河难越，今伤汉易旋"，来自梁武帝同题诗句"昔悲汉难越，今伤河易旋"。藤原总前《秋日于长王宅宴新罗客》里的"歧路分衿易，琴樽促膝难”，袭自初唐骆宾王《秋日别侯四》中的“歧路分襟易，风云促膝难”。山田三方《七夕》中的“金汉星榆冷，银河月桂秋”，改自南朝陈的江总的同题诗句“汉曲天榆冷，河边月桂秋”。改得稍微动点脑筋的更是不少，例如，王籍《入若耶溪》的名句“蝉噪林逾静，鸟鸣山更幽”，被中臣大岛改成“叶落山逾静，风凉琴益微”。(此句亦为伍氏激赏。)骆宾王《送君大人入京》“竹叶离樽满，桃花别路长”，被背奈行文改成“竹叶禊庭满，桃花曲浦轻”。尤其是被伍氏捧为“全首佳者如纪末茂《临水观鱼》”，以为“直似丘希范(迟)、柳文畅(恽)一派”，其实更是全篇抄袭之作。纪末茂诗如下：

结宇南林侧，垂钓北池浔。
人来戏鸟没，船渡绿萍沉。
苔摇识鱼在，缗尽觉潭深。
空嗟芳饵下，独见有贪心。

请再对照看南朝陈张正见的《钓鱼篇》诗：

结宇长江侧，垂钓广川浔。
竹竿横翡翠，桂髓掷黄金。
人来水鸟没，楫度岸花沉。
莲摇见鱼近，纶尽觉潭深。
渭水终须卜，沧浪徒自吟。
空嗟芳饵下，独见有贪心。

可见纪末茂不过是删去了张诗中的第二、第五两联，再略改数字而已。这样的全首抄袭之作，在《怀风藻》中似乎也仅此一首，可谓最极端之例。我们对一千多年前他国的抄袭者，似乎也不必过于谴责；但像中国人伍氏这样的胡捧则是不允许的。而直至近年日本出版的《日本古典文学大系·怀风藻》中，还在吹这首诗“近乎唐人孟浩然气度”，也是实在太可笑了。

《怀风藻》中值得谈到的还有全书第七首、大津皇子(663—686)的《临终一绝》。据书中小序，皇子“幼年好学，博览而能属文。及壮爱武，多力而能击剑。性颇放荡，不拘法度。降节礼士，由是人多附讬”。时有新罗僧某，称其“骨法不是人臣之相”，引起他篡权的欲望，但未成功而被杀，年仅二十四岁。这首绝命诗如下：

金乌临西舍，鼓声催短命。
泉路无宾主，此夕谁家向？

临刑前吟出如此诗来，虽然押韵有点问题，但凄凉悲愤，令人恻然。值得提到的是，此诗后来似曾流传到中国，被多人吟用和改写。据北宋陶岳《五代史补》，五代乾祐中(948—950)文人江为因故被杀，刑前写诗云："衙鼓侵人急，西倾日欲斜。黄泉无旅店，今夜宿谁家？"此诗后为明人胡震亨收入《唐音统签》，又被清人收入《全唐诗》，赵翼《瓯北诗话》且称为江为的"佳句"。(按，《陔余丛考》说是江为作，同时又提到明人王鏊《震泽纪闻》认为是王朴所作，但王鏊书中并没有写出王朴的诗。)而明代孙蕡(?—1393)的《西庵集》中，时人又辑得其被刑前所诵诗："鼍鼓三声急，西山日又斜。黄泉无客舍，今夜宿谁家？"云辑自明代陈敬则《明兴杂记》，并云监刑者竟因未及时上报这首好诗而亦被杀。在明人董谷《碧里杂存》、梁亿《遵闻集》、邓球《皇明咏化类编》、蒋一葵《尧山堂外纪》、曹学佺《石仓历代诗选》、焦竑《玉堂丛语》及《国朝献征录》、尹守衡《皇明史窃》，清人钱谦益《列朝诗集》、梁维枢《玉剑尊闻》、吴肃公《明语林》、尤侗《西堂诗集》、张岱《石匮书》、赵吉士《寄园寄所寄》，及日人贝原益轩《初学诗法》、安积澹泊《湖亭涉笔》等书中，也都称是孙蕡的诗。此外，在孙蕡之前《永乐大典戏文三种・小孙屠》中有"黄泉无旅店，今夜宿谁家"句；《元刊杂剧三十种・薛仁贵衣锦还乡》中有"黄泉无旅店家，晚天今夜宿在谁家"句等。小说《水浒传》写到林教头刺配沧州道上，薛霸、董超二人要结果林冲性命时，也结以"黄泉万里无旅店，三魂今夜落谁家"的诗句。又传说清初左懋第殉节时亦口占"黄泉无旅店，今夜宿谁家"(见马星翼《东泉诗话》)；又传说清初金圣叹被杀前亦吟诗云："御鼓丁东急，西山日又斜。黄泉无客舍，今夜宿谁家？"(唯不知此说的出处)。以上中国诸人之诗，如说均是与大津皇子之作巧合，实难令人置信。甚至还有传说近代湖南叶德辉临刑前亦写诗"慢擂三通鼓，西望夕阳斜。黄昏无客店，今夜宿谁家"云(见周作人《苦竹杂记》)。

日本研究者小岛宪之、滨政博司和金文京等人对此诗作了不少研究，滨政甚至从朝鲜十六世纪鱼叔权的汉文著作《稗官杂记》中看到朝鲜有人说该国的成三问(1418—1456)临刑前亦有诗云："击鼓催人命，回看日欲斜。黄泉无一店,今夜宿谁家?”但鱼氏判是误传,认为诗作者当是孙蕡。而小岛竟然从奈良时代日释智光的《净名玄论略述》中发现有说中国南朝陈后主曾写诗云:“鼓声推(催)命役,日光向西斜。黄泉无客主,今夜向谁家?”江为离《怀风藻》成书已晚二百多年,孙蕡更晚了六百多年,而《净名玄论略述》却是与《怀风藻》同时的著作,故其说引人注意。金文京分析种种文字迹象,认为大津皇子诗当是根据陈叔宝诗改成的;又推测这一临终诗最晚在唐初或六朝以前在中国南京一带流传(即又认为所谓陈叔宝诗也是假托的),而后流传至日本,又假托为大津皇子之诗。但他的这种说法欠缺文献依据。即使所谓陈叔宝诗,于中国载集亦未见记述。因此,迄今为止我们只能仍然认大津皇子是这首临终诗的第一作者。中国古诗,流传至东瀛而为彼邦人士援引、改化者,多矣;而相反,日人诗歌影响到中国之诗者,则绝少。据我所知,除了这首以外,就只有一千多年后释月性的“男儿立志出乡关”一诗了。

《怀风藻》中所收释辨正二诗也很值得一提。其一是《在唐忆本乡》:

日边瞻日本,云里望云端。
远游劳远国,长恨苦长安。

另一首为《与朝主人》(“朝主人”当解释为朝觐唐玄宗的人):

钟鼓沸城闉,戎蕃预国亲。
神明今汉主,柔远静胡尘。
琴歌马上怨,杨柳曲中春。
唯有关山月,遍迎北塞人。

据书中小传云:“辨正法师,俗姓秦氏。性滑稽,善谈论。少年出家,颇洪玄学。太宝年中(按,据考为702年),遣学唐国。时遇李隆基龙潜之日,以善围棋,屡见赏遇。有子朝庆、朝元。法师及庆在唐死。元归本朝,仕至大夫。天平年中(按,据考为733年),拜入唐判官,到大唐见天子。天子以其文故特优诏厚赏赐。还至本朝,寻卒。”可知辨正留学中国,还娶妻生子,死在大唐。而他的儿子亦为日中交往做出贡献。可惜朝元的诗文未见留存。辨正此二诗当作于中国而未发表,而后为其子携回日本。所以在中国载籍中未见,而收入《怀风藻》。今已为中国学者辑补入《全唐诗续拾》。前一诗生动地反映了诗人在华思念祖国的心情,而且是“复字诗”，即每句都在相同地方巧用两个相同的字，颇有情趣。首句“日边”，是将中国皇帝比成太阳，用了《世说新语·夙惠》中语。这也是最早见到“日本”国名的日本汉诗。

《怀风藻》中有十首诗的内容是“宴新罗客”的，反映了当时中华文化通过朝鲜半岛与日本紧密联系的史实。我们可以想象，“新罗客”当时必然也是写了汉诗与日本文人唱和的。这是亚洲汉文学史上多么动人的一幕。据考，这一年是726年，新罗客是使臣金造近等。这里仅举百济和麻吕一首：

胜地山园宅，秋天风月时。
置酒开桂赏，倒屣逐兰期。
人是鸡林客，曲即凤楼词。
青海千里外，白云一相思。

首联写明了宴别新罗客的地点在长王宅，时间是秋天。颔联用《三国志·王粲传》“倒屣”一典甚贴切，而“兰期”一语含有《易经·系辞传》“同心之言，其臭如兰”的深意；“桂赏”不仅能理解为欣赏桂花，而且还有《楚辞·九歌》“蕙肴蒸兮兰藉，奠桂酒兮椒浆”的“桂酒”之意。颈联“凤楼词”用萧史吹凤箫于秦楼的故事，以喻鸡林(新罗)客人擅长作诗。尾联则用《世说新语·简傲》“每一相思，千里命驾”意。此诗颇见友情，典雅得体。可见当时汉诗用于外交，工拙与否，国家之荣誉系焉。这正是王朝时代日本汉文学发展的一个动力。

我们在前面提到过公元705年日本最早的一篇《释奠文》，而在《怀风藻》中还可看到藤原万里的一首《仲秋释奠》诗：

运冷时穷蔡，吾衰久叹周。
悲哉图不出，逝矣水难留。
玉俎风蘋荐，金罍月桂浮。
天纵神化远，万代仰芳猷。

前二联化用《论语》中语，虽然颇显生硬，但见出作者已经熟读孔子。后二联表达了对孔圣人的无限崇敬。这是今见日人最古的一首祭孔诗。

前面我们还提到，据《日本书纪》，早在485年的三月初三，就记有显宗天皇“三月上巳，幸后苑，曲水宴”的记载。这是模仿中国东晋时兰亭故事，当然也应该吟诗，可惜未能保存下来。而《怀风藻》中却有了调老人的《三月三日应诏》、背奈行文的《上巳禊饮应诏》、山田三方的《三月三日曲水宴》等。山田诗云：

锦岩飞瀑激，春岫晔桃开。
不惮流水急，唯恨盏迟来。

据此可以想象一千多年前水畔雅集，艳桃之下文臣暗吟汉诗，急欲表现自己才华的场景。

八、奈良朝其他作品

前一节主要介绍《怀风藻》一书，其中也论述了一些诗人和作品，这里还得对奈良朝其他汉文学作品集及作者，作些补充论述。

前已提及，在《怀风藻》之前，曾有《衔悲藻》集。《怀风藻》是多人的选集，而《衔悲藻》则是石上乙麻吕的个人集子。乙麻吕是左大臣石上麻吕的第三子。日本以"藻"名集，殆始于乙麻吕。《衔悲藻》共二卷。《怀风藻》的小传中说"今传于世"，但如今已佚。他的诗，《怀风藻》中选入四首，当即出于《衔悲藻》。前已举出一首，以见他对汉诗声律艺术有较高的领悟。据《怀风藻》小传中说，"天平年中，诏简入唐使。元来此举难得其人，时选朝堂，无出公右。遂拜大使，众佥悦服"。然而后来不知何故，他却没来中国。其书名"衔悲"，可知是有悲而吟，当是作于流放归京(741年)之前。可惜他的"衔悲"只是因犯奸淫罪而被放逐，并无积极的社会意义。不过他写诗的技巧还可以，这里再引一首《赠旧识》：

万里风尘别，三冬兰蕙衰。
霜花逾入鬓，寒气益颦眉。
夕鸳迷雾里，晓雁苦云垂。
开襟期不识，吞恨独伤悲。

在《怀风藻》之前，还有一位诗人藤原宇合(694—737)也有个人集子，此人名声似较石上乙麻吕为大，是太政大臣藤原不比等的第三子，曾作为遣唐副使来过中国。他既是前面提及的《常陆风土记》的作者，又是日本第一部和歌总集《万叶集》中的歌人，而且也是在《怀风藻》中收入诗最多的人(共六首)。洞院公定《尊卑文脉》中有宇合传，说他"器宇弘雅，风范凝深，博览坟典，才兼文武矣。虽经营军国之务，特留心文藻。天平之际，犹为翰墨之宗。有集二卷。”可惜该集今已佚。《怀风藻》中所选，当为该集中之作。兹录一首《在常陆赠倭判官留在京》，为《怀风藻》中最长之诗，且其序文也较长，可窥其学问文才之一斑：

仆与明公，忘言岁久。义存伐木，道叶采葵。待君千里之驾，于今三年；悬我一个之榻，于是九秋。如何授官同日，乍别殊乡，以为判官。公洁等冰壶，明逾水镜，学隆万卷，智载五车。留骥足于将展，预琢玉条；迴凫舄之拟飞，忝简金科。何异宣尼返鲁，删定诗书；叔孙入汉，制设礼仪。闻夫天子下诏，包列置师，咸审才周，各得其所。明公独自遗阙此举。理合先进，还是后夫。譬如吴马瘦盐，人尚无识；楚臣泣玉，世独不悟。然而岁寒后验松竹之贞，风生乃解芝兰之馥。非郑子产，几失然明；非齐桓公，何举宁戚？知人之难，匪今日耳；遇时之罕，自昔然矣。大器之晚，终作宝质。如有□我一得之言，庶几慰君三思之意。今赠一篇之诗，辄示寸心之款。其词曰：

自我弱冠从王事，风尘岁月不曾休。
褰帷独坐边亭夕，悬榻长悲摇落秋。
琴瑟之交远相阻，芝兰之契接无由。
无由何见李将郑，有别何逢逵与猷。
驰心怅望白云天，寄语徘徊明月前。
日下皇都君抱玉，云端边国我调弦。
清弦入化经三岁，美玉韬光几度年。
知己难逢匪今耳，忘言罕遇从来然。
为期不怕风霜触，犹似岩心松柏坚。

此诗首先令人注意的，是仍称对方为“倭”判官，似乎在日本改国号之前。这是一首牢骚满腹的诗，作者看似在劝慰朋友，实为愤世嫉俗，兼以自慰。序和诗中用了大量中国典故，足见作者“博览坟典”“留心文藻”之深。如“忘言”见《晋书·山涛传》“忘言之契”；“伐木”是《诗经》篇名，中有“求其友声”句；“采葵”出中国古诗“采葵莫伤根”“结交莫羞贫”；“千里之驾”见《世说新语·简傲》；“悬榻”见《后汉书·徐稺传》；“凫舄”见《后汉书·王乔传》；“吴马瘦盐”见《战国策·楚策》；“楚臣泣玉”见《韩非子·和氏篇》；等等。大多为朋友情深和怀才不遇的典故，用得很合适。序末一阕文符号是我根据文义加上的，此处显然漏失一字。诗中“逵与猷”，用的是《世说新语·任诞篇》中戴逵和王子猷的故事。上联“李将郑”，人多不解，或以为李白和郑虔，或以为李膺与郑玄，但这两对人物并无故事可用；大野保《怀风藻研究》认为“郑”是“苏”之误，指李陵与苏武，不确(因该二人谈不上莫逆，“苏”“郑”二字也不会形近相误)；猪口笃志认为“李”为“季”之误，指季札和郑子产“缟纻”之谊，我同意；又，本间洋一认为“郑”为“郭”之误，指李膺与郭林宗“同舟而济”，亦可。诗中最妙的是“日下皇都君抱玉，云端边国我调弦”，“君”当然指对方(倭判官)，但我们也可理解为在华帐中拥妃抱玉的帝君，那就成了讽刺天皇了。“云端边国”指作者被贬边鄙之地，但他仍做了不少“清弦入化”的工作。我们知道，《怀风藻》作品的主流是歌功颂德、粉饰太平、消遣娱乐、玩弄文藻。而此诗则幽怨多刺，有几分建安风骨，故难能可贵。末句尤显出豪迈气概。

还可一提的是，藤原宇合还是今知日本“赋”的最早的创作者。日本汉文学中，赋很少见。奈良时代的赋，仅于《经国集》残卷中看到三篇，为署名石宅嗣(即石上宅嗣，改成中国式的三字名字，是当时日本汉文学者的时髦做法)的《小山赋》，阳丰年的《和石上卿小山赋》和藤(原)宇合的《枣赋》。以藤原年长石上三十五岁，因此这篇《枣赋》可能是日本今存最早的一篇赋，值得重视：

> 一天之下，八极之中。园池绵邈，林麓斗（丰？）茸。奇木殊名而万品，神叶分区以千藂。特西母之玉枣，丽成王之圭桐。何则，卜深居而荣紫禁，移盘根以茂彤庭。餐地养之渟渥，禀天生之异灵。依金阙而播彩，随玉管而流形。固本枝于百卉，植声誉于千龄。尔其秋实抱丹心而泛色，春花含素质而飞馨。朝承周雨汉露，夕犯许月陈星。当晚节而愈美，带凉风以莫零。石虎瞻而类角，李老玩而比瓶。投海传缪公之远虑，在箧开方朔之幽襟。鸡心钓名洛浦，牛头味称华林。斯诚皇恩广被草木，圣化实及豚鱼。何必秦松授乎封赏，周桑载乎经书。

中国古代，有西晋傅玄和南朝陈后主陈叔宝分别写过《枣赋》；藤原此赋与之相对读，未见有摹袭之迹。此赋骈偶工丽，通篇用韵，用典甚多，确实是呕心沥血之作，具见功力。由于传抄再刊之际可能有错字，加上不乏僻典冷词，所以颇有难解之处。其中“千龄”见《马明生别传》，马明生遇神女，食枣异美，未久已二千年矣。“石虎”是东晋时富豪，陆翙《邺中记》云石虎园中有羊角枣。“李老”即老子,《真人关令尹喜内传》云老子西游,省太真王母,共食玉文之枣,其实如瓶。“缪公”当是穆公之误,《晏子春秋》云秦穆公尝乘赤龙治天下,以黄布裹蒸枣,至海而投其布。“方朔”即东方朔,《西京杂记》云汉武帝让东方朔猜箧中何物,答曰枣也。“鸡心”“牛头”则皆为古时枣名,见《广志》。“秦松”,秦始皇曾封松为五大夫。至于“周桑”以及前面的“许月陈星”出于何典,则百思不得其解矣。由上可知藤原确实不愧为“翰墨之宗”。今仅见日本研究者市川本太郎《日本汉文学史概说》中提到这篇赋,评为“刻意之作”“金绣之文”;但市川对其中的典故一个也未说明,而且胡乱标点,错字连篇,令人不胜今昔之叹!

除了上面写到的作家以外,奈良朝汉文学家中还有一些作者及作品应该一提。

粟田真人(?—719),持统天皇时为筑紫大宰,文武天皇时参与制定律令,官职相当于唐朝的户部尚书。大宝二年(702)为遣唐使赴华,庆云元年(704)归;后又一次赴华。新旧《唐书》的《东夷传》都提到“真人好学,能属文,进止有容。武后宴之麟德殿”。连唐史都称其能文,可惜其作品未见流存。

葛井广成亦为当时著名文人,为王辰尔的后裔。养老年间(717—724)任遣唐使,天平年间(729—749)又出使新罗。《怀风藻》一书最后选录他的诗二首。今录其一《月夜坐河滨》:

云飞低玉柯,月上动金波。
落照曹王苑,流光织女河。

在平安朝编撰的《经国集》卷二十,还收有他写的两篇对策文,一论儒学的本旨,一论儒学与老庄之学的优劣。此外,在《万叶集》中还有他的和歌作品。

吉备真备(695—775),717年时作为遣唐留学生来华。与同时入唐的阿倍仲麻吕才华齐名。737年回国,携回汉籍多种。为圣武、孝谦二朝重臣。据说日语片假名就是由他发明的。今仅见其汉诗一首,又见《小山赋》一篇(收《经国集》)。

阿倍仲麻吕(698—770)是与吉备真备同年入华的留学生,后在唐进士及第,并仕官。得唐玄宗器重,官至三品。后取汉名为晁(朝)衡。与中国著名诗人李白、王维、储光羲等结下深厚友谊。753年与中国的鉴真等人同时回国，传说在海上遇难，李白闻讯写下著名的《哭晁衡卿》："日本晁卿辞帝都，征帆一片绕蓬壶。明日不归沉碧海，白云愁色满苍梧。"但其实他飘流到越南而未死，后历经周折又返回长安，最后逝于中国。据《古今和歌集》所载小传，开元二十一年(733)仲麻吕想回国，唐玄宗未允，他即赋诗一首：

慕义名空在，输忠孝不全。
报恩无有日，归国定何年？

后来，753年当他终于回国成行时，又激动地赋诗一首，此诗收入中国著名的总集《文苑英华》和《全唐诗》，又为日人林鹅峰收入《本朝一人一首》中。诗题为《衔命使本国》：

衔命将辞国，非才忝侍臣。
天中恋明主，海外忆慈亲。
伏奏违金阙，騑骖去玉津。
蓬莱乡路近，若木故园邻。
西望怀恩日，东归感义辰。
平生一宝剑，留赠结交人。

所谓"衔命"，即唐玄宗任命仲麻吕为遣日大使，可见完全不将他当外人看待；而仲麻吕的诗中，也确实是把中国作为他的第二祖国的。值得提到的是，他虽然在华五十多年，仍可以创作和文学，他归国之时写的望乡和歌，在日本文学史上亦极有名。今中国江苏镇江北固山(即仲麻吕回国乘船离华之地)就立有一诗碑，上镌这首和歌的中文译诗《望月望乡》："翘首望东天，神驰奈良边。三笠山顶上，想又皎月圆。"此歌的另一种中译为："回首举目望苍穹，明月皎洁挂中空。遥思故国春日野，三笠山月亦相同。"两种译诗均很不错，然而这却是不能算作他写的汉诗的。曾有中国学者将它们补辑入《全唐诗》，也有人在《日本汉诗撷英》中收入这两首译诗，都是制造混乱的做法。[①]

① 顷又见2009年中华书局出版的《日本汉诗精品赏析》一书中又收入了这首和歌的中文五言译诗，并云："此诗见日本学者依田义贤著《望乡诗》引自《百人一首》中。"真是越搞越乱了！

淡海三船(722—785)又名御船,前已提及他是大友皇子的曾孙,又是葛野王之孙、池边王之子。早年出家为僧,名真人元开。曾得渡日唐僧道璿的教导。鉴真到日本后,又向鉴真学习。三十岁时,奉命还俗。本要赴华留学,因病未能如愿。后入仕途,官至刑部卿。淡海擅长汉文学,与石上宅嗣并称。《经国集》(残)中,可见他的五言汉诗五首。他初拜谒鉴真时,曾写有两首汉诗,今录其一:

摩腾游汉阙,僧会入吴宫。
岂若真和上,含章渡海东。
禅林戒网密,慧苑觉花丰。
欲识玄津路,缁门得妙工。

诗中认为唐高僧鉴真到日本的意义,比当年印度高僧迦叶摩腾入汉和康僧会入东吴要重要得多。他保存下来的汉文有《大安寺碑文》《唐大和上东征传》等。特别是后一篇,是宝龟十年(779)应鉴真的弟子思托的请求,详述鉴真坚忍不拔的献身精神和事迹的,影响极大。不仅是中日交往史上的重要文献,而且文章又写得好,为汉文学史上的纪传名篇。该传收入《群书类从》和《大日本佛教全书》,并附录有淡海及石上宅嗣等人有关鉴真的诗。(上引淡海诗即见于此。)

石上宅嗣(729—781)是乙麻吕的儿子。本来在天平宝字六年(761)是要作为遣唐副使来中国的,后因船坏而中止。官至东宫大傅、大纳言。他精通汉文、史学,今在《经国集》中可以读到诗、赋各一篇。这篇《小山赋》也是日本最早的赋之一。在上述《唐大和上东征传》后,还有他的《伤大和上》一诗:

上德从迁化,余灯欲断风。
招提禅草铲,戒院觉花空。
生死悲含恨,真如欢岂穷。
惟视常修者,无处不遗踪。

对鉴真不幸逝世,石上连用三个比喻(灯灭、草铲、花空)来喻其为重大损失;但他认为鉴真虽去,"遗踪"犹在,永生于"常修者"的心中。此诗感情真挚,溢于言表。

论述奈良朝的汉文学,还不能忘了《万叶集》。《万叶集》成书于奈良时代末期,所收作品的创作时间跨度却据说自古坟中期起,有四五百年之久；但实际的“万叶世纪”约一百三十年，而它的作品，主要是和歌及其他日本歌谣。它是主要用“万叶假名”记载的上古歌谣与和歌的总汇，是“和文学”的渊薮。那么，为什么谈汉文学也必须谈到它呢？

是的，日本学者撰写的几部汉文学史，也都是写到它的。不过，他们写的多为汉文学和中国文学对《万叶集》的影响及与其的关系。例如，“万叶”之名，来自中国诗文；书中的作者(歌人)，已知有二十人见于《怀风藻》，即同时是汉文学作者；编集者显然也是汉文学家(许多研究者认为是大伴家持〔718—785〕，即著名汉文学家大伴旅人之子)，因此所有和歌全采用汉文标题；和歌中的“反歌”，即从《楚辞》中的“乱”或《荀子·赋篇》的“反辞”而来；《万叶集》中的某些题材，如咏梅、咏菊、咏风花雪月等等，也显然深受中国诗文的影响；其作品中反映的一些思想，又显然来自中国的儒、道、释学说；其和歌中又经常可见汉文学特有的用词、语法及助词等等；甚至有的和歌，实际就是中国古诗的日译。日本学者撰写的汉文学史中，主要就是以很大的篇幅，论述以上这些内容。这些都是事实，而且也是非常值得研究的问题。但是，如果仅仅只是这些，我认为就不必非要写入汉文学史，更不必花费很多的笔墨。因为上述这些主要是中日文学关系史和中日比较文学史要写的内容。

之所以在汉文学史中必须提到《万叶集》，是因为该书中也有汉文学作品；虽然数量不多，但很值得注意。关于这一点，有的日本学者的汉文学史中也是提到的；但或是一笔带过，或是被上面提到的大量其他内容所掩盖了。

首先，《万叶集》中和歌的序和跋，多是汉文，虽然它们只是作为和歌的补充，但有的文字还较长，较有文学色彩。例如，卷五《梅花三十二首》题下，即有一段序文：

> 天平二年正月十三日，萃于帅老之宅，申宴会也。于时初春令月，气淑风和，梅披镜前之粉，兰薰珮后之香。加以曙岭移云，松挂萝而倾盖；夕岫结雾，鸟封縠而迷林。庭舞新蝶，空归故雁。于是盖天坐地，促膝飞觞，忘言一室之里，开襟烟霞之外，淡然自放，快然自足，若非翰苑，何以摅情。诗纪落梅篇，古今何异矣。宜赋园梅，聊成短咏。

所谓“帅老”，就是时任太宰帅的大伴旅人。有很多人聚集在他的家里，赏梅赋歌。序后即收有三十二人的短歌，其后追加了四首，又加了思念故乡的歌二首。这就简直形成了一个小的和歌集了。而这篇短序，显然是模仿王羲之《兰亭序》的结构。“气淑风和”出自《兰亭序》的“天朗气清，惠风和畅”，“盖天坐地”出自《文选》中刘伶《酒德颂》的“幕天席地”，“忘言”见陶渊明诗“欲辨已忘言”，“开襟”出自宋玉《风赋》“王乃披襟而当之”。这篇序文既称“帅老”，当非大伴旅人所作。这篇写得也没有大伴的汉文作品好。

其次，《万叶集》中和歌的前后还偶有相对独立的或“喧宾夺主”的汉诗汉文作品。例如，山上忆良(660—733?)便有一首《悲叹俗道假合即离难留诗》，比较引人注目。诗中“人事经纪”语出《史记》。这是一首愤世嫉俗之诗：

俗道变化犹击目，人事经纪如伸臂。
空与浮云行大虚，心力共尽无所寄。

上面提到的歌人大伴旅人(665—731)，《怀风藻》中即收入他的汉诗一首，《万叶集》则卷五有其《太宰帅大伴卿报凶问歌》一首，歌前有汉文序，歌后又有汉文跋与诗：

祸故重叠，凶问累集。永怀崩心之悲，独流断肠之泣。但依两君大助，倾命才继耳。笔不尽言，古今所叹。

（按，歌一首，略）

盖闻四生起灭，方梦皆空；三界漂流，喻环不息。所以维摩大士，在乎方大，有怀染疾之患；释迦能仁，坐于双林，无免泥洹之苦。故知二圣至极，不能拂力负之寻至；三千世界，谁能逃黑闇之搜来？二鼠竞走，而度目之鸟旦飞；四蛇争侵，而过隙之驹夕走。嗟乎，痛哉！红颜共三从长逝，素质与四德永灭。何图偕老违于要期，独飞生于半路？兰室屏风徒张，断肠之哀弥痛；枕头明镜空悬，染筠之泪愈落。泉门一掩，无由再见。呜呼哀哉！

爱河波浪已先灭，苦海烦恼亦无结。
从来厌离此秽土，本愿托生彼净刹。

这是旅人在爱妻不幸病故后写的，情真意挚。其汉文、汉诗的字数远远超过了和歌本身。其中用了《庄子》《礼记》及《诗经》的字句和典故，还可见其深受老庄及佛教的影响。

书中还有大伴旅人的《梧桐日本琴歌》，而其中除了二首和歌外，全篇是汉文书信体裁，非常别致：

谨呈中卫高明阁下：

此琴梦化娘子曰："余托根于遥岛之崇峦，晞干于九阳之休光。长带烟霞，逍遥于山川之阿；远望风波，出入于雁木之间。惟恐百年之后，空朽于沟壑。偶遇良匠，剒为小琴。不顾质粗音少，恒希为君之左。"琴即歌曰：

（按，琴之歌，略）

仆报以诗，咏曰：

（按，歌一首，略）

琴娘子答曰："敬奉德音，幸甚幸甚。"

片时惊觉，即梦感其言，慨然默止。故附公使，聊以进御。谨状，不具。

天平元年十月七日付使进上。

天平元年是729年。大伴旅人要把一梧桐琴送给中卫高明(藤原房前)，而幻构了"琴娘子"托梦并互赠和歌的浪漫故事。从全篇来看，假名和歌是次要的，整个书信体的汉文小说才是主要的，它理应作为汉文学来欣赏。应该说，这是人们迄今所知日本最早的书信体文学作品。顺便提及，藤原收到此信后，复函并亦附一和歌。他的复函也是道地的汉文："跪承芳音，嘉欢交深。乃知龙门之恩，复厚于蓬身之上。恋望殊念，百倍于常心。谨和以白云之什，奏以野鄙之歌。房前谨状。"从大伴与藤原往还的书信中，可以看出两人汉文学水平实非同一般。

尚可一提的还有，在奈良东大寺的正仓院珍藏的古文书中，有一份天平六年(734)五月一日的《造物所作物帐》。在账本的空白处写有佚名作者的两首有关七夕的诗，并有短序，十分精彩，弥足珍贵：

猛（孟）秋良辰，七夕清节。凉气初升，鸣蝉惊于园柳；素露方凝，金荧烧于砌草。于时，纷纶风士酌渗（漻？）之吉日，倩盼淑女穿针之良夜。当此时也，岂得投笔？人取一字，各得二韵：

皎皎河东女，迢迢汉西牛。
衔怨待七夕，巧笑怀三秋。
面前开短乐，别后悲长愁。
谁知情未极，反成相望悠。

度月照山里，古神游河间。
幸相三饯别，不醉客非还。

由上所述，可以看出在奈良朝七十多年间，日本汉文学水平整体处于上升状态。这样的态势将继续保持到下一个平安朝，至九世纪下半时，达到它的巅峰，也就是日本汉文学史上第一个时期——王朝时期——的高峰。

九、空海及最澄

空海(774—835)俗姓佐伯，幼名真鱼。小时被誉为神童，十五岁跟外舅读《论语》《孝经》，并学写作。十八岁时，入大学名经科，学习经史。因仍不能满足求知欲，又向一位高僧学习佛教，对道教书籍也有所涉猎。二十四岁，不顾亲友反对，剃度出家，法号教海，后又称如空，最后改名空海。延历二十三年(804)入唐留学，赴长安，翌年六月师事青龙寺的惠果，禀承真言密教两部。大同元年(806)八月回日本，携回佛教等汉籍多种，撰有《御请来目录》。此后，在日弘传真言宗，成为一代宗师。死后八十余年，醍醐天皇追赐他谥号“弘法大师”。

空海的汉文学作品，首先就要提到他早期的《三教指归》。从题目看，这是一部思想、哲学著作，事实上后世的哲学家也一直把它视作日本思想史上的开山之作；但它又是一篇生动有趣的寓意小说。它最初题为《聋瞽指归》(稿本今收藏于日本高野山金刚峰寺御影堂)；后经修改，改名为《三教指归》，时为空海二十四岁，即他出家之年。此作也就可视为他向亲友表明他发心出家的一部宣言书。

所谓“三教”，当然就是指佛、道、儒。他写道：“教网三种，所谓释、李、孔也。虽深浅有隔，并皆圣说。若入一罗，何乖忠孝？”而最后他“证明”佛教出家非但不乖忠孝，而且三教以佛教最为深刻。他在序中，借着教劝他的“有一表甥，性则狠戾，鹰犬酒色，昼夜为乐，博戏游侠，以为常事”为由，“所以请龟毛以为儒客，要兎角而作主人，邀虚亡士张入道旨，屈假名儿示出世趣。俱陈盾戟，并箴蛭公。勒成三卷，名曰《三教指归》”。也就是说，他依仿《庄子》《韩非子》等先秦寓言，以相互辩驳的形式，“俱陈盾戟”。上卷由“兎角公”登台，请“择乡为家，简土为屋，握道为床，挈德为褥；席仁而坐，枕义而卧，被礼以寝，衣信以行”的鸿儒“龟毛先生”来论述儒学之本、先贤之论；中卷请“淡泊无欲，寂寞无声，与天地以长存，将日月而久乐”的“虚亡隐士”讲道家的“不死之神术”“长生之奇密”；下卷则托“假名乞儿”出场，论辩佛教之三世因果，作“无常赋”“三教诗”，盛赞佛德，惊倒龟毛先生，最后咏“生死海赋”，更作“十韵之诗”，醒世人于“六尘”，为“虎性暴恶”“游侠无赖”的外甥“蛭牙公子”指点迷津，归依佛陀。

有关三教的评骘论衡，在我国魏晋时期就开始有了。例如，晋僧道安的《二教论》、道恒的《释驳论》等均是，均见《广弘明集》。再看《旧唐书·经籍志》，有卫元嵩《三教论》七卷、杨上善《三教诠衡》十卷等。唐僧法琳还有《三教不齐论》，法云有《辨量三教论》，等等。空海在创作《三教指归》时，肯定是读过这一类中国作品的。当然，他本身对三教经典的研读和造诣，自是不待说了。此外，他显然也熟读了《养生论》《好色赋》《游仙窟》《抱朴子》《神异传》《博弈论》等杂书小赋、奇谈异论。至于其文章结构，正如冈田正之指出的，乃是模仿司马相如的《子虚赋》《上林赋》。文中龟毛先生等四个虚构的人物，显然就是学司马相如赋中的子虚、乌有先生和亡是公的。因为晋代的《释驳论》《二教论》等，都只有宾主二人问答辩驳，而空海除兎角公为主人外，宾为三人，其中假名乞儿则是作者自喻。其文实际可分为《龟毛先生论》《虚亡士论》《假名乞儿论》《观无常赋》《生死海赋》五篇，合之而成一篇大文章；这也很像《子虚》《上林》两赋，合之亦成一大篇。其文体乃当时最流行的俳偶文，行文流畅，用典切恰。其二十几岁能作如此妙文，实不简单。试看中卷虚亡士论人生无常之一节：

> 顾惟世俗，缠缚贪欲，煎迫心意，羁縻爱鬼，焦灼精神。营朝夕食，劳夏冬衣，愿浮云富，聚如泡财，邀不分福，养若电身。微乐朝臻，笑天上乐；小忧夕迫，如没涂炭。娱曲未终，悲引忽逼。今为卿相，明为臣仆。始如鼠上之猫，终为鹰下之雀。恃草上露，忘朝日至；凭枝端叶，忘风霜至。咨可痛哉！何异鸰鸠，曷足言哉！

才藻之富赡，令人叹服。其中“何异鸰鸠”是一个僻典。出自《文选》陈琳《檄吴校将部曲文》：“鸰鸠之鸟，巢于苇苕。苕折子破，下愚之惑也。”另，《荀子·劝学篇》也有蒙鸠鸟“以羽为巢，而编之以发，系之苇苕。风至苕折，卵破子死”之语。猪口笃志认为文章中稍许有点“合掌”之嫌，但从这段文字中却不见这种毛病。其对句之妙，行文之气势，再请欣赏下卷假名乞儿论之一节：

无常暴风，不论神仙；夺精猛鬼，不嫌贵贱。不能以财赎，不得以势留。延寿神丹，千两虽服；返魂奇香，百斛尽燃：何留片时，谁脱三泉？尸骸烂草中以无全，神识煎沸釜而无专。或投薪岩之刀岳，流血潺湲；或穿嵲嶫之锋山，贯胸愁焉。乍轹万石之热轮，乍没千仞之寒川。有镬汤入腹，常事炮煎；有铁火流喉，无暂脱缘。水浆之食，亿劫何闻称？咳唾之餐，万岁不得擅。狮子虎狼，飔飔欢跳；马头罗刹，盱盱相要。号叫之响，朝朝诉霄；赦宽之意，暮暮已消。嘱托阎王，愍意咸销；招呼妻子，既亦无繇。欲以珍赎，曾无一琼瑶；欲逃遁免，城高不能超。嗟呼苦哉，呜呼痛哉！

文中有好些怪字，如“嵲嶫”，山高峻貌，见司马相如《上林赋》；“飔飔”，吐气貌，见张衡《西京赋》。其实，古代日人汉诗文中的僻字怪字，大多就是从《文选》中这类赋里捡来的。他们喜欢这样做，以显示自己博学。

延历二十三年(804)，空海随日本天皇派出的第十八次遣唐使船赴华。历经艰辛危险，于八月漂达福州长溪县海口。由于遣唐使多从江南的明州(宁波)、扬州等地登陆，福州不属日本贡道所经之地，所以福州官员颇为疑虑，并派员上船查问。于是，遣唐大使藤原葛野麻吕(贺能)便嘱空海代笔上书。空海便以文辞华丽的骈体写成《与福州观察使书》，说明缘由，请求入京(后收《性灵集》卷五)，今节录于下：

伏惟大唐圣朝，霜露攸均。皇王相宅，明王继武。圣帝重兴，掩顿九野，牢笼八纮。是以我日本国常见风雨和顺，定知中国有圣。刳巨木于苍岭，摘皇花于丹墀。执蓬莱琛，献昆岳玉。起昔迄今，相续不绝。故今我国主，顾先主之贻谋，慕今帝之德化，谨差太政官右大辨正三品兼行越前国太守藤原朝臣贺能等，充使奉献国信别贡等物。贺能等忘身衔命，冒死入海，既辞本涯，比及中途，暴雨穿帆，戕风折舵。短舟……随浪升沉，任风南北。但见天水之碧色，岂视山谷之白雾。掣掣波上二月有余，水尽人疲，海长陆远。飞虚脱翼，泳水煞鳍，何足为喻哉。仅八月初日，乍见云峰，欣悦罔极。过赤子之得母，越旱苗之得霖。贺能等万冒死波，再见生日，是则圣德之所致也，非我力之所能也。……伏愿垂柔远之惠，顾好邻之义，纵其习俗，不怪常风。然则涓涓百蛮，与流水而朝宗舜海；喁喁万服，将葵藿以引领尧日。顺风之人，甘心辐凑；逐腥之蚁，悦意骈罗。今不任常习之小愿，奉启不宣。

代书充分表达了遣唐诸人向慕中华文化，不惧千辛万苦的热情和毅力。福州观察使阎济美深为这种精神和高雅的文笔所惊叹，立即给予优遇，并上奏长安。由于当时使团入唐后的一切费用均由中方负担，因此须限制人数，敕令二十二人入京，其中竟没有空海。因为他只是一个"学问僧"，并无显赫官职，中国官方也不知道首次上书是空海代笔的。空海深感失望和委屈，于是又写《请福州观察使入京启》，恳求入唐学习：

空海才能不闻，言行无取，但知雪中枕肱，云峰吃菜。逢时乏人，簉留学末，限以廿年，寻以一乘。任重人弱，夙夜惜阴。今承不许随使入京，理须左右，更无所求。虽然，居诸不驻，岁不我与，何得厚荷国家之冯，空掷如矢之序！是故叹斯留滞，贪早达京。伏惟中丞阁下，德简天心，仁普近远。老弱连袂，颂德溢路；男女携手，咏功盈耳。外示俗风，内淳真道。伏愿顾彼弘道，令得入京；然则早寻名德，速遂所志。今不任陋愿之至，敢尘视听，伏深僭越。谨奉启以闻。

空海的文笔与专诚再次感动了观察使，他的请求即被批准。年末，他们到达长安。翌年，大使等归国，空海则得唐帝准许，配住名刹西明寺，研读内外经典。后拜惠果阿阇梨(745—805)为师，惠果大师一见垂青，谓："吾待汝久，来何迟矣！"(见《性灵集》序)不久，大师便圆寂了。下葬之时，空海被推撰写墓碑文。当时，会葬僧俗即逾千人，长安城内又何欠大手笔，而堂堂一代宗师的墓碑，竟推选仅有半年师徒关系的日本僧人空海撰文并书字！这除了说明中国方面重视与日本的友好外，当然也因为空海人品、文章、书法之高。这实在是日本汉文学史上的骄傲！

碑文论述了惠果在密教史上之贡献与地位，详记了空海受传之经过和惠果对他的嘱托，感情真挚，计约千五百字。可惜此碑石今未见，碑文在中土亦无著录。疑当年未曾镌立。所幸文章已收入《性灵集》。今节录于下：

大唐神都青龙寺故三朝国师灌顶阿阇梨惠果和尚之碑。日本国学法弟子苾蒭空海撰文并书。

俗之所贵者也五常，道之所重者也三明。惟忠惟孝，雕声金版。其德如天，盍藏石室乎？尝试论之，不灭者也法，不坠者也人。其法谁觉，其人何在乎？爰有神都青龙寺东塔院大阿阇梨法讳惠果和尚者也。……于时，代宗皇帝闻之，有敕迎入，命之曰："朕有疑滞，请为决之。"大师则依法呼召，解纷如流，皇帝叹之曰："'龙子虽少，能解下雨。'斯言不虚。左右书绅，入瓶小师，于今见矣。"从尔已还，骥騄迎送，四事不缺，年满进具，孜孜照雪。三藏教海波涛唇吻，五部观镜照耀灵台。洪钟之响随机卷舒，空谷之应逐器行藏。始则四分秉法，后则三密灌顶。弥天辨锋不能交刃，炙輠智象谁敢极底？是故三朝尊之以为国师，四众礼之以受灌顶。若乃旱魃焦叶，召那伽以滂沱；商羊决堤，驱迦罗以杲杲矣。其感不移晷，其验同在掌。皇帝皇后崇其增益，琼枝玉叶伏其降魔，斯乃大师慈力之所致也。……

夫一明一暗天之常也，乍现乍殁圣之权也。常理寡尤，权道多益。遂乃以永贞元年岁在乙酉极寒月满，位世六十，僧夏四十，结法印而摄念，示人间以薪尽矣。呜呼哀哉，天返岁星，人失惠日。筏归彼岸，溺子一何悲哉！医王匿迹，狂儿凭谁解毒？嗟呼痛哉，简日于建寅之十七，卜茔于城邙之九泉。断肠埋玉，烂肝烧芝。泉扉永闭，诉天不及；荼蓼呜咽，吞火不灭。天云黪黪现悲色，松风瑟瑟含哀声。庭际蒃竹叶如故，陇头松槚根新移。乌光激迴恨情切，蟾影斡转攀擗新。嗟呼痛哉奈若何！弟子空海，顾桑梓则东海之东，想行李则难中之难。波浪万万，云山几千也。来非我力，归非我志。招我以钩，引我以索。泛泊之朝，数示异相；归帆之夕，缕说宿缘。和尚掩邑之夜，于境界中告弟子曰："汝未知吾与汝宿契之深乎？多生之中，相共誓愿，弘演密藏，彼此代为师资，非只一两度也。是故劝汝远涉，授我深法。受法云毕，吾愿足矣。汝西土也接我足，吾也东生入汝之室。莫久迟留，吾在前去也。"窃顾此言，进退非我能，去留随我师。孔宣虽泥怪异之说，而妙幢说金鼓之梦，所以举一隅示同门者也。词彻骨髓，诲切心肝。一喜一悲，胸裂肠断。欲罢不能，岂敢韫默？虽凭我师之德广，还恐斯言之坠地。叹彼山海之易变，悬之日月之不朽，乃作铭曰：

生也无边，行愿莫极。丽天临水，分影万亿。爰有挺生，人形佛识。毗尼密藏，吞并余力。修多与论，牢笼胸臆。四分秉法，三密加持。国师三代，万类依之。下雨止雨，不日即时。所以缘尽，泊乎归真。惠炬已灭，法雷何春？梁木摧矣，痛哉苦哉。松槚封闭，何劫更开！

从前引《请福州观察使入京启》中"限以廿年"可知,空海原打算在唐留学二十年;今惠果大师既嘱"莫久迟留",空海也就遵命于次年即回国,以"弘演密藏"为己任。临回国时,中国友人朱千乘、朱少端、昙靖、鸿渐、郑壬等人都赋诗赠别。这些诗均由空海携回日本,后保存在《弘法大师全集》中。而空海在唐也写下不少汉诗,今残存《经国集》中有空海诗八首,其中三首可认定作于中国。这些均成为中日两国文化交流史上的珍贵史料了。如《在唐观昶法和尚小山》:

看竹看花本国春,人声鸟哢汉家新。
见君庭际小山色,还识君情不染尘。

此诗以"本国"对"汉家",可知作者在唐而忆故国之隐情。江户学者林鹅峰编《本朝一人一首》,也选了此诗;但林鹅峰在书中又说:"尝闻藤敛先生暇日见《性灵集·后夜闻佛法僧鸟诗》,以为集中第一,其诗曰:'闲林独坐草堂晓,三宝之声闻一鸟。一鸟有声人有心,声心云水俱了了。'"这样,林氏实际在《本朝一人一首》中介绍了空海的两首诗。这后一首诗空海作于回国后,居高野山时。"佛法僧鸟"指小鸠,在高野山深处常夜鸣。据说其鸣为"佛法僧"三声,而佛、法、僧在佛教中被称为"三宝"。

另一首写于中国的诗为《过金山寺》。金山寺在江苏镇江。诗如下:

古貌满堂尘暗色,新花落地鸟繁声。
经行观礼自心感,一两僧人不审名。

从诗中可见唐代的金山寺风景虽好,但香火并不旺,所以才"尘暗色",僧人也只见一二。但即使这样的古寺,空海也要去观礼,可见他对佛教的虔诚。

还有一首可断定作于中国的诗,为《别青龙寺义操和尚》:

同法同门喜遇深,游空白雾忽归岑。
一生一别难再见,悲梦思中数数寻。

青龙寺是长安的一所寺庙。"归岑"指自己要像白云归山一样回国了。此诗表达了空海对中国友人的深厚感情和思念。

今藏奈良兴福寺有一古物——南园堂铜灯台,台为追荐藤原真夏之亡父内麻吕而造。台的六面铜板上铸有铭文,可惜最后两板已失,所以未见铭文作者署名。但日本学界多认为是空海所作。铭铸于弘仁七年(816),

为避唐世祖李昞之讳,丙申写作“景申”,作者受唐化浸淫之深可见。文为:

弘仁七载,岁次景申,伊豫权守正四位下藤原朝臣公等,追遵先考之遗敬(志),志(敬)造铜灯台一所。心不乖丽,器期于朴,慧景传而不穷,慈光烛而无外。《遗教经》云:“灯有明,明命也,灯延命。”《譬喻经》云:“为佛燃灯,后世得天眼,不生冥处。”《普广经》云:“燃灯供养,照诸幽冥,苦病众生,蒙此光明。缘此福德,皆得休息。”然则上天下地,匪日不明;向晦入冥,匪火不照。是故以斯功德,奉翊先灵,七觉如远,一念孔迩。庶几有心有色,并超于九横;无小无大,共蠲于八苦。昔光明菩萨,燃灯说咒;善乐如来,供油上佛。居今主望古,岂不美哉。式标良因,贻厥来者,云大雄降化,应物开神,三乘分辙,六度成津,百非洗荡,万善惟新,更升忉利,示以崇亲,其一薰修福[下缺]

上面多次提到的《性灵集》,全名《遍照发挥性灵集》(空海在唐曾得授“遍照金刚”法号),为空海的法诗文别集。为其弟子高雄僧真济在他逝世后所编,初为十卷,后最末三卷散佚;二百多年后,由人辑佚增补,凑满十卷,但也混入了一些非空海的作品。以上所引作品多已收入。空海存诗不多,文却不少。斋藤正谦《拙堂文话》中说:“僧空海《性灵集·三教指归》,文辞亦可观矣。”亦重视其文。作为较特异的作品,集中还有《为酒人内公主遗言》和《为人求官启》二文。这两篇都是代笔之作,但写得情真意挚,贴近生活,也可让人窥见空海在弘法之外的凡尘人生。今录《为人求官启》一篇,署名为前周防代太守。

某乙启。某乙闻:巨石者也重沉,蚊虻者也短飞。虽然,巨石得舟者,过深海于万里;蚊虻附凤者,翔高天于九空。遇与不遇,何其辽哉!伏惟我右仆射马足下,钟鼎累代,阿衡一人,能仁能惠四海之父,允文允智万民之依,何不仰止。某乙不幸,遇罹时变,左迁外蕃。非农非桑,蚕食者多;不商不贾,蠹食者众。先人田园,日日消男女之口;考妣舍宅,年年尽童仆之腹。一两亲眷,不给千里之粮;四邻知友,谁济一朝之饥。遂使妻妾作边壤之尘,仆众为行路之人。吊影欲死不死,诉天欲生不生。涕与雨露争陨,形将木石枯衰。常叹应为边壤之冤鬼,但恨不作都下之生人。幸沐春雨之牙泽,再入圣贤之阙下,石瓦之望,于此足矣。然犹人非悬瓠,身非金石。寒暑数侵,身无覆体之衣;乌兔代谢,口乏支饥之食。男女满庭,朝朝叹生苔之灶;仆隶侧舍,夜夜忿飞尘之甑。居诸荏苒,霜鬓飒然;

星霜如矢，清河何日？伏乞翻江海之波澜，赐执鞭之一任。然则涸辙之途，忽掉江湖之鳍；游岱之魂，乍齐倚陶之才。今不任小愿之至情，谨奉启。

又据《大师游方记》称，空海在长安时，曾作有离合诗赠四川和尚惟上：

> 磴危人难行，石险兽无升。
> 烛暗迷前后，蜀人不得灯。

这首诗字面意思是人世险恶，道路曲折，要靠佛教“传灯”来照亮黑暗；同时也是批评惟上和尚不理解他对佛教的坚贞信念，因为惟上问他何必远游中国。而此诗又用了极巧妙的“离合体”，即把全诗第一字“磴”的“石”字旁分离出来作为第二句第一字，把第三句第一字“烛”（燭）的“蜀”字分离出来作为第四句第一字，然后再把分离后剩下的“登”和“火”合起来作为全诗的最后一字“灯”（燈）。

而此诗传说又有另一种写法：

> 磴危人难行，石险兽无登。
> 烛暗迷前后，蜀人不得火。

其离合法则是离首句第一字“磴”为二字，各作第二句的首尾；离第三句第一字“烛”为二字，各作第四句的首尾；然后第二句和第四句的尾字再合起来为一“灯”字。这第二种写法也很巧妙，美中不足的是韵脚稍稍偏离。空海写的这一离合诗，虽然带有文字游戏的性质，但不仅寓有深意，还显示了他对汉字、汉诗规律的深刻认识，而且当是日本人最早的这类诗作，真是非常不容易的！

据查，中国最早写作离合诗的当是汉末的孔融，《艺文类聚》收有他的《离合作郡姓名字诗》。该书还收有魏晋南北朝时期其他人的几首离合诗。但这种杂体诗因为不好写，在中国也并不多见。空海写出这样水平的离合诗，而此诗又不见于《性灵集》，也许不免使人怀疑。但空海弟子真济为《性灵集》写的序中明确提到：“和尚（空海）昔在唐日，作离合诗赠土僧惟上。”而该序当作于空海生前，因此此事绝无可疑。该序又写道：“前御史大夫泉州别驾马总，一时大才也，览则惊怪，因送诗云：‘何乃万里来，可非炫其才？增学助玄机，土人如子稀。’”中国人的“一时大才”马总赠给空海的，也是一首离合诗，但从文字技巧上看，似乎还不及空海原诗呢。

从今存史料来看，空海和马总的这两首诗还应是最早的中日诗人唱和之作。这就更值得珍视了。(顺便一提，空海、马总的这几首诗，似乎还未被辑入《全唐诗》补遗。)

除了《性灵集》以及专门的佛学书籍外，空海存世的著述中与汉文学有点关系的还有《篆隶万象名义》和《文镜秘府论》二书。前者三十卷，有栂尾高山寺所藏写本，为永久二年(1114)所抄。卷首题有“东大寺沙门大僧都空海撰”。内容大多摘自南朝梁顾野王的《玉篇》，先写出汉字的篆书和隶书(其中篆书仅第一卷和第二卷的一部分，余皆为楷书)，然后是读音反切和字义解释。但也略有与《玉篇》不同的地方，如某些异体字及《玉篇》所没有的解释等，因此被认为是空海的著述，而且是日本人所写的最古的汉字辞书。于此书可见空海对中国文字学的深厚造诣。顺便可提的是，空海还擅长书法(前已提及当年中国学者曾推他书写惠果大师墓碑文)，还传说日本的平假名就是空海根据汉字的特点及草书的规律创制的。虽然一国的文字不可能一人一时所能创造，但空海曾对创制平假名作出过重要贡献，当亦可信。(同样，本书前面提及的传说吉备真备创造了片假名，亦当作如是观。)

空海的《文镜秘府论》更历来为中日两国的学者共同珍视。这是一部专门论述汉诗声韵格律的书。中国学者严绍璗据《太平广记》卷一八〇“宋济”条引《卢氏杂说》，指出空海留学的长安西明寺，在唐时不仅是释门钻研佛学最理想的地方，同时也是世俗应试举子游息作诗的场所。因此，这可以解释空海何以能写出此书的原因。据日本学者研究，空海此书乃归国后所撰，是根据中国六朝至唐的多种论述声韵格律及文论修辞类书籍，分类编纂而成的。书分六卷，分别取名为天、地、东、南、西、北，分十五类论述了声谱、调声、八种韵、四声、十七势、十四例、六义、十体、八阶、六志、二十九种对、文三十种病累、十种疾、文意、对属等。严格地说，这不能称为一部独立的研究专著。如松井简治举例指出的，书中的四声论抄自隋朝刘善经《四声指归》，十四例出自皎公《诗议》，十体录自崔氏《唐朝新定诗体》，二十九种对抄自元兢《诗髓脑》及皎公、崔氏之书，论文意根据殷璠《河岳英灵集》，等等。但是，正如中国学者杨守敬《日本访书志》中说的，空海引录、参用的书，除皎公《诗议》外，其他多已失传。因此，此书恰有保存古书、古说之功。书中又引用了很多六朝隋唐诗文，中多秘篇，后人还可据此做辑佚工作。而且，此书毕竟是日本专门、系统的论诗著作之始，也是日本正式研究汉学最早的一部书，对日本汉文学创作和汉学研究的影响极大。此书完成后约十年，空海又据此编写了一个简本，取名《文笔眼心抄》。

在论述空海时，还不得不提及同时代的最澄(767—822)。因为在日本佛教史上，或者中日文化交流史上，两人是齐名的。最澄比空海大七岁，他们的人生经历有许多相似之处。最澄俗姓三津首，幼名广野，据说先祖是中国后汉孝献帝的支庶登万贵王。他十二岁出家，十五岁得度，十九岁在东大寺戒坛院受具足戒。804年，他与空海同一批入唐。翌年，最澄先回国，创天台宗；空海回国后，则开真言宗。他俩各自撰有不少佛教著述。最澄死后被谥为“传教大师”，而空海后来则被封为“弘法大师”。不过，最澄似乎没有留下什么带文学性的作品，因此在汉文学史上的地位远不及空海。但他的中文水平也是很高的，文笔流畅，因而也可一提。

例如，在他十九岁入山不久，便撰有《愿文》以述心迹：“悠悠三界，纯苦无安也。扰扰四生，惟患不了也。牟尼之日久隐，慈尊之月未照。近于三灾之危，没于五浊之深。……于是愚中极愚、狂中极狂、尘秃有情、底下最澄，上违于诸佛，中背于皇法，下阙于孝礼，谨随迷狂之心，发三二愿。”他接连发了五大愿，最后说：“伏愿：解脱之味不独饮，安乐之果不独证。法界众生，同登妙觉；法界众生，同服妙味。……愿必所引导今生，无作无缘，四弘誓愿，周旋于法界，遍入于六道，净佛国土，成就众生，尽未来际，恒作佛事。”这篇《愿文》文辞老练，出于十九岁少年之手，颇为难得。

延历二十一年(802)，最澄向朝廷上呈《请入唐请益表》。这是中日文化交流史上的重要文献。开首云：

> 最澄早预玄门，幸遇昌运，希闻至道，游心法筵。每恨《法华》深旨，尚未详释。幸求得天台妙记，披阅数年。字谬行脱，未显细趣。若不受师传，虽得，不信。诚愿差留学生、还学生各一人，令学此圆宗，师师相继，传灯无绝也。

文字洗练，毫不矫揉造作，亦可读也。

十、《凌云集》

平安前期，历代天皇都极重视汉文学。尤其是嵯峨天皇，我认为他可称当时最高水平的汉诗人。皇帝而为第一诗人，这即使在中国，也是罕见的。他还特别信奉中国魏文帝曹丕《典论·论文》中“文章经国之大业”的论述，下诏令人编选了《凌云集》(841年)、《文华秀丽集》(818年)。其后，淳和天皇又命人编选了《经国集》(827年)。这三部书都是汉文学合集，后人即合称之为“敕撰三集”。在短短十三年里，竟出现了三部“敕撰”的汉诗文集。这在日本文学史上是绝无仅有的事。“敕撰三集”当然是《怀风藻》的继续，但是，《怀风藻》虽然也收录了天皇之作和大量宫苑应制诗，却是个人“私撰”之书，而这三部则是“敕撰”的。这充分表明平安时期的汉文学更是傲居于宫廷的日本最高文学，是当时日本的主流文学，当时日本的第一“国文学”。

《凌云集》全名为《凌云新集》，是小野岑守(778—830)奉嵯峨之命，辑录自延历元年(782)至弘仁五年(814)间的二十三人所作九十首汉诗(此据序文，今存本实际为二十四人、九十一首)。这是继《怀风藻》后的第一部汉诗总集，其作品起始年代距《怀风藻》仅三十年，其成书时间亦仅隔六十年。“凌云”一词见《史记·司马相如传》“飘飘有凌云之气”，但选为集名，可能取自唐玄宗诗句“同吟湛露之篇，宜振凌云之藻”(《春晚宴两相及礼官丽正殿学士》)，寓有超越《怀风藻》之意；但编者似了解以“藻”名集不妥，所以未用“藻”字。今先来看出自“从五品上”的小野岑守之手的序，这也是当时有代表性的汉文作品：

> 臣岑守言：魏文帝有曰“文章者经国之大业，不朽之盛事；年寿有时而尽，荣乐止乎其身。”信哉！伏惟皇帝陛下，握裒紫极，御辨丹霄，春台展熙，秋荼翦繁，睿知天纵，艳藻神授，犹且学以助圣，问而增裕也。属世机之静谧，托琴书而终日。叹光阴之易暮，惜斯文之将坠。爰诏臣等，撰集近代以来篇什。臣以不才，忝承兹纶命，涣汗代大匠斲，伤手为期。臣今所集，掩其瑕疵，举其警奇，以表一篇尽善之未易。得道不居上，失时不降下，无言存亡，一依爵次。至若御制令制，名高象外，韵绝环中，岂臣等所能议乎？而殊被诏旨，敢以采择。冰夷赞洋，咏井之见不及；太阳升景，化草之明斯迷。博我以文，欲罢不能。辱因编载，卷轴生

光。犹川含珠而水清，渊沉玉而岸润。起自延历元年，终于弘仁五年，作者二十三人，诗总九十首，合为一卷，名曰《凌云新集》。臣之此撰，非臣独断，与从五位上行式部少辅菅原朝臣清公、大学助外从五位下勇山连文继等，再三评议，犹有不尽，必经天鉴。从四位下行播磨守贺阳朝臣丰年，当代大才也，近缘病不朝，臣就问简呈，更无异论，从此定焉。臣岑守谨言。

这篇序文也用了不少中国典故，有些还是很难懂的。例如“握褒”，猪口笃志说是出自《孝经》援《神经》语，可是谁知《神经》为何书？其实见于《搜神记》卷八，谓舜手中有“褒”字，“喻从劳苦，受褒饬，致大祚也”云。“春台展熙”出自《老子》：“众人熙熙，如享太牢，如登春台。”“秋荼翦繁”，猪口误写为“秋茶”，并说“典据不明”。我认为出于汉代桓宽《盐铁论·刑德》：“昔秦法繁于秋荼，而网密于凝脂。”又如“代大匠”“伤手”，出于《老子》：“夫代大匠斫者，希有不伤其手矣。”“冰夷赞洋”，出《庄子·秋水》，冰夷即冯夷，河神也。“川含珠而水清，渊沉玉而岸润”则从《淮南子·说山训》“玉在山而草木润，渊生珠而岸不枯”化出。“博我以文”见《论语·子罕》。这样一些文句，若非对中国古籍有深入的研读，是绝对写不出来的。于此足见小野岑守汉文学水平之高。而在他笔下，所谓的“和典”再也不见了。

从序文中又知此书的编者除小野外，菅原清公、勇山文继，还有当时诗坛领袖、卧病中的贺阳丰年也参加了讨论，甚至嵯峨天皇也亲自参与。诗的编排则以作者官爵高低为序。今见书中入选最多者为嵯峨天皇，计二十二首；次为小野岑守和贺阳丰年，各十三首；淳和天皇五首，菅原清公四首；其余诗人均各为一二首。奇怪的是，参与编选的勇山文继却没有；另外，与小野有十多年交往的空海也没有。（《经国集》中有小野赠空海诗，云：“昔余深结义，自尔十余纪。”）

嵯峨天皇(786—842)，809年至823年在位。他不仅下令编撰汉诗集，是《凌云集》的第一作者，选入数量几占四分之一，而且其诗也颇有佳作妙句。江户时代学者江村北海《日本诗史》卷一云：“嵯峨天皇，天资好文，睿才神敏，宸藻最称富赡。其七言近体中，警联殊多。但未免骈丽合掌，亦时风尔耳。”确实，嵯峨善写七言，在《凌云集》二十二首诗中，有七律十四首，排律二首。今引一首《春日游猎，日暮宿江头亭子》：

三春出猎重城外，四望江山势转雄。
逐兔马蹄承落日，追禽鹰翮拂轻风。
征船暮入连天水，明月孤悬欲晓空。
不学夏王荒此事，为思周卜遇非熊。

此诗自是帝王口吻，不失雄直之气。最末两句，意思是自己虽春日游猎，但不学夏王太康沉迷于此；而是希望能像周文王占卜，遇见“非龙非螭，非熊非罴”的姜尚。引史用典恰当，寄意深远。

再引《听诵法华经，各赋一品，得方便品，题中取韵》，其中“续火”一联颇妙：

春暮禅心何寂寞，恭恭倾耳听经王。
甚深知慧极难解，微妙因缘岂易量。
续火香炉烟不灭，从风清梵响犹长。
唯归一乘权立二，引入群生有万方。

嵯峨天皇存诗较多，除《凌云集》二十二首外，《文华秀丽集》中有三十四首，《经国集》中有三十七首，加上集外佚诗，共存九十七首。（此外还有赋三篇。）因此，他也是同时代诗人中作品流传下来最多的一人。这里再引两首与空海有关的诗（未必出于《凌云集》）。《与海公饮茶送归山》，海公即空海。有记载说空海自唐归来时，带来茶叶献给嵯峨帝。又据说，茶和茶树传入日本即始自入唐僧。嵯峨此诗因而还具有史料价值：

道俗相分经数年，今秋晤语亦良缘。
香茶酌罢日云暮，稽首伤离望云烟。

嵯峨天皇还是书法家，他曾书写初唐诗人李峤的杂咏一百二十首。他的书法与空海并称为“二圣”。弘仁七年（816），嵯峨要空海作书。观看了空海的书法后，嵯峨作长篇《观空海书迹赋诗》：

深山居住振奇名，冰玉颜容心转清。
世上草书言为圣，天纵不谢张伯英。
暂乘云岭一念隙，书得绫罗四帖屏。
初见笔精鸾凤体，倩看墨妙虬龙形。
高峰坠石未动地，绝涧长松岂扬声。
乱点乍疑舞鹤起，相连还似旅雁行。

花苑正开春日色，月天遍照秋夜明。
对之观者目眩耀，共赏草书笑丹青。
绝妙艺能不可测，二王没后此僧生。
既知风骨无人拟，收置秘府最开情。

七古长诗，在平安朝前期是不多见的。由此益见嵯峨天皇的汉文学造诣。关于嵯峨天皇的作品，本书下面两节还将提到。

小野岑守(778—830)是推古朝著名的遣隋使小野妹子的玄孙，岑守的儿子小野篁也是有名的汉诗作者。岑守亦长于五言、七言，并作有长篇七古。除《凌云集》中收十三首外，《文华秀丽集》收八首，《经国集》收九首。《凌云集》中《远使边城》一诗，有唐人边塞诗味：

王事古来称靡监，长途马上岁云阑。
黄昏极嶂哀猿叫，明发渡头孤月团。
旅客期时边愁断，谁能坐识行路难。
唯余敕赐裘与帽，雪犯风牵不加寒。

被小野誉为"当代大才"的文章博士贺阳丰年(751—815)则长于五言。在入选的十三首诗中七言仅二首。贺阳亦在"敕撰三集"中都有诗。《凌云集》收的《别诸友入唐》一诗，为当年平安朝遣唐使这一重大活动定格了历史画面：

数君为国器，万里涉长流。
奋翼鹏天渺，轩鳍鲲海悠。
登山眉自结，临水泪何收。
但此仙天处，空见白云浮。

颔联化用《庄子·逍遥游》，气势不凡，以羡贺友人前途无量；颈联和尾联则又表达了依依不舍的怀念之情。又据说贺阳为人有操守，有抱负。书中有他的小诗一首《高士吟》：

一室何堪扫？九州岂足步？
寄言燕雀徒：宁知鸿鹄路！

《后汉书·陈蕃传》："蕃年十五，尝闲处一室，而庭宇芜秽，父友同郡薛勤来候之，谓蕃曰：'孺子何不洒扫，以待宾客？'蕃曰：'大丈夫处世，当扫除天下，安事一室乎？'" 曹植《五游咏》："九州不足步，愿得凌云翔。"《史记·陈涉世家》："陈涉太息曰：'嗟乎，燕雀安知鸿鹄之志哉！'" 诗中用了这两个典故，豪迈与抑塞之情俱见。

菅原清公(770—842)亦参与了全部"敕撰三集"的编选工作，并在三集中都有作品。他是著名的"菅氏"第二代，著有《菅家集》，可惜未能流传下来。另外还奉敕与右丞相清原夏野等编撰过《令义解》。菅原清公学问高深，曾先后为嵯峨、淳和、仁明天皇讲过《文选》《后汉书》等，被人尊为"三朝元老"。延历二十三年(804)，曾作为判官随遣唐使入唐谒见德宗帝。抵唐时，曾作有《冬日汴州上原驿逢雪》，收入《凌云集》：

云霞未辞旧，梅柳忽逢春。
不分琼瑶屑，来沾旅客巾。

汴州即河南开封。作者在雪日却写到"逢春"，因为看到了傲雪的蜡梅、挂冰的垂柳充满生机。仿佛雪花也有人情，来沾异国旅客的衣襟。这首诗又被林鹅峰选入《本朝一人一首》，林氏评曰："是小绝可以当千百首。"《凌云集》中还选有清公的《越州别敕使王国父还京》：

我是东番客，怀恩入圣唐。
欲归情未尽，别泪湿衣裳。

此诗显然也作于中国，写离情乡思，虽平白如画，也颇感人。上引两诗，可惜尚未被研究者依例辑入《全唐诗》补编中。

《凌云集》中收入五首诗的皇太弟，即后来的淳和天皇(786— 840)，也值得一提。(他后来敕命编选《经国集》，在《文华秀丽集》中他有诗八首，《经国集》中有三首。) 如《奉和春日游猎日暮宿江头亭子》，便是奉和嵯峨天皇的：

二月平皋春草浅，千乘犯晓出城中。
鹑惊遥似星光落，兔尽还疑月影空。
合晴征船唯见火，连霄浦树岂分红。
今朝圣想期何后，不异周王猎渭风。

颔联状景如画。尾联则应和原诗"为思周卜遇非熊"，极善恭维。另一首《奉和江亭晚兴》也不错：

我后巡方春日晚，迴銮驻驿次江亭。
水流长制天然带，山势多奇造化形。
岸上松声眠里雨，舟中火色望前星。
烟霞欲曙鸡潮落，归雁群鸣起回汀。

“鸡潮”一词别致新颖，当出自沈约《袖中记》：“移风县有潮鸡，鸣长且清，其声如吹角，每潮至则鸣。”

与首部汉诗集《怀风藻》相比，《凌云集》相隔仅六十年，却确实有了明显的进步。

十一、《文华秀丽集》

又仅隔四年，第二部“敕撰”的汉诗集《文华秀丽集》问世。序言是仲雄王写的，说明《凌云集》完成后，“自厥以来，文章间出，未逾四祀，卷盈百余。岂非□□储聪，制文之无虚月；朝英国俊，掞藻之靡绝时哉！”因此，官居正三位大纳言的藤原冬嗣便“奉敕命”再编此书。参与者有仲雄王、菅原清公、勇山文继、滋野贞主、桑原腹赤等。“各相平论，甄定取舍。若有难审，上禀睿摹。先漏《凌云》者，今议而录之。并皆以类题叙，取其易阅。凡作者廿六人(按，实际共廿八人。序文作者为尊崇嵯峨、淳和两帝，未计入内)，诗一百四十八首(按，今实见一百四十三首)，分为三卷，名曰《文华秀丽集》。凤掖宸章，龙闱令制，别降纶旨，俯同缥帙。而天尊地卑，君唱臣和。故略作者之数，编采摭之中。”

由此可见，此书实为《凌云集》的补编，但其编排方式却与前不同。不是“一依爵次”，而是“以类题叙”，每一类中也未必按尊卑排列。这种分类编排的形式，大概是向中国的诗文总集学的。所设门类有“游览”“宴集”“饯别”“赠答”(以上上卷)，“咏史”“述怀”“艳情”“乐府”“梵门”“哀伤”(以上中卷)，“杂咏”(下卷)，共十一类。作者队伍，基本上与《凌云集》相似，为天皇及其近侍高官等。署名则模仿唐人，均改为三字，如菅原清公为菅清公，小野岑守为野岑守等。这种姓名的汉化，为后来的《经国集》以及《扶桑集》《本朝文粹》《本朝无题诗》等书所采用。此集诗作的形式，也与《凌云集》相仿佛，多为仿效初唐的近体，七言较多。至于诗的内容，则更丰富一点，这由上述分类各目即可得知。

不过，书中的分类及取名有的不很恰当。例如，所谓“艳情”，实际所收多是“闺怨”诗，不少作品反映了妇女的悲惨命运，有一定的社会意义，并不是“艳情”两字所能表明。有中国研究者说：“平安初期‘艳情’诗的出现，可以说是绮靡的宫体诗的延伸。”（高文汉《中日古代文学比较研究》）所论皮相，不确。再如“乐府”，正如猪口笃志指出的，只是诗的题目用了《长门怨》《折杨柳》等乐府的标题，形式却都是五律体，并非乐府体。可见编撰者还不懂什么叫乐府。还有“梵门”，并非指作者是僧人，而不过是内容涉及寺庙与和尚。最后的“杂咏”，共收诗四十八首，占全书的三分之一以上，其实其中有不少诗是可以分别归入其他类的。

《文华秀丽集》仍以嵯峨天皇为第一作者，收诗最多(三十四首)，在书中所占比重也近似《凌云集》。诗的水平，相比较也算好的。如《春日大弟雅院》一首，写出闲怀雅趣：

诗家有兴来雅院，雅院由来绝世闲。
阳砌虽看新柳色，阴阶常点旧苔斑。
就暖晴花开帘外，欲巢时鸟啄庭间。
此地端居玩风景，寂寥人事暂无关。

又如《夏日临泛大湖》一首，起句不凡，读至中篇烦暑尽涤，惜收尾似少韵味：

水国追凉到，乘舟泛大湖。
风前翻浪起，云里落帆孤。
浦香浓卢橘，洲色暗苍芦。
邑女采莲伴，村翁钓鱼徒。
畏景西山没，清猿北屿呼。
沿洄兴不已，弭棹转归舻。

嵯峨的七绝，也往往以平淡出新奇，如《河阳十咏·江上船》：

一道长江通千里，漫漫流水漾行船。
风帆远没虚无里，疑是仙查欲上天。

当然，它远没有“孤帆远影碧空尽，唯见长江天际流”情意悠渺；但如果嵯峨未读李白诗句而写此，也算佳句了。而另一首《故关闻鸡》，则可称警拔：

烽火不传罢关城，唯余长短晓鸡声。
孟尝没后年代久，谁客今鸣令人惊？

还可一提的是，嵯峨还带头写了一些咏史诗。当时在朝廷有所谓“史记竟宴”，当是在天皇等人听罢讲解或座谈《史记》后，设宴招待主讲及听讲大臣，并以《史记》中人物为题材作诗唱和。《凌云集》中即有贺阳丰年写的《〈史记〉竟宴赋得太史公自序传》诗。《文华秀丽集》中卷“咏史”类共收嵯峨(咏张良)、良岑安世(咏季札)、仲雄王(咏刘邦)、菅原清公(咏司马迁)各一首；而其实，收入“乐府”类的《王昭君》诸诗也是咏史。这也充分反映了中国人文历史对日本的重大影响。兹引嵯峨天皇《〈史记〉讲竟赋得张子房》一首，以见一斑：

受命师汉祖，英风万古传。
沙中义初发，山中感弥玄。
形容类处女，计画挠强权。
封敌反谋散，招翁储贰全。
定都是刘说，违宰劝萧贤。
追从赤松子，避世独超然。

文笔似嫌质拙，但很好地概括了张良的一生，如“沙中”指博浪击秦帝，“山中”指圯上得太公兵法。“类处女”是司马迁称：“余以为其人计魁梧奇伟，至见其图，状貌如妇人好女。”“挠强权”，《史记》原文为“挠楚权”，此诗为平仄对仗而改。“封敌”指献策刘邦封雍齿。“招翁”指向吕后献计迎请商山四皓。“定都”指支持刘敬“都关中”之说。“违宰”殆指劝刘邦立萧何为相国。“追从”指张良晚年“愿弃人间事，欲从赤松子游”。诗中唯“违宰”一语费解。

集中选收诗数量第二多的，是巨势识人(795—827?)，共二十首。识人在《凌云集》中仅收诗一首，且列于最末，上题“荫孙无位巨势朝臣志贵人”(贵人与识人，日语同音)，可知其时尚“无位”。至十多年后(827)编《经国集》时，识人方为“从五位上”的京官小吏。可见他在此集的突出地位，并不是靠爵位和权势取得的。(残存《经国集》中有他的四首诗。)识人的诗虽然多为应制酬和之作，但题材较广，几乎遍及集中的各种门类，而且特别擅长写杂体和长诗。如《和野柱史观斗百草简明执之作》，充满欢快青春之气息：

闻道春色遍园中，闺里春情不可穷。
结伴共言斗百草，竞来先就一枝蘂。
寻花万贵攀桃李，摘叶千回绕蔷薇。
或取倒葩或尖萼，人人相隐不相知。
彼心猜我我猜彼，窃遣小儿行密窥。
团栾七八者，重楼粉窗下。
百草怀里薰，数样掌中把。
拥裙集绮筵，此首杂华钿。
相催犹未出，相让不肯先。
斗百草，斗千花，矜有嗤无意递奢。
初出红茎敌紫叶，后将一蕊争两葩。
证者一判筹初负，奇名未尽日又斜。
胜人不听后朝报，脱赠罗衣耻向家。

与此形成鲜明对比的，是另一长诗《奉和春闺愁》：

妾年妖艳二八时，灼灼容华桃李姿。
幸得良夫怜玉貌，郁金帐里写蛾眉。
绮筵朝共琅玕食，锦褥夜同翡翠帷。
谁虑遣君向戎路，恩情婉娈忽相遗。
皇城一去关山远，闺阁连年音信稀。
自恨相别不相见，使妾长叹复长思。
长思长叹红颜老，客子何心还不早！
君不见，妾离别，昼夜吁嗟涕如雪。
双蛾眉上柳叶嚬，千金笑中桃花歇。
空床春夜无人伴，单寝寒衾谁共暖？
金绣罗衣尽啼湿，银庄缕带日瘦缓。
又不见，守空闺，闺中怨坐意常迷。
昔时送别秋芦白，此日愁思春草萋。
阶前花积妾不扫，窗外莺啼妾复啼。
柳塞回鸿引群度，杏梁来燕比翼栖。

闲庭点点苍苔驳，暗牖依依绿柳低。
晚来懒织机中锦，愁向高楼明月孤。
片时枕上梦中意，几度往还塞外途！

集中的另一位代表诗人朝野鹿取(774—843)，曾任遣唐使的准录事来过中国。后任嵯峨天皇之子的侍讲，并参与《日本后纪》的编撰工作。书中虽仅收诗五首，其中亦有《奉和春闺怨》一首，可与巨势识人同题之作对读，而稍逊之：

妾本长安姿骄奢，衣香面色一似花。
十五能歌公主第，二十工舞季伦家。
使君南来爱风声，春日东嫁洛阳城。
洛阳城中桃与李，一红一白蹊自成。
锦褥玳筵亲惠密，南鹣东鲽还是轻。
贱妾中心欢未尽，良人上马远从征。
出门唯见扬鞭去，行路不知几日程。
尚怀报国恩义重，谁念春闺愁怨情。
纱窗闭，别鹤唳。
似登陇首肠已绝，非入楚宫腰忽细。
水上浮萍岂有根，风前飞絮本无蒂。
如萍如絮往来返，秋去春还积年岁。
守空阁，妾独啼。
虚坐尘暗，空阶草萋。
池前怅看鸳比翼，梁上惭对燕双栖。
泪如玉箸流无断，发似飞篷乱复低。
丈夫何时凯歌归，不堪独见落花飞。
落花飞尽颜欲老，早返应见片时好。

《文华秀丽集》的作序者仲雄王，《凌云集》中收诗二首，本集中收诗十三首，列第三位。特别突出之作似难见，有一首《奉和代神泉古松伤衰歌》或可一读：

孤松盘屈薜萝枝，贞节苦寒霜雪知。
御□琴台回仙瞩，风入飕飗添清曲。

森翠宜看轩月阴，还羞不材近天临。
自然色衰无他故，不敢幽怀负恩顾。

此诗两句一转韵，不用对仗，质朴坦率，以代古松自白。作者“奉和”的是皇帝，也许还隐含着一丝幽抑不平之气。他在集中还收了一首《蒙谴外居，聊以述怀，敬简金吾将军》，看来也曾遭天皇谴谪，自称“儒家偏随樽俎趣，帝宅朝例不生知”。诗中“昏归耻对闺中妾，夜卧强谈床上儿”几句，甚堪玩味，曲尽情事，非个中人道不出也。

书中收桑原腹赤(789—825)诗十首。《月夜言离》一首颇有味：

地势风牛虽异域，天文月兎尚同光。
思君一似云间影，夜夜相随到远乡。

风牛月兎，属对甚巧。作者其他诗如《奉和听捣衣》，令人想起唐人“长安一片月，万户捣衣声”(李白《子夜吴歌》)。《冷然院各赋一物，得瀑布水》一首，“惊鹤偏随飞势至，连珠全逐逆流颓。岩头照日犹零雨，石上飞云镇听雷”诸句，亦颇生动。

本书编选的奉敕者、内大臣藤原冬嗣，《凌云集》中收诗三首，本书有六首诗入选，较平平。《河阳光》尚属清新可读：

河阳风土饶春色，一县千家无不花。
吹入江中如濯锦，乱飞机上夺文纱。

另外，良岑安世(785—830)，书中载诗四首，其中《山亭听琴》为中国学者程千帆、孙望所评《日本汉诗选评》选入(该书1988年由江苏古籍出版社出版。本书下面有时写到程千帆、孙望二人对一些日本汉诗的评论，均引见该书，不再一一说明)：

山客琴声何处奏？松萝院里月明时。
一闻烧尾手下响，三峡流泉座上知。

蜗叟(孙望)评曰：“足见高人雅怀，可与右丞(王维)《竹里馆》同读。不足者，第三句语嫌质直耳。”

书中还可一谈的是收有嵯峨天皇的宫女姬大伴氏的诗，虽然仅有一首，但却是日本汉文学史上迄今知道姓氏的女性作者第一人。这说明，平安初期的汉文学进一步发展，已经开始有上层贵族的女性参与创作了。

姬大伴氏,可能就是前已提及的奈良朝著名汉诗人大伴旅人、大伴家持的后代。她的诗题为《晚秋抒怀》:

节候萧条岁将阑,闺门静闲秋日寒。
云天远雁声宜听,檐树晚蝉引欲殚。
菊潭带露余花冷,荷浦含霜旧盏残。
寂寂独伤四运促,纷纷落叶不胜看。

江村北海的《日本诗史》称此诗为"虽非佳作,亦不甚拙"。平心而论,这首诗写得还是很不错的。中间两联描写晚秋物候,有声有色,对仗工整。作为今知打破男性垄断的日本女性汉诗第一首,更属难能可贵。

十二、《经国集》

《文华秀丽集》编成后不到十年,淳和天皇又命正三位中纳言良岑安世再主编《经国集》。参与编选者有滋野贞主、南渊弘贞、菅原清公、安野文继、安倍吉人等。良岑安世本是皇族,他与平城、嵯峨、淳和三位天皇都是桓武天皇的皇子。只因他延历二十一年(802)被降为臣籍,才赐姓良岑。他在"敕撰三集"中都有作品,并曾与藤原冬嗣等监修过《日本后纪》。淳和天皇令他出任总编,也表明了对这一工作的重视。

《经国集》的序是天长四年(827)五月十四日滋野贞主写的。序中云:

臣闻天肇书契,奎主文章,古有采诗之官,王者以知得失。故文章者,所以宣上下之象,明人伦之叙,穷理尽性,以究万物之宜者也。且文质彬彬,然后君子。譬犹衣裳之有绮縠,翔鸟之有羽仪。楚汉以来,词人踵武,洛汭江左,其流尤隆。扬雄《法言》之愚,破道而有罪;魏文《典论》之智,经国而无穷。是知文之时义大矣哉。虽齐梁之时,风骨已丧;周隋之日,规矩不存。而沿浊更清,袭故还新,必所拟之不异,乃暗合乎曩篇。

夫贫贱则慑于饥寒,富贵则流于逸乐,遂营目前之务,而遗千载之功。是以古之作者,寄身于翰墨,见意于篇籍,不托飞驰之势,而声名自传于后。在君上则天文之壮观也,在臣下则王佐之良媒也。才何世而不奇,世何才而不用?方今梁园临安之操,赡笔精英;缙绅俊民之才,讽托惊拔。或强识稽古,或射策绝伦,或苞蓄神奇,或潜模旧制。伏惟皇帝陛下,教化简朴,

> 文明郁兴，以为传闻不如亲见，论古未若征今，爰诏正三位行中纳言兼右近卫大将春宫大夫良岑朝臣安世，令臣等鸠访斯文也。
>
> 词有精粗，滥吹须辨；文非一骨，备善维杂。若无琳瑯盈光，琬琰圆色；则取虬龙片甲，骐驎一毛。既而太上圣皇，推玉玺而踪寂；皇帝睿主，受昭华而隆德。共勉积学之添明，同要博文之助道。慧性并懋，天才俱聪。雅操飞文，似两龙之分烛；兴寄摛藻，疑双曦之齐晖。紧健之词，体物殊牟；清拔之气，缘情增高。宝鞘染毫，无胜负于八体；翡翠开匣，不优劣于六书。尧之克让文思，舜之浚哲好问，先圣后圣，其揆一焉。又先岁升霞之驾，睿藻犹遗当代。重轮之光，精华弥盛。臣阅史籍之卷，未有如此之时。但至如制令，不敢评论。特降纶言，尚俾商榷。尺表测景，日月不以缺其辉；寸管候时，阴阳无以错其节。遂使龙蛇同穴，龟鱼共渊。屈荆山之光，和碔砆之质。
>
> 断自庆云四年，迄于天长四载。作者百七十八人，赋十七首，诗九百十七首，序五十一首，对策三十八首。分为两帙，编成廿卷，名曰《经国集》。冀映明而长悬，争鬼神而将奥。先入《秀丽》者，即不刊之书也。彼所漏脱，今用兼收。人以爵分，文以类聚。然年代远近，人文存亡，搜而未尽，阙而俟后。……详举甄收，无所隐秘。臣等学非饱蘧，智异聚沙，朱愚之上，逼以严命，辞而不获，敢以参议……

这篇序的篇幅，较之前两集以及《怀风藻》的序，要长得多；但文章本身并非后来居上。该序首论文学的意义，用中国传统文论为据，并证以中国文学的发展史，提出应“沿浊更清，袭故还新”。这还算不错(不过，中间突然夹缠着“破道而有罪”的扬雄《法言》，有点莫名其妙)。接着，文章的逻辑性便有问题，作者似乎想指出文坛今不如昔，然而又过渡到选编标准，又转而大颂两位皇帝的高明，文气都无法衔接，辞藻也不漂亮。因此，有中国研究者认为它“通篇结构严谨，辞藻富赡”云云(高文汉《中日古代文学比较研究》)，实在过誉了。

由序文可知，《经国集》的篇幅、规模远远超过前两集。首先，它不限于诗，而是包括赋、序、对策等等文体；其次，它选辑的期限自庆云四年(707)自天长四年(827)，长达一百二十年。因此，共有二十卷，包括作者一百七十八人，当能较完整地反映从奈良朝至平安朝前期的整个汉文学史的全貌了。但非常可惜的是，《经国集》未能完整地保存下来，今仅存六卷(卷一、十、十一、十三、十四、二十),涉及作者九十六人,其中诗二百十首,赋十七篇,对策二十六篇。因此,今见作者只有原书的一半略多,赋全保存了,序全部缺失,对策保存近七成,诗则保存“乐府”“梵门”“杂咏”的一部分,仅是原来的二成。这是一个无可弥补的损失。从今存残本看,奈良朝作者从孝谦天皇始,有藤原宇合、石上宅嗣、淡海三船等约十五人;余八十一人多为平安朝作者。不少人已见于“敕撰”前两集,空海、高野天皇、有智子公主等则首次见于该集。

《经国集》残卷中所见作品最多的,仍是嵯峨上皇,共有诗三十七首。嵯峨之诗不仅多产,而且确实与其他人相比常有出色之作,本集中如《山夜》一首:

移居今夜薜萝眠,梦里山鸡报晓天。
不觉云来衣暗湿,即知家近深溪边。

江村北海《日本诗史》中曾称嵯峨天皇七言近体中警联殊多,并举其七律中“云气湿衣知近岳,泉声惊枕觉邻溪”等联为例,赞为“冲淡清旷”。而上引七绝显然也显示了这一点。另一首《和良将军题瀑布下兰若》也颇旷达而有气势:

瀑布一边一山寺,高车访道远追寻。
空堂望崖银河发,古殿看溪白虹临。
雾雨洒来沾炉气,雷风喷怒乱钟音。
淡肢僧臈流悬水,盥漱独行禅定心。

这里第七句疑有误字。嵯峨上皇的这类淡泊潇洒之作,显然和他让位后继续学习佛学和唐代诗歌有关的。

《经国集》第一卷所收十七篇赋,是今知日本最初创作的这一汉文学品种(前面我们已介绍过藤原宇合的《枣赋》),嵯峨一人就占了三篇。其中《重阳节神泉苑赋秋可哀》一篇,是他在位时所作,神泉苑是皇宫御苑。而集子中同题应制的,还有淳和天皇、良岑安世、仲雄王、菅原清公、和气真纲、中科善雄、和气仲世、滋野贞主等多人。一共九篇,已占全卷的一半多。可惜这些《秋可哀》赋,几乎全是模仿中国宋玉、潘岳等人的哀秋诗赋,不仅显得十分稚拙,而且简直有点无病呻吟。倒是全集列于首篇的退位后的嵯峨太上天皇的《春江赋》,才相对较为可观:

仲月春气满江乡，新年物色变河阳。江霞照出辞寒彩，海气晴来就暖光。柳悬岸而烟中绽，桃夹堤以风后香。望春江兮骋目，观清流之洋洋。或漫兮似不流，或渺兮逝不留。长之难可识，浚之谁能测？兹可谓春色动而著于江色也。

是以羽族翱翔，鳞群颉颃。缤纷杂沓，载来载行。咀嚼初藻，吞茹新荇。各各吟叫，处处相望。涉人迴楫，与渊客而为伦；渔童构宇，接鲛室而同邻。随波澜之渺邈，转舳舻而寻津。菱歌于是频沿泝，客子于是不胜春。兹可谓江村春而感于情人也。

于时花飞江岸，草长河畔。蝶态纷纭，莺声撩乱。游览未已日落溪。夜在江亭，高枕卧矣。江上月，浪中明，静如练而云间发，光与水而共清清。山风入于户牖兮，听飕飗乎松声。归雁欲辞汀洲去，饥猿晓动羁旅情。归旅乘春心转幽，江南江北事遨游。总为春深多感叹，年年江望得销忧。

其实，嵯峨天皇在《经国集》中更值得注意的是卷十四“杂咏”中的《渔歌》五首。这是他在祚时(809—823)的作品，而实际这是一种新的汉文学样式“词”，而且在中国本土也刚创作不久，词牌后名《渔歌子》。由中唐时张志和(741?—775)首先在774年写了五首，而后颜真卿、陆羽、柳宗元等均有和作。张志和的五首《渔歌子》中第一首最有名：“西塞山前白鹭飞，桃花流水鳜鱼肥。青箬笠，绿蓑衣，斜风细雨不须归。”以下四首，每首同它一样，倒数第三字都是“不”字。而嵯峨天皇显然全是模仿张志和的，并在题下注明“每歌用带字”：

江水渡头柳乱丝，渔翁上船烟景迟。乘春兴，无厌时，求鱼不得带风吹。

渔人不记岁时流，淹泊沿回老棹舟。心自效，常狎鸥，桃花春水带浪游。

青春林下度江桥，湖水翩翻入云霄。烟波客，钓舟遥，往来无定带落潮。

溪边垂钓奈乐何，世上无家水宿多。闲酌醉，独棹歌，浩荡飘颻带沧波。

寒江春晓片云晴，两岸花飞夜更明。鲈鱼脍，莼菜羹，餐罢酣歌带月行。

江户时代末期学者田能村竹田在《填词图谱》里，称兼明亲王是日本填词第一人。这种说法甚为流行。直到近代著名学者青木正儿，才首次指出嵯峨天皇方是日本填词的开山鼻祖。而据神田喜一郎《日本填词史话》考证，嵯峨创作这五首词的确切时间是823年春，比张志和原创五首

《渔歌子》仅仅晚四十九年。“这在当时来说,传得实在是很快。大概是入唐的朝廷使者中有某一风流文人,他将当时在中国最新流行的作品带回到日本,天皇立即得知,政务余暇时便仿照创作。……嵯峨天皇可谓是站在当时文化最前列的领先人物,真使人佩服。”而且,这五首词写得真不错,神田说:“不仅模仿了原作的形式,而且也成功地学到了原作的精华。”

还值得一提的是,《经国集》还收入了嵯峨的女儿有智子公主和滋野贞主两人奉和的《渔歌》。有智子和词今见二首,“每歌用送字”,兹录其第一首:

白头不觉何人老,明时不仕钓江滨。饭香稻,苞紫鳞,不欲荣华送吾真。

滋野贞主则见五首,“每歌用入字”,兹亦引其第一首:

渔父本自爱春湾,鬓发皎然骨性闲。水泽畔,芦叶间,挐音远去入江还。

神田喜一郎认为,有智子公主的词作,命意及措辞都令滋野贞主瞠乎其后。尤其是如果知道她当年还只是一位十七岁的少女,就更令人惊叹了。滋野虽然号为名儒,但神田认为在文笔辞章上未必是高手。(我们在前面分析他写的《经国集序》时,也已指出这一点。)如“骨性闲”诸语,很稚拙,其他几首中还略有“和臭”。

有智子(807—847)是整个王朝时代最杰出的女诗人。林鹅峰后来在《本朝一人一首》中称赞她是“本朝女中无双秀才”,林氏又称她:“非寻常墨客所及,虽拟乌孙公主、班婕妤,恐不为过。”中国学者孙望也认为:“余谓处境遭际有不同,若论其才,诚当时女中无双也。”兹再引《经国集》中其诗五、七言各一首,前一首中国学者程千帆认为“此拟初唐,居然神似。窈窕帝子,洵未易才”。诗为《奉和巫山高》:

巫山高且峻,瞻望几岧岧。
积翠临苍海,飞泉落紫霄。
阴云朝晻暧,宿雨夕飘飖。
别有晓猿叫,寒声古木条。

七言《赋新年雪里梅花》:

春光初动寒犹紧,一株梅花雪里开。
想像宫中婵娟处,暗知黄鸟稍相催。

《经国集》中，除了有智子外，至少可知尚有三位女性作家：高野姬天皇、安养尼和氏与宫女惟氏。今录惟氏所作《奉和捣衣引》一首。以宫女身份写此诗，内心感受肯定与所奉和的嵯峨天皇及巨势识人等人不同。

秋欲阑，闺门寒。风瑟瑟，露团团。
遥忆仍伤边戎事，征人应苦客衣单。
匣中掩镜休容饰，机上停梭裂残织。
借问捣衣何处好，南楼窗下多月色。
芙蓉杵，锦石砧，出自华阴与凤林。
捣齐纨，捣楚练，星汉西回心气倦。
随风摇飏罗袖香，映月高低素手凉。
疏节往还绕长信，清音凄断入昭阳。
就灯影，来玉房，把刀尺，量短长。
穿针泣结连枝缕，含怨缝为万里裳。
莫怪腰围畴昔异，昨来入梦君容悴。

自从《文华秀丽集》中出现日本第一位女性汉诗人大伴氏以后，到《经国集》更出现了多位女诗人(因《经国集》严重残缺，故只知有四位)。这充分显示了汉文学的发展和开放程度。尤可注意的是除了女皇、公主外，还有宫女，甚至尼姑。可惜尼和氏的诗写得较差。

日本僧人(包括少数尼姑)一直是汉文学的重要作者成分之一。我们前面论述过的弘法大师空海，就是一位杰出的汉文学家。《怀风藻》中已有僧人作品。从《文华秀丽集》开始，日本汉诗还专设“梵门”一门。不过，《文华秀丽集》梵门类还未选入僧人的作品，连空海亦未入选。所选十首诗，均是皇帝、大臣与僧人的唱和之作，或是游寺庙之作。而《经国集》的梵门四十八首，则收入了包括空海、尼和氏在内的真正的僧侣多人。其中，写得最长又较精彩的，是空海的杂言诗《入山兴》。诗一开始就设问：“问师何意入深寒？深岳崎岖太不安。上也苦，下时难，山神木魅是为瘴。”随后作者连续三段以“君不见？君不见？”开头，最后又以“君知不？君知不？”发句，反复叙述了人世无常，如梦如泡，最后劝人“莫慢浮华名利毒，莫烧三界火宅里，抖擞早入法身里”。这自然未脱佛家说教的套路，但空海不仅写成乐府式诗体，而且还用了一些“九州”(按，指中国)“八岛”(按，指日本)的历史典故，显示了他的造诣。《经国集》中还收了源弘、源常等年仅十五六岁的小僧人之作，也是引人注目的。如源弘(书上注“年十五”)题瀑布一首，与嵯峨天皇同为和良岑安世之作，便很有气势，甚至不下于嵯峨的那一首：

传闻兰若无人到，瀑布高流过半天。
涌珠飞釜分万壑，连波洒落成一川。
四时每听奔雷响，远近同看白鹄悬。
此地幽闲禅诵客，烦尘洗涤几千年。

还可一提的是，平安时代敕撰的《古今和歌集》中的著名歌人小野篁、藤原关雄等，也有汉诗作品收于《经国集》。这表明这些作者对汉、和文学的创作都作出了贡献。而且，经研究可知，他们的和歌创作很明显地受到中国文学和日本汉文学的影响和促进。小野篁就深爱白居易等中国诗人的作品。十二世纪初大江匡房《江谈抄》一书，记载了这样一则轶闻：嵯峨天皇藏有一部《白氏文集》，爱不释手，秘不示人，一日袭用了一句白诗：“闭阁唯闻朝暮鼓，上楼遥望往来船。”而小野篁“即奏曰：‘以“遥”为“空”最美者。’天皇大惊，敕曰：‘此句，乐天句也。试汝也。本“空”字也。今汝诗情与乐天同也者！’”这当然很可能小野也有一部白诗，或读过白诗。不管怎样，小野的汉诗水平是不低的，可惜今残存《经国集》中仅见他两首诗，而且其中一首还是残缺不全的。可知还有不少作品未能传下来。

以上三节记述了平安朝初期短短十三年间“敕撰三集”的概况和主要作家作品，若与半个多世纪前的《怀风藻》相比，日本汉诗的进步是相当明显的。在诗的形式上。突出的第一点是三集中七言诗大大增加。《怀风藻》时代以五言为主，七言很少，共一百十六首诗中，七言仅七首，余皆五言；而三集共存诗四百四十四首，除去“杂言”体六十一首外，五言一百八十三首，七言则二百首，而且“杂言”也主要是以七言为主的。这是因为《怀风藻》时代，日本诗人主要是模仿我国六朝五言古诗，读得最多的是《昭明文选》《艺文类聚》《玉台新咏》等书；而到三集时代，他们已进而转向以初唐、中唐七言诗为主要模仿对象，耽读《骆宾王集》《河岳英灵集》等，尤其是后来《白氏文集》开始在日本形成巨大影响。日本诗人们甚至已经基本知晓了近体律诗的写法，平仄对仗的功夫已经比较熟练了。

第二点是在七言诗中，四句型即类似七绝的诗的数量明显增加。三集中，与八句型共九十四首相对，四句型已有九十一首，数量很接近了。而五言诗八句共一百二十一首，四句却仅有十五首。由此可见，"七绝"这个名词虽然还没在日本流传，但七言四句诗则已在奈良朝流行了。这当然也是受初中唐诗的影响的。

第三点，长篇诗开始较多出现。三集中，十句以上的诗不少，二十句以上的就有二十八首。如五言古诗有滋野贞主的《和澄上人题长宫寺二月十五日寂灭会》，共二十四句；小野岑守《归休独卧寄高雄寺空海上人》，共四十四句。七言古诗则有菅原清公、朝野鹿取、巨势识人等人的《奉和春闺怨》，清公的有四十二句，鹿取和识人各三十四句；而最长的是空海的《入山兴》，是以七言为主的杂言，共五十句。这样的长篇诗，在《怀风藻》时代尚未曾见。

第四点是杂言体的新形式，在奈良朝还没有产生；特别是"词"，虽然在这时的日本还没有这个名称，但确实已开始产生，更令人注目。我国最早的文人词，据说是李白的《忆秦娥》和《菩萨蛮》。其后到中唐，张志和、韦应物等人开始热衷于倚声填词，但此时仍处于词的初期创作阶段，直至晚唐这一新的诗形品种才基本成熟。因此，以嵯峨和美智子等人初次创作的《渔歌子》来看，证明了平安朝初期的日本汉文学是日本历史上与中国文学发展最贴近的时期之一。

再从诗的内容来看，变化似乎不算大。《怀风藻》主要是以宫廷为中心的宴集、游览、应酬诗，但毕竟还是私撰的；而三集既是"敕撰"，便更决定了其自身的性质。因此，所谓"文章经国"云云，并没有实质性的体现。不过，三集的内容和题材(撇去赋和对策)，还是有所扩大的。例如，《凌云集》中首次出现了描写后来成为日本国花的樱花之作，而在《经国集》里我们还看到了描写秋千、屏、帘、床、几、灯、镜、扇以至挑灯杖、爨烧桐等事物，甚至还看到描写彘肩(猪蹄髈)。可见诗人们也在力图运用汉诗这一艺术形式来更广泛地反映人间万事万物。

至于诗作者队伍的有所扩大，我们前面已经讲过女性诗作的著录，和年轻僧侣诗作的著录等。这里便不再多写了。

十三、小野篁与都良香

平安时代出现过不少个人诗文集及“家集”，可惜大多散佚，传存至今的甚少。例如，前面简略提及的小野篁(802—852)的《野相公集》五卷，便没有保存下来。但小野篁是当时被称为诗情可与白居易相比的作者。他是曾经为《凌云集》写序的小野岑守的儿子。当初其父岑守为陆奥太守时，小野篁常常在山野驱马游玩，不重学业。回到京城后也依然如此。一次，嵯峨天皇惋惜地说：“斯人之子，犹为弓马之士也欤！”篁闻后深感羞愧，遂折节求学。他考上“文章生”后，便开始文官生涯。一次，嵯峨行幸河阳馆，便发生了我们前面已提到过的以白居易诗句来试问他的故事。他自此深得天皇欣赏。833年，为东宫学士的小野篁，奉诏与右大臣清原夏野编撰《令义解》。所谓《令义解》就是对律令(《养老令》)的解释，全是用汉文写的。834年，仁明天皇命藤原常嗣为遣唐大使，小野篁为副使。836年出发，因遇台风被迫折回。838年再次渡海前，因前回第一船已遭破损，藤原要改乘小野原来所在的第二船，而让他改乘他船。但小野不愿屈从，大发脾气，托病下船，并奏称：“受命之日，分配既定。今反以朽损之船予我，实悖于人情，我有何面目以率下？篁家贫亲老，身亦尩弱，当汲水采薪，惟尽匹夫之孝。”还作《西道谣》诗以讽刺藤原。嵯峨上皇为之大怒，朝廷后竟判其死罪减一等，流放隐岐。途中，小野作《谪行吟》七十韵。据说写得奇丽雄长，人争传诵。可惜，《西道谣》和《谪行吟》都未能保存下来。但他的诗名因此更大，上皇惜其才，于840年赦召还京。翌年官复原职，后又任刑部大辅，并又担任其父曾当过的陆奥太守等。文德天皇即位后，任左大辩，从三品，天皇时向他请教，人称“(小)野相公”(相公就是中国人称的宰相)。小野篁为人狂放不羁，被人称为“狂篁”，他却自咏道：“暗作野人天与姓，狂官自古世呼名。”他对空海后来的奢靡生活不满，斥之以八个汉字：“美福田广，朱雀饱米”。《扶桑略记》中称“小野篁为诗家之宗匠”。《日本诗史》称他“博学能文，名声震世。至今闾阎儿女，莫不知其名。”可惜他的诗文大多已散失，仅在《经国集》《扶桑集》等残卷中得见数首。如《奉试赋得陇头秋月明》：

反复单于性，边城未解兵。
戍夫朝蓐食，戎马晓寒鸣。

带水城门冷，添风角韵清。
陇头一孤月，万物影云生。
色满都护道，光流饮飞营。
边机候侵寇，应惊此夜明。

这首边塞诗，可与其父岑守的《远使边城》媲美。《日本诗史》评曰：“骨气韵格，直逼盛唐；而造语间失疏卤，可惜。”他的另一首《秋夜》，也很有特色：

蔓原露深人定后，终宵云尽月明前。
床嫌短脚蛬声闹，壁厌空心鼠孔穿。

继小野篁而享一时之名的，可举都良香(834—879)。他逝世后，学生们曾代为收集整理而成《都氏文集》五卷。可惜今仅存后三卷，主要收有赋、论、序、铭等共七十篇。这样看来，佚失的前两卷可能都是诗了。今他的汉诗主要见于《扶桑集》中保留下来的六首，及《倭汉朗咏集》中的断句等。但尽管如此，都良香的作品还是比小野篁的保存下来多得多了。

都良香祖上为桑原氏家臣，故原姓桑原。父亲贞继，伯父即前已提及的著名汉文学家腹赤。桑原贞继和桑原腹赤都很有学问，他们于弘仁年间请求改姓，后被允改姓都。都氏自称是中国汉灵帝之后。都良香在初入大学时，有感于风气不好，曾写了一篇《辨薰莸记》，以醒人戒己。自题曰：“于时余弱冠入学，人皆矜伐，贤愚不分，故为著篇。”全文如下：

人有贤愚，物有美恶。人以贤才为贤，物以美体为美。是故人中有人，人之有贤才者名高；物中有物，物之有美体者价贵。庸讵谓无贤愚于人、无美恶于物乎？若然，则曲阜尼丘，比培塿而无别；紫兰红蕙，混萧艾而不分。求之竺论，何其谬乎？观夫草之有薰莸，亦犹人之有贤愚。薰也莸也，生一园之中，共有枝叶；贤也愚也，居二仪之间，共有头足。人或不辨，谓无异同。彼一贤一愚，而世不以为异；此或香或臭，而人犹以为同。遂使贤愚一贯，曾无等差；香臭一气，时有混乱。当此之时，能视者视之，而别人之贤愚；能闻者闻之，而辨草之香臭。否则，白藏九月，惊飙加振击之威；玄英三冬，严霜致杀伐之暴。徒蕴酷烈之气，与凡丛而尽耳。但至岁穷阴律，音入阳爻。群木荣于林，百卉秀于野。本臭者亦自臭，初香者亦自香。此为禀性不同，含气有素。遂则臭者生于道路，牛羊之足践其萌芽；香者荐于宗庙，鬼神之口尝其气味。今之君子，若能杜绝鶗鴂之啄，令久其芬芳；锄除莨莠之根，无杂其秽恶。不同器而藏，当异处而同种。美种香，恶种臭，可得而明焉。

此文后载《都氏文集》卷三，又载《本朝文粹》卷十二。从文笔和思辨来看，均属平平；但它毕竟是良香的"弱冠"之作，至少写得平白畅顺，也显示了少年的志气高洁。良香初名言道，贞观十四年(872)上奏朝廷，改名良香，其取意殆亦出于此论。良香于贞观二年(860)成为文章生，后又为文章得业生，翌年对策及第，声誉更显。大江匡房在《江谈抄》中说他的"时论及文章得之天性"。贞观十七年得文章博士，十八年为侍从。是年，太极殿发生火灾，天皇问策于诸臣，良香博引《左传》《穀梁传》《汉书》《三国志》《晋书》等中国史籍，建议废朝三日，天皇听从。自此，极受天皇器重，至他逝世前，朝廷的诏敕文书多请他起草。在他逝世之年撰成的《文德实录》十卷，人皆称藤原基经撰修，实际良香也参加了。

大概因为他的文名太高了，后来流传过各种有关他吟诗的佳话。如《江谈抄》卷四载，有一次他夜过罗生门，随口吟道："气霁风梳新柳发"，神妙的诗句感动了门神，门神即刻应道："冰消浪洗旧苔须"。同书又载，良香游竹生岛，刚吟得一句"三千世界眼前尽"，正苦思对句时，岛神便继之云："十二因缘心里空"。不过，市河宽斋《日本诗纪》已指出，"三千世界"一联乃是白居易之句。不管怎么说，这些传说表明了良香诗句的脍炙人口，或者也说明他对白居易诗的重视。《都氏文集》中有《白乐天赞》，称"集七十卷，尽是黄金"。日僧皇圆在《扶桑略记》中，甚至称良香为"诗圣"，卷二十四云："兴福寺僧宽建入唐求法之际，奉醍醐帝诏令，携良香诗集一卷、菅原道真集三卷、橘广相集二卷、纪长谷雄集三卷前往，诸集流布于唐。"此事于中国载集未见记述，似不可靠；但至少也表明日人以良香等人之作为当时第一等。

良香有的诗，确实有几分像白居易。如《田家早秋》：

晴后青山临牖近，雨初白水入门流。
守家一犬迎人吠，放野群牛引犊休。

其他今见于《扶桑集》的一些诗则似乎不副盛名。另外，他又有《铫子铭》一首倒值得一提：

多煮茶茗，饮来如何？

和调体肉，散闷除痾。

这可能是日本最早的回文诗(即可以回转倒读的诗)。我国的四言回文诗殆始于魏晋时曹植的《镜铭》，良香之作似仿于此。这毕竟也是需要有相当高的汉诗水平才能为的。

他的文章也颇有可读者，如《道场法师传》：

法师者，尾张国阿育郡人也。不得姓名。相传云，敏达天皇之世，尾张国有一农夫，夏月灌田，于时天曀雷雨，父避雨树下，支耒而立。俄而雷坠父前，状如小儿。父举耒将击，雷语父云："汝莫害我，我必报汝。"父问雷云："汝何以报恩？"雷答云："令汝生异儿，以此报汝。今所望，为我造一楠舟，其中盛水，泛以竹叶，忽（急）与我。"父如雷言，以舟与之。雷得舟作便，须臾登天。居数日，父妻有身。及期生男，其体可惊：灵蛇缠绕儿颈，凡二匝，首尾相至，并垂于后。父甚异之。童子年十有余，甚有膂力，能举方八尺石，投之数丈。及其投石作力，足迹入地三四寸许。童子师事元兴寺僧，时寺钟堂有鬼，每夜杀撞钟者。童子见众僧，请能止鬼杀。众僧甚悦。其夜童子升堂撞钟，未及数下，鬼来形见。童子便扤鬼头，鬼与童子争力相接。鬼引欲外出，童子引欲内入。天晓鬼甚欲脱去，童子急握鬼发，鬼发剥落，皮肉兼在，鬼即逃去。明日见地有血，寻迹求之，至寺边柏上而止。验之，寺家昔日所埋恶奴之处也。即知恶奴之为鬼。由是鬼害遂绝。鬼发见在元兴寺宝藏，累代相传。童子复为僧，号道场法师。

这篇"不怕鬼的故事"，颇似我国魏晋志怪小说如《搜神记》中的作品。其中除个别文句(如"得舟作便""请能止鬼杀"等)略嫌生硬外，通篇畅达，叙事生动。作者完全摆脱了当时流行的四六骈体，也许也是受了唐代韩愈、柳宗元倡导的古文运动的影响吧？其实，良香对骈俪文也是很擅长的，如《都氏文集》卷五所收他作为策对的《神仙赋》的起笔两句"三壶云浮，七万里之程分浪；五城霞峙，十二楼之构插天"，就是当时传诵的佳句。以至《十训抄》中竟说良香在对策之前曾买通了问头博士的侍女，窃知了策对的题目，才写出了这样的妙句(冈田正之认为这是当时妒忌他的文人的造谣)。而他的另一篇《富士山记》，也是一反骈俪的散文，在日本汉文学史上享有盛名：

富士山者，在骏河国。峰如削成，直耸属天，其高不可测。历览史籍所记，未有高于此山者也。其耸峰郁起，见在天际，临瞰海中。观其灵基所盘连，亘数千里间。行旅之人，经历数日，乃过其下。去之顾望，犹在山下，盖神仙之所游萃也。承和年中，从山峰落来珠玉，玉有小孔，盖是仙帘之贯珠也。又贞观十七年十一月五日，吏民仍旧致祭，日及午，天甚美晴，仰观山峰，有白衣美女二人，双舞山巅上，去巅一尺余，土人共见。古老传云：山名富士，取郡名也。山有神，名浅间大神。此山高极云表，不知几丈。顶上有平地，广一里许。其顶中央洼下，体如炊甑。甑底有神池，池中有大石。石体惊奇，宛如蹲虎。亦其甑中，常有气蒸出，其色纯青。窥其甑底，如汤沸腾。在其远望者，常见烟火。其顶上，匝池生竹，青绀柔濡，宿雪春夏不消。山腰以下生小松，腹以上无复生木，白沙成山。其攀登者，止于腹下，不得达上，以白沙流下也。相传昔有役居士，得登其顶，后攀登者，皆点额于腹下。山有大泉，出自腹下，遂成大河。其流寒暑水旱，无有盈缩。山东脚下有小山，土俗谓之新山，本平地也。延历二十一年三月，云雾晦冥，十二日而后成山，盖神造也。

这篇散文，文句朴实，写实与传说并用，将富士山描写得既美丽又神奇。据说此文一出，富士山更闻名于世。不过，文章也有败笔，如前面有“其高不可测”，后面却又道“此山高极云表，不知几丈”，乃无谓的重复。

十四、圆仁、圆珍的纪行文

平安朝前期，日本朝廷仍向中国派出遣唐使；不过，每次相隔时间较以前为长，百余年间仅派三次(最后一次且未成行)，而且朝绅子弟随行留学的人数也减少了。究其原因，参照冈田正之的分析，约有两端。一是因为日本文化已大为提高，亟待从中国学习的东西相对少了，也就是说其迫切性较前减少；二是当时渡海入唐毕竟是很艰辛甚至很危险的事，而学士大夫的子弟多贪图安逸，缺乏进取心。而与此相反，所谓“请益僧”“留学僧”的人数却增加了。平安朝后，留唐归国的僧人中特别有名的就有八位，史称“入唐八僧”。即以传教大师最澄、弘法大师空海为首，还有山城灵岩寺的圆行、延历寺的慈觉大师圆仁、山城小栗栖法琳寺的常晓、近江安祥寺的惠运、山城圆觉寺的宗睿、圆城寺的智证大师圆珍。此外，还有延历寺的义真、大和室生山的坚慧等，延历寺的圆载则在返国途中不幸沉没。他们或随遣唐使船，或随民间商船来往。他们不怕海上危险和路途艰辛，因为他们充满了学法弘法的宗教激情，大唐是他们心中的圣地。

这些僧人因阅读、研究、听讲和解释佛经以及与中国高僧交流等需要，努力学习中文，达到很高的水平。作为学习的“副产品”，也写作了一些汉诗和可以列入“汉文学”的文章。其中空海、最澄，已见前述；圆行、常晓、惠运、宗睿诸人，因所存著述中近乎文学的作品不多，此处不讲了；主要讲述圆仁、圆珍二人。圆仁写有著名的《入唐求法巡礼行记》，圆珍则写有《行历抄》。这两部作品就是日本历史上著名的“五大纪行书”打头的两部。

所谓“纪行”，专指用中文记述的来华时所见所闻的纪实文字。日本古代这类文章并不太多，最早的当数齐明五年(659)随遣唐使来华的伊吉博德写的，但原文已佚，仅在《日本书纪》齐明纪的五年与七年有两处注引文字保存了片断而已。其后赴华的朝绅、学士、名僧不少，但传下来的纪行文极少，且都只是僧人之作。除了赴唐的上述圆仁、圆珍之作外，还有就是赴宋的成寻阿阇梨的《参天台五台山记》，和鲜为人知的戒觉的《渡宋记》。此外，宋太祖时来华的奝然和尚的日记四卷、宋真宗时来华的寂照和尚的《来唐日记》两种，则早已失传。接着便是明代时瑞䜣和尚的《入唐记》和策彦和尚的《初渡集》《再渡集》。此外尚有《戊子入明记》及《壬子入明记》等，但这些只是杂记类文字，与纪行体作品不同。以上所述《入唐求法巡礼行记》《行历抄》《参天台五台山记》《入唐记》《初渡集・再渡集》，即被称为日本古代的“五大纪行书”，都收于《大日本佛教全书》内，在汉文学史上也具有重要的地位。

圆仁(794—864)俗姓壬生。幼丧父，性聪颖。九岁时，其兄授以经史。后从唐鉴真大和尚的三传弟子广智修学内典。十五岁时赴京都比叡山投于最澄门下学密教，深得最澄器重。最澄示寂后，圆仁还不满三十岁，已崭露头角，常于各地开讲席。仁明天皇承和五年(838)六月，随日本第十九次遣唐使藤原常嗣，以“请益僧”身份西渡入唐，时年四十五岁。游唐十年，归国后大弘佛法。直到示寂的十六年间，深受文德、清和诸天皇宠遇，被授“传灯大师”法位。日本的天台宗，虽创立于最澄；但弘兴大成者实为圆仁。他死后，被赐谥号“慈觉大师”。

《入唐求法巡礼行记》共四卷，以日记体裁缕述其渡海赴唐一路艰辛和在华求法情形。除了有关佛教事外，旁及当时中国的政治、外交、制度、民俗诸方面，有极高的史料价值。不仅在日本的“五大纪行书”中因记述时间最长、规模最大、内容最丰富而雄居其首，而且即使与古代阿拉伯人阿布·赛义德·哈桑的《中国印度见闻录》、意大利人马可·波罗的《马可·波罗游记》相比，圆仁此书也因时间更早、且直接用中文写作而更为珍贵。中国著名学者陈寅恪、周一良等都很重视它的重大价值。但尚有待于对它进行更深入的研究和发掘、利用。而它的汉文学价值，显然还并非其主要价值。日本冈田正之、猪口笃志等研究者均盛称其文字简洁畅达，谓不逊于菅原道真、三善清行；更称赞其中的书简，谓颇有欧苏风格。圆仁且能和歌，所作曾被选入《续古今和歌集》诸书。但中国学者梁容若则认为圆仁似专门究心内典，不事辞华。留唐十年，客长安六载，未见他接迹文士，附庸风雅。《入唐新求圣教目录》中所记圆仁携归图书中虽亦有唐人诗文集；但圆仁未留存一首汉诗，以视晁衡、空海，实难同日而语。《全唐诗》有唐人赠别圆仁之作，但未见圆仁有所酬和。且《入唐求法巡礼行记》“为文拖沓曼衍，重以讹夺，使人难于卒读。其书虽行，而久未刊行；入宋秘阁而一无反响，未必不以此也。”（梁容若《中日文化交流史稿》）但梁氏亦未否认书中也有文辞颇为可观者。

如卷三所载圆仁在长安时致书兴善寺的元政阿阇梨一信：

> 久藉芳猷，未因接展。钦仰之诚，难以喻言。昨辱荣问，殊慰愚情。孟冬渐寒，伏惟和尚道钵动止万福。圆仁远辞本缘，访寻佛教，游到城中，未有服勤。伏承和尚德尊道高，究畅法藏，开演真教。圆仁虽未顶谒，殊仰道风。伏以客事不获专诣，勤慕空积。奉颜未间，但增驰结。谨遣弟子僧惟正，奉状代身。不宣，谨状。

一般的应酬便笺，能写到这等水平，也是难得的了。至其叙事状景之文笔，亦颇不弱。如同卷写到游历五台山的中台一段，称：

> 中台者，四台中心也。遍台水涌池上，软草长一寸余，茸茸稠密，复地而生，蹋之即伏，举脚还起。步步水湿，其冷如冰；处处水洼，皆水满中矣。遍台沙石间错，石塔无数，细软之草，间莓苔而蔓生。虽地水湿，而无淤泥；缘莓苔软草，布根稠密故，遂不令游人污其鞋脚。奇花异色，满山四开，从谷至顶，四面皆花，犹如铺锦；香气芬馥，薰人衣裳。人云今此五月犹寒，

花开未盛；六七月间，花开更繁云。看其花色，人间未有也。

又记五台山中平等供养僧侣之缘起，颇为神奇：

入此山者，自然起得平等之心。山中设斋，不论男女大小，亦无僧俗之别，平等供养；不看其尊卑大小，于彼皆生文殊之想。昔者，大华严寺设大斋，凡俗男女、乞丐寒穷者，尽来受供。施主稍嫌云："远涉山坂，到此设供，意者只为供养山中之僧，然此尘俗乞索儿等，尽来受食，非我本意。若供养此等乞丐，只令本处设斋，何用远来此山？"僧劝令皆与饭食。于乞丐中有一孕女，怀妊在座，备受自分饭食讫，更索胎中孩子之分；施主骂之，不与其。孕女再三云："我胎中儿，虽未产生，而亦是人数，何不与饭食？"施主曰："尔愚痴也，肚里儿虽是一数，而不出来，索得饭食时，与谁吃乎？"女人对曰："我肚里儿不得饭，即我亦不合得吃。"便起，出食堂。才出堂门，变作文殊师利，放光照耀，满堂赫奕。皓玉之貌，骑金毛狮子，万佛围处，腾空而去。一会之众，数千之人，一时走出，茫然不觉倒地，举声忏谢，悲泣雨泪。一时称唱大圣文殊师利，迄于声竭喉涸，终不蒙回顾，仿佛而不见矣。大会之众，餐饭不味，各自发愿：自今以后，送供设斋，不论男女大小，尊卑贫富，皆须平等供养。山中风法，因此置平等之式。

梁容若认为："在此两段记载中，可以见到其描述方式，或景物奇特，或故事诙谐，无须刻画，已成逸品。与其谓其文足传，毋宁谓其沈潜藏乘，顶礼名山，其胸中丘壑，有不可及者耳。"信然。

圆珍(814—891)是在圆仁回国后六年、文德天皇仁寿三年(853)渡海赴唐的。圆珍是空海的外甥，俗姓和气。他也自小聪敏，十岁起便读《论语》《诗经》《汉书》《文选》等中国典籍。十五岁登比叡山，师事延历寺座主义真。十九岁剃发受戒。在山十二年，用力修炼，其名闻达于朝廷，仁明天皇特赐优诏。四十岁时，搭乘中国商人王超等人的船入唐。初寓福建开元寺，学习梵文。后历游台州、越州，终入长安。在华六年，于858年又搭唐商李延孝之船回国。回国后二十四年间，为天皇、皇后以至众多宰臣授戒灌顶，地位很高。当时缙绅学者如都良香、春澄善绳等人皆执弟子礼。死后，醍醐天皇敕赐"智证大师"之号。

据说，圆珍在华期间经历多处，常与名僧文士交流，获赠诗文即积有十卷之多。其回国时中国人的送别诗，编为《风藻饯言集》。可惜这些诗文今均未见，否则可大大增补于《全唐诗》和《全唐文》。又可惜圆珍似乎未对中国友人的奉赠作出相应的回酬，但他珍重地将这些诗文携归日本。据说菅原道真读到唐僧清观法师赠圆珍的诗句“叡山新月冷，台峤古风清”，赞赏不已，谓之“绝调”云。

圆珍著述极多，据《撰目类聚》及《智证大师撰述目录》，有一百几十种，绝大多数为佛教书。其有关入唐纪行，在他的撰述目录中载有“《在唐巡礼纪》五卷，《续在唐巡礼记》三卷。”但今传《行历抄》为江州石山寺所藏抄本，乃永承四年(1049)僧顿(按，一作赖，待查)觉所抄，建久五年(1194)僧智观补抄。可能今存《行历抄》仅为圆珍原稿(已佚)的一部分。又，《撰目类聚》中除了记有《巡礼记》外，还有《在(一作大)唐记》三十卷，今亦未知内容。

今见《行历抄》中文字，随意畅达，与圆仁《入唐求法巡礼行记》相伯仲。如大中七年(853)十二月九日条云：

> 从溪而上，水浅石多，非常难行。此山溪者，天台大师放生之地云云。在后，贞观、仪凤之中，敕下禁断，不教渔捕，永为放生之池。拆寺已后，却如往时。沪梁满江溪，煞生过亿万！

“沪”是当时渔具的名称，为如今上海简称“沪”字的本意。最后两句表达了他的悲愤，同时也可看出有点像诗句，表明他完全可以写诗的。再看同月十四日与圆载相见的一段描述：

> 卯辰之间，上堂喫小食。食后下堂欲归房，忽然起心：圆载不久合来，不用入房，且彷徨待他来。思已，行至南门看望。桥南松门路上（桥者，寺门前桥也）有师，骑马来到桥南头，下马下笠，正是留学僧圆载□也。珍便出门迎接，桥北相看，礼拜流泪相喜。珍虽如此，载多不悦，颜色黑漆，内情不畅。珍却念：多奇多奇！若本乡人，元不相识，异国相见，亲于骨肉；况乎旧时同寺比座，今遇此间，以无本情。多奇多奇！相同归院。

此段文字，描写心理颇细，反映了圆载的冷漠寡情。可能圆载当时有心事。此人在入唐僧中名声甚坏，在华不好好修习，乐不思归，行不检点，甚至雇用杀手想害指责过他的入唐僧圆修！《行历抄》中即有记载：

> 会昌三年（按，即843），本国僧圆修、惠运来到此山（按，即天台山），具知圆载犯尼之事。僧道诠和上曰：圆修道心，多有材学，在禅林寺见圆

载数出寺，举声大哭："国家与汝粮食，徒众待汝学满却归本寺，流传佛法。何不勤业，作此恶行？苍天苍天！"圆载因此结怨含毒。圆修从天台发去明州已后，载雇新罗僧，将毒药去，拟杀圆修。修便上舡，发去多日，事不著便。新罗僧却来曰："趁他不著。"载曰："叵耐叵耐！"

圆载是853年与圆珍同时入唐的，但他滞留中国长达三十九年。在华时，与诸多中国文人交往。归国时，陆龟蒙、皮日休等有诗送别。圆载归国时携带大量中国书，可惜遭遇海难。日本《本朝高僧传》云："若使载公布帆无恙，化导之盛，故土有赖焉。不幸戢化于龙宫海，命乎？悲夫！"陆龟蒙赠别诗的题目是《圆载上人挟儒书归日本国》，诗曰："九流三藏一时倾，万轴光凌渤澥声。从此遗编东去后，却应荒外有诸生。"可见圆载携去的书包括"九流三藏"，不止"儒书"也。不管圆载的人品如何，这批中国图书的沉海是中日文化交流史上极其重大的损失！

十五、岛田忠臣、纪长谷雄、三善清行

平安前期著名诗人中保存下集子(残卷)的，还有岛田忠臣(829—892)。岛田并取有唐名田达音("忠臣"与"达音"音同)。岛田出生于儒学世家，祖上多硕学，其弟良臣是《文德实录》的编撰者之一。岛田师从菅原是善，即菅原道真之父；其后却又成为道真的业师。曾与道真一起接待过渤海国使臣，并唱和。宽平年间，为宇多天皇进讲《周易》，讲竟，天皇赐曲宴，岛田席上赋诗及序。著有《百官唐名抄》，未传世。据藤原通宪藏书书目，有《田达音集》十卷，今未见。仅从《群书类从》中得见《田氏家集》三卷，全是诗，计二百二十一首。从编排上看，既非编年，也非分类，其中有的诗连题目也没有，更有文字脱漏之处。因此，市川本太郎《日本汉文学史概说》认为《田氏家集》本来应是十卷，当包括赋、文之类，后因散佚残缺，才编成今天这样三卷。这一推断颇为有理。请读集中《自咏》一诗：

不厌吟讽欲终年，自课初知自性然。
祝著圣年三百首，赞来良史半千篇。
学耕何必逢元吉，诗癖曾无入十全。

形相亦非飞食肉，欲抛笔砚更何缘。

诗中第七句典出《白氏六贴·相》：“班超诣相者，相者曰，当封侯万里之外；问其状，相者曰，燕颔虎头，飞而肉食。”此诗说明他作诗完全出于本性，而且作诗之多令人惊奇。第三句后有自注：“贞观元年(按，859)春，献年调三百六十首。”所谓“年调”，即把写诗呈上戏比喻为纳税。第四句后也有自注：“齐衡三年(按，856)秋，制咏史百四十六首。”(但从诗中“半千篇”来看，当为“四百十六首”，或者在“百”前漏了“四”或“五”字。)集中又有一诗，题为《元庆五年冬，大相国以拙诗五百篇始屏风十帖，仍题长句，谨以献上》，又知881年身为关白的藤原基经曾请人一次在十幅屏风上抄写岛田诗五百首！因此，今仅存二百多首，实在只是很小的一部分。

从岛田今存的诗来看，特长是在七言，受盛唐、中唐诗风影响较大；并可见他对中国传统儒佛道文化都有较深的研究和理解。如《读老子》诗云：

愚作自愚贤自贤，佯愚诈忌未玄玄。
犹嫌老子多华饰，无欲还为有欲先。

他连老子也犹嫌“多华饰”，更看不惯那种“佯愚诈忌”。他心目中向往的是竹林七贤那样的先贤。有《题竹林七贤图》一诗：

晋朝浇季少淳风，七子超然不混同。
欲对琴樽终性命，何要台阁录勋功。
生涯每寄孤云片，世虑都忘一醉中。
若遇求贤明圣日，庙堂充满竹林空。

岛田虽也身列“庙堂”，与当时最高贵族、身居关白的藤原也有厚交；但他并没有显赫的官位，仅进至从五品，最高任过美浓太守。因此，他的诗中也不时透露出一些对世事人情的感慨，如《病后闲坐偶吟所怀》：

任死任生无所为，何曾用意患尪羸。
从他软脚难行步，只幸凝神不坐驰。
物理是非闲里得，人情疏密病中知。
天教方寸虚舟似，不为平常忧苦移。

“坐驰”见《庄子·人间世》，用在此处极为生动。而颈联实在是可圈可点。《看侍中局壁头插纸鸢呈诸同志》一诗，也是带有牢骚的：

风前试翼纸鸢新，何事由来插壁尘？
了得行藏能在我，怜他飞伏必依人。
应同鹤滞重皋日，孤负莺迁乔木春。
向上碧云如有分，凭君莫久缩丝纶。

但他力求淡泊，故作放达。这方面的诗作不少。如《身无系累》：

身无系累又无劳，岂是营求自作豪。
生事任情甘素食，官衔随分忝闲曹。
鱼游放海淇涯阔，鸟举凌霄碧落高。
白舍终年何异事，计来东日出蟠桃。

《独坐怀古》：

交朋何必旧知音，富贵却忘契阔深。
暗记徐来长置榻，推量钟对欲鸣琴。
巷居傍若颜渊在，坐啸前应阮籍临。
日下闲游任意得，免于迎送古人心。

上诗颔联用陈蕃独为徐孺子置榻，和伯牙只为钟子期弹琴的著名故事；颈联则自比瓢箪陋巷的颜回和迎风长啸的阮籍。不仅显示了岛田对中国典故的熟知，也表现了他的高洁人品。再看《自劝闲居》一诗，显然作于晚年：

人生百岁谁人得？纵得全生又易除。
衰病岂无闲退日，健时闲退是闲居。

又有《无题》诗，则是暮年总结之作了：

鱼思大海鸟厌笼，一日三回省我躬。
亡相知音空恋德，明王赐眄未成功。
赖新慕旧中间老，寻始要终上计穷。
木落归根泉反涧，那教身得似秋蓬。

诗中“亡相”即指关白藤原，殁于宽平三年(871)正月；“明王”当然就是宇多天皇了。诗中显然对自己虽受到他们垂青，但所志未骋，而深感遗憾。诗的首句，显然是从白居易《忆微之》“鱼恋江湖鸟厌笼”而来，亦说明岛田熟读白诗。前面引述的《身无系累》诗中“白舍终年”一句，据说也是指“白舍人”。集中更有《吟白舍人诗》：

坐吟卧咏玩诗媒，除却白家馀不能。
应是戊申年有子，付于文集海东来。

此诗写出了岛田对白诗的狂爱。甚至因白居易戊甲(828)生子，而联想到自己也是同年出生(诗有自注云“唐太和戊申年白舍人始有男子，甲子与余同”)，因此竟想象自己的生命也是随着《白氏文集》而东来的，可谓痴矣！

《本朝文粹》把纪长谷雄(845—912)与岛田忠臣并称为“当代诗匠”。纪氏因其父贞范祈子于长谷寺而遂愿，故名长谷雄。他又有唐名发昭，字宽。其祖上多出诗人、学者，如大纳言纪麻吕及其子纪古麻吕，都是《怀风藻》中的作者。其后又有纪男人，至平安朝有纪长江、纪末守、纪御依、纪虎继诸人，均有汉诗之作。可知纪氏为汉文学世家。

长谷雄自小颖敏，十八岁时即写诗文，受业于大藏善行。时于大学北堂众学生群饮之际，作诗《幽人酌春水》，颇得岛田忠臣赞赏，称其诗“缀韵之间，甚得风骨”，于是才名日显。贞观十八年(876)补文章生，游学于菅原道真之门。元庆三年(879)作《大极殿始成宴集诗》，菅原大为叹赏，从此时常唱和。菅原还专门为他写了《劝吟诗》，在序中说：“元庆以来，有识之士，或公或私，争好论议。立义不坚，谓之痴钝。其外只醉舞狂歌、骂辱凌轹而已。”因此，力劝长谷雄专心写诗，以挽世风。元庆七年(883)掌渤海客使，宽平中为图书头、文章博士、赞岐守、式部大辅、大学头等，为天皇进讲《汉书》《文选》。894年，被任命为遣唐副使(正使为菅原道真)，但后未成行，日本的遣唐使遂告中辍。醍醐天皇即位时，宇多上皇曾推举他与菅原道真、藤原时平三人并列为新天皇的顾问。后长谷雄为醍醐讲《群书治要》，并任右大辩，官至从三位中纳言。故人称“纪纳言”。

与纪长谷雄有关的著作有《纪氏家集》《续纪家诗集》等，其个人别集有《长谷雄卿集》《延喜以后诗卷》等，可惜均已散佚。今仅从《扶桑集》《本朝文粹》等书中得见一些他的诗文，亦无辑本。据冈田正之调查，计有文章三十二篇(赋三、书三、位记一、状一、牒一、诗序十五、和歌序一、铭三、祝文一、愿文一、记一、辞一)，诗二十六首，其他还有《倭汉朗咏集》中引用的零句十八联。

长谷雄富于文藻，不负众望，当时的诏敕、表牋等多出其手，但他自己却很谦虚，《朝野群载》卷一载其《书绅辞》：

靡恃人之知，勿夸己之贤。
须怀诚与慎，以思身之全。

又传说三善清行辱骂他为“无才博士”，他也忍声吞气，时人服其雅量云。

长谷雄的诗中，不少具有山水隐逸趣味，仅见诗题《山无隐》《山家秋歌》《寻山人不遇》等，即可想知。《山家秋歌》共八首，明显是学习白居易诗的明白晓畅的风格。今引其中其一、其四、其七三首：

一身漂泊厌浮名，试避喧喧毁誉声。
秋水冷，暮山清，三间茅屋送残生。

卜居山水息心机，不屑人间驳是非。
扃涧户，掩松扉，秋寒只纳薜萝衣。

吾家岭外枕江干，浪响松声日夜寒。
忘老至，计身安，乘闲空把一鱼杆。

上引诗句中“试避喧喧”一句，显然是模仿白居易《重题》一诗的“免见啾啾毁誉声”；“三间茅屋”一句，也与白诗《别草堂三绝句》中“三间茅舍向山开”相似。菅原道真称赞长谷雄的诗“虽元白再生，何以复加焉”，固然有点过誉；但长谷雄写诗确实是认真学习白居易的，不仅在用词、风格各方面，而且在思想、内容上也是这样。尤可一提的是，这八首《山家秋歌》，作者自注是“越调”，其实就是嵯峨天皇最早写作的《渔歌子》词。《渔歌子》的创始作者张志和是会稽山阴人，又在湖州任官，称为“越调”当然不错。值得指出的是，纪氏这八首诗(词)，在神田喜一郎的名著《日本填词史话》中没有提到。

纪氏还有一首七言长诗《贫女吟》，也很像白居易的新乐府，是关怀妇女的不幸命运的佳作：

有女有女寡又贫，年齿蹉跎病日新。
红叶门深行迹断，四壁虚中多苦辛。

本是富家钟爱女，幽深窗里养成身。
绮罗脂粉妆无瑕，不谢巫山一片云。
年初十五颜如玉，父母常言与贵人。
公子王孙竞相挑，月前花下通殷勤。
父母被欺媒介言，许嫁长安一少年。
少年无识又无行，父母敬之如神仙。
肥马轻裘与鹰犬，每日群游侠客筵。
交谈扼腕常招饮，一日之费数千钱。
产业渐倾游猎里，家资徒竭醉歌前。
十余年来父母亡，弟兄离散去他乡。
婿夫相厌不相顾，一去无归别恨长。
日往月来家计尽，饥寒空送几风霜。
秋风暮雨断肠晨，忆古怀今泪湿巾。
形似死灰心未死，含怨难追旧日春。
单居抱影何所在，满鬓飞蓬满面尘。
落落户庭人不见，欲披悲绪遂无因。
寄语世间豪贵女，择夫看意莫看人。
又寄世间女父母，愿以此言书诸绅。

江村北海《日本诗史》卷一论及纪长谷雄，云："宽平、延喜之际(按，约889—922)名声藉甚，至时人与菅右相并称。余阅其遗篇，殊不及所闻。诸选所收《贫女吟》，直儿童语耳。特《山家》杂咏八首，稍有潇洒致。"江村此评似为过苛。所谓"儿童语"，如是指明白畅达，那正是纪氏学习白诗的成功处；更无论《贫女吟》的思想意义了。所以，冈田正之也认为江村"不免酷评"。

与纪长谷雄、岛田忠臣并世齐名，且也曾编有家集(后亦佚)的，还有三善清行(847—918)。原为百济人后裔，后被赐姓三善。原名宿弥，又取唐名善居逸("居逸"与"清行"的训读发音相近)。初学于菅原是善，后师从巨势文雄。他比菅原道真只小两岁，但成名和当官要晚得多了。二十七岁成文章生，三十三岁应试对策落榜(考官正是道真)，至三十七岁才对策及第。昌泰三年(900)为刑部大辅兼文学博士，翌年兼大学头，时已五十五岁。这与菅原道真二十六岁对策及第，三十三岁兼文章博士比起来，就晚多了。据云道真对清行颇为"相轻"。巨势文雄在举荐清行时，称他“文才超越时辈”，而道真却将“文才”二字改为“愚鲁”。清行则对纪长谷雄不服气，骂人家“无才博士”。他在仕途上迟滞不顺，再加上晚年患眼病，曾在苦闷中作《诘眼文》以寄幽愤：“延喜十三年(按，913)冬，余年六十七，心未耄乱，眼已昏矇。虽文有所属，而笔不能书，遂作《诘眼文》，抽叙其志。”文中说：“君性怀敦庞，志乖功宦。进不能趋卿相之馆，衒其才名；退不能媚奥灶之人，求其推荐。徒居白屋之中，守素王之余业，尝以箪瓢之食，玩糟粕之遗文。”实是夫子自道。可见他虽官至参议，被称为“善相公”，但一辈子感到怀才不遇。

清行还精通算术、法律及谶纬之学。就在他当文学博士的昌泰三年，左大臣藤原时平听说右大臣菅原道真有可能出任摄政，而时平本出生于摄政关白之家，容不得一介儒士的道真居于其上，便暗地联络一些人陷害道真。而正在此时，天上有彗星出现，清行认为是一种征兆，乃“天道革命之运，君臣尅贼之期”，于是便写了《奉菅右相府书》，劝道真急流勇退。此文当时传诵一时，亦可见其汉文水平：

> 清行顿首谨言：交浅语深者，妄也；居今言来者，诞也。妄诞之责，诚所甘心。伏冀尊阁特降宽容。某昔游学之次，偷习术数。天道革命之运，君臣尅贼之期，纬候之家创论于前，开元之经详说于后。推其年纪，犹如指掌。斯乃尊阁所照，愚儒何言！但离朱之明，不能识睫上之尘；仲尼之智，不能知箧中之物。聊以管穴，伏添橐龠。伏见明年辛酉，运当变革。二月建卯，将动干戈。遭凶冲祸，虽未知谁是；引弩射市，亦当中薄命。天数幽微，纵难推察；人间云为，诚足知亮。伏惟尊阁挺自翰林，超升魁位。朝之宠荣，道之光华，吉备公外，无复与美。伏冀知其止足，察其荣分。擅风情于烟霞，藏山智于丘壑。后生仰视，不亦美乎？努力努力，勿忽鄙言！

道真没有理会这封信，清行便又再上《预论革命议》给天皇，逼道真辞职。世人或以为清行参与了藤原时平的阴谋活动。但冈田正之认为这是酷论。清行主要是笃信谶纬革命之说，坦陈自己的见解而已。当后来藤原迫害道真时，清行还挺身而出，保护过道真的一些门生。冈田还指出，在清行写的《圆珍传》中，还称“诗伯菅相公”，可见他对菅原还是很尊重的。

清行的《善家集》早已散佚。今其诗于残存的《扶桑集》中看到三首，其中歌咏陶渊明的《陶彭泽》或可一读：

心是盘桓身隐沦，自忘名字醉乡人。
归来舟过三江月，出入门穿五柳春。
园菊开时丰产业，林禽狎处得交亲。
野亭客到醅初熟，莫怪匆匆脱葛巾。

又，藤原时平曾于水石亭设宴，为其师大藏善行庆贺七十寿辰。席间由纪长谷雄等二十多人各赋诗一首。江村北海在《日本诗史》中说："近未得其比，当时右文好尚可想。史称此会，一时名士毕集。……诗今存二十余首，纪发昭(按，即长谷雄)、三善清行亦在其中。而清行七律得骊珠，其余鳞甲无足把玩者。"这首被江村盛赞的《杂言奉和》如下：

鸣桐半烬遇知音，七十还悲雪鬓侵。
计老自栽松百尺，校高平对岭千寻。
紫芝未变南山想，丹露犹凝北阙心。
暮齿岂忘疏传志，应靡相府笃恩深。

而清行更有名的，还是他的文章。如前面提到的六十七岁时写的《诘眼文》，假托心之神与眼之神的对话，写出自己的境遇，模仿了汉代扬雄的《解嘲》。第二年写的《意见封事十二条》，更是轰动一时的宏文，后被人誉为"王朝第一文章"。全文万余言，今仅节录其第二条"请禁奢侈"部分内容，以见一斑：

臣伏以先圣明王之御世也，崇节俭，禁奢盈，服浣濯之衣，尝蔬粝之食。此则往古之所称美，明时之所规摹也。而今浇风渐扇，王化不行。百官庶僚，嫔御媵妾，及权贵子弟、京洛浮食之辈，宾客饗宴之费，日以侈糜，无知其极。……制一领之衣，破终身之产；设一朝之馔，尽数年之资。田亩为之荒芜，盗徒由是滋起。如此不禁，恐损圣化。伏望随人品列，定衣服之制，命检非违使纠其事，以张格式。而此法常自上破之，令下效之。重望令检非违使张行此制。又王臣以下至于庶人，追福之制，饰终之资，随其阶品，皆立式法。而比年诸丧家，其七七日讲筵、周忌法会，竞倾家产，盛设斋供。一机之馔，堆过方丈；一僧之储，费累千金。或乞贷他家，或斥卖居宅。孝子遂为逃债之逋人，幼孤自成流充之饿殍。夫以蒙顾复抚育之爱者，谁无追远报恩之志焉？然而修此功德，宜有程章，岂可必待子孙之破产，以期父祖之得果乎？况此修斋之家，更设予客之飨，献酬交错，宛如饫宴。初有匍匐之悲，俄成酣醉之兴。孔子食于有丧者之侧，未尝饱也，岂其如此乎？但郊畿之内，道场非一，故检非违使不遑禁止。伏望申敕公卿大夫、百官诸牧，各慎此僭滥，令天下庶民知其节制。又维摩、最胜、竖义僧等，皆贫道修学之辈也。一钵之外，亦无他资。而比年令之盛储僧纲，并听众之斋供，非唯积馔成山，犹亦有酒如淮，已乖佛律，亦害圣化。伏望申诫僧纲，早立此禁。伏以上不率正，下自差忒。若卿相守法，僧统随制，则源澄而流自清，表正而影必直。

这些论述，即使对照当今中国现实，亦可参考。冈田正之以为，此篇意见封事，是清行倾注毕生心血之作，不顾忌惮，指摘时弊，更缕陈救济之法。其识见之高，笔力之雄健，亦非王朝时代其他儒臣可比。因此，江户时代学者斋藤正谦在《拙堂文话》卷一中竟说："余常谓王朝无文章，有三善《封事》而已。"又说："善相公《意见封事》，娓娓万余言，剀切核实，皆补时政，不减贾、董之策。其文虽不免排偶之习，然气象浑健，词不害意，亦陆宣公之亚也。"另一位江户时代著名学者赖山阳则赞曰："善相公《封事》，陈朝野事弊，如梳发爬垢。"(《山阳先生书后》卷中)又说："三善清行以实用之才为实用之学，虽菅原相公，恐有所不及。其《封事》者所言，虽有不敢尽者，而切中时弊，可用当世，与彼为无用之文词者大异。"(《日本政记》卷七)。

十六、菅原道真

菅原道真(845—903)被日本学者称为平安朝乃至整个王朝时代汉文学第一大诗人。而且，日人又尊他为文学之神、教育之祖，至今祭祀他的天满宫和北野神宫分布在日本全国竟然有二万多所！特别是在每年升学前的一段时间里，考生与家长等纷纷去天满宫烧香求签，祈求"文神菅公"保佑能得高分考入理想学校。这虽然不乏迷信色彩，但亦从某个方面反映了道真影响之大之久，和受人崇敬之深。

道真在王朝时代汉文学的最高地位，据冈田正之分析，约三个原因有以致之。一是菅家文学世袭之盛，二是菅公学问渊博、文藻高雅，三是出身儒林而位登台鼎。然而，冈田同时又指出，若论家学世袭，大江氏也未必不如；若论学问、辞藻，空海、三善清行等人也未必相让；至于官位显荣，奈良朝也已有吉备真备的先例。因此，冈田认为道真特殊之处在于集三者于一身，为其独善难能；另外，他为人至诚，一言一行有伟大的感化力云云。而我认为，他一生经历曲折、饱受打击、大起大落，不仅令人同情，而且他也因此创作出一些接近民众的作品，且他的集子又基本完整地保存了下来，这些也是他在汉文学史上得到高度重视的原因。

据说，道真的远祖是垂仁天皇时的人野见宿弥，其子孙称土师氏，从事历代天皇祭丧之仪。至十六世孙古人(750—819)，敕许改姓菅原。菅原古人即道真的曾祖父，在桓武天皇即位前任其侍读，后历任少纳言、侍从、勘解由长官和丹波、阿波、备前、备中等地太守，并兼大学头、文章博士。菅原氏成为学问之家，即从古人始。道真的祖父，即菅原清公(770—842)，为古人的四子。清公的情况，我们前面在论述《凌云集》时已讲到过。还可一提的是，当年清公遣唐归来后，曾在大学寮的两侧各建文章院，西曹由菅原氏、东曹由大江氏分别负责，培养了众多学生。亦可知平安前期“菅家”“江家”二大家学问世袭之盛。

道真的父亲菅原是善(812—880)又是清公的第四子。自幼机敏，十一岁即上殿随侍天皇读书赋诗，二十一岁文章及第。后历任文章博士、东宫学士、国子监祭酒、刑部卿、式部大辅，官至从三品参议。曾为文德、清和二帝进讲《文选》《后汉书》。参与修撰《贞观格式》《文德实录》。自著《东宫切韵》《集韵律诗》等，尤其著有《菅相公集》十卷，可惜均已佚。仅有部分论策、愿文传世。门下成名弟子甚多，著名诗人岛田忠臣即他的学生。又，其兄(道真的伯父)善主亦为有名的汉学家，曾作为遣唐使判官来过中国。由上述可知，至道真的父辈一代，已做过三代翰林，菅氏家学已积累了非常丰富的书籍和造诣，其地位已非常巩固，声名十分显赫。

道真便是继承了菅家这份光荣的业绩，经文章博士，历任翰林学士承旨、遣唐大使(未成行)、权大纳言等，累官至右丞相，成为继吉备真备之后日本历史上第二位儒学家庭出身的高居从二品的廷臣。如同前面引用的三善清行信中所说：“挺自翰林，超升魁位，朝之宠荣，道之光华，吉备公外，无复与美。”

道真小时师事其父门生岛田忠臣，头角峥嵘。十一岁时，其父让岛田测试他的诗才，令他当场赋诗一首，这就是载于道真存世著作《菅家文草》开卷第一首的《月夜见梅华》，题下有小注云：“于时十一，严君令田进士试之，予始言诗，故载篇首。”全诗如下：

月耀如晴雪，梅花似照星。
可怜金镜转，庭上玉房馨。

应该说，这首诗是比较幼稚的，可以认定确实出自少年道真之手；而且，还可以推测这也不会是他试作的第一首诗。后来道真在教自己的子女时，一般都从四岁起就让他们读书识字(道真有诗曰："小儿年四初知读")，约九岁时就开始让他们学习写诗了。但这首诗也算是他的"始言诗"，岛田忠臣也为之感到欣喜。《菅家文草》中的第二首诗《腊月独兴》，题下注："于是年十有四。"作为少年诗人之作，亦颇可观。尤其是末联，矢志向学，令人感动：

玄冬律迫正堪嗟，还喜向春不敢赊。
欲尽寒光休几处，将来暖气宿谁家？
冰封水面闻无浪，雪点林头见有花。
可恨未知勤学业，书斋窗下过年华。

道真十八岁时文章生及第，父亲送他进家塾山阴亭读书。后来，他曾写有《书斋记》一文以记此事。二十三岁，他在二十一名文章生中得赐文章得业生(仅两名)。随后便是准备应试对策。这是日本当时最高一级的考试了。其父是善亲自督教并每日出模拟试题。《菅家文草》中收有道真自己"采其颇可观四首"，其中之一《赋得躬桑》：

宫闱修内礼，春事记躬桑。
候节时无误，斋心采不遑。
钩留枝挂月，粉落叶凝霜。
举手频鸣珮，低头更满筐。
和风桃李质，暖气绮罗妆。
愿助饥蚕养，成功供庙堂。

作为命题诗，写到这样子也算通得过了。我们纵观道真一生的汉诗，写得最多的约为两类：一类是讽喻诗、感伤诗等，大多是学习白居易等中国优秀诗人，带有面对人生的现实主义倾向的作品。特别是他在遭到谪贬期间，接触社会底层，反映百姓疾苦的作品，最为我们所看重。另一类是宫苑应制、奉和、艳情、赋得、消遣等诗，有的写得香艳绮靡，或带有唯美主义色彩。我们主要介绍前一类诗，而他的后一类诗的风格，从上面这首《赋得躬桑》中也可见到端倪了。

二十六岁那年，道真对策的主考官就是前面写过的都良香。都氏出的题目有二：一是《明氏族》，一是《辨地震》。按今天的说法，前者属社会科学，后者属自然科学。对前者，道真以中国历史上的氏族立论，都氏对此评价不大佳，而对后者的评分则较高。二者综合考评，成绩为中上，就通过了。其实，对氏族的源流道真固然说不清，对地震的原理他也是辨不明的。他只是参照中国古时的天人感应说，再牵上一些佛、儒、道家言谈，胡乱应付，而都氏当然同样也是并不懂的。从文章角度看，虽不算精彩，但在仓促之中，写成这样两篇骈体文，尽管个别地方不乏语病，也算文笔敏捷了。

道真对策及第后，被授少内纪。三十岁时为兵部少辅，一个月后转任民部少辅。他的诗中出现了反映他为官生活的内容，如《菅家文草》中第七十三首《雪中早衙》：

风送宫钟晓漏闻，催行路上雪纷纷。
称身着得裘三尺，宜口温来酒二分。
怪问寒童怀软絮，惊看疲马踏浮云。
衙头未有须臾息，呵手千回著案文。

书中第七十四首《早衙》又云：

迴灯束带早衙初，不倦衔头策蹇驴。
晓鼓鼕鼕何处到？南为吏部北尚书。

道真及其他官们真的如此勤政？如此辛苦？当然不能排除其中可能有夸张和自吹的成分。但这类风格平易的“早衙”诗在日本汉诗中还是新见和少见的。日本学者花房英树指出，“早衙”一词便是见之于白居易诗的唐代官场口语。像诗中说的“晓鼓鼕鼕”，便令人想起白诗《城上》的“城上鼕鼕鼓，朝衙复晚衙”。

道真在三十三岁时(877年)，转任式部少辅，兼任文章博士，开始跻身于朝廷高官之间。虽然实现着家族前辈的意愿，但又不可避免地卷入了官场倾轧之中。特别是权门藤原氏及一些帮闲文人，对他妒忌、造谣、诽谤。约在881年他曾愤而写了《博士难》一诗：

吾家非左将，儒学代归耕。

皇考位三品，慈父职公卿。
已知稽古力，当施子孙荣。
我举秀才日，箕裘欲勤成。
我为博士岁，堂构幸经营。
万人皆竞贺，慈父独相惊。
相惊何以故？曰“悲汝孤茕。
博士官非贱，博士禄非轻。
吾先经此职，慎之畏人情。”
始自闻慈诲，履冰不安行。
四年有朝议，令我授诸生。
南面才三日，耳闻诽谤声。
今年修举牒，取舍甚分明。
无才先舍者，谗口诉虚名。
教授我无失，选举我有平。
诚哉慈父令，诫我于未萌！

诗中“皇考”即祖父清公，“慈父”即是善。从诗中可知，当道真成为文章博士、众人相贺之时，其父是善就已担心权贵们的妒忌和迫害，并以自己的经历来提醒他。不料竟言中了！当时，又有人作匿名诗攻击大纳言藤原冬绪，冬绪便怀疑是道真所为，幸好事情很快便查清了，原来正是有人想嫁祸于他。道真险遭迫害，悲愤之余写了一首《有所思》：

君子何恶处嫌疑，须恶嫌疑涉不欺。
世多小人少君子，宜哉天下有所思。
一人来告我不信，二人来告我犹辞，
三人已至我心动，况乎四五人告之。
虽云内顾而不病，不知我者谓我痴。
何人口上将销骨，何处路隅欲僵尸。
悠悠万事甚狂急，荡荡一生长险巇。
焦原此时谷如浅，孟门今日山更夷。
狂暴之人难指我，文章之士定为谁？
三寸舌端驷不及，不患颜疵患名疵。
功名未立年未老，每愿名高年又耆。

况名不洁徒忧死，取证天神与地祇。
明神若不愆玄鉴，无事何久被虚词？
灵祇若不失阴罚，有罪自然为祸基。
赤心方寸惟牲币，固请神祇应我祈。
斯言虽细犹堪恃，更愧或人独自嗤。
内无兄弟可相语，外有故人竟相知。
虽因诗兴居疑罪，言者何为不用诗？

第二年，渤海大使来日。由于渤海国位于中国的东北，毗邻大唐，文化程度一般也较日本为高，日本朝廷为了展示自己的文化，特意任岛田忠臣、菅原道真翁婿分别为接待正、副使，还临时为道真加了个“礼部侍郎”的头衔。当时忠臣和道真都为渤海大使写了不少诗，分见于《田氏家集》卷中和《菅家文草》卷二。今引道真《过大使房赋雨后热》一首以见一斑：

风凉便遇敛纤氛，未睹青天日已曛。
挥汗春官应问我，饮冰海路讵愁君。
寒沙莫趁家千里，淡水当添酒十分。
言笑不须移夜漏，将妨梦到故山云。

据说当时渤海使评其诗文曰：“道真文笔似白乐天也。”同时也指出个别地方杂有日人习惯，非道地汉语。这一评价是符实的。其实，当时日本汉文学中时常可以看到所谓“和臭”或“和习”，不足为奇。但是，有些用心不良的文人却借此大肆贬低他，攻击他。他想，去年有人写精巧的匿名诗，他们说“非当今博士(按指道真)不能为”；今年却又把自己的诗贬得一文不值。真是颠三倒四、翻云覆雨的小人！悲愤之下，他一度真想出家为僧，还写了一首《诗情怨》：

去岁世惊作诗巧，今年人谤作诗拙。
鸿胪馆里失骊珠，卿相门前歌白雪。
非显名贱匿名贵，非先作优后作劣。
一人开口万人喧，贤者出言愚者悦。
十里百里又千里，驷马如龙不及舌。
六年七年若八年，一生如水不须决。
一生如水秽名满，此名何水得清洁？

天鉴从来有孔明，人间不可无则哲。
恶我偏谓之儒翰，去岁世惊自然绝。
呵我终为实落书，今年人谤非真说。

而就在此时，道真七岁的儿子阿满不幸夭亡。不久，阿满的弟弟也死了。连丧二子，给了他很大的打击。曾作《梦阿满》一诗，写阿满已经会“从事请知人子道，读书谙诵《帝京篇》”了，诗人目睹“庭驻戏栽花旧种，壁残学点字傍边”，未免伤心至极。(只可惜此诗颇有一些不合汉语习惯的败笔，此处不引了。)而接着政治上打击又降临到他头上。仁和二年(886)，在关白藤原氏的策划下，朝廷突然贬斥年已四十二岁、毫无过失的道真到边远的赞岐任守官。离京前，还让他参加了一次宫廷宴会，逼着他行酒吟诗。事后他写道：“予前伫立不行，须臾吟曰：‘明朝风景属何人。’一吟之后，命予高咏，心神迷乱。才发一声，泪流呜咽。宴罢归家，通夜不睡，默然而止，如病胸塞。”可见这一贬黜对他精神上打击甚巨。而“明朝风景属何人”正是白居易的诗句。他又作《北堂饯宴》一诗：

我将南海饱风烟，更妒他人道左迁。
倩忆分忧非祖业，徘徊孔圣庙门前。

可知他极不情愿离开“孔圣庙”，即不愿离开文化中心的京城和所从事的汉文化研究、讲学和撰著的工作。(第三句文字疑有误。)这是他平生受到的第一次贬谪。在赞岐任职、生活了四年，目睹了农村生活的贫困、贪官污吏的征敛等。他有一首《客舍书籍》云：

来时事事任轻疏，不妨随身十帙余。
百一方资治病术，五千文贵立言虚。
讴吟白氏新篇籍，讲授班家旧史书。
罢秩当须收得去，自惭犹过橐衣储。

可知他赴任时，除了带去《百一方》这样的中医书、《老子》等哲理书、《汉书》等史籍外，更不忘携带白居易的诗文集。而他在赞岐时，正是亲身体味白氏关心民瘼的优秀作品的极好机会。他自己的一些好诗，如对话体白话诗《路遇白头翁》，组诗《寒早十首》《舟行五事》，长诗《叙意一百韵》等，也显然可看到白诗的影响。我们且从《寒早十首》中抄引几首：

何人寒气早？寒早浪来人。欲避逋租客，还为招责身。鹿裘三尺弊，蜗舍一间贫。负子兼提妇，行行乞与频。

何人寒气早？寒早夙孤人。父母空闻耳，调庸未免身。葛衣冬服薄。蔬食日资贫。每被风霜苦，思亲夜梦频。

何人寒气早？寒早药圃人。辨种君臣性，充徭赋役身。虽知时至采，不疗病来贫。一草分铢缺，难胜箠决频。

何人寒气早？寒早驿亭人。数日忘餐口，终年送客身。衣单风发病，业废暗添贫。马瘦行程涩，鞭笞自受频。

何人寒气早？寒早赁船人。不计农商业，长为傭直身。立锥无地势，行棹在天贫。不屑风波险，唯要受雇频。

何人寒气早？寒早卖盐人。煮海虽随手，冲烟不顾身。旱天平价贱，风土未商贫。欲诉豪民擢，津头谒吏频。

何人寒气早？寒早采樵人。未得闲居计，常为重担身。云岩行处险，瓮牖入时贫。贱卖家难给，妻孥饿病频。

道真的这组诗，显然是模仿唐诗人元稹的《生春二十首》和白居易的《和春深二十首》。元稹诗如“何处生春早？春生漫雪中……”，白居易诗如“何处春深好？春深贫贱家……”，道真完全套用了元白诗的句式。从内容看，描写的都是贫困的劳动人民，令人联想起白居易的《卖炭翁》《采地黄者》等诗。除了诗中有少许生硬的词藻(有的与硬要凑韵有关)以外，应该说这是日本汉诗史上非常难得的思想性和艺术性都相当高的佳作。

宽平二年(890)，道真熬满了四年，得以返京。在这之前，他曾为受到藤原基经等人怀疑猜忌的橘广相仗义执言，为之辩护，因而宇多天皇深受感动。宽平三年正月，关白藤原基经病死，其子时平递补为朝廷重臣。而宇多天皇想趁时平羽翼未丰之际刷新政治，遏制藤原氏势力，于二月将道真一跃提升为藏人头。所谓藏人头，原是以前嵯峨天皇创设的，主要是常侍帝侧，掌管机密文书，经办重大诉讼与宣奏。属于很重要的中枢权职。这对刚从边鄙外地回京的道真来说，实在感到惶恐，于是连忙上表请辞。这篇表文言辞恳切、精炼，为颇具文采之骈体文：

右臣某，伏奉昨日任藏人头之敕旨。梦中之想，经晓犹迷；冰上之行，向春欲陷。臣谨检近代之例：天安藤原良绳，贞观藤原家宗、同山阴，仁和平正范、藤原有穗、源元，当代藤原时平、同高经、源希等，或出自潢流，或生于鼎族。其德也，堪守芝兰之种；其威也，足率鸾凤之群。未有凡夫儒士之能当此任，以遗其名者矣。臣罢官南海，归命北辰。枯苑更华，死骨重肉。驯阙下而趋拜，分已无涯；列侍中以周旋，恩何不翅？古人云："服之不衷，身之灾也。"臣自谓褊衣短裳，亦复慎之。况其职之乖人望乎？况其任之违天量乎？伏愿圣主陛下，停臣所掌，更选其人。勿俾跛羊妄触仙栏，腐鼠初汗禁省而已。纵使臣凌崩浪于鳌头，臣岂敢辞命？纵使臣蹈畏途于虎尾，臣岂敢惜身？唯此非据之职，臣之所不知也。臣某诚惶诚恐，顿首顿首，死罪死罪，谨言。

道真先后两次上请辞表，宇多天皇均未允。宽平四年，道真为从四位下左京大夫，侍讲《群书治要》，撰进《类聚国史》二〇五卷(今仅残存六十一卷)。五年，又迁为参议，兼式部大辅等。随着职位的升迁，宇多天皇对他愈发信任，连册立太子这样的事也同他商量。(谁知这也同时种下了祸根。)同年九月，道真进献《新撰万叶集》二卷(人称《菅家万叶集》)。六年八月，被任命为遣唐大使。然而道真随后上了《请令诸公卿议定遣唐使进止状》，诸公卿议定的结果是止。日本朝廷终于废止了延续了二百六十年的遣唐使。

宽平七年(895)十月，道真进中纳言从三位。八年，其长女衍子成为宇多天皇的女御(贵妃)入内宫。九年六月，又晋升为权大纳言兼右近卫大将。七月，宇多天皇宣告退位，据说此事他仅和道真一人密商过。他并写了《宽平遗戒》授予新帝(醍醐天皇)，建议新帝不设关白，由道真和藤原时平共同辅佐朝政。上皇在遗戒中还反复叮咛新帝："右大将菅原朝臣是鸿儒也，又深知政事。朕选为博士，多受谏正。……菅原朝臣非朕之忠臣、新君之功臣乎？人之功不可忘，新君慎之！"因此，新帝上台之初，道真的地位并无变动。

昌泰二年(899)二月，醍醐天皇任命道真为右大臣，时平为左大臣。但是，道真已深感无法与时平共事，便上表请辞：

臣道真言，伏奉今月十四日诏旨，以臣任右大臣。仰戴天慈，不知所措。臣地非贵种，家是儒林。偏因太上皇往年拔擢之恩，自至诸公卿今日升进之次。无寝无食，以思以虑，人心已不从容，鬼瞰必加睚眦。伏愿陛下高回圣鉴，早罢臣官。非唯不夺志于匹夫，亦复得从望于众庶。不堪恳款屏营之至，上表以闻。

这次上表未被允准，他又在一个月内再次、三次上表，一次比一次恳切，甚至明明白白提出自己“颠覆急于流电，倾颓应于踰机”的处境。然而，天皇需要留他以牵制藤原氏，所以三次上表均成白写，只不过在汉文学史上添了几篇范文。约半年后，宇多上皇又出家，成了法皇。昌泰三年，天皇和法皇商议后秘密召见道真，说“左右大臣并列，于统一执政不便，卿宜专自奏决”，并暗示要将关白之职授予他。道真大惊，急忙坚辞。然而此事还是让藤原时平知道了。于是藤原便勾结其他一些朝臣，加紧设计陷害道真。

可能道真有所觉察吧，他在这年八月十六日，将自己的诗文集《菅家文草》(十二卷)，连同祖父的《菅家集》(六卷)、父亲的《菅相公集》(十卷)，一并上呈醍醐天皇。天皇赐诗一首，表示褒赏：“门风自古是儒林，今日文华皆尽金。唯咏一联知气味，况连三代饱清吟。琢磨寒玉声声丽，裁制余霞句句侵。更有菅家胜白样，从兹抛却匣尘深。”

此诗如真是出自十六岁的醍醐之手，还真的很不容易，亦可证当年宫廷汉文学水平确实很高。尾联中的“白样”即指白居易，而“样”是日语敬称，相当于“先生”的意思。这种直接用日语特有汉词写入诗中的“和臭”，从汉文学的角度看，总是不足为训的。称菅家胜白氏，当然也是过誉；不过，道真确实是努力学习白居易的。而且，不久一个更大的打击更推动他进一步靠近白诗风格。

这年十月，文章博士三善清行便致书道真，劝他急流勇退(这事我们前已述及)。清行是否直接参与藤原氏的阴谋活动，另当别论；但道真此时却偏偏不辞职。昌泰四年(901)一月八日，又升至从二位；然而到二十五日，却突然被贬配到偏远的太宰府(今福冈县)。原因是藤原时平向醍醐天皇诬告：道真阴谋废去陛下，另立齐世亲王为帝。而醍醐的皇后是时平的妹妹，齐世亲王之妃则是道真的女儿。年仅十七岁的醍醐轻信了时平的谗言，命令道真在七天内离京。法皇宇多闻讯后急欲进宫劝说，却被藤原氏阻拦。

道真的四个儿子被分别发配到四处，仅许最小的一双儿女随行，在十余名士兵的押送下离京。时平还通知沿途驿站不准供应粮食等物。这突如其来的反差极其强烈的打击，比前一次外放要严重得多。那以后他写的一些诗，后来曾抄录寄给纪长谷雄，被编为《菅家后集》，大多悲苦凄惨。如《咏乐天北窗三友诗》中有这样的诗句：“自从敕使驱将去，父子一时五处离。口不能言眼中血，俯仰天神与地祇。东行西行云眇眇，二月三月日迟迟。重关警固知闻断，单寝辛酸梦见稀。山河邈矣随行隔，风景黯然在路移。平到谪所谁与食？生及秋风定无衣。”到了流放地后作的《不出门》，题目是白诗中原有的，白居易写的是闲居自足的意境，道真则完全不同了：

一从谪落就柴荆，万死兢兢跼蹐情。
都护楼才看瓦色，观音寺只听钟声。
中怀好逐孤云去，外物相逢满月迎。
此地虽身无检系，何为寸步出门行？

他写的一首《闻旅雁》也颇动情：

我为迁客汝来宾，共是萧萧旅漂身。
攲枕思量归去日，我知何岁汝明春。

又有《秋夜》，可谓血泪之作：

黄萎颜色白霜头，况复千余里外投。
昔被荣华簪组缚，今为贬谪草莱囚。
月光似镜无明罪，风气如刀不破愁。
随见随闻皆惨栗，此秋独作我身秋。

延喜二年(902)，幼子在贬谪地夭亡，道真又写了一首同题《秋夜》：

床头展转夜深更，背壁微灯梦不成。
早雁寒蛩闻一种，唯无童子读书声！

他还写了长诗《叙意一百韵》，在日本汉文学史上罕见。因篇幅过长，此处不录了。翌年二月二十五日，道真在凄苦中病逝于谪居地。他留下的最后一首诗当是《谪居春雪》：

盈城溢郭几梅花，犹是风光早岁华。
雁足粘将疑系帛，乌头点著思归家。

诗中巧用了两个中国典故。“雁足”：汉代苏武出使匈奴，被拘留不得归，匈奴后更诡称他已死，苏武便托人密见汉使，让汉使说汉帝曾射雁得苏武帛书系于雁足，于是匈奴只得放苏武归。“乌头”：传说战国时燕太子丹在秦国做人质，丹欲求归，秦王说：“除非乌白头，马生角。”丹仰天长叹，只见乌鸦一下白了头，马头顿时长出角，秦王只得放丹归。白居易有诗曰：“我归应待乌头白。”道真此诗，题中写雪，诗中写梅，春雪梅花相映照，而且想象白雪、梅花粘在雁足上就像是苏武系书，点在乌头上就成了白毛，那么，诗人也该“归家”了。可惜，他的愿望至死未能实现！此诗若没有极高的汉文学造诣，是写不出来的。

道真除了留下五百多首诗以外，还有一百七十多篇文章。文章除了上面摘引过的一些以外，像893年写的《书斋记》，900年写的《献家集状》等，都是日本学者常引为范文的。此处限于篇幅，不拟多述。

总之，由于道真遗留的汉文学作品质量上乘，而且数量巨大，基本完整，加上基本按创作时间先后编排，因而堪称日本自有文学以来几个世纪难得的精华。当然，前已提及，道真的汉文学作品中还有部分具有浓郁的绮靡旖丽的贵族情调的诗，主要是创作于他“春风得意”之时。有日本学者甚至认为他的这类宫廷作品是平安朝贵族文学的精华。他还写过一些歌颂皇恩、强调忠君的诗文，有日本学者认为是至今冲击日本国民肺腑、可作为感发子弟的教材。只是我们不重视这些。我们认为最值得珍视的是上述两个谪居时期他撰写的直面人生的悲怨呼号的作品。尤其是《菅家后集》，可谓日本汉文学史上的丰碑。中国研究者高文汉指出：“纵观日本人摄取白(居易)诗的全过程，主要集中在他的感伤诗、闲适诗方面，这是日本人传统的审美取向所决定的。对于白氏讽喻诗的吸收与借鉴仅限于少数作家与作品，所以菅原道真的讽喻诗就显得愈可贵。”同样，日本后来的研究者对道真文学遗产的继承，似乎也颇受其传统思想之影响。道真含冤逝世后不久，京城频有异变凶兆，人们议论纷纷，都说是道真冤魂所致。天皇也深感后悔，宣布为他平反。一条天皇(986—1011在位)时，又追授他为正一品太政大臣，并为他立庙，甚至亲临主祭。自那以后，道真被“神化”了，直至被庸俗地、势利地化为了为作文与升学的目的而烧香叩头的对象。可叹也夫！

十七、两篇钟铭和一篇序

菅原道真的逝世，标志着王朝汉文学时代高峰期的结束。此后，汉文学在日本文坛上的绝对垄断地位开始动摇；和文学，即用日本语写作的作品，开始成为日本文学的主要内容。其转折的标志性事件，就是905年在天皇敕命下撰成《古今和歌集》。但《古今和歌集》仍和汉文学有着千丝万缕的关系。在写到《古今和歌集》中的汉文学之前，我们先叙公元九世纪末、十世纪初日本的两篇寺钟铭文。这是日本人写的汉文学史中都没有提及的。

一是《神护寺钟铭》，钟铸于贞观十七年(875)，今为日本国宝，藏京都神护寺。钟铭为橘广相撰序文，菅原是善撰铭词，藤原敏行书写。此三人均是一时之选，故后人称之为“三绝钟”。空海的弟子真绍和尚最初发愿铸造此钟，不久圆寂，继由和气彝范雇工铸成。其文曰：

> 爱当之山，神护之寺，三宝既备，六度无亏。唯所有梵钟，形小音窄。故禅林寺少僧都真绍和尚，始发弘愿，有心改铸。熔范未成，衣裓早化。檀越少纳言从五位上和气朝臣彝范，悼和尚之遗志，寻先祖之旧踪，以贞观十七年八月廿三日，雇冶工志我部海，继以铜一千五百斤，今铸成焉。恐年代久远，后人不知，仍聊记于钟侧。右少辩橘朝臣广相之词也。铭一首，八韵：
>
> > 传音在器，证果惟因。尔祖初业，厥孙聿遵。宿昔三尺，今日千斤。体有宽窄，功无旧新。山声万岁，谷响由旬。闻宜觉梦，扣即归真。慈周世界，感及非人。雕琢胜趣，蒙叟当仁。
>
> 参议正四位下勘解由长官兼式部大辅播磨权守菅原朝臣是善铭，图书头从五位下藤原朝臣敏行书。

另一篇是《道澄寺钟铭》。道澄寺为延嘉十七年(917)藤原道明和橘澄清两人合建于山城国深草的，因各从两人名中取一字合为寺名。其寺废绝于中古，旧址未详，仅留此钟，遗响千年。钟今藏于奈良县五条市荣山寺。该铭文作者不详，书者传为小野道风(896—966)。文曰：

> 道澄寺者，从三位守大纳言兼右近卫大将行皇太子傅藤原朝臣，参议左大辩从四位上兼行勘解由长官播磨权守橘朝臣，为报四恩，济六趣，合诚勠力所建立也。堂宇比甍，南北轮奂；尊像接座，前后跏趺。两相公宿

殖香火之缘，生为瓜葛之戚，非唯现世结契阔之情，亦欲净刹共安养之乐，以为此寺额题，所以故各取其名首字，贻本缘于来代，期同志于他生也。藤亚相爰命凫匠，乃铸鸿钟。且将令长夜昏迷，闻妙声而知晓；苦海沈溺，惊梵□而通津。延喜十七年十一月三日铭之。其词云：

> 倕师施冶，菩提催缘。虚受必应，响高自传。从夕至晓，出定入禅。傍唱众圣，遥警大仙。法喜增感，耶梦惊眠。通阿鼻狱，达有顶天。劫数亿万，世界三千。一音利益，无限无边。

上述两篇铭文都达到较高水平，后附韵语也颇中式，是当时难得的汉文学作品。因为日本进入公元十世纪后，平安朝中期的百多年间，汉文学步入相对低迷的维持和小结的阶段。当时，政坛上藤原氏权势日重，专横跋扈。不少朝廷官员丧失气节，请托拍马，纲纪松弛。原本以才选官、量德录用的律令制度名存实亡，一般文人进入仕途的机会锐减。大学实际成为"迍邅坎壈之府，穷困冻馁之乡"。本是培养汉文学人才的重要基地的大学，一旦失去吸引力，汉文学势必受到冷落。而自从日本朝廷中止派出遣唐使，中国唐代灭亡进入五代十国动乱期后，日本朝野便逐步改变了原先"唐风一边倒"的做法，甚至有关汉籍的讲习也不大举行了。日本文坛失去了中国文化新的、直接的刺激，汉文学的衰退也就成了必然的趋势。

而自奈良朝末期发明假名文字后，日本的和文学从一开始主要出于后宫女性作者之手，渐渐地转到贵族男性作者那里。至醍醐朝，达到繁荣状态，开始逐步影响汉文学在文坛上的几百年垄断地位。上述嵯峨天皇、菅原道真等人，不仅是汉文学第一流大家，同时也是出色的和文学作家。可以说，早期优秀的和文学作家，几乎都首先是优秀的汉文学作家。和文学的发展本身就是从汉文学中汲取丰富的营养的。早期和歌作者们用自己的汉文学知识，将汉诗的创作技巧、风格等积极地运化至和歌中，还引进中国传统的诗论作为和文学创作的理论基础，从而有效地促进了和文学的发展。

和文学当然是标准的日本文学，但是，日本很多文学史家动辄称之为"国风文学"，言下之意是把汉文学完全排斥于本国文学之外，即视作外国文学，甚至说成是"受外来文化的毒害"的"殖民地化"的东西(见西乡信纲等著《日本文学史》)，则是偏颇的、不符合历史本来事实的。汉文学实际几乎贯穿整部日本文学史；当然，平安朝中期，十世纪初开始，和文学迅速兴起，开始影响并替代汉文学的文坛中心地位，也是事实。而作为这一变化的标志，就是延喜五年(905)奉命编成的《古今和歌集》。这是和文学的首次“敕撰”。

我们知道，此前一百多年，就有了第一部和歌集《万叶集》，但那是私人撰选的；而八九十年前的“敕撰三集”却都是汉诗文集。自《经国集》以后，对汉文学就再没有过天皇敕选的命令；相反，和歌集的敕选却从《古今和歌集》后日趋隆盛，一直到室町时代初期的《新续古今集》，共出现了二十一代集之多。而作为首部敕撰和歌集，主要是由汉文学世家的纪家编的，而且还有一篇汉文序(另一篇和文序则基本是参照汉文序的“日译”)。

《古今和歌集》由纪贯之、纪友则、凡河内躬恒、壬生忠岑四人奉敕编选。其中，纪友则是纪贯之的侄儿，壬生忠岑是纪贯之的学生，而纪贯之则是我们前面论述过的著名汉文学家纪长谷雄的堂兄弟。《古今和歌集》的序虽然署名纪贯之，其实那篇“真名序”(即汉文序)是纪淑望写的。

纪淑望(?—919)是纪长谷雄的长子，又是纪贯之的养子，曾任国子监祭酒。他的这篇序，以中国传统的《诗大序》中“风雅颂”“赋比兴”等理论来论述和歌的功用、起源等，但显得生硬。文笔辞藻等，还比不上一百五十多年前的《怀风藻》的序。如“为后辈被知”诸语，明显违背汉语语法。这是不是也从某种角度可看出此时日本汉文学的衰退呢？作为日本汉文学重要史料和见证，这里引录该序于下：

> 夫和歌者，托其根于心地，发其花于辞林者也。人之在世，不能无为。思虑易迁，哀乐相变，感生于志，咏形于言。是以逸者其词乐，怨者其吟悲。可以述怀，可以发愤。动天地，感鬼神，化人伦，和夫妇，莫宜于和歌。和歌有六义：一曰风，二曰赋，三曰比，四曰兴，五曰雅，六曰颂。若夫春莺之啭花中，秋蝉之吟树上，虽无曲折，各发歌谣，物皆有之，自然之理也。
>
> 然而神世七代，时质人淳，情欲无分，和歌未作。逮于素盏乌尊到出云国，始有卅一字之咏。今反歌之作也。其后虽天神之孙，海童之女，莫不以和歌通者也。爰及人代，此风大兴。长歌、短歌、旋头、混本之类，杂体非一，源流渐繁。譬犹拂云之树，生自寸苗之烟；浮天之波，起于一滴之露。至如难波津之什献天皇，富绪河之篇报太子，或事关神异，或兴入幽玄。但见上古之歌，多存古质之语；未为耳目之玩，徒为教戒之端。

古天子每良辰美景，诏侍臣预宴筵者献和歌。君臣之情，由斯可见；贤愚之性，于是相分。所以随民之欲，择士之才也。

自大津皇子之初作诗赋，词人才子，慕风继尘，移彼汉之字，为我日域之俗。民业一改，和歌渐衰。然犹有先师柿下大夫者，高振神妙之思，独步古今之间。有山边赤人者，并和歌之仙也。其余业和歌者，绵绵不绝。及彼时变浇漓，人贵奢淫，浮词云兴，艳流泉涌。其实皆落，其花独荣。至有好色之家，以此为花鸟之使；乞食之客，以之为活计之媒。故半为妇人之右，难进丈夫之前。近代存古风者，才二三人而已。

然长短不同，论以可辨：花山僧正，尤得歌体，然其词甚花而少实，如画图好女，徒动人情。在原中将之歌，其情有余，其词不足，如萎花，虽少彩色，而有薰香。文琳巧咏物，然其体近俗也，如贾人著鲜衣。宇治山僧喜撰，其词华丽，而首尾停滞，如望秋月遇晓云。小野小町之歌，古衣通姬之流也，然艳而无气力，如病妇之著花粉。大友黑主歌，古猿丸大夫之次也，颇有逸兴，而体甚鄙，如田夫之息花前也。其外氏姓流闻者，不可胜数。其大抵皆以艳为基，不知歌之趣者也。俗人争事荣利，不用和歌，悲哉！虽贵兼相将，富余金钱，而骨未腐于土中，名先灭于世上。适为后辈被知，唯和歌之人而已。何者，语近人耳，仪通神明也。昔平城天子诏侍臣，令撰《万叶集》。自尔以来，时历十代，数过百年，其间和歌弃不被采。虽风流如野相，雅情如在纳言，而皆依托才闻，不以斯道显。

伏维陛下御宇，于今九载，仁流秋津洲之外，惠茂筑波山之阴。渊变为濑之声，寂寂闭口；沙长为岩之颂，洋洋满耳。思继既绝之风，欲兴久废之道。爰诏大内记纪友则、御书所预纪贯之、前甲斐少目凡河内躬恒、右卫府生壬生忠峰［岑］等，各献家集并古来旧歌。于是重有诏，部类所奉之歌，勒为廿卷，名曰《古今和歌集》。臣等词少春花之艳，名窃秋夜之长。况乎进恐时俗之嘲，退惭才艺之拙。适遇和歌之中兴，以乐吾道之再昌。嗟呼，人丸既没，和歌不在斯哉！

于时延喜五年岁次乙丑四月十八日，臣贯之等谨序。

序中简述了自大津皇子(按，如前所述，其实大友皇子要早于大津皇子)初作汉诗以来，“移彼汉之字，为我日域之俗”的历史。尽管它是以贬低汉文学、褒扬和文学的立场来写的，但仍反映了此前汉文学长期占据日本文坛正统地位的事实。而他指出的以往和歌创作中的种种不足之处，也有待吸收中国文学及日本汉文学的长处以改善之。其末云“人丸既没，和歌不在斯哉”，“人丸”何意？猪口笃志等人在他们的书中引用此句，都注释不出。我认为当指大和时代歌人柿本人麻吕，因为“人丸”的读音与“人麻吕”相似。淑望此语显然是模仿《论语》中的“文王既没，文不在兹乎”。淑望有此自信，还不是因有汉文学作为底气？

十八、菅、江两家

公元十世纪，汉文学开始走下坡路，但尚未使人领受到明显的寒风落叶的萧瑟感；在该世纪中叶，倒是有一番满山红叶的秋天的美景。当时维持汉文学之坛的主要力量，人称菅(原)、(大)江两家。

所谓菅家，我们前面已论述过菅原清公、菅原道真两位大家；此一时期的代表人物，则是道真之子淳茂和道真之孙文时。

菅原淳茂(?—926)是道真的五男，据说才藻颇似其父而不堕家声。昌泰中为秀才，延喜八年(908)对策及第，此后历任文章博士、兵部丞、大学头、右中辩等，后为式部大辅。宇多法皇召开赏月会，众人咏诗，淳茂奉命为该诗卷作序。尤其是他写的诗，深得法皇赞许，感叹可惜未能让其父道真看到。延喜二十年(920)渤海国使节裴璆访日，淳茂参与接待；而裴璆之父裴颋在元庆七年(883)访问日本京城时，是由道真负责接待的。父子两代分别在鸿胪馆里与渤海使臣父子赋诗唱和，这在世界文化交流史上也是少见的，所以人称奇缘。淳茂有《初逢渤海裴大使有感吟》：

思古感今友道亲，鸿胪馆里□余尘。
裴文籍后闻君久，菅礼部孤见我新。
年齿再推同甲子，风情三赏旧佳辰。
两家交态皆人贺，自愧才名甚不伦。

淳茂在颈联后有注曰：“往年贤父裴公以文籍少监奉使入朝，予先君时为礼部侍郎，迎接殷勤。非唯先父之会友，兼有同年之好。纪裴公重朝，自说我家有千里驹，盖谓大焉。今予与使公春秋偶合，宾馆相逢，又三般礼同在仲夏，故云。”原来二人还是同龄。

淳茂还有《月影满秋池》一诗，为江村北海《日本诗史》引录：

碧浪金波三五初，秋风计会似空虚。
自疑荷叶凝霜早，人道芦花过雨余。
岸白还迷松上鹤，潭融可算藻中鱼。
瑶池便是寻常号，此夜清明玉不如。

北海认为淳茂"文才秀发，无愧箕裘"，并说此诗"盖其少时作，稍见工密，惜起句逗漏"。

菅原文时(899—981)是淳茂的哥哥、右大辩高视的三子。高视也继承家学，做到大学头。而文时的文名甚至比淳茂还大。天庆五年(942)对策及第，历任文章博士、尾张权守等，晚年宦途滞塞，天元四年(981)叙从三位，未久逝世。世人因称其为"菅三品"。文时未知其有无诗文集，今于《本朝文粹》等书中见其文四十篇，又在《本朝文粹》《扶桑集》《新撰朗咏集》《天德斗诗卷》等书中见其诗三十一首、零句二十一。他最有名的文章是天德元年(957)上呈村上天皇的《意见封事三条》。这"三条"的内容是"停卖官，禁奢侈，怀远人"。言辞剀切，即使比不上四十多年前三善清行的《意见封事十二条》，也是广受称赞的一篇有分量的文章。今录其第一条《请停卖官事》：

量能授官官乃理，择材任职职乃修。若不量而授，不择而任，则人谓之谬妄，俗为之衰亡。方今授任之道非不正，黜陟之规非不明，然时有以财官人矣。公家以为助国用，众庶以为轻天工。于是功劳之臣自退，聚敛之辈争进。至于令彼暴客猾民，殉不义之富，弥深虑于贪残；良吏胄子，企无厌之求，更薄情于宦学。望其化盛治平，不亦难哉！昔馆陶公主为子求郎，明帝不许，赐钱千万。所以轻厚赐、重薄位者，为其官人失才，害及百姓也。降逮桓、灵之后，初开占卖之官，皇纲遂紊，王业已衰。历访汉家之典，略考皇朝之记，未有卖官而敦俗、鬻职而安民者矣。伏望早改彼浇时之政，令返于淳世之风。若忧国用，则每事必行俭约；若行俭约，则何因可乏货财？欲利之源，从此暗灭；廉正之路，自［兹］将开。

斋藤正谦在《拙堂文话》中说："菅三品封事，……虽不及善相公之剀切，亦善言事，补于当时，可嘉也。"

菅原文时比大江朝纲还小十多岁，但诗学水平却在伯仲之间。据《古今著闻集》卷四载，村上天皇有一次诏他俩各自从白居易集中挑一首认为最好的诗，结果他们选的竟不约而同。天皇称两人胸中符节相合。又据《江谈抄》卷四载，一次，在皇孙源保光家聚会，大家以《名花在闲轩》为题各自赋诗。文时有“此花非是人间种，再养平台一片霞”之联，而朝纲也有“此花非是人间种，琼树枝头第二花”之联。前一句居然一字不差，后一句也是都用了梁孝王的典故。因此朝纲笑对人说：“后世必称余与文时为‘菅江一双’。”

朝纲逝世后，文时常应天皇招宴，一次村上帝行幸冷泉院，以《花光水上浮》为题令诸臣赋诗，又令文时作序。序中道：“谁谓水无心？浓艳临兮波变色。谁谓花不语？轻漾激兮影动唇。”（见《本朝文粹》卷十）当时传为佳文。又有一次，以《宫莺啭晓光》为题，村上天皇写了“露浓缓语园花底，月落高歌御柳阴”等句，自己很得意，以为在场的别人超不过他。而文时献上的诗中则有“西楼月落花间曲，中殿灯残竹里音”之句，有视觉、听觉通感之妙，连天皇也不由得称赞。天皇又问二者谁优谁劣，文时说“圣作非臣所及”；天皇又让他说实话，文时推辞再三，乃说“圣作实下臣一等”。天皇微笑然之。这一佳话载于《今昔物语》卷二十四和《江谈抄》卷五。

据说文时当时最流传的诗是《山中有仙室》：

丹灶道成仙室静，山中景色月华垂。
石床留洞岚空拂，云案抛林鸟独啼。
桃李不言春几暮，烟霞无迹昔谁栖？
王乔一去云长断，早晚笙声归故溪。

诗中颈联“桃李不言，烟霞无迹”，正是其叔父淳茂所作愿文中用过的。林鹅峰《本朝一人一首》中称此诗“能协其题，颔联颈联最为警策”。江村北海《日本诗史》则赞颈联为“优柔平畅，元白遗响”。其实有点过奖。倒是他还有首《剑铭》，还是迴文诗(即可倒读)，显得十分精巧，若铸刻在剑上还真不错。可知他对汉文汉诗的特点确是深有领会的：

阳文阴精，刃发新硎。
光倒桂月，气通华星。
霜雪夺冷，鬼神畏灵。
装金饰玉，藏匣勒铭。

在整个平安时代与菅原家并称而世世以学问立家、成为另一文坛重心的，是大江家。大江文学之家的创始人是大江音人(811—877)，原是菅原清公的学生，后与清公分别为文章院东西曹主。人称“江相公”。而公元十世纪大江家的代表诗人，是音人之孙朝纲与维时。

大江朝纲(886—957)继承家学，村上天皇时奉敕撰有《新国史》四十卷，及《坤元录》(已佚)。人称“后江相公”。有《后江相公集》二卷，亦佚，仅存赋、序、论策等四十四篇，散见于《本朝文粹》《朝野群载》等书，还有诗四十多首见于《扶桑集》《倭汉朗咏集》等。据《江谈抄》卷六，朝纲曾与来访的渤海国使臣裴璆唱和，在《夏夜于鸿胪馆饯北客》诗的序中云：“前途程远，驰思于雁山之暮云；后会期遥，沾缨于鸿胪之晓泪。”裴璆对此大为赞赏。几年后，有日本使者去渤海，被问道：“朝纲已升为三公了吧？”日本使者答：“并未。”渤海人不解地说：“贵国何其不重贤才！”这个故事说明朝纲当时的名声远传国外。

朝纲有《贺菅秀才献策登科，不堪欣感，赠以长句》：

待诏初趋金马门，道开还喜古风存。
孙谋谁见三年面，祖业应惊四代魂。
红桂枝高分种久，青钱价跃买声喧。
求贤重访先贤后，继绝宁非圣主恩。

猪口笃志说菅秀才即菅原淳茂，不确。此诗充分表现了菅、江两家交谊之深。而朝纲得和诗后，又有一诗《余近贺菅秀才登科，不胜助喜，敢缀老烂。酬和之词，韵高调奇，情感难抑。重以吟赠》：

东西虽异本同门，累代通家道尚存。
八斗才多称器量，九升情动恼梦魂。
窗萤役了辞应退，梁燕惟新贺自喧。
我已晚龄君始壮，忘年共契报朝恩。

首句有自注云：“予祖父相公，天长年中，受业于君高祖京兆尹。承知之初，东西别当，各自名家。”此处所述即大江音人曾是菅原清公的学生，而称清公为菅秀才的“高祖”，那么，菅秀才就绝对不是淳茂，而是文时。(再说，淳茂对策及第时，朝纲仅二十三岁，能说“晚龄”吗？)于此可知这两首诗当作于942年，时朝纲五十七岁，当时之人已可嗟老了。这两首诗毫无“文人相轻”的陋习，值得称许。

朝纲有三子，长子澄明亦有文才，但不幸先他而逝。朝纲悲痛万分，在《为亡息澄明四十九日愿文》中写道："悲之亦悲，莫悲于老后子；恨而更恨，莫恨于少先亲。虽知老少之不定，犹迷先后之相违。"读之令人垂涕。朝纲也学白居易诗，据《古今著闻集》，传说他于天历六年(952)十月某夜梦见白氏与语，从此文笔大进步云。而此时他已六十七岁了。他有《咏王昭君》一首，被选入《本朝一人一首》：

翠黛红颜锦绣妆，泣寻沙塞出家乡。
边风吹断秋心绪，陇水流添夜泪行。
胡角一声霜后梦，汉宫万里月前肠。
昭君若赠黄金赂，定是终身奉帝王。

江村北海《日本诗史》认为，此诗颔联"寓巧思于平易"，颈联则"寄悲壮于幽渺"，可惜"起句率易，已失冠冕之体。结句卑陋，又绝玉振之响"。评价十分精辟，尤其是结句确实难逃卑陋之讥，使整首诗为之失色不少。

《本朝文粹》卷一收有朝纲的《男女婚姻赋》，风格卑陋绮靡，更有淫猥之笔。由于它可以作为平安中期(乃至整个日本文学史)延绵不绝的、冶艳颓废的审美倾向的代表，此处引录全文供参阅：

至刚者男，最柔者女。彼情感之交通，虽父母难禁御。始使媒介，巧尽舌端之妙；继以倭歌，弥乱心机之绪。原夫寻形难见，闻声未相。思切切而含笑，语密密而断肠。琪树在庭，对贞松以契茂；嘉草植室，指金兰以期香。徒观夫其体微和，其意渐感。婀娜以居，类野小町之操；闲雅而语，抽在中将之胆。思兮忽发，兴也方生。貌堂堂而尽美，势巍巍而倾城。染红袖于百和，犹耽芬馥；携素手于一拳，已迷心情。矧夫女贵其贞洁，嫁成其婚姻。结千年之契态，快一夜之交亲。晓露湿时，润楚楚之服；夜月幽处，显辉辉之身。占魏柳于黛，点胭脂于唇。昔缠罗帷，虽惭骨肉之族；今背纱灯，俄昵胡越之人。于是忍其初，亲其后。解单袴之纽，更不知结；露白雪之肤，还忘厌丑。岂同穴之相好，是终身之匹偶。则知形美者其爱深，感通者其身妊。不啻夫妻之配合，宜凝子孙之庇荫。入门有湿，淫水出以污袢；窥户无人，吟声高而不禁。是知媚感难免，谁有圣贤。苟阴阳之相感，知造化之自然。心屈闲卧，若忘归于桃源之浦；精漏流沔，似觉梦于华胥之天。意惆怅而无止，思耿耿而不眠。俾夫孀妇与角子，莫不闻之相怜。

而与此赋相类似甚至有过之的化名"前雁门大守罗泰"(藤原明衡?)的《铁槌传》(专写男阴)和化名"婬水校尉高鸿"(藤原季纲)的《阴车赞》(专写女阴)等,也被收入一本正经的《本朝文粹》《本朝续文粹》中。这如果在中国,是不可思议的事。直到二十世纪九十年代日本人编的《日本汉诗·古代篇》中,还收了朝纲的这篇《男女婚姻赋》(而这又根本不是"汉诗"),可见他们的这种"趣味至上"到了何等程度。

大江维时(888—963)也是音人的孙子,千古的第三子,因而是朝纲的堂弟。千古也官至式部权太夫,善汉诗。维时继承家学,延喜十六年(916)举文章生,后兼文章博士、国子监祭酒、东宫学士,历任备前守、式部大辅、左京大夫,天历四年(950)任参议,天德四年(960)进中纳言。因此人称"江纳言"。在大江氏一门中,升至纳言的,仅维时及其后人匡房二人。

维时历任醍醐、朱雀、村上三帝的侍读,讲读《白氏文集》,又曾在北曹讲解《文选》。村上天皇在东宫时,曾命维时选近代汉诗。维时选小野篁、惟原春道、菅原是善、大江音人、橘广相、都良香、菅原道真、三善清行、纪长谷雄、大江千古等十人的诗,成二十卷,题为《日观集》。可惜今已亡佚,仅存维时的序文。他还曾分类精选中国代表诗人(包括少数朝鲜诗人)妙句,编为《千载佳句》,今存。又著有《养生方》三卷,今未见。他的文章,在《本朝文粹》《朝野群载》中存有六篇,诗仅存四五首。传说唐人传奇《游仙窟》在日本的训点本乃出自他之手。他曾在日记中记某夜梦见菅公(菅原道真),菅公称许他的才学胜过朝纲,他梦醒后大为兴奋云。然而时论皆以为他的文才不及朝纲。不过,朝纲一时盛名,其子孙则默默无闻;而维时的子孙如匡衡、匡房等,后来却很有成就。大江家的汉文学大家的名声,此后主要依靠维时一支传承了。

十九、二橘二源

平安朝中期引人注目的汉文学家还有橘氏,以及源顺、源英明等人。

橘在列是大和守橘秘树的三子。少游学,聪敏过人。源英明闻其才华,试其诗文,即称赞他实为天才,因而经常邀请他参加诗文聚会。不过,在列仕途困顿,年至三十始补文章生,才任低级官吏。他厌倦尘世,便寄心佛门,于天庆七年(944)冬出家为僧,改名尊敬,住延历寺。虽归法门,断绝尘俗，但并未停止汉文学创作。他圆寂后，天历八年(954)其弟子源顺将其作品编为《沙门敬公集》七卷，今不传。其文今仅见《本朝文粹》中序一篇和《朝野群载》中赞一篇而已；诗则在《本朝文粹》《扶桑集》等保存有十七首，《倭汉朗咏集》中还有零句八联。看来在列所长在于汉诗。例如，今《扶桑集》残存第七卷中所录他与源英明步韵唱和的七律，便达十二首之多。今选录几首，以见他的诗才。其第一首《右亲卫源亚将军忝见赐新诗，不胜再拜，敢献鄙怀》(按，"忝"字误用)：

松桂晚阴一遇君，谁言鹪燕不同群？
感吟池上白苹句，泣染箱中绿竹文。
豹变暂藏南岭雾，鹏捕空失北溟云。
为君更咏柏舟什，莫使凡流俗客闻。

第二句反用《史记·陈涉世家》"燕雀安知鸿鹄之志"之典。颔联据其自注，是指源英明近有"青草湖图波写得，白苹洲样岸相传"之句。从鹏搏失云和咏《诗经·柏舟》二句看，在列对对方，同时当然也对自己怀才不遇的悲愤是很强烈的。再看第二首：

儒书将钺共传君，况是篇章别绝群。
每见天然词自妙，便知地未坠斯文。
林中木秀先摧吹，岭上月明更遇云。
若占山居相从去，泉声松响饱应闻。

颔联流水妙对。颈联"吹"字疑误，平仄对仗均不协。从颈联和尾联可以看出，源英明虽身为皇族将胄，也不是十分得意的。再抄录在列一首：

一自汉宫辞圣君，晦踪欲逐隐伦群。
伯鸾久抱山中志，高凤犹看雨里文。
披艸饮来颜巷水，采薇搜尽首阳云。
寄言岩户寒蝉响，应异槐林昔日闻。

此诗颔联用典，在中国成语典故辞典、各种类书中都查不到，实属僻冷。据考，伯鸾是东汉梁鸿的字，据《后汉书·逸民列传》，梁鸿娶妻的要求是"吾欲裘褐之人，可与俱隐深山者尔"，后与妻孟光共入霸陵山。高凤亦东汉人，同书又载高凤"少为书生，家以农亩为业，而精诵读，昼夜不息。妻尝之田，曝麦于庭，令凤护鸡。时天暴雨，而凤持竿诵经，不觉潦水流麦。”这一联在了解上述典故出处后，颇可回味。颈联“颜巷”，当指颜回“在陋巷，人不堪其忧，回也不改其乐”，用得也可以；而“采薇首阳”，用伯夷、叔齐的典故，就有点胡来了。尾联“槐林”，当从“槐棘”或“槐衙”来，指庙堂或都城，与“岩户”相对。此诗中“颜巷”“槐林”“岩户”诸词，均是作者大胆创用的，尚属贴切；只是“采薇首阳”的典故，涉及弑君和绝命，似也不合作者或源英明的身世，属于乱用。要是放在清朝文字狱中，就该杀头了。

以上选的算是比较好的，另外几首和诗，常有生硬别扭之句，有的是因为拘于原韵押字。在列又有一首诗可与上引一首相对读，题为《余昨日奉和安才子书怀之诗，余兴未尽，重赠拙词。才子高和，拂晓入手，不堪感，吟以和之》。

须臾不可寸心迁，怀到林泉养浩然。
高风读书逢雨日，梁鸿晦迹入云年。
溪风吹木摇秋思，山月穿窗访夜禅。
早晚共寻商岭去，去时宜咏采薇篇。

此处颔联用典与上诗颔联同，而尾联则再次乱用了“采薇”的典故。

在列还写过几首离合诗，日本汉文学史研究者冈田正之、绪方惟精、市川本太郎等人，都认为这是日本人最早的这类作品；然而，本书在前面已写到过，一百多年前空海就已写过离合体诗。又有菅谷军次郎、绪方惟精、市川本太郎等人，认为在列是日本迴文诗之祖，然而本书前已提到，至少几十年前都良香就写过迴文诗。尽管如此，这类诗在日本还是较少见的，因引录他的这首迴文诗：

寒露晓霑叶，晚风凉动枝。
残声蝉嘒嘒，列影雁离离。
兰色红添砌，菊花黄满篱。
团团月耸岭，皎皎水澄池。

全诗倒读，也音节朗朗，意境生动，可称佳作。他写的离合诗，是一首七言古诗长篇，诗本身不佳，兹引开首四句：“明王施化瑞昭然，月照阶蓂水醴泉。侍卫官抛霜戟锐，人臣节伴雪松坚……”所谓“离合”，即第一句的首字的一半用于第二句首字，第三句首字的一半，用于第四句首字，以下类推。可知这首离合体诗，其游戏难度还远远低于百多年前空海的那一首。

橘直干(?—960)是长门守橘长盛之子。师从橘公统，对策及第后任大内记，为大学头。天历二年(948)得文章博士。依惯例，得文章博士后，必兼任他官，然而直干却没有，因此他便在天历八年(954)给小野道风写了一篇《请被特蒙天恩兼任民部大辅阙状》，即向上讨官。小野便誉抄一遍上呈村上天皇。天皇见其中有“拜除之恩惟一，荣枯之分不同。依人而异事，虽似偏颇；代天而授官，诚悬运命”等牢骚话，怫然不悦；但看至末段“箪瓢屡空，草滋颜渊之巷；藜藿深锁，雨湿原宪之枢也”，却反复诵读，叹道：“彼亦一世文士也，何穷落至此耶？是朕之过也。”于是即令其兼任民部大辅，并任太子侍读。天皇并认出此文是小野的笔迹，称赞文、笔皆妙，常将此书置诸座右。天德四年(960)宫殿失火，天皇不问其他，只问：“直干之书是否幸免？”(见《史馆茗话》)可见珍重之至。

江村北海《日本诗史》说：“东宫学士直干，才思拔群，而遗落泯阙，殊可惜也。其断篇只联，散见诸书者，皆可称赏。《赠邻家》云：‘春烟递让帘前色，晓浪潜分枕上声。’《宿山寺》云：‘触石春云生枕上，含峰晓月出窗中。’又《游石山寺》云：‘苍波路远云千里，白雾山深鸟一声。’僧奝然在宋国，‘云’为‘霞’，‘鸟’为‘虫’，以为己作示人。彼中人曰：‘若作“云、鸟”乃佳。’”关于日僧奝然在华改诗盗名的这则故事，在藤原实兼《江谈抄》、林梅洞《史馆茗话》中都有相同说法；但我在中国载籍中未发现相关记述。“霞、虫”何以不及“云、鸟”，无说服力。此邦人士何以提出“云、鸟”，无必然性。这则逸事似不可信。

直干原有集一卷，可惜已佚。文章今仅存策文一篇及上述请兼任民部大辅状一篇，均见《本朝文粹》。诗在《倭汉朗咏集》中见零句十联，除上述江村引用者外，还有《萤》云：“《山经》卷里疑过岫，《海赋》篇中似宿流。”极富情趣与想象力。诗句用了中国历史上囊萤读书的故事。想象当萤光照着《山海经》时，疑似飞萤过岫；当萤光照着《文选》中的《海赋》时，又像萤宿水上。《新撰朗咏集》也有直干诗，这里引录一首《秋宿池馆》：

洲芦夜雨他乡泪，岸柳秋风远塞情。
临水馆连江雁翼，枕山楼入峡猿声。

源顺(911—983)，前已说过他是橘在列的学生。他是嵯峨天皇的玄孙，曾祖父是大纳言源定，其父是左马允源举，故出生于下级官吏。一生勤学。初为源高明家的仆夫，四十三岁时才成为文章生，五十岁以后补民部少丞、东宫藏人，五十六岁官至从五位下，至七十岁任能登守。因此他与菅原、三善、大江等公卿阶级人士不同，属于低一层的大夫阶级，无机会参加那些宫廷诗会。然而他实擅长诗文及和歌。他是《后撰和歌集》的五位作者之一。在他写的制旨中有"雄剑在腰，拔则秋霜三尺；雌黄自口，吟亦寒玉一声"之句，被人称誉。他还曾写了讽刺左大臣源融豪富奢侈的《河原院赋》，中有警句"强吴灭兮有荆棘，姑苏台之露瀼瀼；暴秦衰兮无虎狼，咸阳宫之烟片片。"《扶桑集》残卷中保存有他的《五叹吟》及序，该序不仅显示其汉文学水平，且可见其生平：

> 余有五叹，欲罢不能。所谓心动于中形于言，言不足故嗟叹之者也。延长八年之夏，失父于长安城之西，其叹一矣。承平五年之秋，别母于广隆寺之北，其叹二矣。余又有兄，或存或亡，亡者先人之长子也，少登台岭，永为比丘。慧进之名满山，白云不埋其名于身后；礼诵之声留涧，青松犹传其声于耳边。众皆痛惜，况于余乎！其叹三矣。存者先人之中子也，宅江州之湖上。渔户双开，所望者烟波渺渺；雁书一赠，所陈者华洛迢迢。何以得立身扬名，显父母于后世乎！其叹四矣。余，先人之少子也，恩爱过于诸兄。不教其和一曲之阳春，只戒□守三余于寒夜。若学师之道遂拙，恐闻父之志空抛。其叹五矣。于时秋风向我而悲，双坟树老；晓露伴我而泣，三径草衰。叹而喟然，吟之率尔而已！

叹吟诗五首，此处引录第一首，以见一斑：

> 一隔严容十有年，又无亲戚可哀怜。
> 单贫久被蓬门闭，示诫多教竹简编。
> 声是不传歌白雪，德犹难报仰青天。
> 立名终孝深闻得，成业争为拜墓边。

《本朝文粹》中有源顺《夏日闲居，咏庭前三物》，甚佳。《日本汉诗史》作者菅谷军次郎不懂它是《渔歌子》体，竟问其中有六字句，不知何故。本书前已写到，其实平安朝初期嵯峨天皇等人就已写过这样的诗(词)了。源顺的这三首词，著名汉文学研究者神田喜一郎的巨著《日本填词史话》中漏述了。今抄录于下。《松》：

庭松飒飒也亭亭，送夜声笼好雨星。
双鹤白，一牛青，清风今被几人听？

《竹》：

贯霜侵雪竹能胜，又引烟轻与月澄。
烟叶冷，月华凝，好招嵇阮古时朋。

《苔》：

树下清凉苔自繁，虽当赤白似黄昏。
含松影，封竹根，此也犹应胜洞门。

《本朝文粹》还收有他写的《字训诗》：

周禾致瑞稠，人寿与仙俦。
加马驰高驾，求衣拥善裘。
夏香莲绽馥，秋木叶落楸。
官舍饱门馆，三刀几九州。

所谓“字训诗”，是日本人的叫法；中国人当称“拆字诗”。这首诗是每句的头二字合并成一字，并成为句尾字。其中“馥”的右边并不是“夏”，有点牵强；“州”的异体字为“刕”，“三刀为州”更是一个典故，并有“升官”之意，见《晋书·王浚传》。字训诗当然主要是一种文字游戏，但这首诗本身也有一点意思，又能看出作者的汉文学水平。《本朝文粹》中另外还收清原真友的一首字训诗，日本学者一般认为他们二人是这类诗体之祖。另外，源顺还写过杂言诗《咏女郎花》、七言长诗《无尾牛歌》等，这说明他在汉诗创作中曾在多种形式上努力。他的佳诗，还可举两首。如《岁寒知松贞》：

难凋柏伴迎冬茂，易落枫惭送年森。
十八公荣霜后显，一千年色雪中深。

对仗工整别致。“十八公”即“松”字拆读，见晋代张勃《吴录》，《艺文类聚》卷八十八有引。源顺还有《咏白》诗：

银河澄朗素秋天，又见林园玉露圆。
毛宝龟归寒浪底，王弘使立晚花前。

芦洲月色随潮满，葱岭云肤与雪连。
霜鹤沙鸥皆可爱，唯嫌年鬓渐皤然。

江村北海《日本诗史》写到此诗，说“当时称之”，认为首联“诚佳”，颔联“已非佳境”。其实，颔联之“境”看来他就没看懂。按，源顺此处用了两个中国僻典。“毛宝龟”，其实与毛宝全然无关，《晋书·毛宝传》载：“初，宝在武昌，军人有于市买得一白龟，长四五寸，养之渐大，放诸江中。邾城之败，养龟人被铠持刀自投于水中，如觉堕一石上，视之，乃先所养白龟，长五六尺，送至东岸，遂得免焉。”“王弘使”句，其实与王弘亦无关，南朝宋的檀道鸾《续晋阳秋》载：“陶潜尝九月九日无酒，宅边菊丛中，摘菊盈把，坐其侧久。望见白衣(小吏)至，乃王弘送酒也。即便就酌，醉而后归。”颔联两句，无非是写了龟是白龟，使是白衣(其实此诗句句写“白”)，巧则巧矣，就像一首打字灯谜。但连中国学者也未必能看得懂(本人即费了很大的劲才查到其“出处”)，日本又有几人能欣赏？江村又说第五句“大有精彩”，而第六句“痴重殊甚。不惟一联偏枯，全章为废。可惜！”我觉得评价亦偏苛。第六句即使略逊，但末联十分出色，全诗焉能谓废？从末句并可知此诗作于源顺晚年。

源英明(911—949)与源顺同龄，他是宇多天皇之孙，父为齐世亲王，母是菅原道真之女。因此，他是道真的外孙、文时的表弟。他被赐源姓，入臣籍，延长四年(926)即叙从四位上，继任播磨守、藏人头，经左近卫中将而任参议。享年仅三十九岁。他嗜学善文，醍醐帝时在菊花宴上赋诗，被赐御杯。他的作品曾编有《源氏小草》五卷，今不传。所存者有《纤月赋》《孙弘布被赋》两篇，收于《本朝文粹》。《纤月赋》其表哥菅原文时也有同题之作，并称佳文，可看出对《昭明文选》中有关《月赋》的模仿。另在《本朝文粹》中还有他的序两篇及《二毛诗》一首，为其三十五岁时揽镜感叹年华流逝之作，诗句叙述平易，显然亦受中国类似诗篇的影响。他又在残存的《扶桑集》中有诗十首，在《倭汉朗咏集》《新撰朗咏集》《类题古诗》等书中还可见到他的一些零句。

《扶桑集》中他的十首诗，都是与橘在列同韵唱和之作，开始第一首是他写的《近曾与橘才子相遇山寺，清谈间发，或言诗章，或论释教，两道兼通，一不可及。余不堪欣感，同载归家。喜天爵之有余，叹人位之未备。聊题长句，叙其所由》：

□行才名独有君，清谈一接我非群。
陶元亮出能诗句，无垢称生长法文。
贞节寒含松立雪，高情孤耸鹤栖云。
青衿未改携黄卷，大器晚成是旧闻。

源英明与橘在列惺惺相惜，相互赠诗不免吹嘘过甚之嫌，如源英明竟称对方："赋玄吟兴不如君，贾马后身元白群。过自毛公三百首，贵于老氏五千文。"橘在列则称对方："应是以才天纵君，二班二陆岂同群……陈孔章词空愈病，马相如赋只凌云。"总的看来，源诗不如橘诗，甚至更多生硬不合文理之句；然而源氏虽然面对橘氏"叹余之沉滞"，但他的牢骚却比橘氏要少，似显得超脱一点，请看其和诗：

炼药有臣又有君，君臣和合拔痾群。
蓬壶未得求仙棹，紫府难窥种玉文。
心只辞尘行乐水，身何辞白上飞云。
吟诗便是长生计，不信应寻元白闻。

又一首：

忠臣在下仰明君，何必追从遁世群。
南岭梳霜烦角绮，北山摆月见移文。
弹冠有别孤岩水，抛杖无留古洞云。
争励愚驽朝右立，表祥奏瑞耳根闻。

颔联用《史记》商山四皓和《文选》北山移文之典，可知源氏对中国典籍亦颇精通。

《倭汉朗咏集·卷上·夏·纳凉》中所收源氏一联，被称为名句，近藤春雄《日本汉文学大事典》还专门作为条目收入：

池冷水无三伏夏，松高风有一声秋。

二十、两中书王

在平安朝中期，还有两位皇子在汉文学方面并列闻名于世，即在圆融天皇时的兼明亲王和一条天皇时的具平亲王。因为两人都任过中务卿，所以后人称兼明亲王为前中书王，称具平亲王为后中书王，可谓前后辉映。

兼明亲王(914—987)是醍醐天皇第十六皇子，赐姓源氏，天资豪迈，博学多才，善文章，书法也不让于小野道风云。历任参议、中纳言，康保四年(967)任权大纳言。天禄二年(971)拜左大臣，兼太子傅，可佩剑入宫禁，兼藏人所的别当。天延二年(974)，又被许可乘辇入宫，世称皇子左大臣。贞元二年(977)，关白藤原兼通擅权，欲以堂兄右大臣赖忠为左大臣，遂诬奏兼明亲王体衰多病，罢免他的左大臣之职，授为二品亲王，左迁为中务卿闲职。因此，他便在嵯峨的小仓修建别荘，名为雄藏殿，想辞职退居。然而又为兼通所阻，只得住于叡山。此时，兼明遂作《菟裘赋》以泄愤和自遣，成为平安朝有名的汉文学佳篇：

余龟山之下，聊卜幽居，欲辞官休身，终老于此。逮草堂之渐成，为执政者枉被陷矣。君昏臣谀，无处于诉，命矣，天也！后代俗士，必罪吾以不遂其宿志。然鲁隐欲营菟裘之地而老，为公子翚被害，《春秋》之义，赞成其志，以为贤君。后来君子，若有知吾者，无隐之焉。因拟贾生《鵩鸟赋》，作《菟裘赋》以自广。其词曰：

赤奋若岁，清和之月，陟彼西山，言采其蕨。吟鵩赋而夕惕，顾菟裘而朝发。昔隐公之逢害也，诚在天之弃鲁；今我之不肖也，何遭世之颠越？天其何言乎，四时行，百物成。问之不言，请对以情。惟天高而地广，上无始，下无极。万物云生，或消或息。风雨陶冶，寒暑迴薄。千变万化，有何常则？祸福相须，忧喜不定；荣枯同枝，歌哭同径。下学人事，上达天命。不忧不喜，其唯上圣欤？伯夷得仁而饥，彼无奈其；盗跖以寿而终，是亦若为。箕子囚系，比干伤夷。天之与善，其信未知。故柳下三黜而不悔，子仲长往而无归。况今赵高指鹿之日，梁冀跋扈之时。虎而冠兮，匪常理之可谓；枭也镜兮，宁彝伦之所资？夫剑戟者嫌于柔，不嫌刚而摧折；梁栋者取于直，不取桡而倾危。往哲举措，无有磷缁。不歠其醨，虽孤渔父之诲；不容何病，可祖颜子之词。亦夫世有治乱，时有否泰；命有通塞，迹有显晦。扶桑岂无影乎，浮云掩而乍昏；丛兰岂不芳乎，秋风吹而先败。彼尼父之一望也，叹龟山之蔽鲁；灵均之五顾也，绕沅湖而伤楚。欲问明训于先贤，以鉴幽致于万古。唐风虽移，犹依稀于旧；汉德纵厌，安谄谀于新？殊恨王风之不竞，直道之已湮。闻淫蛙而长叹，悲屈蠖之不伸。俟河清日，浮云几春？凡人在世也，殆花上之露，如空中之云。去留无常，生灭不定；聚散相纷，

> 汤穆错。何可胜云！不语靡言，便是净名翁之病；知者默也，宁非玄元氏之文？丧马之老，委倚伏于秋草；梦蝶之翁，任是非于春丛。冥冥之理，无适无莫；如如之义，非有非空。嗟乎，文王早没，吾何之随？已矣已矣，命之衰也！吾将入龟绪之岩隈，归菟裘而去来。

"菟裘"原为中国古地名，后转为告老退隐的居地之意，出处即兼明赋序中提到的春秋时鲁隐公之行事。序中还说明此赋是模仿中国汉代著名作家贾谊的牢骚之作《鹏鸟赋》。凡此均见中国文史对兼明浸润之深。当然，文中也有不合汉文文法之处，如两次出现的"为……被……"句式等。赋中动用大量中国典故，以明确抨击"今"之政治，甚至谓"虎而冠""枭也镜"，确实大胆激烈。而且在赋序一开头竟直斥"君昏"，这在中国文学中是少见的。据《史馆茗话》记载，当时一条天皇读到"君昏臣谀"一句时，也不禁怫然变色；然而当读到"扶桑岂无影乎？浮云掩而乍昏。丛兰岂不芳乎？秋风吹而先败"诸句，方才缓颊，以致反复诵读，至涕泣不禁。据说天皇还专门抄写了这两句话，藏于御笥。斋藤正谦在《拙堂文话》中指出，《菟裘赋》"通篇抑郁伤悲，比中山靖王闻乐之对。至其云'恨王风之不竞，直道之已湮'，则知王怀救时之志而不遂也，不可徒为忧谗畏讥之作矣。"至于大江匡房在《江谈抄》中说："唐人(按，即中国人)见《菟裘赋》，云此赋乃此国前代人所作也，收入《文选》中云云，尤神妙欤！"此则不足信。中国人，有一点文化水平的，都能看出此赋与中国古赋的水平相比还是差得远，更岂会胡说收入《文选》云云？

开成二年(837)，他又仿白居易作《发落词》，序中说："予病后，鬓发尽白，亦欲落尽。感居易《齿落词》，作《发落词》，以安慰之。"词以人问发何以变白开始，发答云："当君少壮之日，血脉盈而发黑长；及至老烂之齿，肌肤虚而鬓苍浪(按，"苍浪"一词误用)。物之理也，君何为伤？……孟尝君之庭前，只住冯驩；卫将军之门栏，独卧任安。势去乃去，客行不还。气衰又衰，发落不残。事诚有尔，君何叹焉？"最后，"吾应曰：汝言是，安以疑。白尽之后，落尽之时，将绝簪缨之累，归空门之岩扉。"可见这也是一篇牢骚不平之词，最后以归隐自解。

《本朝文粹》中还很珍罕地选录了兼明亲王的一首三字诗《远久良养生方》。三言诗在日本汉文学史上不多见：

坞塞上，龟山傍。柴扉门，竹编墙。

松有盖，石有床。前有树，后有篁。
春之色，秋之光。花漠漠，月苍苍。
莺百啭，雁一行。晓之兴，晚之望。
云眇眇，水茫茫。诗两韵，琴一张。
其芭何？橘饱霜。彼摘何？葵向阳。
薇一箧，笋一筐。脍一筯，酒一觞。
卧而睡，起彷徨。荷露气，桂风香。
痴王湛，慵嵇康。任行乐，入坐忘。
摈俗地，无何乡。心自得，寿无疆。

乐观放达，允为佳诗。可见中国传统人生哲学、美学理想以及养生方法对他的影响。兼明亲王享年七十四岁，在平安时代算是高寿。如上所述，他曾横遭权臣打击，仍能得以长寿，当与这样的"养生方"有关。

兼明亲王还是日本早期的填词作家之一。虽然，自江户时代末期的田能村竹田的名著《填词图谱》以来，长期将兼明称为日本填词的开山始祖，是不对的；神田喜一郎《日本填词史话》已正其误(指出当是嵯峨天皇为填词第一人)。但兼明的两首《忆龟山》(载《本朝文粹》)，仍然是日本填词史上早期有影响的作品：

忆龟山，龟山久往还。南溪夜雨花开后，西岭秋风叶落间。能不忆龟山。

忆龟山，龟山日月闲。冲山清景栈关远，要路红尘毁誉斑。能不忆龟山。

龟山，即兼明在洛西嵯峨修建山庄以欲遁居之地。现在既是"忆龟山"，可知这两首词正是他被藤原兼通关白幽禁在叡山，即写作《菟裘赋》的同时所作。兼明在题下注明"效江南曲体"，很显然，他正是仿照白居易的《忆江南》词的。但是，白居易的《忆江南》，是对他以前作过刺史的杭州的美好回忆；兼明的心情则是完全不同的。还有，神田喜一郎指出，白居易原词开头三字句没押韵，而兼明则押了韵。可见他在仿效中也有一点小小的创进。

后中书王具平亲王(964—1009)是村上天皇之子，圆融天皇之弟。师从庆滋保胤学习汉文学，又学儒学和书道等。官二品，住六条宫。他继承父皇文才，成为长保、宽弘年间宫廷贵族文学的中心人物。他在政治上受沮于摄关势力，于是把精力放在诗文上，常与菅原文时、源顺、庆滋保胤、大江匡衡等人谈文论诗，同时他还研究佛学、医学等。今存所撰《弘决处典抄》四卷。后人编有《后中书王御集》，不传。今于《本朝丽藻》《倭汉朗咏集》等书中见文章四篇，诗二十首及一些零句。

冈田正之《日本汉文学史》中认为，具平亲王之博识多艺即使不在兼明亲王之上，其文才至少也应在伯仲之间。论文章，兼明亲王在其上；论诗歌，具平亲王出其右。惟二人性格颇异，兼明富有刚迈之气，具平则笃于谦退之情。前者志在料理国政，兼济天下；后者则有高蹈隐退、独善其身之风。是以诗文风格亦异，前者多警拔跌宕之致，后者富淡荡畅达之趣。但具平的诗歌实在不见得在兼明之上，不少缺乏诗味，也时有不通、生硬之病。今挑几首过得去的抄于下。《读诸故人旧游诗有感》：

往年欢与当时怨，世事皆如风里云。
今日更披旧诗见，十中五六是遗文。

诗句平淡，感慨则万千。推想起来，天元初年以来已故的诗人，有橘正通、菅原雅规、菅原文时、菅原辅昭、源顺、菅原资忠、兼明亲王、大江齐光、藤原惟成、藤原文苑、源扶义、高阶成忠、纪齐名、庆滋保胤、平惟仲、藤原弘道等等。他又有一首《题故工部橘郎中诗卷》，便是悼念橘正通(源顺的弟子)的：

君诗一帙泪盈巾，潘谢末流原宪身。
黄卷镇携疏牖月，青衫长带古丛春。
文华留作荆山玉，风骨销为蒿里尘。
未会茫茫天道理，满朝朱紫彼何人？

第二句是说橘氏才居潘岳、谢灵运之后，但贫困如同孔门弟子原宪。颔联“疏牖”“青衫”亦写其生活寒伧。末句对不公正的世道、社会提出愤恨的责问。诗人还有一些情绪不那么压抑的状景之诗，亦颇可读。如《风度暗春意》：

声软已知吹柳去，气芳犹觉动花过。
迎晴拂尽墙阴雪，解冻翻来岸曲波。

又如《望月远情多》：

清光几处同催醉，冷色谁家亦倍愁。

木落先谙湖上霁，窗明却忆塞门秋。

《遥山敛暮烟》：

回望四山向暮清，红烟敛尽远空晴。
溪东唯任残阳照，岭上何妨满月生。
纨扇抛来春黛露，罗帷卷却翠屏明。
秋深眼路无纤霭，其奈香炉旧日名。

二十一、正历四家

平安中期，还有四位诗人常被人同时提起，那就是庆滋保胤、纪齐名、大江以言和大江匡衡。因为他们都主要风光于一条天皇的正历年间(990—995)，所以汉文学史家冈田正之称之为“正历四家”。

庆滋保胤(934?—997)，字茂能，出生于阴阳历算世家，其父贺茂忠行。其兄继承家业，为历算天文博士；而保胤则献身文学，并改姓庆滋。他拜菅原文时为师，又与源顺交往。对策及第后，名声大噪。后连具平亲王也称他为师。保胤在天历末任大内记，兼近江掾。但他身在朝廷，心在山林，卜居六条，构建池亭，于982年撰写《池亭记》以见志。又于宽和二年(986)剃发出家，法号寂心，人称心公。具平亲王长篇《赠心公古调诗》即为他而作，称：“吟声寒玉振，笔迹黑龙翻。气拟相如赋，理过桓子论。韵古潘与谢，调新元将白。博达贯今古，识鉴洞乾坤。”将他与司马相如、桓谭、潘岳、谢灵运、白居易、元稹相提并论，这样的评价显然是过高了。但足以说明他当时如何为人所推重。出家十来年后，圆寂于如意轮寺。

《池亭记》是他出家前不久的作品，在日本汉文学上被公认为名篇，又有较大影响，因不计其长而录于下：

予二十余年以来，历见东西二京。西京人家渐稀，殆几幽墟矣。人者有去无来，屋者有坏无造。其无处移徙、无惮贱贫者是居，或乐幽隐亡命、当入山归田者不去；若自蓄财货、有心奔营者，虽一日不得住之。往年有一东阁，华堂朱户，竹树泉石，诚是象外之胜地也。主人有事左转，屋舍有火自烧。其门客之居近地者数十家，相率而去。其后主人虽归而不重修，子孙虽多而不永住。荆棘锁门，狐狸安穴。夫如此者，天之亡西京，非人之罪明矣。

东京四条以北，乾艮二方，人人无贵贱，多所群居也。高家比门连堂，小屋隔壁接檐。东邻有火灾，西邻不免余炎；南宅有盗贼，北宅难避流矢。南院贫，北院富，富者未必有德，贫者亦犹有耻。又近势家、容微身者，屋虽破不得葺，垣虽坏不得筑；有乐不能大开口而笑，有哀不能高扬声而哭。进退有惧，心神不安，譬犹鸟雀之近鹰鹯矣。何况初置第宅，转广门户，小屋相并，少人相诉者多矣。宛如子孙去父母之国，仙官谪人世之尘。其尤甚者，或至以挟上灭一家愚民。或卜东河之畔，若遇大水，与鱼鳖为伍；或住北野之中，若有苦旱，虽渴乏无水。彼两京之中，无空闲之地欤！何其人心之强甚乎？

且夫河边野外，非啻比屋比户，兼复为田为畠。老圃永得地以开亩，老农便堰河以溉田。比年有水，流溢堤绝。防河之官，昨日称其功，今日任其破。洛阳城人，殆可为鱼欤！窃见格文，鸭河西唯许耕崇亲院田，自余皆悉禁断，以有水害也。加以东河北野，田郊之二也，天子迎时之场，行幸之地也。有人纵欲居欲耕，有司何不禁不制乎？若谓庶人之游戏者，夏天纳凉之客，已无渔小鲇之涯；秋风游猎之士，又无臂小鹰之野。夫京外时争住，京内日凌迟。彼坊城南面，荒芜渺渺，秀麦离离。去膏腴，就垅堉，是天之令然欤？将人之自狂（任?）欤?

予本无居处，寄居上东门之人家，常思损益，不要永住。纵求不可得之，其价值二三亩千万钱乎？予六条以北，初卜荒地，筑四垣，开一门。上择萧相国穷僻之地，下慕仲长统清旷之居。地方都卢十有余亩，就隆为小山，遇窪穿小池。池西置小堂安弥陀，池东开小阁纳书籍，池北起低屋著妻子。凡屋舍十之四，池水九之三，菜园八之二，芹田七之一。其外绿松岛，白沙汀，红鲤白鹭，小桥小船，平生所好，尽在其中。况乎春有东岸之柳，细烟嫋娜；夏有北户之竹，清风飒然；秋有西窗之月，可以披书；冬有南檐之日，可以炙背。

予行年渐垂五旬，适有小宅。蜗安其舍，虱乐其缝。住小枝，不望邓林之大；蛙在曲井，不知沧海之宽。家主职虽在柱下，心如住山中。官爵者任命运，天之工均矣；寿夭者付乾坤，丘之祷久焉。不乐人之为风鹏，不乐人之为雾豹。不要屈膝折腰，而求媚于王侯将相；又不要避言避色，而削踪于深山幽谷。在朝身暂随王事，在家心永归佛那。予出有青草之袍，位虽卑，职尚贵；入有白纻之被，暄于春，洁于雪。盥漱之初，参西堂，念弥陀，读《法华》；饭餐之后，入东阁，开书卷，逢古贤。夫汉文皇帝为异代之主，以好俭约、安人民也；唐白乐天为异代之师，以长诗句、归佛法也；晋朝七贤为异代之友，以身在朝、志在隐也。予遇贤主，遇贤师，遇贤友，一日有三遇，一生为三乐。近代人世之事，无一可恋。人之为师者，先贵先富，不以文次，不如无师；人之为友者，以势以利，不以淡交，不如无友。予杜门闭户，独吟独咏。若有余兴者，与儿童乘小船，叩舷鼓棹；若有余暇者，呼童仆入后园，以粪以灌。我爱吾宅，不知其它。

应和以来，世人好起丰屋峻宇，殆至山节藻棁，其费且巨千万，其住才二三年。古人云：造者不居。诚哉斯言！予及暮齿，开起小宅，取诸身量，于分诚奢盛也。上畏于天，下愧于人。亦犹行人之造旅宿，老蚕之成独茧矣，其住几时乎？嗟乎！圣贤之造家也，不费民，不劳鬼，以仁义为栋梁，以礼法为柱础，以道德为门户，以慈爱为垣墙，以好俭为家事，以积善为家资。居其中者，火不能烧，风不能倒，妖不得逞，灾不得来，鬼神不可窥，盗贼不可犯。其家自富，其主是寿，官位永保，子孙相承。可不慎乎！

天元五载，孟冬十月，家主保胤，自作自书。

《池亭记》中虽偶有不合汉语语法的文句，还杂有日造汉字(如“畠”，即旱田)；但整篇文章平易通畅，层次分明，亦散亦骈，不尚雕饰。其中还有揭露社会贫富悬殊、阶级压迫严重、官僚腐败渎职等内容，尤为引人注目。“其尤甚者，或至以挟上灭一家愚民”一句，惊心动魄，为日本汉文学中少见之警句。记文显然受到中国传统儒道释思想的影响，而其中一些写法更明显是从白居易的《池上篇》中来的。日本研究者都指出，此文在佛教思想方面对后来镰仓初期鸭长明的随笔《方丈记》(和汉文混合体作品)有重大影响；其实，它在人生观、处世论等方面给镰仓末期吉田兼好的随笔集《徒然草》也有巨大的投影。保胤的从师观、交友观等，在《徒然草》中都有回应。保胤此文中说的“开书卷逢古贤”，我们今天读来仍感亲切。

大江匡衡(952—1012)是大江维时之孙。继承家学，十四岁即文章生及第，十八岁为文章博士，任侍讲，进至东宫学士、文学侍从。他先后进讲过《尚书》《诗经》《礼记》《文选》《老子》等中国经典，还曾奉诏为《白氏文集》七十卷标注日语读音。匡衡有《江吏部集》三卷，今保存于《群书类从》中。《本朝书籍目录》则记有《江匡衡集》二卷，今未见，殆与《江吏部集》同。另在《本朝文粹》《朝野群载》等书中可见他的文章五十多篇。

因此，他是平安中期幸存作品较多的一位。他的诗集《江吏部集》，取名完全是中国化的，"吏部"是"式部省"的汉名，因为他在长德时曾任式部权大辅。该集共三卷，上卷分天部、四时部、地部、居处部，中卷分神道部、释教部、帝德部、人伦部、文部、音乐部、饮食部、火部，下卷分木部、草部、鸟部，各部更设有一些小类。这样一来，就无时间顺序可言了。共收诗一百三十二首。其中《述怀古调诗一百韵》，是一首少见的长诗，记述了自己求学、为官的一生，其中写到进宫侍讲的一段，可以看到他对中国文史的造诣："执卷授明主，从容冕旒褰。《尚书》十三卷，《老子》亦五千。《文选》六十卷，《毛诗》三百篇。加以孙罗注，加以郑氏笺。搜《史记》滞义，追谢司马迁，叩《文集》疑阙，仰惭白乐天。我后携五经，似舜调五弦。我后决九流，似禹导九川。"（按，《文集》专指《白氏文集》；"我后"指一条天皇，古代天子可称后。）诗中还写到"大宋求法书，报章献一编"，是指长德元年(995)四月中国杭州奉先寺僧源清写信并派遣使僧赴日赠书，并访求中国古佚书《仁王般若经疏》等。而匡衡后来则起草《牒大宋国杭州奉先寺传天台智者教讲经论和尚》，该文今存《本朝文粹》卷十二。这是中日两国文化交流史上的珍藏记载了。

还有一首《饯越州刺史赴任》，亦颇可一读：

镜水兰亭君管领，翰林李部我艰辛。
明时衣锦昼行客，暗牖弹冠晚达人。
司马迁才虽渐进，张车子富未平均。
越州便是本诗国，宜矣使君先遇春。

如果猛一看"镜水兰亭"诸语，或许还真的以为是中国某位诗人饯别其友赴越州任职的诗呢。其实，此诗所赠对象是源孝道(?—1010)，他于宽弘四年(1007)被任为越前守，因此，匡衡便以中国的"越州"（今浙江绍兴）来代称越前，甚至还写到绍兴的镜湖和兰亭。可以推定，匡衡当是从白居易、元稹等的诗中看来的。匡衡这样写，当然反映了他对中国的向往，也是写诗时的一种修辞方式；不过，这样写也可能带来一些误会。江村北海在《日本诗史》的《凡例》中便提到，日本一些汉诗人常将"远江州称袁州，美浓州称襄阳，金泽为金陵，广岛为广陵之类，于义有害"，因此他在介绍诗人籍贯等时"一概不书"这种称呼。诗中所谓"翰林李部"（李部即吏部）也是借用中国名词，实际是匡衡指自己当时任文章博士、式部权大辅。看来，越前这个地方并不是像绍兴那样的富庶之地，所以匡衡称源氏赴任为衣锦夜行；而他自称“艰辛”，身在“暗牖”，又是“晚达人”（他四十七岁方至四品），显然也是有牢骚的。颈联更明确地写对方（当然也是说自己）虽然才华如司马迁，但却未富没钱。（“张车子”见《搜神记》卷十，为女佣之子，后得富家财。此处仅是字面借用。）末联则是劝慰对方，中国的越州曾有元白这样的诗人吟咏，那么越前也当成为诗国，你去赴任就是非常合适的了。

匡衡留存的汉诗不少，但精彩的实在并不多，还时见文理不通之句（如上引一首第七句也别扭）。这里再录《海滨神祠》一首，算是比较有诗味的：

海滨祠宇枕烟波，松岸芦洲古意多。
日暮人归风定后，遥听沙月唱渔歌。

大江以言（955—1010），其父为大隅守弓削仲宣。他初用弓削姓，至长保五年（1003）才恢复姓大江。师事藤原笃茂，长于诗文。一条天皇时，为文章博士，官至从四位下式部权大辅。以言宦途滞迟，一条帝本想提拔他，但为关白道长所沮。以言愤而有诗曰：“鹰鸠不变三春眼，鹿马可迷二世情。”（见《江谈抄》卷四）以指鹿为马的赵高来指道长，同时也将天皇比成了短命的秦二世，这样激烈的诗句不知为何却没出事。以言留存的诗文不多，精彩的更不多见。今录《本朝丽藻》中保存的《岁暮游圆城寺上方》一首，尚可一读：

岁暮偶寻山寺登，萧萧四望感相仍。
乡园迢遰令云隔，林草凋残被雪凌。
风涧寒时斟绿桂，石桥滑处杖红藤。
松门亲友昏看鹤，花路远鸡晓听蝇。
共引霜台欢会客，初逢云洞薜萝僧。
风情忽发吟犹苦，日脚渐斜去未能。
泉户草残寒雪厌，山厨茶熟暮烟兴。
忏来累业眼前结，除却尘劳意里凝。
学路虚名惭夜月，官途寸步踏春冰。
欲归近伫及昏黑，遥指河西一点灯。

纪齐名(957—999)是正历四家中最年轻的一个，但享年也最短，仅四十三岁。本姓田口，后改姓纪。师从橘正道(源顺的学生)，任尾张掾时对策及第，一条天皇长德年间任大内记，起草诏敕及对中国的返牒等。后又任越中权守、式部少辅。文才鸣于当时，是与大江以言、大江匡衡匹敌的诗人。传有这样一个故事：纪齐名曾与大江以言同赴应制，赋题为《秋未出诗境》。齐名有佳句“霜花后发词林晓，风叶前驱飞驿程”，十分得意，自度必胜。以言则有“文峰按辔驹过影，词海舣舟叶落声”句，并私下以诗稿请教具平亲王，亲王说“白字要紧”，以言便将“驹过影”改为“白驹影”，“叶落声”改为“红叶声”。待两人诗出，众皆谓以言佳。齐名深感羞愧，竟因而卧病。亲王去探视，齐名在表示感谢的同时还特地说到改诗一事，竟言毕而逝。如此好胜，可谓痴矣。但也表明他真的是把诗当作生命来对待的。齐名未留下诗文集，据冈田正之调查研究，齐名的文章仅见收载于《本朝文粹》中的《落叶赋》《陈德行对策》及状三篇、敕答一篇、诗序六篇。诗则在《类聚句题抄》中有两联诗句三十一题，一联诗句则在《倭汉朗咏集》中有九题、《新撰朗咏集》中有十九题。也就是说，非常遗憾他竟未能留下一首完整的诗。但即从这些零句中，我们仍可见识齐名的诗确实精彩，对仗非常有功力。兹举数例，如《远草初含色》：

野蕙新抽谁得佩？泽蒲犹短未能编。
湖边人踏三分绿，塞外马嘶一道烟。

《山水知春至》：

远岸柳眉经雨画，重岩苔发被泉梳。
华阳草浅遥嘶马，濠上冰开漫戏鱼。

《望月远情多》：

褰箔遥知过野面，停杯更忆照山头。
商人棹云歌渔浦，老将踏雪立戍楼。

《春邻花思催》：

庾岭晴前梅少白，庐山晓后杏宁红。
转欺人眼寒林雪，犹闭莺声旧谷风。

其他再如《山晴秋望多》：“炉峰半插孤轮月，吴岫斜褰一片云。”亦可称佳句。从以上诗句中地名(均为中国名称)来看,几乎让人觉得是中国诗人之作。

齐名的《落叶赋》亦可一读,文章不长,引录于下:

> 炎凉倏忽,景物斡流。惊年华之云晚,睹木叶之正秋。观其千里万里,自西自东,轻如藩篱之鸡,转似古院之蓬。征马鸣珥,秋踏仙珂之雪;宿禽敛翅,夜栖一枝之风。其始也,飞非且千,落仅数四。霜白兮树顶老,雨晴兮山颜醉。翻翻而自舞,半满白沙之塘;索索而漫封,徐遍青苔之地。至彼凉气半阑,爽籁初起,静室端居之妾,边城远行之子。素商早脆,一声之朔雁惊梦;黄落相催,八月之寒蝉满耳。况复忧心恍然,怨绪萧然,秋深行宫之里,日暮空城之下。缤纷满眼,频拂翡翠之帘;散乱入闻,几点鸳鸯之瓦。则知华以春荣,叶以秋落。感春秋之递换,知盛衰之所托。不常其节,验先衰于青楸;何守其贞,嗤后凋于翠柏。方今飞而不归,散而焉有。林园漏月兮已空,鹧鸪畏霜而欲负。峄阳山之云外,露结孤桐;陶彭泽之门前,烟晴五柳。既而微寒至,景气清,原野寂兮极目,庭柯槭兮伤情。洞庭湖幽,水洗文锦之色;上林苑冷,岚吹虫字之声。

至于齐名对日本汉文学的最大贡献,也许当推他在四十岁左右编选了一部汉诗集《扶桑集》。这个我们放在下一节再述。

对于正历四家,当时就有一些比较和评价,特别是四家中年龄最大的庆滋保胤本人就有过议论。据《古今著闻集·文学部》载,具平亲王曾问保胤:“匡衡如何?”保胤答曰:“敢死之士数骑,被介胄,策骅骝,似过淡津之渡,其锋森然少敢当者。”又问:“齐名如何?”答曰:“瑞雪之朝,瑶台之上,似弹筝柱。”又问:“以言如何?”答曰:“白砂庭前,翠松阴下,如奏陵王。”又问:“足下如何?”答曰:“旧上达部驾毛车,时时似有隐声。”保胤的这种品评,全然是学中国六朝时代人物作品品藻的形式,以比喻来论述各家诗的特色。这种品藻虽然形象、生动,但同时也有点玄虚,费人猜详。大概保胤的意思是,匡衡的诗风是剽悍,齐名的诗风是清奇,以言的诗风是幽美,他自己则是老练。又据《江谈抄》卷五,大江匡房也比较和论述过齐名与以言,他认为“齐名偏执古集于其心腹,敢无新意,文文句句皆采摭古词,故其体有风骚之体,至其不得之日,亦不惊目,无新意之故也。”“以言文体与之相违,所作之诗,任意恣词,都无辔策。其体实新,其兴弥多,至于不得之日者,非后学之可法,则一代之尤物也。”(“不得之日”何意不详。）由于齐名与以言的诗作存世者均很少，所以匡房之说是否公允，不得而知。日本汉文学史家冈田正之认为，齐名、以言、保胤三人之诗，在伯仲之间，唯匡衡学力拔群，其诗为三人所不及云。但我颇不敢苟同。匡衡存诗甚多，但佳者甚少；而从残存零句来看，齐名倒是新意颇多的。

二十二、《扶桑集》与《本朝丽藻》

“扶桑”本为中国古代传说中的神木名，并谓太阳之所出处；后转为东方远国之名；唐代以来诗文中沿用为日本的佳称。这些，本来在辞书中也是说得清清楚楚的。可是，近年有中国学者竟“考证”说唐诗中的“扶桑”非指日本，并说中国称日本为“扶桑”乃迟至黄遵宪、梁启超、鲁迅等人才始(见王元化《扶桑考》)。那就实在错谬得离奇了。即使有人引唐诗“乡树扶桑外”“家在扶桑东更东”来说明“扶桑”指日本或有可议(其实，以“扶桑外”“扶桑东”指日本，与以“扶桑”指日本，二者并不矛盾，均是言其遥远，前者不过一种修辞手法而已)；但唐诗中明确以“扶桑”指日本的例子更有的是，如贞元二十一年(805)中国诗人送日僧最澄回国，许兰诗即曰“归到扶桑国”，幻梦诗曰“却返扶桑路”，吴顗诗曰“扶桑一念到”，可知最晚在九世纪初，中国人已经称日本为“扶桑”了。而在日本，也至迟在平安朝已可于诗文中见到自称为“扶桑”之句了。

纪齐名在他四十岁顷(约996年)编选的《扶桑集》，就是一部日本国汉诗大选集。可惜该书残损惨重，今仅见二卷，而此二卷亦有残缺，且在残卷上也见不到编撰者的姓名。人们是从《本朝书籍目录》上，才知“《扶桑集》十六卷，纪齐名撰”(一说十二卷)。残卷保存在《群书类从》卷一二六“文笔部五”，为原书的卷七与卷九。卷七开头的目录即有缺损，最后部分也有残失。内容分别为“哀伤部”(子目为悼亡、哭儿、病、叹)、“隐逸部”(子目为隐逸、樵隐、无隐、处士、山居)、“赠答部”(子目为赠答、蕃客赠答)、“怀旧部”(子目为怀旧、话旧)，共见七十四首诗。卷九前面的目录及部分作品也残缺，仅见中间部分，估计当为“文部”(子目为毛诗、孝经、论语、史记、蒙求、咏史、劝学、及第、落第、笔)、“武部”(子目仅见弓)，共见诗二十八首及一句。在这一百零二首诗中，带有诗序共十篇。从这些诗看，主要是自光孝天皇仁和年间至一条天皇长德年间，即约884年至998年间的作品，今见所收诗人有中书王(兼明亲王)、菅丞相(菅原道真)、纪纳言(纪长谷雄)、善相公(三善清行)、野相公(小野篁)、后江相(大江朝纲)、菅三品(菅原文时)、都良香、源英明、橘在列、源顺等二十四人。(以上举出名字的都是我们在前面已经论述过的著名诗人。)而据《二中历》卷十二，原先全书共收作者七十六人。在藤原明衡(989—1066)的《云州往来》中即提及"《扶桑集》纰缪已多"，可能它很早就开始散佚了。

《扶桑集》今存者不及原书的八(或六)分之一，这实在是日本汉文学史上无法弥补的莫大损失！因为，仅从今存残卷来看，就可窥知全书内容非常丰富，实为"敕撰三集"以后平安朝中期汉诗的集大成。而且，首次以"扶桑"为书名以表明它是全国性的总集，这比《本朝丽藻》最早以"本朝"为书名表明全国性总集要早十多年，而名为《日本诗选》《日本诗纪》类的书更是要迟到江户时代才出现呢。

今再选录几首集中较佳而前未引及之诗，以再窥一斑。卷七"哀伤部·病"有田善宗诗三首，写尽贫病交困的窘状，其中《病中上左翊卫藤亚将》一首尤佳：

自辍趋陪掷月旬，闭扉独吊病精神。
十年骊穴频空手，今日蜗庐已露身。
朋友问来无问饿，名医治尽不治贫。
将军惠泽应周至，蛰户犹望一段春。

卷七"隐逸部·处士"有菅原道真《题南山亡名处士壁》：

秘密乡村与姓名，年颜朽迈意分明。
无妻涧户松偕老，不税山畦黍猥生。
泡影身浮修道念，烟岚耳冷读经声。
比量心地安间理，一室应胜我百城。

卷七"怀旧部·怀旧"有菅原道真《冬夜闲居话旧》：

怀旧犹胜到老忘，多言且恐损中肠。
交游少日心如水，闲话今宵鬓有霜。
不恨寒更三五去，无堪落泪百千行。
相论前事故人在，只是当时我独伤。

《本朝丽藻》被称为是《扶桑集》的姊妹编，原书未署编撰者名。据市川本太郎《日本汉文学史概说》，十七世纪江户时代林鹅峰的《本朝一人一首》中称，宽弘年中(1004—1011)高阶积善编当时之诗为二卷，题为《本朝丽藻》，一卷逸一卷存。接着，市河宽斋的《日本诗纪》的诸家书目中也称编撰者为高阶。其根据均未说明。但在前田家藏茶色表纸抄本该书下卷内，有桑门清宽所书"《本朝书籍目录》曰《本朝丽藻》二卷高积善撰"，并写有"建历三年十月廿六日，于大圣院御所加交点了"，可知在源实朝将军时代的1213年，就有此书为高阶积善所编的记载。积善是宫内卿良臣之孙，式部大辅成忠之子。积善官至弹正少弼、左少辩，善诗，其诗也收入该书。该书的撰集年代，林鹅峰只说"宽弘年中"，而书中写到"仪同三司藤原伊周"，伊周任该职是从宽弘五年(1008)开始的，可知成书年代的上限不超过此年；而书中下卷收有"御制七律"《书中有故事》，一般都认为是一条天皇之作，一条死于宽弘八年(1011)，由此可推知成书年代的下限。

今存《本朝丽藻》也颇有残缺。共二卷。上卷以四季为部，开首有佚，"春"自三月三日始，"夏"是完整的，"秋"有残缺，而"冬"则全佚。下卷则分为"山水""佛事""神祇""山庄""闲居""帝德""法令""书籍""勤学""贤人""赞德""诗""酒""赠答""饯送""怀旧""述怀"等十几部(其中"佛事""神祇"两部有若干脱漏)，可见下卷分类毫无章法。比起《扶桑集》来，此书保存得多一点。今存上卷共五十二首，下卷约百首。从形式看，仅见一首为五言诗，其余均为七言，其中又大多为律诗。从内容看，很多为侍宴应制、陪宴应酬及文人聚会唱和等。从作者看，自天皇、亲王、大臣、公卿，到僧侣、文人均为网罗；但见于《扶桑集》残卷中的作者几乎没有，连逝世于长德三年(997)的庆滋保胤和逝世于长保元年(999)的纪齐名也没见，因此估计编者是仅以收录在世作者为限。选录作品的时代，大致是村上天皇(946—967在位)至一条天皇(986—1011在位)约五十年间。据《二中历》，《本朝丽藻》收诗人三十四人；但今据有残缺的《群书类从》本，仅见二十九人。收诗较多者为一条帝、后中书王(具平亲王)、左相府(藤原道长)、仪同三司(藤原伊周)、左金吾(藤原公任)、江以言(大江以言)、高积善(高阶积善)、为宪(源为宪)、孝道(源孝道)、藤为时(藤原为时)等。因此，本书集中了一条天皇时的主要作者，对《扶桑集》有互补性。两部残书合观，对了解平安朝中期汉诗创作全貌极有价值。

除了我们前面几节已经引录过的该集中的作品外，以下再略为叙录几首。上卷“春”中有藤原伊周(974—1010)《花落春归路》：

春归不驻惜难禁，花落纷纷云路深。
委地正应随景去，任风便是趁踪寻。
枝空岭徼霞消色，粧脆溪闲鸟入音。
年月推迁龄渐老，余生只有忆恩心。

据考，此诗作于1005年，作者年仅三十二岁，竟然末联有“龄渐老”之句。诗虽可读，未免暮气太重。“粧脆”不解，疑有误。

上卷“夏”有一条天皇(980—1011)《清夜月光多》：

偶迎清夜引良朋，满月光多空碧澄。
入牖家家添粉黛，照轩处处混华灯。
山川一色天涯雪，乡国几程地面冰。
席上英才宜露胆，由来讽喻附诗能。

据考此诗作于1007年。末联鼓励臣下讽喻，雄直坦荡，自是帝王口吻。

下卷“山水部”又有藤原伊周《与诸文友泛船于宇治川聊以逍遥》，则没有前面一首那种早颓之气：

篾筌芦庐宇治川，泛然相忆古神仙。
清谈缓发杯初匝，缓骑迟来棹未前。
横岭晚云红惨澹，落湾秋水白潺湲。
林南柳树将军宅，桥北稻花帝王田。
波势汤汤巴峡路，风声嫋嫋洞庭天。
山河奇绝诗人记，土地苞茅里老传。
朝位共趋鸾凤阙，野游同宿钓渔船。
寿夭否泰非吾意，唯诵庄周第一篇。

诗中“落湾秋水白潺湲”句，是从白居易诗“浸天秋水白茫茫”和王维诗“秋水日潺湲”二句化来，显出作者对唐诗的熟读。

下卷“佛事部”有源为宪(?—1013)《见大宋国钱塘湖水心寺诗有感继之》，水心寺是杭州西湖南屏山前之寺，源氏未身临而神游，当然主要是因为读了白居易的诗：

钱塘寻寺几回头，见说烟波四望幽。
精舍新诗应目想，白家旧句欲心游。
湖中月落龙宫曙，岸上风高雁塔秋。
法界道场虽佛说，恨于胜境自难求。

下卷“赞德部”具平亲王《和高礼部再梦唐故白太保之作》，也反映了白居易(即白太保)诗对日本的巨大影响。高礼部即《本朝丽藻》编者高阶积善：

古今词客得名多，白氏拔群足咏歌。
思任天然沈极底，心将造化动同波。
中华变雅人相惯，季叶颓风体未讹。
再入君梦应决理，当时风月必谁过。

此诗第三联作者注云：“我朝词人才子，以《白氏文集》为规模。故承和以来，言诗者皆不失体裁矣。”而高阶梦见白居易的诗，显然不止一首。同在此书“赞德部”，就录有他自己的《梦中同谒白太保元相公》。“元相公”是与白氏并称的元稹：

二公身化早为尘，家集相传属后人。
清句已看同是玉，高情不识又何神？
风闻在昔红颜日，鹤望如今白首辰。
容鬓宛然俱入梦，汉都月下水烟滨。

在第四句后，高阶自注：“《白太保传》云，太保者是文曲星神。而相公未见其所传矣。”可知在平安朝，有关白居易死后化为文曲星的传说也已流入日本。而作者又想知道元稹化为何神。第五句后作者自注：“余少年时，先人对余以常谈元白之故事。”(按，“以”字衍)可见作者从“红颜日”直至“白首辰”，一直仰慕着白、元等中国诗豪，令人感动。

《本朝丽藻》中类似这样反映中日文化交流和中日友好的诗，还有不少。如下卷“赠答部”有藤原为时(947?—1021?)《觐谒之后以诗赠大宋羌世昌》：

六十客徒意态同，独推羌氏作才雄。
来仪远动烟村外，宾礼还惭水馆中。
画鼓雷奔天不雨，彩旗云耸地生风。

芳谈日暮多残绪，羡以诗篇子细通。

据《宋史》卷四九一《日本国传》，“咸平五年(按，1002)，建州海贾周世昌遭风飘至日本，凡七年得还。”与此处的羌世昌，疑为一人。从为时的诗来看，这批宋人共有六十人之多，而羌氏独擅诗文，令为时羡慕。为时时任越前守，更有同韵《重寄》一诗赠羌氏：“言语虽殊藻思同，才名其奈昔扬雄。更催乡泪秋梦后，暂慰羁情晚醉中。去国三千孤馆月，归程万里片帆风。婴儿生长母兄老，两地何时意绪通。”由此可知虽然语言不通，而美妙的汉诗竟可起到如此心灵沟通的效果。据《宋史·日本国传》，世昌归国后，“以其国人唱和诗来上，词甚雕刻肤浅，无所取。”但上述藤原为时的诗在艺术上还是很感人的，至于其历史价值当然就更不待说了。

下卷“怀旧部”藤原伊周的《秋日到入唐寂照上人旧房》，亦颇可读。寂照，本书下面将写到，他是京都僧人，于长保五年(1003)得敕许入宋赴五台山学习。据考伊周此诗作于宽弘元年(1004)，为怀念寂照之作：

五台眇眇几由旬，想象遥为逆旅身。
异土纵无思我日，他生岂有忘君辰。
山云在昔去来物，溪鸟如今留守人。
到此怅然归未得，秋风暮处一霑巾。

平安中期汉诗集编撰中，还可一提《倭汉朗咏集》(倭字后或改为和)。

当时，藤原氏的权势日盛，汉文学开始走下坡路，但宫廷王府奢侈之风不减，宴乐聚会盛行。在这些宴会上仍必须吟诗作赋(包括和歌)，附庸风雅。因此，选诵古人之作以应景，或借用、化用古诗句入诗，就成了一种需要。前已提及，大江维时曾编有《千载佳句》一书，就是从中国诗人(包括少数朝鲜诗人)的七言诗中选取一联联的佳句，分类编排，达千联以上，其中近半是白居易之作。在此书的刺激下，藤原公任又于长和二年(1013)编撰了《倭汉朗咏集》。

藤原公任(966—1042)为关白赖忠之子，位至权大纳言正二位，后出家为僧。据说《倭汉朗咏集》是他为长女作为陪嫁而编的。所谓“倭汉”，前者指和歌名句，后者指汉诗名联；而汉诗共收中日诗人八十人之作，其中五十人为日本人。书分二卷，上卷分春、夏、秋、冬四部，下卷则按天象、植物、人事等分部，可知是仿照《本朝丽藻》的编法的。日本汉诗主要选录了菅原文时、菅原道真、大江朝纲、源顺等人之作，多为七言二句，也有少量五言绝句、赋、乐府、四六文的对句等。由于它保存了平安时代一些日本汉诗赋佳联(有的原诗文已佚)，因此值得研究者充分注意。

二十三、平安朝后期诗人

从宽弘八年(1011)三条天皇即位时起，平安朝还有一百八十几年的历史。然而在这个我们称之为平安朝后期的王朝汉文学，却迅速走向衰退。在近两个世纪中，汉诗人当然仍不少，但值得重视的代表诗人却只有大江匡房和藤原敦光、藤原忠通等寥寥数人了。

在写到这些诗人之前，先插叙两位久已在日本汉文学史研究中被遗忘的入宋僧。

一位是寂照(?—1034)，俗名大江定基、三河圣，为大江齐光之子。永延二年(988)出家为僧。长保四年(1002)三月，寂照上书幕府，要求赴中国五台山巡礼，在未得批准的情况下，六月他就离开京都去大宰府(今福冈)准备出海，后因病暂息。五年(1003)八月，他与七位弟子从肥前国(今佐贺县)出发赴宋，九月到达明州(宁波)。翌年，到汴京(开封)谒晋宋真宗，并献上无量寿佛像、金字《法华经》及水晶念珠等。由于他们均不会汉语，就通过笔谈，真宗问了有关日本寺庙的情况、日本国主及大臣的情况等，并赐寂照“圆通大师”之号，还赏了紫方袍等，复馆于上寺。寂照愿游天台山，诏令县道给予照应。三司使、诗人丁谓(962—1033)见寂照，甚悦之，便请苏州人为其大讲当地山水奇秀，寂照后便留止吴门寺。其弟子不愿往者，遣归国。据宋代杨亿(974—1020)《杨文公谈苑》载，寂照曾写《以黑金水瓶寄丁晋公》:

提携三五载，日用不曾离。
晓井斟残月，春炉释夜澌。
鄱银难免侈，莱石易成亏。
此器坚还实，寄公应可知。

此诗又载宋代江少虞《事实类苑》卷四十五和清代厉鹗《宋诗纪事》卷九十一。诗中对丁谓的照顾感激不尽。据《杨文公谈苑》，丁谓还将自己的月俸分给他用。此诗实为中日民间友谊史上的佳作。又据《杨文公谈苑》:“寂照渐通此方言,持戒律精至,通内外学,三吴道俗以归向。寂照东游,予遗以印本《圆觉经》并诗送之,后寄书举予诗中两句云:‘“身随客槎远,心与海鸥亲”,不可忘也。《圆觉》固目不暂舍云。’后南海商人船自其国还,得国王弟与寂照书,称‘野人若愚书’,末云:‘嗟乎,绝域殊方,云涛万里。昔日芝兰之志,如今胡越之身。非归云不报心怀,非便风不传音问。人生之限,何以过之?’后题‘宽弘四年(按,1007)九月’。又,左大臣藤原道长书,略云:‘商客至通书,谁谓宋远?用慰驰结。先巡礼天台,更可攀五台之游。既果本愿,甚悦甚悦!怀土之心,如何再会?胡马犹向北风,上人莫忘东日!’后题‘宽弘五年七月’。又,治部卿源从英书,略云:‘所谘唐历以后史籍,及他内外经书,未来本国者,因寄便风为望!商人重利,惟载轻货而来,上国之风,绝而无闻。学者之恨,在此一事!’末云:‘分手之后,相见无期。生为两乡之身,死会一佛之土。’书中报寂照俗家及坟墓事甚详悉,后题‘宽弘五年九月’。凡三书,皆二王之迹。而‘野人若愚’章草特妙。中土能书者亦鲜,乃纸墨尤精。左大臣乃国之上相,治部九卿之列。”杨亿还称寂照本人的字亦颇得王右军笔法。由于杨亿提到的日本寄来的“三书”文笔均极流利,为汉文学史上重要史料,所以在此作了较详的引录。同时也可见当时日本国内上层人士对寂照游华一事是非常重视的。寂照在华生活了三十多年,与中国文人广泛交流,所作其他诗文必当不少,可惜今均未见。他最后逝世于杭州。

另一位入宋僧叫戒觉,生卒年不详,十一世纪时人。他于永保二年(1082)入宋,写有《渡宋记》。从该记中得知他俗姓中原,平安京(今京都)人。父亲过世后,“虽立身”(殆指三十而立,还是指出仕?)但“心动于中”,遂遁世,入延历寺,“朝夕露寒,修安养世界之业四十年”。这样看来,戒觉渡宋之时大概已有六七十岁,所以他自称“龄及衰老”。从《渡宋记》可知,当时幕府禁止僧侣私自入华,所以他带着弟子隆尊、仙势二人是偷渡出海的。他们躲在宋商刘琨的船底下,为恐大小便不便,甚至“不用饮食”。九月五日于筑前国博多津(今福冈县博多湾)上船,历尽艰险,于二十二日抵达明州(今宁波)定海县。十二月十一日敕许赴京朝见。翌年二月二十日入京,三月五日谒见宋神宗,受赐紫衣、香染装束及绢廿匹。五月八日离京赴五台山。六月八日到,十一日与仙势获准常住五台山真容院。此时,听说刘琨之船又将赴日,遂于十五日抄录日记大略成《渡宋记》,并五台山菩萨石、金刚窟土、清凉山茸等物，托随船回国的弟子隆尊带回日本，藏于播磨国(今兵库县)引摄寺。戒觉及仙势后终老于华。

戒觉《渡宋记》原件已佚，今见唯一古抄本，为宽喜元年(1229)僧实尊应入宋僧庆政之请，据戒觉的自笔原件所抄录者。时已在戒觉身后百余年。该古抄今为日本皇宫国宝，珍藏于宫内厅书陵部。《渡宋记》除用假名记载了戒觉的两首和歌(其中一首后来收入镰仓时代《万代和歌集》中)外，都是用汉文写的。不过文辞简单，又常见和式汉文，难以作为汉文学作品来欣赏。十月二日记有戒觉上呈知府的表文，其中写道："长别父母之邦，遥从商客之便。龄及衰老，更无归乡之望；魂销阳侯，何有怀土之思？故五台山者，卜终焉之地，宜信道超上人之微言也；天台山者，以自宗之源，欲礼智者大师之遗像也。"文中"阳侯"用武王伐纣时于孟津遇到波涛之典，见《淮南子·览冥训》。此处指海上风浪之险。道超上人，可能是唐代金阁寺大德，见《宋高僧传》卷五《潜真传》；智者大师即智顗(538— 597)，天台宗创始人。这几句话是颇富文学色彩的。而更值得注意的是，记中还载有他写的三首汉诗。六月三日记："着代州之府驿。日高而留，为是谒知府也。予赋绝句，书壁上。"其词云：

水冷河东夏，麦黄塞北秋。
前途三日缩，送眼五台头。

这首诗虽然写得平平，但平仄对仗都不差。更须知这是他刚到中国时写的，多住几年后，诗艺必然大进。据《渡宋记》，"府行事官一人来，见壁书诗，写取而去，明日闻之于厅中披露云云。人人褒誉云诗及草字好云云。"可见戒觉的书壁诗很好地起到了两国人士交流的作用。据该记云，第二天在他"谒于通判宣德亭，清谈之间，诗投座上。其诗曰《日本大德远游圣地，惠然见访，文焕作诗以赠之》。"通判文焕所作之诗为："人迹东南阻，心源瞬息间。迢遥日本国，咫尺五台山。天竺宁殊土，峨嵋岂着关？何方无胜境，到处有尘寰。只恐星霜改，安辞道路艰。一生输重愿，万里谒慈颜。诗思清无敌，禅林高莫攀。清凉多眷属，此去几时还？"戒觉随即步原韵写了《奉酬通判宣德新诗》：

零落五周岁，销魂航海间。
更无还旧里，长欲住灵山。
税驾夕留驿，听鸡晓出关。

心虽求佛土，缘普结人寰。
帝下德音馥，僧除逆旅艰。
我衰愁白首，君盛有红颜。
忽怖诗魔到，争交文友攀。
奈何期再会，岂得去台还？

戒觉在首句后注："离居渡宋之事，已经五个年，故云。"可见他为策划偷渡，曾花了多年时间。他又在末句后注："予住五台，长以不还。"这是通判问他几时回国，他表示要"长欲住灵山"。八日，有关方面同意他住真容院，他不胜喜悦，即"赋一杂言，亦志之所之也"，诗云：

先哲追从宜得攀，一心敬礼五台山。
求方外，厌世间，愿莫文殊生死还。

戒觉这几首诗记载了他来华求道的经过和心情，虽然在诗艺上尚未入流，但非常真实地反映了这一段民间交往史。

大江匡房(1041—1111)是平安朝后期与清原赖业齐名的汉学家；不过赖业是纯粹的学者，匡房则同时又擅长诗文。匡房可谓继八代家学，为三朝帝师。平安朝"江家"在他这里放了最后的光芒。匡房是维时的五世孙，匡衡的曾孙。自幼颖悟，四岁启蒙读书，八岁通《史记》《汉书》，十一岁作诗赋。一次，其父成衡带他去见权大纳言源师房，谈起他作诗事，师房不信，便出题《雪里见松贞》，匡房当场执笔写就，师房大为惊奇，并上呈后冷泉天皇。天皇亦欣赏，即赐奖学金。都下传称为神童。十六岁时作《秋日闲居赋》，大学头藤原明衡赞为"其锋森然，定少敌者"。该赋收入《本朝续文粹》，其文如下：

夫逸士之贫居也，地寻出闲，心耽文籍。庭才开三径，家唯对四壁。闭户以久忘田园，下帷以遥知畴昔。芳积树架，独惯于潘岳之词；长杨在门，远继于陶渊之迹。观夫露湿荒巷，雨打幽栖。清琴闲奏，绿酒将携。深夜熠耀，照于碧沼；霜天蟋蟀，吟于青闺。西园阒而客稀，汉表之月烛烛；北户寂而人少，土囊之风凄凄。何况秋已深上林之下，岁渐阑后园之中。胡雁叫云矣惊孤枕，皋鹤警露兮达远空。寒岚劲而塞草槁，白雾起而木叶红。山禽和鸣，斜望涧曲之衰柳；野兽狂顾，独哀原上之飞蓬。嗟乎，味典坟，窥子史，前代虽遁其名，后昆犹称言美。李广，汉室之飞将也，卜宅诸陇山；

范蠡，越国之贤相也，避禄于湖水。聊继彼旧尘、仰厥高趾者也。

十六岁而能作此赋，确实令人惊奇。作者显然熟读了《文选》中潘岳的《闲居赋》。如文中“芳枳树架”“长杨在门”二句，即出自潘赋中的“长杨映沼，芳积树篱”；“深夜熠耀”（按即萤火虫）“霜天蟋蟀”二句，也是出于潘赋的“熠耀粲于阶闼兮，蟋蟀鸣乎轩屏”。其他还可见此赋作者对宋玉、陶渊明、白居易等人的佳句也化用自如，表露出少年作者非同寻常的天赋。

匡房对策及第后，对关白藤原赖通的霸道行为不满，便恃才愤世，逃于寺院。权中纳言藤原经任对他说：“卿乃命世之才，何不自爱？”他虽感其言，但因忤于赖通，不得不长期隐沦。好在东宫皇子闻其名，召为侍读。皇子即位为后三条天皇后，对他更为信任，逐年晋进，位至权中纳言兼太宰权师，进正二位。大江家自维时以后，唯匡房最为荣达。世称“江帅”“江都督”“江大府卿”。晚年伤心于知己凋零，更专注于诗文，作《暮年记》。他逝世后，藤原宗能叹道：“朝之枢要，文之灯烛。国家失良臣，至为可惜！”

匡房善于和歌，并在和歌理论上有所探讨。曾用试策之体，假托“倭歌博士纪贯盛问，和歌得业生花园赤恒对”的形式撰文。由此亦知其和歌创作和理论也都受益于汉文学。至于汉诗创作，更是他的专长，可惜留存不多。在《本朝无题诗》中保存二十几首，《本朝续文粹》中保存二首。如《本朝无题诗》“杂部”中有《病中闲吟》一诗：

临老多病是常谈，四种法中已尽三。
宿雾少晴头尚重，浮云不系命难堪。
丛浮轻露迎朝日，林饱微霜任晚岚。
念念诵持何所喜，法华难遇过优昙。

此诗作于暮年。所谓“四种法”，即佛教所谓“生、老、病、死”。诗人表示除“死”以外均已深切体验了。此中可见他热衷佛学，索性出家的生活态度。他晚年其他的诗除了表现出浓郁的佛教思想外，还流露了顺从自然的道教意识。如《述怀》：

天莫怅望人莫尤，世间倚伏固悠悠。
苍生非一何开口，黔首且千岂尽头？

讵圣讵贤兼讵智，何公何子亦何侯？
或通或塞水争定，偶去偶来云自浮。
运命难穷应穷否，寿夭叵识得知不。
非无非有非无有，不觅不将不不求。

他的另一首《病中作》，也是一首充满哲理、洞达人事的好诗：

近死惭情沈病忧，一时计会是穷愁。
头如霜雪白将尽，泪与梧桐红不留。
荣路纷纷花散漫，生涯苒苒水奔流。
非王子晋谁长好，九圣七贤今在不？

而《本朝续文粹》中保存的他的二首诗，均是古调五言长诗。《参安乐寺诗》是二百韵、四百句、二千字的长篇，《西府作》也是千字长诗。二诗均作于他任太宰权帅时的九州。所谓安乐寺，即太宰府东北的天满宫，即菅原道真所葬之地。前已提及，道真在被贬职时曾写过千字长诗《叙意一百韵》及其他长诗。匡房在参拜安乐寺时，显然对道真怀有极大敬意而仿效作此长诗。江户时江村北海在《日本诗史》卷一中说："其在宰府，诣菅公庙，作二百韵诗，盛传一时。其他大篇巨什，经见诸书，而造语浅率卑近，无足采者。但所著《江次第》，至今行于世。要之才敏综核，而自运非其所长也。"《参安乐寺》诗太长，今仅录其首尾，以见一斑：

康和二年秋，清凉八月时。
我诣安乐寺，寺在东北陲。
出府七八里，先望彼门楯。
题额樢金字，下乘当路歧。
地隆尤显敞，道远方逶蛇。
门外及庙前，往往有三池。
……
廊下鉴往事，旧贯尤可思。
仰天恃有道，与善冥怜台。
任神更无倦，福谦亦在谁。
乖和身多恙，抱节年已耆。
沈病寡欢娱，临政多忸怩。

行年盈六十，厘务事事痴。
披策卜露命，对镜抽霜髭。
计命准三乐，省身是四维。
脆质同蒲柳，落景及崦嵫。
适题二千字，恐招梧台嗤。

康和二年为1100年，匡房年正六十。吟出如此巨篇，足见笔力遒劲。江村北海对此诗似亦首肯，而认为其他长诗均无足采。今除此诗外，仅见千言长诗《西府作》，亦仅引开首部分，以见一斑：

白首六旬儒，苍波万里途。
扬鞭辞北阙，奉节别东都。
泽国曳熊轼，边城割虎符。
经过多险阻，淹滞叠江湖。
往日出京兆，行年老海隅。
土卑深竹苇，地湿饱泥涂。
卜泊量湖汐，飞帆接舳舻。
人民皆淡泊，山海悉崎岖。
荏苒险升华，艰难急渡泸。
洪溟来集雁，渤澥被双凫。
境僻应西极，因肥是上腴。
家家穷月税，户户尽花租。
……

可见此诗的水平，比上诗有过之而无不及。作者离开京城后，有机会接触到边鄙地区平民百姓的生活，使长诗贴近现实，颇值一读。造语虽然浅近，但日本汉诗中能达到这样畅达水平的仍为难得。显然也可看出受白居易诗风的影响。至于江村提到的《江次第》，即《江家次第》，写的是朝廷的年中例行活动及临时仪式等，表明匡房对朝典的熟悉。为此，他与这方面的专家藤原伊房、藤原为房被合称为“三房”。此书虽有史料价值，但与汉文学史无甚关系。倒是《江谈抄》一书，很有汉文学史料价值，本书前面也已多次引用过。

《江谈抄》六卷，为藤原实兼记录的匡房的谈话，主要用汉文写成。第一卷内容有关政治、神佛之类；第二、三卷记录杂事；而后三卷专载有关诗赋文章及文学批评，与汉文学关系最深。不仅记述了平安时代汉诗赋名篇及有关评论佚事等。还谈了自己的看法，并论及白居易、许浑、杜荀鹤等人诗及《文选》《王勃集》、元白二集等。在日本汉文学史上，空海的《文镜秘府论》是最早的文论专著，但该书只是论述诗文的格式及作法之类，并无批评、鉴赏的内容；而匡房此书则是最初涉及文艺评论的书。然而它的文体并非纯汉文，后来人们也未将它视作日本诗话、文话的嚆矢之著。该书对《古事谈》《古今著闻集》的影响也是很明显的。

匡房的汉文学作品，除了诗以外，值得一提的还有赋。前面我们已经引录过他十六岁时写的《秋日闲居赋》，而在《本朝续文粹》中还收有他的《羽觞随波赋》《庄周梦为胡蝶赋》《落叶赋》《法华经赋》。而《本朝续文粹》一书，就只收了他的这几篇赋，没有其他人的赋。这说明了当时赋作者已经很少，而匡房则独步一时。

林鹅峰《本朝一人一首》中这样评说："今试论江家秀才：则诗文朝纲其尤也，匡衡次之，匡房不能及之。才兼倭汉，博识古今，有功于朝家者，岂惟江家而已哉。遍考诸家，如匡房者少矣。"而冈田正之认为，匡房的诗文或许不及前贤，但他博学洽闻，通古今典故，善批评诗文，其遗著给后人获益匪尠。

藤原敦光(1062—1144)为《本朝文粹》的编者明衡之子、文章博士敦基之弟。父子兄弟共擅诗文，因此有人比之为中国宋代的三苏。敦光年少善文，对策及第后，历仕五朝天皇，经文章博士、大学头，累官至式部大辅。起草过很多诏书，有功于朝廷，还著有《本朝帝纪》《续本朝秀句》等，当时诗名也大，但至老死未能列于三品，所以亦抑郁不平。曾有《迟出月》诗发牢骚说："可似八旬愚老质，明时恩隔送居诸。"

敦光遗存文章较多，共计有八十多篇。但不少是起草的诏、敕及表、状、序之类，文字雕琢，并不足观。其中保延元年(1135)上崇德天皇的《变异疾疫饥馑盗贼勘文》一篇，比较值得注意。当时灾难频起，病疫流行，盗贼横行，民不聊生。敦光上疏，分为三条。第一条是"天地变异人民疾疫事"，他援引了中国《礼记》《史记》《汉书》《后汉书》等书中的事例，举出救济的办法，写道："伏惟倭汉之间，每有灾异，或举贤良、优老人、赡贫民，或免租谷、减调庸、省徭役。依彼等例，可酌量行欤？"第二条是"去年风水有难，今年春夏饥馑事"，他又援引《礼记》《尚书》《管子》《墨子》《史记》《汉书》等，指出当时有"七弊"，并提出消除弊害的救济办法。所谓“七弊”指庙社不祀、佛事不信、夺民农事、重赋敛、不禁奢僭、学校之废、府库空虚。第三条是“陆地海路盗贼旁起事”,他又援引《尚书》《礼记》《后汉书》等,举出救济之法,并说:“奸邪之心,饥寒而起。所谓渴马守水,饿犬护肉,则虽用刑罚,难致肃请。户口饶衣足食,则边境安宁,寇贼消散。宜……简择良吏,攘除奸滥。”这篇奏疏其实并不精彩,从文学角度看也不如三善清行的“封事”。但毕竟关系国计民生,总比那些低俗庸闲的诗文值得一说。

敦光的诗,在《本朝续文粹》中收有三首,《本朝无题诗》中收有六十三首,优秀之作并不多。前一书中有《初冬述怀百韵》,为千言长诗,与大江匡房的长诗《参安乐寺》《西府作》相互辉映,倒可谓当时的大作品。此诗题注为:“顷者文学之士、博弈之徒各争才艺,共论利害。予郁愤之余,聊叙其意。”诗人对“博弈之徒”作了尖锐的揭露和刻画,今引开首部分,以见一斑:

遴寸博弈徒,狼戾复顽愚。
种族出凡鄙,栖居接郭郛。
桃红皆醉貌,瓠白悉肥肤。
举盏酌樽酒,善刀置俎鲈。
邪论兼昼夜,美膳备朝晡。
淫乐递鸣鼓,滥吹屡调竽。
歌狂乖郢曲,舞慢效巴歈。
鸡斗狡童走,蛾嚬倡妓姝。
饲家斯一犬,止屋几群乌。
……

而对“文学之士”,不仅写了他们“案牍陈床侧,典坟堆座隅。客嘲称传癖,俗唤号书厨。”也描画了他们贫困的生活:“龙钟潜陋巷,蝟缩困穷途。延颈俟河洁,枕肱羡道腴。贮资编竹简,征税课花租。柴户柴空败,纸窗纸颇糊。墙低悬薜荔,詹短网蜘蛛……”诗中对比强烈,诗人的爱憎不言而喻。可惜后半的说理部分索然无味。

《本朝无题侍》卷七“山家”类,有敦光《秋日山家眺望》:

洞里幽居景气深,山川萧索足登临。
樵溪有路通秋岭,僧院无墙对暮林。

云表将雏仙鹤翅，野中舐犊老牛心。
箕裘旧业未传子，白首不能抽吾簪。

前三联似颇可读，至末联腐气袭来，大是败兴；而颈联作者有注：“当时诸儒，多举其子，听院升殿，此座李部少卿其一也。不堪愁绪，聊有此句矣。”原来“将雏”“舐犊”，并非描写山家野景，乃喻为子孙谋官职之亟亟心，读者恍然大悟之余，全诗则不堪回味矣！

藤原忠通(1097—1164)是平安朝最后一位地位显赫的诗人。永久三年(1115)十九岁就经权大纳言为内大臣。保安三年(1122)进左大臣从一位，因崇德天皇践祚而任摄政，大治三年(1128)任太政大臣，翌年为关白。不过，据说忠通为人宽厚，与骄奢恣睢的胞弟、人称“恶左府”赖长的性格不同。晚年退隐于法性寺，专以写诗遣日。六十六岁时正式出家，法名圆观。有诗集《法性寺关白集》，又称《法性寺殿御集》，今存。主要是久安元年(1145)一年间所作者，共一百零三首。除七古一首、七绝二首外，都是七律。从中可以看到白居易诗风的明显影响。如《卖炭翁》一诗，就是白诗的改写：

借问老翁何所营，伐薪烧炭送余生。
尘埃满面岭岚晓，烧火妨望山月程。
直乏泣归冰冱路，衣单不耐雪寒情。
白衫宫使牵车去，半匹红纱莫以轻。

还有一首《和李部大卿见〈卖炭翁〉愚作所赠之佳什》：

山翁潦倒在茅庵，度世心谋寤寐谙。
生计如何炎热日，家资期得冱阴岚。
耻垂苍鬓营身上，恐为白衫驱市南。
炭是千余绫一丈，官儿称敕谁相贪。

集中读中国史籍之诗甚多，如《读〈史记〉赋〈周本纪〉》：

披书唯考周朝事，三十六王一卷陈。
牛放桃林花脆晓，马嘶华山草深春。
自尊姬旦往时迹，谁教养由旧日尘。
可悦可康治德昔，采诗官定欲知仁。

又如《读〈史记〉赋〈鲁周公世家〉》:

姬旦何人邦重器，孝仁才艺盖相并。
披书君洒数行泪，待士吾催三把情。
久佐周年朝市政，更闻洛水晓波声。
成王叔父武王弟，天下被知不赋名。

《本朝无题诗》中收有忠通诗九十首,其中有些与法性寺一书重出。今录《赋覆盆子》一首,尚可一读:

夏来偏爱覆盆子，他事又无乐不穷。
味似金丹旁感美，色分青草只呈红。
真珠万颗周墙下，寒火一炉孤盏中。
酌酒言诗歌舞处，满盈珍物自愁空。

二十四、后期编的诗文集

平安朝后期一百多年间,虽然也产生了大江匡房等汉文学家,但从总体上说,汉文学创作的实力衰退了,作品数量也大为减少。然而与此相对,却编纂了好几部汉文学诗文集。看来,那是在汉文学高潮过后有意识的带有一点总结和保存成果的意义的。

这里首先要提到的,是基本完整保存至今的《本朝文粹》一书。冈田正之《日本汉文学史》中说:"《本朝文粹》就是我邦之《文选》《文苑英华》和《唐文粹》。"在中国,如果要了解汉魏宋齐梁的诗赋,就必须读《文选》;要了解梁末至唐代的诗文,则要参阅《文苑英华》和《唐文粹》。而在日本,要了解王朝时代汉文学,则必须读《本朝文粹》。唐代的总集之类保存尚多,如不查《文苑英华》或《唐文粹》亦非绝对不可;而《文选》和《本朝文粹》,如果少了它们,便不能研究它们那个时代的文学。这就是《文选》和《本朝文粹》的可贵之处。就像研究中国汉魏宋齐梁文学的人,都得感激《文选》的编者昭明太子一样,凡是研究日本王朝时代汉文学的人,都不能忘了《本朝文粹》的编者藤原明衡的功劳。实际上,我们前面论述过的不少作品,就都是保存在《本朝文粹》中的。

藤原明衡(989—1066)是文章博士、侍读藤原敦信之子,藤原敦光之父。后冷泉天皇天喜二年(1054)为式部少辅、左卫门尉，后为左京大夫、文章博士、大学头，七十三岁时(1061)任东宫学士。他的仕途不畅，晚年曾上书天皇要求加阶升进，其中表白自己身仕一条天皇以来五朝，为继承这一时期汉文学传统的硕果仅存者："一条院御宇之间，诸道盛兴，六籍遍弘。彼时文士，皆以早世。习其旧风者，明衡独遗。"又说："身仕五代，北堂之勤未休；龄过七旬，西崦之景已倾。"(见《本朝续文粹》卷六《请依先父敦信殿下侍读功明衡献策并式部少辅劳被叙一阶状》)明衡还曾编选汉诗佳句为《本朝秀句》，可惜失传；又有书信集《云州往来》(又名《明衡往来》)，为准汉文体，今存。以他的汉文学造诣来编选《本朝文粹》，确实是合适的人选。

《本朝文粹》编纂的确切年代不明。最早不可能在《唐文粹》编成(1011年)和传至日本之前。一般认为可能在明衡七十岁左右时所编。

该书名显然是学自《唐文粹》，而其编法，则还是像以前的《经国集》等一样，主要是效法《文选》的。而以文为主，收诗不多，且多为"杂诗"。书中收入作品大致是自嵯峨天皇弘仁年间(810—823)至后一条天皇长元年间(1028—1036)，即公元九世纪后的二百多年间，共历十七朝。文体分成三十九类，像《文选》一样一开头是"赋"，然后"诗"(杂诗)、"诏"等，共有十二门类是与《文选》相同的；还有二十七类是《文选》中没有的，如"意见封事""落书"等等。还有一些子目的设置，也与《文选》不同。可见编者还是根据日本汉文学的实际情况，有所创易。

书中共收作者六十七人，作品约四百二十九篇。以朝代来看，嵯峨、仁明两朝有小野篁等，宇多、醍醐两朝有都良香、菅原道真、三善清行、纪长谷雄等，村上、一条两朝有菅原文时、大江朝纲、源顺等，都是我们前面着重评述的著名汉文学家。书中收入最多的是菅、江二家，纪家次之。即菅原氏七人，八十四篇；大江氏、纪氏各六人，前者一百二十篇，后者五十五篇。从作家个人来看，依收入篇数计，最多的依次是大江匡衡(文四十六篇)、大江朝纲(文四十四)、菅原文时(行一、文三十八)、纪长谷雄(诗九、文二十八)、菅原道真(诗二、文三十四)、源顺(诗八、文二十四)、大江以言(文二十六)、庆滋保胤(文二十二)、兼明亲王(文十五、诗三、词一)、都良香(文十二)、纪齐名(文十二)、三善清行(文七)……显然，《本朝文粹》反映的，正是平安朝前期后叶和中期，更主要是中期的汉文学。

不过，正如书名所显示的，它主要反映的是平安朝中期的"文"，诗收录甚少，只有杂诗二十八首、行与词二首，共三十首而已。而我们已知道，平安朝前、中期盛行汉诗，尤其是近体的七律、七绝，此书仅收少量古体的杂诗，就平安朝汉诗的全貌来讲，编者基本上是没考虑要全面反映。而这也是效仿《文选》(《文选》时代尚无近体诗)，更是有意效仿《唐文粹》的(《唐文粹》的诗歌门就只收古体)。而《本朝文粹》所收文章中最多的是"诗序"，共一百三十九篇，约占全书文章的三分之一。这仍然从侧面反映了平安朝汉诗的盛行。该书所收，其次多的是"表"，共四十六篇。除了一篇贺瑞表以外，都是辞摄关大臣等的表，有不少人还三上辞表，可以看到当时是如何流于虚礼形式。再次为"奏状"，共三十七篇。其中虽然也有谈学问、佛事等的，但半数却是申请官爵的奏状，大多为学者所呈。由此也可窥见当时自荐之风盛行。此外还有"愿文""讽诵文"等，均与佛教有关，可见出时代思想之一端。因此，正如冈田正之指出的，对这些各类文章数目的多少，是不能疏忽视之的。

《本朝文粹》反映的总的思想，仍然是以中国儒学为基本倾向，以佛教为辅。比较精彩、辞意具备的文章，可举出的有都良香的《辨薰莸记》、三善清行的《意见封事十二条》、纪淑望的《古今和歌集序》、庆滋保胤的《池亭纪》、菅原文时的《意见封事三条》、兼明亲王的《菟裘赋》等等，都可谓王朝时代汉文学代表作。但是，更多的则是平庸之文。连日本研究者也认为，多为注重于文字雕饰，不努力于思想的阐发，缺乏风骨，流于形式。隋朝李谔论六朝文曰："竞一韵之奇，争一字之巧。连篇累牍，不出月露之形；积案盈箱，唯是风云之状。"冈田正之认为，这几句话也足以移之评《本朝文粹》之缺陷。

永久元年(1113)，又有藤原基俊(1060—1142)编撰《新撰朗咏集》二卷。这表明日本当时虽然已开始进入武家纷争的时代，但"朗咏"之风仍然不息。如同大江匡房的《冬日即事》所咏："冬日天寒潇洒处，终朝不绝朗咏声。"可以窥见当时贵族的精神生活。此书步《倭汉朗咏集》后尘，编排形式照旧，除唐人诗句及日人和歌外，收有日本汉诗三百一十六句。编者基俊是右大臣俊家之子，有文才而不得志，官止于从五位下。保延四年(1138)出家，法名觉瞬。《本朝无题诗》中收有他的几首诗，中有"我齿七十白鬓新""人事何为口可言"等句，可见牢骚不平之气。

永久四年(1116)，又有三善为康(1049—1139)编纂《朝野群载》三十卷，今存二十一卷。三善本姓射水，十八岁游京师，向三善为长学习算学，成为他的养子，改姓三善。又学习诗文，屡试不第。后补少内记，堀河天皇时为算博士，官至正五位上。《朝野群载》是他六十八岁时所编。从题目看，显然是参照了唐代张的《朝野佥载》；不过那是记载唐代故事之书，而此书则是一部内外公私之文的选编。三善的自序云：

> 予尝无拾芥之智，唯有守株之愚，多集反故之体，以为知新之师。部类成三十卷，号曰《朝野群载》。可谓不升青云，高见紫宫之月；不出一室，遥知万邦之风。但惭耄久拙编次，性慵疏涉猎，以揖后昆，宜补所阙。于时永久之历，丙申之年，善家算儒为康抄之。

从所存二十一卷看，有文笔、朝仪、神祇官、太政官、摄籙家、公卿家、别奏、请奏、功劳、让状、廷尉、内记、纪传、阴阳道、历道、天文道、医道、佛事、太宰府、杂文、诸国杂事、诸国公文、诸国功过等二十三门。可知此书虽极大部分是用汉文写的，但并不都是汉文学作品。而汉文学作品主要收于“文笔”门，有诗、赋、铭、赞、序、传、记、愿文、祭文等；其他门类也偶有可读的文章，但大多为各类实用文，还有各种公文案牍的例文。所以，《本朝书籍目录》中称此书为“记作文书札等体”。伴信友为此书作跋云：“抑余之注意于此书，颇费日月者，岂爱诗赋文章，制度事情可就而览者存焉。”可见此书的主要价值，也许正是可以由此了解王朝时代古文书的格式和制度事情。但对研究汉文学来说，总是也有史料价值的。今存书中可见作者五十八人，其中不详其人者甚多，但也有如空海、都良香、菅原道真、纪长谷雄、兼明亲王、源顺、橘在列、大江以言、大江匡衡、藤原敦光等著名汉文学家。有平安朝前期的作家，但主要是中后期。

约1140年，日本又编有《本朝续文粹》十三卷，编者传为藤原季纲。季纲生卒年不详，其父是有名的儒者、文章博士实范，其哥成季也是大学头。可知家学渊源。后冷泉帝天喜四年(1056)六月，季纲曾以文章生身份列于殿上，参加八位诗人的唱和，可知亦颇有诗名。对策及第后，历经参河、越前、备前等地守，官至从四位上大学头、右卫门权佐。著有《季纲切韵》二卷、《检非违使厅日记》十一卷等，有文见于《朝野群载》，诗见于《本朝无题诗》。

《本朝续文粹》是《本朝文粹》编成约八十年后续编的，其编法也基本是照原来的样子，部门、子目皆同。只是书中差错甚多，尤其所注作品年份常有误。还有，作者名字的标注也不统一，如大江匡房，就有“江帅”“江都督”“江大府卿”“美作守匡房”“从二位权中纳言兼都督大江朝臣匡房”等多种写法。原《本朝文粹》中可绝无这种现象。因此，此书的编纂，比起《朝野群载》的杂驳来说，符合汉文学集子的体例；但作为《本朝文粹》的续编，就多少有点不足了。不过，它保存了当时很多文章，对汉文学史研究来说，功不可没。

该书收入文章二百二十九篇，诗四首。时代上自后一条天皇宽仁二年(1018)，下至崇德天皇保延六年(1140)的百余年间。作者四十多人。若以所收作品多少为序，计有藤原敦光(五十一篇)、大江匡房(四十篇)、藤原明衡(三十四篇)三人最多，其次为藤原敦基(十三篇)、藤原实范(九篇)、菅原在良(八篇)、藤原实纲(八篇)、藤原敦宗(七篇)、惟宗孝言(七篇)等。这也基本上反映了平安朝后期汉文学以匡房、敦光为代表的实况。

从文章种类上看，与《本朝文粹》一样，最多的是诗序，共五十一篇；还有和歌序，也有十八篇。其次是表状，辞摄关大臣等的上表二十八篇，辞封户、辞大将等的状十五篇。还有策问、对策各十二篇，但有关治理国家的重要内容极少，只是一些“详琴酒”“辨牛马”“得宝珠”一类闲文，虚言浮辞，不值一观。而咒愿、表白、愿文、讽诵文等有二十七篇之多，亦可见其时佛教势力颇盛。诗仅收四篇，比起《本朝文粹》来还少了很多；但所收都是长篇杰作，我们前面已经提到过(匡房的《参安乐寺》《西府作》，敦光的《初冬述怀百韵》)。所收文章与《本朝文粹》比起来，质量低下，数量也不及(篇数只有一半略多)。这显然也表明了汉文学的衰落。

最后，有关《本朝续文粹》的编者，其实还是个谜。《本朝书籍目录》说是藤原季纲，但我们前面已提到，季纲在1056年以文章生在殿上咏诗，如果算他那时仅十七岁，那么，此书编成时他也得百岁了。这么高龄还能编书，岂不可疑？还有，《本朝文粹》编者明衡未收自己的文章(《铁槌传》人们一般认为是明衡之作，但署名为“罗泰”)，此书既是仿效前书，怎么会收入署自己名字的猥亵文章《阴车赞》呢？看来，即使原先是季纲编的，后来也有人再增补过了。而从前面提到的纪年错误及作者人名写法不一等看来，这像是一部未最后编定的初编稿。

在平安朝后诗，还有一部《王朝佚名汉诗集》，颇值得一提。这是日本汉文学史学者川口久雄在1950年代在对京都九条家所藏《中右记》一书的纸背研究后披露的。《中右记》是藤原宗忠在宽治元年(1087)二十六岁时开始，到保延四年(1138)五十二岁年间连续撰写的日记。其中一部分残卷于二十世纪战后在九条家的秘库中找到，在这个卷子本后粘衬的纸背中发现有一部手抄的从未为人所知的汉诗集的断片。经统计，竟有汉诗四百五十五首，且绝大部分内容是从未见过的。并可推知，原书当是一部大诗集。这是近百年来日本汉文学史上最大的一宗发现！川口久雄在《平安朝日本汉文学史研究》中，将此命名为《九条家本中右记部类纸背王朝无名汉诗集》，一般称之为《王朝无名汉诗集》。我觉得"无名"易被理解为没有名气，所以改为《王朝佚名汉诗集》。

据川口调查，与卷子本的表面内容相对的纸背内容如下(前为表面的内容，后为纸背的内容)：

1.《中右记》部类第五·年中行事·春·上
(汉诗集)松部、松竹部残卷(?)
2.《中右记》部类第七·年中行事·秋·上
(汉诗集)友部、酒部、杯酒部残卷
3.《中右记》部类第九·年中行事·冬
(汉诗集)山寺部残卷
4.《中右记》部类第十·每年例事·上
(汉诗集)醉部、醉乡部、药部残卷等
5.《中右记》部类第廿八·临事神事
(汉诗集)曲水诗断简、桃花杯酒诗等

从已见四百五十五首诗来看，大部分是宽弘元年(1004)到大治元年(1126)约一百二十年间的作品。亦即和《本朝续文粹》所收时间差不多或略晚一些。涉及作者二百四十六人，其中有一百六十三人是以前研究者完全不知其名的。而知名的诗人也见到不少，依所见篇数多少列举于下：藤原明衡(十二首)、藤原敦基(十二首)、惟宗孝言(十首)、菅原在良(八首)、藤原知房(六首)、藤原敦光(六首)、藤原有信(六首)、藤原季仲(六首)、菅原是纲(六首)、大江佐国(六首)、大江匡房(六首)等等。

诗的内容，主要是当时宫廷、贵族的诗会唱和。记载形式一般是先写出诗题，然后是诗的篇数、韵、作者官名、作者姓名，然后是诗。例如，诗题《七言·三月三日于劝学院同赋花映春酒诗一首·以情为韵·学头荫孙成家序者》，以下是诗本身。同此题目下有十几人、甚至几十人的诗。全卷读完，可以对诗会的场所、诗题、作诗日期、诗会参与者的所有作品、当时的情景等等完整情况一目了然。这一点我们在其他汉诗集中似尚未见过。

从已见的四百五十五首作品看，其中有六十八首是不完整的诗联。这与《倭汉朗咏集》等相似，而与其他汉诗总集有点不同，也算是此集的一个特色。其中，选自七律的颔、颈两联的四句对仗最多，占六十八首中的六十四首。其他完整的诗篇中，七律为大多数，共三百七十五首；五律仅二首；排律有六首。由此可见，当时仍是以七律为主体的。

关于本诗集的编成年代及编者，川口认为肯定在大治元年(1126)九月以后，并在《中右记》部类的书写年代上限寿永二年(1183)以前。大致是离大治时不远。编者可能是藤原家的周光、宗忠、宗成等人。因为从今存诗作看，藤原明衡、敦基父子最多，而藤原家的人的诗也远比他姓为多。

作为平安朝最后的汉诗集，我们还要讲到《本朝无题诗》。该书又称《日东官家诗集》,但此名不甚通用。本书编者不详，同时卷数也诸说不同。如《本朝书籍目录》记为十二卷，《日本书籍考》《群书一览》称三卷，而《群书类从》本则是十卷。又，此书何时编成，也无明确记载。江户时代林鹅峰《本朝一人一首》中说："此集未知谁人所编也。盖其编辑既成，未题其名，且不著撰者之名，故姑以'无题诗'呼之乎？"在《国史馆目录》中，林鹅峰又说："余今日(按，为宽文七年[1667]二月二十三日)在史馆，谓友元、伯元曰：'无题诗，名义不明。其诗各有题，然曰无题者，何哉？盖此集成，未名之，故后人唯称"无题"乎？其作者三十人。私追名之，曰《阶冥词叶》乎？'二元(按，即友元、伯元)曰：'固可也。'"有不少研究者附和林鹅峰的说法，认为书名"无题诗"就是因为最初没有书名而取的。但这种说法实际不对，林氏以私意擅改古诗集名更是不妥当的。("阶冥词叶"殆用唐诗人张彦昭"庭树千花发，阶冥七叶新"句意，"阶冥"表祥瑞，"阶冥词叶"意为太平御代词藻。取意陈腐。)

冈田正之不同意林氏对此书名的解释。他指出，平安朝汉诗的诗题，分"句题"和"无题"两种。"句题"就是以古诗句为题。这一名称似不见于中国古籍，看来是日本人创造的。但以诗句为题的做法，在中国至少六朝时就有了。例如梁朝简文帝《同庾肩吾四咏二首》，其一题为《莲舟买荷度》，又一题为《照流看落钗》。刘孝威有《侍宴赋得"龙沙宵明月"》，江总有《赋得"一日三赋成应令"》，张正见有《赋得"落落穷巷士"》等等。至唐代，这类诗题就更多了，而且主要是在朝廷及诸王的宴会上使用。日本人显然是模仿中国的，如嵯峨天皇就有《赋得"陇头秋月明"》，即是用唐诗人杨师道《陇头水》之句。本书在前面写到的纪齐名，就有不少“句题”诗。附带一说，大江千里等人甚至将“句题”用到和歌创作中，宽平六年(894)曾写过百余首句题和歌。而平安朝诗人将没有“句题”的诗便称为“无题诗”(见藤原宗忠《作文大体》)。冈田的这一论述，方使我们解开了《本朝无题诗》书名之谜。

对中国读者来说，更应了解这一“无题诗”与我国古代的“无题诗”是完全不同的。我国古诗，若意有寄托，又不想或不便明确标题的，便以“无题”为题。唐代李商隐集中尤常见。宋代陆游《老学庵笔记》：“唐人诗中有言‘无题’者，率杯酒狎邪之语，以其不可指言，故谓之‘无题’，非真无题也。”这一点，与《本朝无题诗》是丝毫无关的。

该书共选收平安后期诗人三十人的七百七十五首诗，分类编排，计有三十七门类，如：行幸、宴贺、尚齿会、天象、时节、地仪、植物、动物、人伦、杂物、屏风、花下、月前、七夕、春、夏、秋、冬、杂、水阁、池台、泉亭、林亭、亭、别业、山家、田家、野店、旧宅、山村、野外、河边、旅馆、山寺、杂寺、禅房、山洞等。从这些门类，不难看出诗集的内容。收诗二十首以上的作者，按诗的多少排列为：藤原周光(一百零六首)、藤原忠通(九十首)、藤原敦光(六十三首)、释莲禅(五十九首)、藤原茂明(五十七首)、中原广俊(五十四首)、藤原明衡(四十八首)、惟宗孝言(三十一首)、大江佐国(二十八首)、菅原在良(二十六首)、辅仁亲王(二十四首)、大江匡房(二十三首)、藤原敦基(二十一首)。所收诗，除了四首五言外，全是七言。

书中所收藤原忠通的诗，有十几首与《法性寺关白集》中重复，又称忠通为“法性寺殿下”。而忠通是应保二年(1162)剃发入寺的，长宽二年(1164)即逝世。因此，猪口笃志认为此书当在这二三年内由忠通手下的人所编。其他，又有市河宽斋认为是辅仁亲王所编，平泉澄认为释莲禅所编等等。而川口久雄则认为是藤原明衡的孙子周光所编，推测理由如下：一、连文章博士都不是的小官僚周光有一百多首诗被收入，是奇特的事。二、与周光有特殊关系的忠通的诗，数量居第二，莲禅的诗也有五十多首。三、周光一家的人的诗，收入都很多。川口认为当是周光宦途失意，便倾倒于诗的世界，与忠通成为志趣相同的知友，又与出家僧人莲禅亲交，因此，本书可能即是周光奉忠通之意而编的。至于编书时间，川口认为当是保元三年(1158)至长宽二年(1164)的六年间。市川本太郎认为川口的说法比较妥当，即不中亦不远矣。

以上所述平安朝后期所编的诗文集，一些比较优秀的作品我们已在论述有关作家时引述过了。此外，若从单句、诗联来看，当然也有可称赞的；但从总体上说，确实有点江河日下的感觉。造语常见稚拙，甚至不通。林鹅峰在《本朝一人一首》中也说："本朝文字风体，遂时变替。《怀风》其似古诗乎；《凌云》《经国》，学唐诗而盛美也；延喜、天历之际，格调整齐而律体备矣；自《丽藻》以下，意到句不到，其既衰矣；自《无题诗》以后，官家无文字，吾不欲见之。"

王朝汉文学，收起了它最后的霞光。

第二章

五山时代

一、引言

日本历史上的王朝时代结束后，即进入幕府时代。所谓幕府就是一种军人政府。这时，虽然天皇和朝廷仍然存在，但失去实权，有时甚至连皇位继承等重大问题也得听命于幕府。从平安朝后期开始，武士阶层逐渐形成，并日益强大。主要原因是，随着兵制的变迁，一些检非违使、押领使、追捕使等成为地方豪族；随着律令官制的解体，一些国司等朝廷命官割据一方；随着庄园经济的崛起，地方豪族建立起自己的武装集团；由于皇帝与摄关的矛盾，武士集团得以进入权力中枢。

1192年，源赖朝出任"征夷大将军"，在关东镰仓开创幕府，号令天下，由此开始了镰仓时代。延续一百四十年后，镰仓幕府垮台。1338年，足利尊氏获称"征夷大将军"，又在京都设立足利幕府(后改称室町幕府)。室町时代延续约二百四十年。其中包括前期的南北朝时期(1333—1392)和后期的战国时期(1492—1603)。镰仓时代和室町时代都动乱频仍，特别是室町时代，南北分裂，战争(包括对外侵略战争)不断。直到十七世纪初，由关东德川氏完成统一。德川家康迫使朝廷任其为"征夷大将军"，于1603年在关东江户(今东京都)开设幕府，开始了江户时代。直至1867年，江户幕府宣布"大政奉还"于天皇，日本历史上的幕府时代就结束了。

从镰仓幕府设立，到江户幕府结束，日本历史经过了长达六百七十五年的幕府时代。整个幕府时代的汉文学的发展，又可分为前后两个很不相同的时段：镰仓/室町时期和江户时期。前者约四百年，日本当代史学家一般称为"中世"，而汉文学史则称"五山汉文学时代"。

在这以前约六百年的汉文学，如前一章所述，基本上是以宫廷为中心，以帝王、贵族为主要作者。因此，又称"王朝汉文学""宫廷文学""朝绅文学”等等。而“五山汉文学”，却是以寺庙、禅林为中心，以僧侣(包括来自中国的入籍僧)为主要作者。因此，又称“丛林文学”“禅林文学”“缁流文学”等等。这样说，并不意味着这一时期帝王、贵族、官僚以及普通文人、武士等等，就没有一点汉文学创作了；正如汉文学的王朝时代以帝王、贵族为主要作者，同时也有一些僧人等的作品一样。文学史家所以要这样命名，只是为了强调它的时代特点和重点所在。

日本的王朝汉文学，随着平安朝的终结而衰亡。正如江户时代学者江村北海在《日本诗史》中说的："盖古昔文学，盛于弘仁、天历(按，810—957)，陵夷于延久、宽治(按，1069—1092)，泯没于保元、平治(按，1156—1159)。于是，世所谓五山禅林之文学代兴，亦气运盛衰之大限也。”所谓“五山”，本是中国宋代对禅寺的一种命名，即选出五个地位最高的寺院叫“五山”，然后又在它们下面再置十所禅院叫“十刹”。这主要是朝廷为了加强对禅众的管理，以控制整个丛林而定的。据说这样命名最初是出于印度的五寺院，中国禅宗效仿之；而随着中国禅宗的东渡，“五山”这种禅寺区别分布制也为日本镰仓幕府所吸收和模仿。本来，中国的“五山十刹”具体实指就有种种不同的说法；而到了日本，更有镰仓、京都等各种“五山十刹”，实际并无定制，并且随着时代的变迁而变迁。对我们中国一般读者来说，这些都不必去管它，只要了解所谓“五山”就是指官寺、禅刹的中心，所谓“五山文学”就是指以日本禅僧为主要创作者的汉文学，便可以了。五山文学时代，时间上大致相当于中国的南宋到明代后期。

五山文学与此前的平安朝汉文学有很大的不同。除了在创作主体、主要创作场所等方面相异外，还在于以下事实：平安朝初期的汉文学，是在继承大和时代汉文学的基础上进一步发展繁荣起来的，是前代汉文学的延伸和持续，逐渐达到第一个汉文学浪潮的高峰，然后逐渐退潮，以至近乎消衰。而五山文学，当然也继承王朝汉文学的遗产，但它更是直接受到中国禅宗的刺激和影响，同时大量吸收、消化中国诗赋，尤其是宋诗，在中国文学的更直接的滋养下逐渐发展繁荣起来的。因而它带有更加浓重的中国文化的色彩。从整个日本文化史来看，自平安朝前期末叶(公元九世纪末)日本中断遣唐使及留学生、学问僧的派遣后，迄王朝时代末，汉文化输入的大潮已停滞约三百年之久。日本汉文学在这种近乎河流断水的情况下，仅能依靠积贮继续流淌。即使在朝廷公宴与大臣私邸举行的诗宴上,汉诗写作也已走向游戏化、竞技化的末路。而进入五山时代,对禅僧开放海禁,在中日两国佛教界的紧密联系中,中国文学的活水开始重新滋润日本汉文学,于是,中国文学的接受主体和日本汉文学的创作主体,都主要由五山禅僧来承当了。五山文学形成了日本文学史上又一个独立的高峰,也是日本汉文学最接近中国大陆文学水平的时期之一。继王朝时代遣隋、遣唐使之后,五山时代的日本以中日禅僧交流为中介,再次大量吸收大陆文明,形成日本人所说的“中世”又一个文化高潮。五山文学,只是在这一文化交流、撷取的高潮中的最直接、最令人赏心悦目的一道风景。

五山汉文学上接王朝汉文学遗风,下启江户汉文学新潮,在日本汉文学史上占有重要的位置。而这四百年汉文学,又大致可分三个时期。即镰仓时期(1192—1333),是它的发展时期;此后的室町前期,南北朝时期(1334—1464),为繁荣时期;室町后期,战国时期、安土桃山时期(1465—1603),为衰退时期。

第一个时期,随着中国禅宗的传入,在日本归国留学僧和入籍宋僧的推动下,使衰颓已极的日本汉文学重获新生,迅速恢复、提高和发展。第二个时期,一方面日本与元、明的交通往来更趋频繁,中国文化源源传入;另一方面,随着禅宗势力的扩大,丛林上层僧侣获得文化领袖的地位,不少高僧直接参与幕府的政治活动,禅与官相结合,诗文相酬更成为必要的风尚,使五山文学达到最盛的黄金时期。正如江村北海在《日本诗史》中说的:“足利氏盛时,竭海内膏血,穷极土木之工,宏廓轮奂之美,所不必论。其僧徒大率玉牒之籍,朱门之胄,锦衣玉食,入则重茵,出则高舆,声名崇重,仪卫森严。名是沙门,而富贵过公侯。禁宴公会,优游花月,把弄翰墨,一篇一什,纸价为贵。于是海内谈诗者,唯五山是仰。是其所以显赫乎一时,震荡乎四方也。”然而,这也就埋下了它衰亡的种子。第三个时期是前一时期的惰性延续,物极必反,当禅林完全沦为幕府的附庸时,五山文学也就走上了它的末路。尽管开头仍有较多的汉文学作品,但质量已明显颓衰。接着数量也锐减。随着室町幕府的衰亡,五山文学也就结束了它的历史。五山禅院,本来就是在北条氏和足利氏为代表的武家政权的庇护、支持下发展、壮大起来的;所以,它的命运,以及依附于它的五山文学的命运,也必然随着中世幕府政治的兴衰而浮沉。

应仁之乱(1467—1477)以后,室町幕府大势已去,日本列岛进入群雄割据的所谓“战国时代”。各路军阀乃至土匪、奸徒均纷纷起事，日日劫掠攻伐，平民百姓处于水深火热之中。当此时，丛林僧侣本当慈悲为怀，诵经救难；但实际上许多大寺院不仅占有大量土地，而且养有僧兵，宛如一方诸侯，甚至还设置关卡，收取“买路钱”，参与了内乱和战争。这样，禅林成为破戒之徒、奸佞之辈的聚居处，一些僧侣头目成了身披袈裟的“政治家”和草头王，他们自然再也无心于创作汉文学。由于佛教界的堕落，纲纪紊乱，伤风败俗，丛林也就失去民众的信赖。甚至像一代武将织田信长和丰臣秀吉，还都先后剿灭和焚毁了一些名声很坏的寺庙。在这种情况下，五山文学自然走到了它的尽头。回首百多年前它的全盛时期，令人不胜沧桑之感。

这里，还有必要简略地论述当时中国禅宗与日本禅宗的关系和流绪。禅宗是中国佛教最重要的宗派，而且纯粹是中国佛教所创造的(印度佛教只有禅而没有禅宗)。中国禅宗始于南朝宋(420—479)末，由菩提达摩自天竺来华传授禅法而创立。传至第五世弘忍(602—675)门下，便分为北方神秀的“惭悟说”和南方慧能的“顿悟说”两宗。史称“南能北秀”。后来，只有南宗盛行，禅门“六祖”慧能(638—713)也就成为中国禅宗的正式代表者，南宗也就和禅宗成为同义词。南禅主张“教外别传，不立文字，直接人心，见性成佛”的十六字教义，涵括了禅宗的基本思想，使整个佛教“中国化”了，因而受到了中国传统士大夫的欢迎。禅宗在宋代达到鼎盛期，并自然而然地传到了东邻日本。

日僧明庵荣西(1141—1215)是日本禅宗的创始人。他两次入宋，受传临济宗心印，回国后大兴临济禅法。因此，临济宗作为日本最早的禅宗流布于岛内。荣西以后，其再传弟子希玄道元(1200—1253)亦入宋求法，归国后开创了日本禅宗的另一派曹洞宗。从此，临济、曹洞两宗作为日本禅宗的两大宗派，一直并行发展。(直到江户时期中国高僧隐元隆琦赴日，才再开创黄檗宗，使日本禅宗形成三派鼎立。)

日本禅宗形成于镰仓时代，一开始就得到新兴的武士阶级和幕府政权的支持。明庵荣西在宣传禅宗时，写下《兴禅护国论》，强调“兴禅”可以“护国”，这就恰好符合武士政权的需要。所以，有人说日本禅宗是武士的宗教。日本禅宗在很大程度上也确实是依靠幕府的力量而兴盛起来的。然而更重要的是，中国文化传入日本的主要渠道，在隋唐以后更依附于佛教徒的求法和传法运动。因此，禅宗在日本盛行的根本原因也仍然是日本对中国文化的需要。何况，禅宗著作也不只是纯粹的佛教经义，其中还引用了很多儒籍和宋代理学以及汉诗汉赋。禅宗思想，本质上是一种宗教形式的中国式的人生哲学。正因为如此，它深刻地影响了中国的文学艺术，同时也深刻地影响了日本的汉文学。

禅宗在日本的发展，还与宋末元初一批中国禅僧因避战乱，或不愿在元朝统治下生活而东渡有关。更有一些高僧是受幕府聘请而赴日的(如兰溪道隆、兀庵普宁、大休正念、无学祖元等人)，或是作为使臣被中国朝廷派遣赴日的(如一山一宁等人)。据日本史学家木宫泰彦统计，有文字记载的渡日宋僧共十四名(含高丽僧一名)，渡日元僧共十三名。这些人大多在日本定居，返国者仅三名。他们都对五山汉文学的发展作了重要的推动。像一宁，还是人们公认的五山文学的开拓者之一。

相对于王朝汉文学来说，对五山文学的重视和研究就一直比较薄弱。似乎至今没有引起学术界，特别是中国学术界的足够重视。近年来日本编印过一些资料集，卷帙浩瀚，但散佚未印的资料显然还有很多。而至今似乎尚无一部精当的选集，研究专著也很少。这可能也与禅诗、偈语之类不易被普通读者理解有关。其实，五山文学不仅是研究日本禅宗史的最丰富的史料，同时也是日本思想史、精神史的重要资料，即使对研究日本儒学史的发展也是具有重要价值的。至于它是日本汉文学史研究的不可缺少的重要部分，则更是不必说的了。

日本学者编印的有关五山文学的丛书，以及他们写的五山汉文学研究论著中，都包括中国赴日的入籍僧(归化僧)的作品。(而且这些入籍僧用字号取名，也都是四个字，非常像日本人。他们的名字与日本僧人排一起，十分融合无间。)本书认为，写五山文学史，不可避免而且也很有必要写到他们；但是，不能以他们的作品来代表日本汉文学的实际水平，而且，他们的作品说起来似乎还是应该属于中国文学的范围。因此，本书本章写到的作品，都以出自真正日本人之手的汉诗文为限。

最后，还有一个问题值得我们再次思索。我们中国古代也有禅僧文学，但它们似乎从未登上过主流文坛。除了很少数几位诗僧被我们的文学史提到以外，历史上绝大多数禅僧作者都被排斥于(或者不如说是他们主动地疏离于)以士大夫为主体的文学舞台。那么，五山文学却为什么能堂而皇之地承担起日本汉文学发展史主流的一个重要阶段的重任呢？除了上面我们讲到的政治上的原因(镰仓幕府和室町幕府对禅宗的保护和提倡）和文化交流上的机缘以外，应该说，其文学作品本身的发展也具备了一些重要的条件。

首先，从体裁和内容上说，五山汉诗完成了“从偈到诗”的演进。中国当代学者马歌东在《日本五山禅僧汉诗研究》论文中指出，五山诗僧多为临济宗，它与曹洞宗等专以念佛打坐为主要修持方式的“默照禅”不同，而是通过机敏的“公案”对答来求开悟的“看话禅”。所谓“公案”，多用偈语，形式上与诗句仿佛者，便是“诗偈”。因为佛门本来有“不立文字”的信条，所以五山时期之初所谓“诗偈”之作，实际上主要还是禅，是偈，而非诗。后来，五山禅僧奉南宋严羽《沧浪诗话》“诗禅一味”之说为圭臬，才逐渐冲破束缚，使得其创作的诗味更足，产生了亦禅亦诗、亦诗亦禅的作品。再后来，在内容上也逐渐开拓，写了很多咏志抒怀、写景状物的“俗世”作品，文学审美价值也提高了，可以说成了真正的诗。

其次，从思想上说，五山禅僧当然主要是提倡佛教的，但他们大多并不排斥儒学和其他中国传统思想，相反，他们很多人从小读过《论语》《孟子》等儒学经典，像义堂周信还用功钻研儒学，向镰仓幕府当局宣传儒家修身治国平天下的道理。西渡求法的日本禅僧，也都比较全面地接受了中国文化。因此，有的日本学者称他们为“儒者僧”（山岸德平语）。他们的佛学受容和整个中国传统文化的受容，具有同一性和互动性。因此，五山文学的优秀作品也往往表现出中国文学中常见的对社会的责任感和关心民生的思想，有一些作品还直接反映了社会的现实。这就使得五山文学实际走出了丛林，显示出一定的主流文学的特点。

再次，从艺术风格上说，禅僧们的作品总该带有一点“蔬笋气”，然而五山文学的一些优秀作品则令人浑然不觉这一点，或者并无异样感。它们的风格是多样化的。从王朝时代的独盛“白乐天风”，到五山时代成了主要崇尚李（白）杜（甫）苏（轼）黄（庭坚），这也显示了日本汉诗更走向了成熟。五山汉诗不乏清丽典雅的风格情趣，与其说有“蔬笋气”，不如说更常常洋溢着一种“书卷气”或“书生气”。像中国历代士大夫文人那样，五山诗僧也常常写作怀古诗、咏史诗。其中大量的是有关歌咏中国历史和古迹、先贤的作品，也有一些是咏怀日本史事的。他们这样一种观照历史、联系现实的风格，较之王朝时期汉文学，有了很大的进步。还有一些诗作则充满生活情趣和俗世气息，有的诗境还不避浓艳，从而便获得了更多的赞赏者。

中国大学者钱钟书在《谈艺录》中说:“僧诗,乃释子之诗,非尽释理之诗,佳者即是诗人之诗。”正是上述诸多因素结合起来,才使五山汉文学,尤其是其中的佳诗,成为这一特殊时期的日本文学的主流了吧。

二、镰仓时期入华僧

镰仓幕府初期明庵荣西(1141—1215)是在六条天皇仁安三年(1168)入宋的,当年回国;在后鸟羽天皇文治三年(1187)第二次入宋,这次共学习五年。在华期间,曾同窦从周、钟唐杰等中国文人交游。今在《大日本史料》中可以见到窦氏在明庵归国时的赠诗:“论诗坐终日,问法天花零。相得臭味同,蔼蔼芝兰馨。”可知明庵在华时不仅“问法”,而且还以很多的精力“论诗”。这就使他归国后也必然对振兴发展日本的汉文学作出贡献。例如明庵在1198年写的《兴禅护国论》,序文文气遒劲,非精于汉文者绝写不出。今略引一段,以见一斑:

> 大哉心乎!天之高,不可极也,而心出乎天之上;地之厚,不可测也,而心出乎地之下;日月之光,不可逾也,而心出乎日月光明之表;大千沙界,不可穷也,而心出乎大千沙界之外。
>
> 其太虚乎?其元气乎?心则包太虚而孕元气者也。天地待我而覆载,日月待我而运行,四时待我而变化,万物待我而发生。大哉心乎!吾不得已而强名之也,是名最上乘,亦名第一义,亦名般若实相,亦名一真法界,亦名无上菩提,亦名楞严三昧,亦名正法眼藏,亦名涅槃妙心……

这里不仅可以看到明庵论禅,已融合了宋儒与道家的学问,而且气势澎湃,是篇好文章。序中还有他在华谒见虚庵法师时写的一首诗,亦颇带宋诗风调:

> 海外精蓝得得来,青山迎我笑颜开。
> 三生未朽梅花骨,石上寻思扫绿苔。

明庵还写了一部《吃茶养生记》,使他成为日本茶道之祖。与明庵同时,还有我禅俊芿(1166—1227),建文十年(1199)入宋,在华十三年,归国时带回大量中国书籍,包括宋学新著。著有《佛法宗旨论》《坐禅事仪》等书。俊芿以后入宋的名僧有永平寺初祖希玄道元和东福寺开山辨圆圆尔。

希玄道元(1200—1253)原是内大臣久我通亲之子。三岁丧父，八岁丧母，十四岁在比叡山落发修禅，拜明庵荣西为师。他在四岁时就诵唐诗人《李峤百咏》，七岁时读《毛诗》《左传》，被人称为“文字童子”。贞应二年(1223)入宋，在华五年，参禅之余学习艺文。回国后，创曹洞宗。他曾隐居于深草的安养院，有诗曰：“唯留一事醒犹记，深草闲居夜雨声。”后来，他的名声越来越大，赴越前改建开创了永平寺。幕府执政北条时赖邀请他到镰仓传法，并有在镰仓建立巨刹请他住持之意。他固辞，仍归永平寺，并作《归山》诗：

山僧出去半年余，犹若孤轮处太虚。
今日归山云喜气，爱山之爱甚于初。

传说后嵯峨上皇闻其德誉，派使者到永平寺赐紫衣，他辞之再三，不得已收下也终生未穿。当时他曾作有一偈自嘲：

永平虽谷浅，敕命重重重。
却被笑猿鹤，紫衣一老翁。

可见希玄还是比较清高的，这也是曹洞宗在初创期有别于临济宗与幕府、朝廷密切交往的一点。希玄晚年还有《山居》一诗，是他的代表作：

西来祖道我传东，钓月耕云慕古风。
世俗红尘飞不到，深山雪夜草庵中。

辨圆圆尔(1202—1280)，自幼学天台宗，十八岁圆城寺出家，后到上野长乐寺从明庵荣西的弟子荣朝受禅法，又到镰仓寿福寺从明庵的又一弟子行勇学禅。因此他是明庵的再传弟子。嘉庆元年(1235)乘商船入宋，在华七年，仁治二年(1241)回国。辨圆对日本文化及汉学史的巨大贡献，是携回了数千卷中国典籍，后又编了《三教典籍目录》(已佚)。辨圆的汉文水平也很高，回国后仍与中国的老师无准师范通信。可惜他的汉文学作品流传不多。辨圆回国后，努力接近朝廷，请后嵯峨、后深草、龟山三位上皇相继接受禅戒，从而把临济宗深深地植入到公卿社会之中。

辨圆之后，又有无象静照(1234—1307)于建长四年(1252)入宋。无象俗姓平氏，相州(今神奈川县)人。他在华曾游历径山、南屏山、育王山、天台山等地。咸淳元年(1265)回国。著有《兴禅记》《无象禅师语录》等。谥法海禅师。宋景定五年(1264)秋,他作有《游洞庭》一诗:

雁落洞庭芦岸秋,楚天云淡画图幽。
孤舟游泳波心月,七十二峰一目收。

元朝初年,元军两次攻日失败后,改而欲利用禅宗东传而使日本来朝入贡,便指派一山一宁(1247—1317)为使臣赴日。一山1299年到日本后,一开始虽遭到怀疑,但因为他学问高超,不久便受到举国上下的欢迎和尊崇。据一山的学生虎关师给他的信中说,当时"京之士庶,奔波瞻礼,腾沓系途,惟恐其后。公卿大臣,未必悉倾于禅学,逮闻师之西来,皆曰:'大元名衲过于都下,我辈盍一偷眼其德貌乎!'花轩玉骢,嘶骛辐驰,尽出于城郊,见者如堵,京洛一时之壮观也。"(《济北集·上一山和尚书》)可见当时日本民众("未必悉倾于禅学")对中国文化的热烈追求之忱,并未因元朝之用武而变化。

由于一山的学问德行征服了日本朝野,赴中国留学的日僧又多了起来。一山的学生雪村友梅、龙山德见就是其中的代表。

龙山德见(1284—1358),嘉元三年(1605)入元,正平四年(1349)返国。在华长达四十五年。他曾参谒天童山的东岩和尚。倭寇焚劫庆元,龙山涉嫌被捕,关在洛阳白马寺内。后获赦,历参诸老,并入住隆兴的兜率寺。龙山属一山一宁法嗣,回国后,历住南禅寺、天龙寺等,法名甚隆。足利尊氏等人均为归依。龙山晚年有《明极老人山中杂言十章,依韵言志》十首,是步元代渡日僧明极楚俊(1264—1336)原韵的。我国当代学者程千帆认为:"数诗挥洒自如,亦有理致,想见此老胸次湛然。"今录三首,其第一首是:

我昔过东海,清游到江西。
爱此江山好,驻锡已忘归。
自觉尘缘断,由来物理齐。
薰风忽然起,吹绽紫蔷薇。

这是龙山温馨地回忆自己在中国庐山东林寺任职的情景。我国当代学者孙望认为末联"与韦苏州'微雨夜来过,不知春草生',及张水部'渡口过新雨,夜来生白蘋'同妙,高密李怀民氏赞谓'元化'者是矣。"龙山此诗之五为:

溪山几重叠，寂寞道人家。
路僻客来少，春深兴有加。
难医泉石痼，易匿瑾瑜瑕。
有时锄隙地，和露艺兰花。

诗写避世生活如画。其第九首为：

悠哉徐孺子，三征终不起。
高矣庞德公，一生不入市。
此时是何时，多见嚣浮士。
循利复贪名，营营不肯已。

前两联写了二位东汉高士，可见龙山对中国典籍的熟稔；后两联对比鲜明，至今读来发人深思。

雪村友梅(1290—1346)也属一山一宁法嗣。他于德治二年(1307)入元，元德元年(1329)回国，在华二十多年。其间因为元日关系恶化，他被元朝统治者流放到四川，历经磨难；但因而饱览中国河山，广泛接触中国社会，写下大量诗文，编为《岷峨集》。“岷”为岷山，“峨”为峨眉山，书名不仅标明了创作地点，又暗寓了作者山岳般坚强的性格。可惜该书手稿大有损佚，据《雪村大和尚行道记》注释云，后人对其手稿本是“藏护如眼睛，且恐穿之，不意缚置于梁上，自然屋漏，湿烂如縻糜，今所传数纸而已”。真是令人扼腕！

雪村十八岁入华，因颇有文誉，广受禅林和儒林的欢迎。他曾去拜访湖州赵孟頫，当场挥毫，有李北海之笔势，连赵孟頫也见而惊之。后雪村在湖州道场山执侍叔平和尚。雪村被元朝官方扣囚时，叔平受牵连，竟死于狱中。元朝皇庆二年(1313)二月七日，雪村在受刑时朗诵宋末元初著名禅师无学祖元(1226—1286，晚年入日)遇元兵时所吟一偈：“乾坤无地卓孤筇，且喜人空法亦空。珍重大元三尺剑，电光影里斩春风。”令元兵头目大吃一惊，由此竟得赦免。他在狱中，还曾拆此四句又为四首诗：

乾坤无地卓孤筇，可是藏身处没踪。
半夜木人骑石马，铁围撞倒百千重。

且喜人空法亦空，大千任是一樊笼。
罪忘心灭三禅乐，谁道提婆在狱中。

珍重大元三尺剑，寒霜万里光焰焰。
髑髅干尽眼重开，白璧连城本无玷。

电光影里斩春风，舜若多神血溅红。
惊得须弥卢倒草，潜身跳入藕丝中。

他还步原诗韵，和了一首：

百城烟水一枝筇，触目无非是幻空。
童子曾参无厌足，镬汤炉炭起清风。

过几年，他被元朝统治者远窜于西蜀。有诗云：

函谷关西放逐僧，黄皮瘦里骨稜嶒。
有时宴坐幽岩石，只欠空生作友朋。

函谷关西放逐僧，同行唯有一枝藤。
终南翠色连嵩华，庆快平生此一登。

函谷关西放逐僧，全机消砾火中冰。
破茅风卷荒山顶，百鸟啣花更不曾。

这些诗，虽心愤口悱，但充满乐观精神。十年后，偶遇大赦，召还长安。有《杂语》一首：

吾不欢人誉，亦不畏人毁。
只缘与世疏，方寸淡如水。
一身缧绁余，三载长安市。
吟哦聊适情，直语何容绮。

苦难的折磨更使他的诗形成了“直语何容绮”的风格。这时，他更怀念祖国和母亲，有《萱》一首，颇为动情：

泽国春风入草根，谁家庭院不生萱？
远怀未有忘忧日，白发垂垂独倚门。

他终于怀揣叔平和尚像回到日本，并在漂泊途中巧遇老母。归国时，据云他还携回法衣，仓颉、夏禹、孔子手迹(？)，及晋唐诸人法帖，怀素、高闲、颜真卿、张旭等人搨本等。他回国后，受到足利尊氏等人礼遇，主持各名刹大寺。

日本汉文学史家冈田正之指出，以前日本学者论五山诗僧，必以绝海中津为冠冕；而他认为当推雪村为前驱，与绝海并列而无愧。更有论者认为雪村的诗当视为五山文学前期的最高峰。这是有道理的。下面再介绍几首受当今中国学者好评的他的诗。《寄王州判》，作于流放四川时：

耿世文章自有宗，鹈膏百炼淬词锋。
佐州先试判花手，莅事全无芥蒂胸。
江带青衣秋涨渌，城连白帝晚烟浓。
知公政简多吟兴，还许诗僧一笑逢。

程千帆评："寻常酬应之作，居然雍容大雅，知寝馈于唐贤者深也。"孙望评："首美文学涵养，次赞佐州吏治，次羡蜀地风光，末申相期后会作结。随意写来，却步骤井然。"再看《九日游翠微》，作于寓居长安时：

一径盘回上翠微，千林红叶正纷飞。
废宫秋草庭前菊，犹看寒花媚晚晖。

程千帆评曰："虽不及杜牧、崔橹华清之作，读之亦能抒怀旧之蓄含，发思古之幽情。"再读《试茶》一诗，更有淳味：

手煎蟹眼瀹花瓷，春色霏霏落硙时。
一啜芳甘回齿颊，睡魔百万竖降旗。

孙望评曰："昔竟陵子语炙茶，谓'其沸如鱼目，为一沸；缘边如涌泉连珠，为二沸；腾波鼓浪，为三沸。'此诗称'蟹眼'，殆当于一沸之初乎？"亦可见雪村对中国茶道观察、感受之细腻。

大智祖继(1290—1366)是与雪村同龄的曹洞宗著名禅师，也是著名诗人。大智在明峰素哲(1277—1350)处得法后，前往圆觉寺拜访东渡来日的东明慧日禅师，呈诗曰：

洞家春色兴将阑，一径苔封到者难。
只有杜鹃枝上语，夜深独自哭空山。

东明大为赞赏。因此，大智便告别了明峰，于正和三年(1314)踏上了西行来华之程。他在汉诗方面的水平也是在入元后得以充分发挥和提高的。他在中国十一年，历参古怀茂、云外岫、中峰本等著名禅师，常与中国诗僧唱和。1324年，他拜谒元朝泰定帝，奏请东归，并献诗：

万里北朝宣玉诏，三山东海送归船。
皇恩至厚将何报？一炷心香祝万年。

不久他即乘船回国，不幸途中遭狂风巨浪，船漂至高丽，大智又呈诗高丽王：

旷劫飘流生死海，今朝更被业风吹。
无端失却归家路，空望扶桑日出时。

得高丽王相助，大智才再挂风帆出发，终于平安回到日本。后他在加州吉野乡结庵幽居。晚年所作《凤山山居》八首，意境悠远，今选三首：

草屋单丁二十年，未持一钵望人烟。
千林果熟携篮拾，食罢溪边枕石眠。

幸作福田衣一身，乾坤赢得一闲人。
有缘即住无缘去，一任清风送白云。

一钵随缘度岁华，御寒亦有一袈裟。
无心常伴白云坐，到处青山便是家。

这一时期入元的文笔僧中，有名的汉文学作者还有别源圆旨(1297—1364)。他是越前(今福井县)人，初在镰仓的圆觉寺师侍东明和尚，元应元年(1319)乘商船赴元，在华十一年，1330年回国。别源善诗，当时与雪村友梅及歌人良宽(1758—1813)并称为“北越三诗僧”。他著有《南游集》和《东归集》。前者为他游历中国江南时所作，后者为回国后所作。前者如《和江上晚望》，写中国水乡如画：

孤舟短棹去飘然，人语萧萧落日边。
江北江南杨柳岸，风翻酒旗影连天。

《和古心圣侍者》，亦记游吴越山水：

已无闲事到心头，今日逢君话旧游。
吴越江山忘未得，孤舟短棹过长洲。

《和天岸首座采石渡》则是与同在中国的天岸慧广的唱和：

万里江天接海天，清波浴出月娟娟。
醉魂千载若招返，我亦何妨去学仙。

“醉魂”指传说酒后捉月死于采石矶的李白。我们可以看出，别源的七绝正是学习李白风格的。他归国后的诗，如《题可休亭》：

孤松三尺竹三竿，招我时时来倚栏。
细雨随风斜入座，轻烟笼日薄遮山。
沙田千亩马牛瘦，野水一溪鸥鹭闲。
自笑可休休未得，浮云出岫几时还？

这是他应邀离开隐居的越前善应寺赴京讲法时所作。唐诗人司空图为避战乱，回乡隐居，筑“休休亭”；别源仿之，将善应寺内一亭名为“可休”。此诗末联乃自嘲。别源归国后，还时常想念中国，如《送僧之江南》颇动感情：

闻兄昨日江南来，珣弟今朝江南去。
故人又是江南多，况我曾在江南住。
江南一别已三年，相忆江南在寐寤。
十里湖边苏公堤，翠柳青烟杂细雨。
高峰南北法王家，朱楼白塔出云雾。
雪屋银山钱塘潮，百万人家回首顾。
南音北语惊叹奇，吴越帆飞西兴渡。
我欲重游是何年？送人只得空追慕！

他晚年写的《夜坐》，充满了对宇宙人生的透悟，出语冷峻，意境清绝：

人生天定在身前，穷达升沉岂偶然。
指上数过多日月，心中游遍旧山川。
秋风白发三千丈，夜雨清灯五十年。
靠壁寻思今古事，一声新雁度凉天。

和别源唱和的天岸慧广(1273—1335)，武藏(今埼玉县)人。也是1319年与别源同时入元的。但他的年龄要比雪村、别源大一二十岁。他在华四年，1324年东返，也有诗集名《东归集》。他在华期间亦主要游历江南诸山林。如《游天童》：

苍云深拥石松竹，一径斜投古佛场。
宿鹭亭前人不见，潸然斫额望扶桑。

在记游中寄托了对故国的思念，是首好诗。又如《过严陵台》，写游桐庐严子陵故迹，颇有历史深度：

汉室兴亡甚，英雄陷毁誉。
器才同芥蒂，天地属蘧庐。
逃世难逃迹，钓名非钓鱼。
一钩台上月，独照子陵居。

又有《喜见山》一首，中国学者程千帆评为"极是高格，想见禅机"：

放洋十日竟无山，惭说平生眼界宽。
弱水谁言三万里，扶桑仙岛照眸寒。

三、梦窗与虎关

五山著名诗僧中，还有不少人不曾到过中国，并师从入籍元僧，也达到了较高的汉文学水平。例如梦窗疏石、虎关师等。比梦窗、虎关年长十多岁的铁庵道生(1261—1331)，也是如此。他是出羽(今秋田县)人。在赴日元僧大休正念(1215—1289)的指导下，创作诗文。著有《钝铁集》，其中颇有佳作。如被中国当代学者程千帆赞为"颇能匠物，枯寂荒寒之状如见。更加凝练，即是贾长江矣"的《山居》一诗：

空山无处着尘累，清磬声中绝是非。
水落溪痕冰骨断，月生屋角树阴移。
残香印篆一炉火，新稿删繁五字诗。
世味寒酸归淡薄，只容老鹤野猿知。

铁庵在寒酸淡薄的山居中潜心作诗，另一首《春事》也反映出他终日推敲吟作：

每逢春事心先动，句里推敲吟未休。
雨洒溪梅千点泪，烟笼堤柳一堆愁。

《秋湖晚行》一诗，也被程千帆评为"风调不凡"：

秋塘雨后水添尺，苇折荷倾岸涨沙。
唤得扁舟归去晚，西风卷尽白蘋花。

相似的还有《野古归帆》(野古为岛名):

晚楼极目水天宽，云影收边山影寒。
杳杳遥疑泛凫雁，梨花一曲过渔滩。

但他在六十一岁时写的《感怀》,还是透露出尘世战乱,容不得他一直过这种闲适的生活:

西锡东筇六十一，羞将衰朽对残阳。
青鞋犹负百城债，白发重添昨夜霜。
应是尧天无远近，为怜祖域易昏黄。
寸畦尺亩战蛮触，何处乾坤安折床!

五山前期著名诗人梦窗疏石(1275—1351)也不曾入元,他在五山中期即繁荣期更担任了日本文坛核心的角色。梦窗是宇多天皇的九世孙。他自幼丧母,九岁出家,并博览群书。十八岁到奈良东大寺受戒,学习天台、真言二宗。二十岁到京都建仁寺随无隐禅师学禅。后至镰仓,历参各寺名宿。当时正值一山一宁从近江到京都传禅,梦窗即前往参叩礼拜。后一山往镰仓住建长寺,梦窗便随侍左右。1303年,梦窗又拜无学祖元第一高足高峰显日为师,得授法衣,由此成为南北朝时期临济宗的著名禅师。深得天皇敬重,尊为国师。而且,他生前曾受三位天皇、上皇敕赐"梦窗""正觉""心宗"之国师号,死后又有四位天皇加谥"普济""玄猷""佛统""大圆"国师之号,因此有"七朝国师"的美称。同时,他又曾多次应镰仓幕府北条高时之请,到镰仓传授禅法,并开创瑞泉寺;镰仓幕府灭亡后,他留在北朝,又受到室町幕府足利尊氏及其弟直义的崇仰,特为他建天龙寺,又尊他为总持院、真如寺等的始祖。可见梦窗在战乱频仍的大动荡时代,却能同时受到各派皇室贵族和幕府武士的崇信,左右逢源。主要原因大概还是他禅学深,威信高。因此,梦窗派势力迅速扩大,他成为禅林第一人,门下弟子竟有一万三千多人!

梦窗对汉文学造诣很高。他为何号"疏石"?据说是他在甲斐山修行时,一次梦见自己亲游中国的疏山、石头二寺,有位禅师赠他一尊达摩祖师半身像。"疏石"二字即来自梦中的两寺之名。可见他对中国之神往。他又别号"木讷叟",取自《论语·子路》"刚毅木讷近仁"。他最得意的门生中,有义堂周信、绝海中津这样的汉文学大家。梦窗留下的汉文著作不少,但遗憾的是真正的文学作品却并不多。如《梦窗语录》也不是文学作品，今引其中谈弟子和立规矩的一段，以见他的汉文水平：

> 我有三等弟子。所谓猛然放下诸缘，专一穷明己事，是为上等；修行不纯，驳杂好学，谓之中等；自昧己灵光辉，只嗜佛祖涎唾，此名下等。如其醉心于外书、立业于文笔者，此是剃头俗人也，不足以作下等。矧乎饱食安眠、放逸过时者，谓之缁流耶？古人唤作衣架饭囊！既是非僧，不许称我弟子，出入寺中及塔头。暂时出入尚以不容，何况来永挂塔乎？老僧作如是说，莫言缺博爱之慈，只要伦知非改过，堪为祖门之种草云。

梦窗之诗，亦引数首以觇之。如《暮春游横洲旧隐》：

> 日映苍波轻雾收，回洲叠嶂斗奇尤。
> 满船载得暮春兴，与点争如此胜游。

这里用了《论语·先进》中暮春咏归、孔子与点的典故，颇有意境。再如《万松洞》：

> 万株松下一乾坤，翠霭氛氲锁洞门。
> 仙境由来属仙客，莫言此地匪桃源。

此诗是梦窗对自己创建的天龙寺“十境”之一的题诗。再如对西芳寺的庭园的题诗：

> 仁人自是爱山静，智者天然乐水清。
> 莫怪愚蠢爱山水，只图藉此砺精明。

日本汉文学史家冈田正之对梦窗的评价较高，认为五山丛林中那样受到朝廷和武家崇敬，门下出了那么多高徒善知的，没有人能超过他。虽然，梦窗的诗不及雪村友梅，文章不及虎关师和中岩圆月；但他德望高，感化力强，在培养人才方面无人可比。而从他门下出了像义堂周信、绝海中津这样的文学名禅，即从这一点来说，在日本汉文学史上也就不能不写到他了。

与梦窗同时的虎关师(1278—1346)，名气更大。他原姓藤原，出生于京都，从小颖悟好学，天性爱书，生病卧床还手不释卷。时人称为“文殊童子”。十岁时祝发，受戒叡山。稍长，除佛经外遍览经史诸子之书，并爱作诗文。曾就菅原在辅学《文选》，从源有房学《易》等。后住东福寺，受亀山上皇垂青，屡入宫阙，曾奉和上皇《牡丹》诗韵云：

一朵斓斑玉砌傍，风流依旧属唐王。
天公巧使胭脂色，不许韩郎染碧装。

又，后宇多天皇游龙山时，虎关又曾奉和天皇的《蝉》诗：

叶间虽隐翎，云外已扬声。
似识天听辱，故含颂德情。

据说他写这两首诗时，都只有十八岁。作为应制诗来说，还是颇为老到的，尤其是后一首，“马屁”拍得挺有功夫。

他二十二岁那年，一山一宁抵日，从此他又时常就学于一山。他曾感慨说：“近时此方庸流奔波入元，实丢本国之丑；如我去彼国，当使彼国知此国有人。”他本有一次入元学习的机会，但因母病而未果。后在白川北建寺，称“济北庵”。又奉光明天皇诏，住南禅寺。晚年住东福寺的海藏院，故又称“海藏和尚”。海藏院内有竹溪，风清月白，因又自称“风月主人”。后村上天皇崇其德风，授他“国师”之号。近卫基嗣、洞院实世等朝绅也很尊敬他。《海藏和尚纪年录》中称他“平居又恶禅徒之为晋清虚者”，可知他崇尚的是真才实学。

据师蛮《本朝高僧传》卷二十七《师传》，“比壮，逢一山宁公于建长，杂儒释古今书，细绎审询。山因问本朝高僧事迹，不知者多。山曰：‘公之博辩，涉异域事，章章可说；而至本邦事，颇涩于酬对。何哉？’”虎关受到一山这一批评和启发，便发愤为日本佛教修史，用了十多年功夫，至元亨二年(1322)撰成《元亨释书》。此书的特点是，第一，汲取中国历代史家之长，以“表”串通“志”“传”，结构新颖独特；第二，全书都用汉文写成，文字精练通畅。此书不仅是日本当时最完整的上下七百年佛教史，而且文辞“玉转珠回，议论精密”(中岩圆月语)，亦可见其汉文学的功力。今引一段，以见一斑：

佛法入斯土以来，七百余岁，高德名贤，不为不多。而我国俗醇质，虽大才硕笔，未暇斯举矣。其间别传小记，相次而出，然无通史矣。故予发愤，禅余旁资经史，窃阅国史，洽掇诸记，日积月累，已有年矣。远自钦明，迄于圣代，补缀裁缉，为三十卷。仅成一家之言，不让三传之文。

虎关早年还曾编撰过一部《聚分韵略》，是搜集古来所存韵书，按照品汇分类编撰，共十二门，如乾坤门、时候门、气形门、支体门等等。此书显然对写作汉诗的人是有用的。另外，他还撰写了不少纯佛教的著作，在日本佛学史上占有重要地位。而在汉文学史上最可一提的，是他的《济北集》，共二十卷。前六卷为赋和诗，七至十卷为文章，十一卷为诗话，十二卷为清言，以后几卷为祭文、论、通衡等。其中十一卷《济北诗话》共二十七则，主要评说唐宋名家名诗，是日本现存最早的日本人自己撰写的诗话类著作。(有别于空海《文镜秘府论》这样的摘录编集类书。)

冈田正之在《日本汉文学史》中这样评述他："论学问博洽、文辞卓拔，五山学僧中不能不以虎关为巨擘。若求之王朝，惟空海一人可比。"然而空海曾入唐求学，虎关却从未航海。此点不同，而学识之高相似，气魄之雄相类，兼擅学问、文章亦相同。诗文集，空海有《性灵集》，虎关则有《济北集》。小学之著，虎关的《聚分韵略》可与空海《篆隶万象名义》相比。空海有论诗文格式的《文镜秘府论》，虎关则有评前贤经史诗文的《诗话》《清言》《通衡》可以相当。至于有关佛教的书，虎关更远远多于空海，如释史之一大著作《元亨释书》，空海不得不避让矣。所以，虎关作为临济宗僧鼓吹宗风，虽比不上空海作为真言密宗开山祖的弘布教义；但在汉文学的技术与作品方面，空海不得不瞠乎其后。冈田对虎关汉文学的评价极高，然而以前江户学者江村北海的《日本诗史》中，却连名字也没提到他。江村认为五山文学，"夷考其中，不能不玉石相混也。若夫辞艰意滞，涉议论、杂诙谐者，与藉诗以说禅演法者，皆余所不采也。其他平整流畅、清雅缜工者亦多，则不可概而摈之。"这样看来，如果不是江村未读过虎关的诗，便是不以其为精彩。但虎关好诗也不少，今略举几首，如《游山》：

今日最和晴，游筇唤我行。
上山心自广，渡水足先清。
坞媚群花发，溪幽一鸟鸣。
归途随牧竖，牛背夕阳明。

程千帆评曰："山行风物如画。颔联有机锋。"对颔联，孙望认为"从王籍'鸟鸣山更幽'(《若耶溪》)与王荆公'一鸟不鸣山更幽'(《钟山绝句》)中来，此居众鸟鸣与无鸟鸣之间，意境有不同耳。"又如《秋日野游》：

浅水柔沙一径斜，机鸣林响有人家。
黄云堆里白波起，香稻熟边荞麦花。

此诗显然是模仿杜牧的名诗《山行》，不过后二句用了对仗，与杜诗不同。写得如闻稻香，如听机鸣。程千帆指出，宋僧道潜诗有“隔林仿佛闻机杼，知有人家在翠微”，东坡赏之，而此诗首二句亦用其意。再如《江村》一首，亦描写如画，充满野趣：

江村漠漠水溶溶，沙篆纵横鸟印踪。
独钓皤翁竿在手，双游绿鸭浪冲胸。
断头小艇在风漾，曲角瘦牛有犊从。
苇渚芦湾茅屋上，团团初日爨烟浓。

《泛海》，前半豪壮，后半幽美，相映成趣：

东西南北几云烟，元气锁融纳百川。
尤爱夜深风浪静，孤帆载月溯青天。

《乘月泛舟》，也是情趣盎然，有生活气息：

泛月僧船绕苇芦，仆呼潮退促归庐。
村民误认钓舟至，争就沙头索买鱼。

《散步》一诗，句句写晚，景色逼真：

庭树影长风韵频，青莎缓踏带斜曛。
归鸦一向占林去，衔日西山涌彩云。

再如《春望》，格调雅正，颔联尤佳：

暖风迟日百昌苏，独对韶光耻故吾。
水不界天俱碧绿，花难辨木只红朱。
游车征马争驰逐，舞燕迁莺恣戏娱。
堪爱远村遥霭里，锁烟行柳几千株。

他的《补袜》一诗更为奇绝，用壮语和雄奇的比喻，将补袜这一本来似乎不屑入诗的生活琐事写得极为有趣：

无为无事金锁断，只余三只课朝朝。
东西南北线来往，出没纵横针动摇。
剑阁山崩修栈道，岷江岸缺度绳桥。
使吾湖海倦游脚，斗室犹应行一跳。

虎关为文，最推崇唐代的韩愈，仰之为“泰山北斗”。他的文章，笔力也颇矫健，如本书前面已引用过的《上一山和尚书》。他还学韩愈的《原道》《原性》，写了《原嗔》《原宽》《原慢》等文。《原嗔》一文颇为日本学者所重，但离韩文的水平还差得远。今引录于下：

夫嗔者何？与生俱生，而有触而生者也。与生俱生，故不可辟矣；有触而生，故不期而出矣。然则君子不可得而辟矣乎？夫人明于理，则无嗔焉；昏于理，必发嗔焉。君子之精于理也，何嗔之有？不须辟而自息耳矣。夫怒者，生于违，息于顺，天下皆然，未有换之矣。人之违我者，皆我不德也。我已有不德，曷弗自恧，而恚伊哉？若恚伊者，重我不德也。又伊之逆我者，皆吾之宿慝也。若怒之者，自嗔者也，伊岂干哉？若恚伊者，重我宿慝矣。

夫嗔之为物也甚矣。疾雷盲风，不足比其急矣；烈火瀑湍，不足比其酷矣。是以圣人辟之。夫心者，静者也。触物而动，动则恶矣。嗔之动心也，恶之恶者也。当其静矣，明珠炼金不足比焉；才动也，孔之丑；一有怒，则剑戟吾心，虎狼吾心。故君子耻于嗔焉。

人之足以嗔之者，发于齐辈矣；若夫相邈者，则废矣。小儿之狂骄不度也，其罪擢其发而弗足数焉，然至愚者皆不怒也。何也？与我相邈也。成人之微愆也，人皆责其悖慢矣。何也？其分齐也。是以凌我之，我见之犹我于儿之邈者，虽箠骂之甚，岂遑嗔乎？唯我未能邈其分，所以是怒于彼也。彼之用笞骂之逆德也，与小儿之狂骄均矣。我若恚小儿者，我未成人矣。古之圣人，见天下夐然邈也，不啻我于儿之邈也，故遭骂笞斥排，而未尝介于怀也。若人遭骂笞，须见彼如小儿。若有嗔之情，应知与渠齐。我今齐恶人，岂不自耻乎？是以君子遭违而不起恚矣。

夫人之出涂也，不虞而交瞽症跛瘤之群者，顾之而不急抽身出者鲜矣。彼嗔者咸瞽跛耳，我岂与之相并而彼事乎？只恐弗早出此队。若与之相争，已陷其队也。以德见嗔骂者，弗啻跛盲之丑也。渠不幸而支离焉，我体之全，岂忍为之哉？

人之嗔也，其面必恶焉。夫面者承于心者，犹丑之若此，矧心之丑，岂可耐哉？所幸心在内而不见矣。若其可见者，当其怒时，虽亲戚谁寓一目乎？况他人乎？然心之不可见者，吾人之事也。彼圣人者，皆能见其心，犹掌果焉。今其人之有为也，不耻凡庸，耻于豪贵。是以言之，心者凡庸之不见，圣人之能见者也，豪贵尚或耻焉，矧圣人乎？嗔心之丑，圣人咸见，宁可弗耻乎？

又怨者，嗔之变也，害我者过于嗔矣。何也？嗔者起吾势之所及，怨者生吾势之所不及也。呵骂暴至而我心息矣，势之不及也。停畜毒酷，经时积岁，其心滋益。以故恨之害深于嗔矣。又君子常欲人之违我，不欲人之顺我。何也？人之顺我也，我慢我德；人之逆我也，我坚我德。我又不知我焉，庶哉逢违我人，以质我心之坚慢也。故遭违而不怒者，君子自试之准也。

纯从汉文的角度说，此文辞浅意畅，但稍逊文采，其中略有不合汉语文法之处(至于涉及对残疾人的歧视则更是错误的)。虎关汉文名声特响，其实未必副之。不过他毕竟未曾留学中国，达到这般水平，已极为不易。

四、镰仓后期诗僧

十四世纪五山文学繁荣时期的大作家，还有中岩圆月、义堂周信、绝海中津等。在论述他们之前，我们先讲几位同时期的诗僧，他们是嵩山居中、龙泉令淬、铁舟德济、寂室元光、梦岩祖应、天境灵致、此山妙在、友山士偲等。除龙泉、梦岩、天境外，其余几人都曾到过中国。他们的汉诗，为五山中期汉文学的繁荣作出了贡献。

嵩山居中(1277—1348)，俗姓源氏，远州(今静冈县)人。延庆二年(1309)春入元，谒天童寺之东岩法师，旋即归国。文保二年(1318)，再次入元，谒永福古林、天童云外、蒋山昙芳等元代高僧，元至治三年(1323)返日。赐号大本禅师。著有《少林一曲》《嵩山集》。在中国浙江鄞县时，曾写《鄞江船中》一律，感叹世事变幻，怀念东瀛故国，颇为动人：

客计蹉跎已隔年，篷窗阅尽几风烟。
寸眸遥接波千顷，只影孤怜月一圆。
挥泪州城杨柳畔，驰怀乡国海山边。
平生心折魂飞动，空叩船舷叹向天。

龙泉令淬(?—1365)，尾张(今爱知县)人。后醍醐帝之庶子。幼时师从虎关师。后历住海藏院、楞伽院、圆通院、承天寺、万寿寺等。著有《松山集》。龙泉擅七绝。如《题古寺壁》写荒庙，诗中很自然地提到了《诗经》

的《黍离》篇。

萧萧风叶卷空廊，唧唧秋虫上画堂。
三百篇中黍离句，不都人作铁心肠。

《寒雨》写旅愁亦细腻入微：

簸寒雪意未成英，散洒霏微惬客情。
等是檐头雨滴处，愁人认作断肠声。

《晚照》则写景如画，比喻新奇：

落日半规春岭隅，光晖倒射几桑榆。
长空展尽红绡面，写出归鸦淡墨图。

《暴雨》描写夏天骤雨亦妙：

干雷一爆未收声，林叶萧骚檐滴鸣。
庭际渠成水才到，须臾翻转小溟瀛。

又有《谢泄上人自洛阳来海东》一首，深得中国学者程千帆击赏，赞为“气象宏阔，禅林所罕见也。惜不得从释惠洪游处。”引录如下：

乌藤横占百城烟，破笠斜遮四海天。
抖擞全身无所有，一包风月短长篇。

铁舟德济(?—1366)，下野(今枥木县)人。曾师从天龙寺无极志玄。后入元。为梦窗疏石法嗣。著有《阎浮集》。铁舟还长于书法和绘画。书法尤以草书闻名，画作最著名的是中国名花兰花，人称“铁舟兰”。义堂周信有诗称赞他：“老禅游戏笔如神，书画双奇称绝伦。”义堂还在《铁舟兰》诗中说：“吾爱铁舟老，能诗能说禅。世人都不识，空把墨兰传。”可见，他的诗带有禅意，具有较高的思想、艺术气质，不是一般的人都能鉴赏的。今从《阎浮集》中引录几首。如《自叹》：

野僧白发不知年，哪识区区日月迁。
名利是非忘却了，荷衣松食只随缘。

诗句平淡清雅，视名利如浮云。他的《山居》数首，都是超凡出尘的：

抖擞人间名利埃，禅袍静衲座青苔。
西窗落日秋将晚，坠叶纷纷下石台。

老杉古桧策红霞，盘石垂萝小径斜。
猿鹤不来山寂寞，风吹桂子满茅家。

万法由来只一源，更将何事入吟魂？
挈衣欲濯小溪上，山带斜阳岳影昏。

再看《西山见红叶》，亦颇有味：

昨夜乾坤霜已下，万林锦晒夕阳红。
秋光满目元无隔，谁厌东山岭上松？

《阎浮集》中还有一首《悼雪村和尚》，末句将雪村友梅的名号嵌于诗内，语义双关，意境高洁，使首联的悲哀情感得以升华：

毘风吹倒法幢摧，万象森罗尽举哀。
遍界不藏身后相，前村梅自雪中开。

寂室元光（1290—1367），美作（今冈山县）人，幼年进京，师从于东福寺的无为昭元。后向一山一宁、东明慧日等学习。元应二年（1320）入元求法，曾参拜天目山的中峰明本。嘉历元年（1326）回国，长期隐居，曾有天龙、建长等名山相邀，均谢辞不赴。晚年开创瑞石山永源寺。七十八岁时圆寂，谥号圆应禅师。有遗稿《寂室录》二卷。

由于他长期独居偏隅，远避尘世，因此他的诗更具有清幽谧静、自然质朴的风格。例如他的《山居》：

不求名利不忧贫，隐处山深远俗尘。
岁晚天寒谁是友？梅花带月一枝新。

又如《春日山行》：

满头疏发捻银丝，来岁逢春未可知。
竹杖芒鞋多野兴，山花看到几株枝。

又如《寒夜即事》：

风搅寒林霜月明，客来清话过三更。
炉边搁箸忘煨芋，静听敲窗叶雨声。

那是何等清雅的意境。当然，这也不能庸俗地理解为“弄闲情”，因为甘守寂寞清贫的生活是需要有意志的。正如他的《示僧》一诗说的：

参禅实大丈夫事，一片身心铁打成。
尔看从前诸佛祖，阿那个是弄闲情？

梦岩祖应(?—1374)亦著名诗僧，出云(今岛根县)人。住持东福寺。其文一度曾与中岩圆月齐名。谥名大智圆应禅师。有《旱霖集》。他写的《读〈西域求法传〉》，今人读罢犹为动容：

细思浪死与虚生，心勇无前十万程。
失路朝随牛矢进，寻村夕逐鬼磷征。
险崖攀树身毛竦，危彴乘绳命叶轻。
吾辈何人温且饱，开经半面玉山倾。

诗中写的《西域求法传》，当是记述中国僧人远赴印度求法的书，而非写日本僧人渡海赴华。我国学者程千帆很欣赏此诗，评曰："法显传耶？慈恩传耶？中四极能状旅途之险，知此老身手不凡。"

梦岩有一首《题扇》，颇有趣。虽然类似的咏扇诗中国古代有过很多，但此诗寓意不尽相同。扇之取舍，决定于天气，并非主人的喜愠。末联写到宽厚长者迹近轻薄小子，甚有幽默感：

去年凉风起，舍在箧笥里；
今年暑气至，再任柄用矣。
行藏一听天，颜色无愠喜。
宽厚长者意，迹混轻薄子。

梦岩亦擅写七绝，描绘山水乡村的诗尤佳，如《二月六日赋所见》：

午睡觉来开竹扉，春云春水已斜晖。
湖边骑马谁家子，惊得沙头鸥鹭飞。

又如《山行》：

脚底虽劳眼底佳，一筇历适几烟霞。
分明看似真耶画，淡墨寒林浓墨鸦。

还有一首《月夜》，想象奇特，耐人寻味：

天海云收豁九幽，更阑独自倚登楼。
乾坤清气无著处，凝作冰轮一夜秋。

天境灵致(1291—1381)曾随入日元僧清拙正澄学习，著有《无规矩集》。敕赐宝鉴圆明禅师之称。他的诗亦颇可读。如《江村雨后》一首，结句从刘禹锡“东边日出西边雨”化出，而更为闲逸：

十里渔村一水浔，晚来天气半晴阴。
东家有雨人归尽，西舍无云日未沉。

又有《鸡冠花》一诗，很有情趣：

冠冕秋英占小庭，迎风翠叶振疏翎。
篱边带露天将晓，误尽旁人侧耳听。

中国当代学者孙望评曰：“将晓未晓、疑是疑非气氛。着‘误尽’两字，直混花草、家禽为一体矣。构想入神。”确实，若将此诗置于唐宋诗集，亦当称为佳作。

此山妙在(1296—1377)，信浓(今长野县)人。在元应年间(1319—1320)入元，兴国六年(1345)回国。在元学习二十多年。此山亦善诗文，有《若木集》一卷存世。如《友人归乡》一诗，是他在中国天台山国清寺为送别友人归国而写的，“寒猿啼月”成了他想念家乡的意象：

合涧桥边送别时，秋风分袂各东西。
明朝归到家山日，记取寒猿月下啼。

他也善于描写闲居生活，如《城中闲居》二首：

闹啾啾地寄闲身，万境消融独掩门。
不觉憨眠光阴过，半檐风雨自黄昏。

闹中消息静中看，世味何如曲臂眠。
门掩夕阳春寂寂，更无花鸟到阶前。

两诗写隐于市朝，闹中寄静，颇有意境。我国学者程千帆评道：“静以待动，寂以待喧。禅家本色，如是如是。”孙望认为：“此可谓‘修得自在身，懒散遣芳春’矣。”

此山还有一首《偶作》，也是坦露心迹之作，如置诸元人集中，亦令人浑然不能辨：

余生踪迹漫蹉跎，不觉光阴梦里过。
痴拙竟无如我者，思量犹恨一身多。

友山士偲(1301—1370),从小薙发受具,且父母俱出家。嘉历三年(1328)入元,周旋于元朝诸名衲间,尤亲炙于月江正印、南楚师说二师。在华十八年,于元代至正五年(1345),与此山妙在一起回国。初寓京都临川寺,后历住净居寺、安国寺、正续寺、东福寺等。著有《友山录》。

友山因长期留学中国,汉诗文水平很高,但他很谦虚。请看他于1364年写的《自赞》,十分风趣:

> 十八年在唐土,不会唐言;二六时居祖闱,不知祖意。侊侗处恰似冬瓜,曲弯时还同瓠子。万象之中独露身,更于一物不依倚。有人写出老僧真,且道相似不相似?若道相似,似个什么?若道不似,全无巴鼻。必竟如何,吾无隐乎尔。

他有《含晖亭晚望》一诗,是在中国时考虑何时归国之作,真切感人:

> 含晖亭上立,矫首望扶桑。
> 谁言沧海阔,一苇则可航。
> 白云生足下,空翠滴衣裳。
> 沉吟不忍去,倚栏静思量。
> 古人曾有语,行脚莫归乡。
> 苟得莫归旨,虽皈也不妨。
> 吾生困异域,踪迹徒漫浪。
> 短景难拘束,头颅已欲霜。
> 再作径山客,愈觉增痴狂。
> 归欤且少待,八月秋风凉。

友山于延文二年(1357)春,在东福寺中创万年院,并题两诗,诗中却都用了大量中国地名。可见他回国以后,仍非常怀念中国。他在诗序中说:“山高地远,江山万里,皆吾几案上物,辄成八句,以遣兴云尔。”今录其一:

> 前是米山后宝山,长江万里座中看。
> 千株金桔屋檐下,一朵黄花篱落间。
> 竹笕远分三峡水,茶铛常激五湖澜。
> 举头咫尺长安近,大道无拘任往还。

中国学者孙望评曰:“胸则宽广,笔亦豪健。”

五、中岩圆月

对五山文学研究作出重大贡献的日本当代学者玉村竹二、足利衍述等人，则对五山中期的中岩圆月(1300—1375)作了高度的评价，甚至认为连义堂周信、绝海中津都比不上他。

中岩俗姓平氏，本是桓武天皇之后。相模(今神奈川县)镰仓人。他曾自撰《自历谱》传世，所以人们对他的生平了解较详。他出生后第二个月，父亲即因冤案被谪迁。他是在乳母抚育下成长的。八岁，祖母将他送入镰仓寿福寺当小和尚。因此，他从小就吃了不少苦，对他性格的形成很有影响。十二岁起，师从道惠和尚读《论语》《孝经》等中国经典，还学习《九章算法》。十五岁转至乾明山万寿寺，开始写偈颂，水平令人惊奇。同年冬，挂褡于圆觉寺，拜入日元僧东明慧日为师，从其学《易经》等。从此学力更进，尤其是大大提高了汉文学写作水平。而他又同时向其他大和尚学习，其中在思想与学术上给他最大影响者当为虎关师。

当时，虎关正在撰著《元亨释书》。前已说过，此书是前无古人的日本佛教史巨著，虎关正排除一切干扰埋头于此，拒绝所有来访的客人。但对中岩却格外垂青，破例允其参访，并给予多方指导。中岩撰写了《五宗符命》，受到虎关赞赏，极大地鼓励了他。

正中二年(1325)，中岩得到入元学习的机会。后来，他在《和仪则堂韵，谢珠荆山诸兄见留》诗中，描写了乘船西渡时的情景和思想：

飓风扬巨浪，万丈雪山巇。
烧纸酬天吴，击钲胁怒螭。
风定海心清，众宝交珍奇。
方诸与珊瑚，斗光夺亢箕。
夜色混天水，身若居琉璃。
舟子欸乃歌，客有洞箫吹。
始作呜呜声，满座皆无怡。
渐有容与态，听者同舒眉。
或复罗尊俎，宴久酒味漓。
或设诗文筵，竞出囊中锥。
海贾五百众，各纵其天资。

独予闷幽僻，固守无人窥。

……

时予辞海贾，抽身往南嶷。

誓言得道后，归国化庶黎。

海贾感斯言，自叹吾何卑。

诗中“天吴”乃水神名。《山海经·海外东经》：“朝阳之谷，神曰天吴，是为水伯。”三国时期魏国嵇康《琴赋》：“天吴踊跃於重渊。”唐朝李贺《浩歌》：“南风吹山作平地，帝遣天吴移海水。”可知中岩对中国文化了解之深。从诗中又可知，中岩从渡海时就立志要学成归国，报效黎民的。入元后，他遍访江南名山巨刹，拜谒了古林清茂、东阳德辉等大师，也参见了雪村友梅、龙山德见等入元日僧。他尤其得到东阳德辉的赏识，被礼聘为书记。当时正值大智寿圣寺修建佛堂“天下师表阁”，东阳长老竟命他撰写《上梁文》。一名日本留学僧，能在中国著名禅院任书记，并能为意义重大的文化设施“天下师表阁”撰写上梁文，这表明中岩的文笔和才学已得到中国上层禅僧和文人的充分信任和肯定。这件事，可与五百多年前日本留学僧空海在唐朝国都被推举为中国高僧惠果大师撰写墓碑文一事相媲美。亦为中日文化交流史上一佳话。

中岩还曾登庐山，泛鄱阳湖，历访诸地名胜，谒见诸刹长老。他在华期间创作了一些诗，记述了与中国诗人的交往和描绘了中国山河的景色。如《金陵怀古》：

人物频迁地未磨，六朝咸破有山河。

金华旧址商渔宅，玉树残声樵牧歌。

列壑云连常带雨，大江风定尚生波。

当年佳丽今何在？远客苍茫感慨多。

此诗，冈田正之认为有沉雄悲壮、俯仰低徊之致，是私淑杜诗之作。确实，中岩喜读李杜，有《效老杜戏作俳谐体》等诗。他的《偶看杜诗有感而作》中有“久废成野趣，早凉读杜诗”之句。他与中国文人交往的诗，如《赠张学士》虽写得缺少诗味，但亦提到“参李杜”：

梦中得句参李杜，郊岛瘦寒何足云。

诗之于道为小技，试将大道俱相论。

有一首《游武夷山》，则颇有气势，讴歌了山水之美，甚至消除了思乡之念：

群峰簇簇没烟霭，天柱独拔青山外。
手援铁索登云梯，眼玄股战心将退。
仙翁纵臾上上头，别有世界穷深幽。
下视下方如按图，九曲缟带清溪流。
天下洞天三十六，何缘缩在我双目？
白石凿凿草菲菲，物物无不仙种族。
向使秦皇曾一来，徐生不可寻蓬莱。
吾家万里青海外，到此乡念消如灰。

当然，中岩乡念之诗，也写得不错，如《思乡》：

东望故乡青海远，十春闲却旧园花。
可怜蝶梦无凭仗，飞遍江山不到家。

经过七年在华学习，1332年夏他怀抱经国和传禅大志返回日本。此时已是镰仓末期，国内连年战乱，满目疮痍。第二年，镰仓幕府灭亡，后醍醐天皇推行所谓“新政”，改元“建武”，想废除幕府、院政、关白，恢复天皇执政。中岩因经世热情，特撰《原民》《原僧》诸文，又写《上建武天子表》，献于后醍醐天皇。他在上表中称：

臣是山林一草芥，宜当与草木共朽也。世之利害，非所交关。然所以区区是言，不避烦黩之诛者，何也？实为天下，不为身也；实为万世，不为一时名望之荣也。

中岩作为一个刚回国的普通禅僧，这样积极地忠君勤王，上书献策，显然与他在华时感受到中国文人忧国忧民、强烈参与政治的精神有关。他在表中提出的主张，就是以儒教的王道、文治思想为基础，辅之以佛、道的禁欲知足等教条的“兴王除霸”的方策。我们略引一段，亦以见他的文笔：

窃以王者受禅于人者，袭其统而沿之；得命于天者，通其变而革之。受禅于人者，如夏后殷周之克继者也；得命于天者，汤放桀、武王伐纣之类皆是也。故《易》曰：“汤武革命，顺乎天而应于人。”岂止汤武而已，

> 汉高祖世祖、唐太宗、宋太祖皆其人也。文中子曰:“通其变,天下无弊法;执其方,天下无善教。”教化法度之成,三代莫之逾者。然久则其法又弊,法弊则革之,所以通其变也。……陛下明继周文,德承神武,兴王除霸,柔远包荒。高天之下,厚地之上,莫不宾顺。非聪明睿知,得命于天者,孰能与于此哉?然今天下为关东所伯,百数十岁之弊积焉,……陛下除霸兴王,不乃万世鸿业之始,固在斯时乎!旧法之弊,可不革耶?

所谓“文中子”,是隋代王通的谥号,王通著有《中说》十篇。而翌年,中岩又写了一部书,名《中正子》,由外篇六(叙篇、仁义篇、方圆篇、经权篇、革解篇、治历篇)、内篇四(性情篇、死生篇、戒定慧篇、问禅篇)组成。其中《叙篇》实为全书总论,说:“《中正子》以释内焉,以儒外焉。是以其为书也,外篇在前而内篇在后,盖取自外归内之义也。”这样看来,似乎此书的重点是在论述有关佛教的内篇;而其实,全书着力论述的,却正是外篇。中岩是以中国儒家的传统理论来阐明自己的经世思想的。在《经权篇》中他写道:

> 经权之道,治国之大端也。……经者文德也,权者武略也。武略之设,非圣人之意,圣人不获已而作焉。作而不止,非权之道也;作而止,则归文德,是权之功也。文德经常之道,诞敷天下,而武略权谋之辈不行于国,则尧舜之治可以坐致。……古之圣人,卓然而行以仁爱礼让之文德,众心之化而附之,附而成群谓之君;君以文德普施天下,天下之人归而往之谓之王。王者专修文德,旺化诸人者也。

中岩认为治世的根本在于修文德,而“武略权谋之辈不行于国”,才可达到“尧舜之治”。由此明确地表示他是不支持当时的武家势力的。他主张以仁义治国,并在书中开首便设《仁义篇》,指出:

> 圣人之道大也,仁义而已矣。何尚之为?惟仁义之道。大矣哉!……无仁则非人也,无义则非人也。有仁而生,生而必亨;有义而成,成而必贞。……仁也,天生之性也,亲也,孝乎亲也;义也者,人伦之情也,宜也,尊也,忠乎君也。忠孝之移,以仁义相推耳。名异而实一也。

中岩的这些论述,显然基本出于宋儒朱熹等人之书。不过他还指出:“凡天下之事,靡不有弊。仁之弊也无威,义之弊也无慈。”这倒似乎是中国儒家未曾说过,当属法家的观点,是符合辩证法的。这表明中岩对儒家以外诸子之书也多所阅览。

《中正子》显然不只是一部哲理著作，而更是一部主张改革的书。在《革解篇》中，他还明确地提出："改革之道，不可疾行也。……人心未信之之时，不可改也；人心已信之之日，可以革之。……改革之道，天下之大利也。君人者及率从者，不可不知。……以文明之才，除污秽之恶，不亦革乎！"

建武新政因足利尊氏的反叛，很快就失败了。日本又处于室町幕府的统治下。因此，上述中岩的经世主张等当然更不可能被采纳。但他的有关论著，尤其是《中正子》一书，却在日本思想史和文学史上留下重要影响。正如冈田正之在《日本汉文学史》中指出的："像《中正子》这样的大文字、大思想，不仅当时淄流辈无法比，即德川时代以前也无其类。而且自列于诸子而撰著，这在我邦恐怕不得不以此书为嚆矢。此书作后十年，……中岩又跋此书曰：'予生乱世，无有所以。偏以翰墨之游戏余波，及二三子讲明，遂成《中正子》十篇。后十年读之，又不能无自是之非之也。此书之作，以出乎一时之感激尔。'一时感激之作，不独光耀于五山文学，在我邦汉文学史上也不愧为一大名著。"

中岩满怀经世理念，却得不到伸展。他回国十年后的1342年，本想再次赴华学习，但因遭人谗谤而未成。因为他秉性刚直，不愿与俗僧为伍，一生中多次遭人陷害，甚至危及性命。天授元年(1375)，中岩病笃时，侍僧请他留言，他愤而曰："吾平生口祸不少，今尚何言！"言讫而逝。

中岩一生留传下汉诗二百多首，多收于《东海一沤集》中，其中约半数为七绝。他的诗，我们前面已提到，是常常学习李杜的。而北村泽吉《五山文学史稿》也认为其诗"全以盛唐为准，用力于长篇。其五古效法于太白，能得其轮廓。其七古学少陵，得其气息。七律亦近于少陵。"当然，他也从宋诗中汲取了营养。他的诗中，首先引起我们注意的是那些生动反映民生疾苦，揭露社会不合理现实的作品。尤为难得的是他早在中国留学期间，就写过这样的诗，如《庚午三月东阳和尚书所见诗韵》(庚午为1330年)：

女儿佣织布，日为家人哺。
年荒将缩手，未忍弃而走。
粥技不当值，圭撮轻两匹。

质躬获数钱，助馈慈母筵。

元初统治者在江南遍设织造局，强令汉族妇女为他们赶织丝绸布帛，进行残暴的榨取，这在中国诗人的笔下也有反映，如宋遗民诗人郑思肖《江南丝》即是。然而中岩这位日本诗僧也写出这样同情中国劳动妇女的诗，则更令我们感动。此诗步东阳德辉原韵，两句一换韵，转折自如；而东阳长老原诗《书所见》，写的当也是社会现状，由此可想见中岩确实是在中国遇到了好老师。

中岩回国后，更写了不少反映日本社会贫富对立的诗，如七古《春雪》，前半描写大雪颇有声势："辛巳二月二十五，相阳大雪深五尺。初闻郭索步窗前，俄惊树杪风淅沥。淅沥转作砰湃声，百千雷霆斗相击。开窗昧目万斛灰，急掩扉顷便堆席……"，而更令我们激愤的，是诗的后半部分描写了在大雪之下"富门"与"穷家"截然不同的生活；而这个"穷家"是饱读诗书的作者自己，那么那些真正的劳动人民则更将如何呢？请看雪后：

……
咫尺邻里少相过，百贾昼眠绝交易。
富门御冬蓄有余，机俎罗张厌脯腊。
销金帐里哪知寒，浅斟低唱情自适。
穷家数日突无烟，羸卧陋巷同灶穸。
诗书万卷徒撑肠，竟不能疗朝饥慼。
一束柴索价辽天，五合黄陈无处籴。
或言虽晚瑞丰年，为我未免按剑戟。

他的一首五古《偶兴》，以蜘蛛来影射欺压弱小、扩张势力的武家势力：

蜘蛛巧罗网，日打群飞虫。
虫杀几千亿，独尔口腹充。
腹充身随大，凡类理皆通。
始汝看菽许，今体与钱同。
体大网张广，杀虫倍蓰众。
尔后不可测，势欲罗虚空。

他反对国内武人战乱，在《送泽云梦》中表达得淋漓尽致：

乾坤干戈未息时，氛埃眯目风横吹。
饿者转死盈道路，荒城白日狐狸戏。
我问乐士在何许，一身可以安栖迟？
固欲适他无所适，之子先我将何之？
仓卒告别难为情，袖出剡藤索吾诗。
浮云流水无定迹，再得会合诚难期。
久厄难危我羸卧，磨墨挥毫皆不为。
感君拳拳有厚意，勉强起来拂乌皮。
惜君学道不日成，如何早离金仙师？
想君似我乏供给，不得已故得相辞。
望君此去逢佳境，招我薯蓣同充饥。

此诗的后半部分，充满牢骚不平之鸣。中岩诗中引起我们重视的另一种比较多的内容，就是这种抒发愤懑之作。如《藤谷书怀》中的一首：

一颗分明照夜珠，久蒙尘土见涂糊。
海神困重不能识，可与蜣螂粪弹俱。

明明是一颗夜明珠，竟被视作蜣螂粪蛋！社会如此不公，数百年后读罢犹愤愤！在一首《拟古》中，也揭露了世道不公：

浩浩劫末风，尘土飞蓬蓬。
天上日色薄，人间是非隆。
蝼蚁逐臭秽，凤凰栖梧桐。
独有方外士，俯仰白云中。

再看《和酬东白二首》，其一写出高尚的气节：

坡上青青松树间，浩然之气傲齐桓。
好诗应是穷中得，玄义方宜静处看。
脱粟乏储心自足，寒床早起梦常残。
志高不肯尝姜杏，蒙养功成最可欢。

其二又充满愤世嫉俗之情：

蘧庐天地寄浮生，早晚乘云归帝城。

风起战尘归血臭，日因祲气带阴倾。
斯文自古叹将丧，吾道何时必正名。
幻幻修成心已死，惟君厚荷不忘情。

他在《招友》一诗中，也写出了他的孤愤：

胡为百沸汤，滚滚烹吾肠？
谁将此一日，延成万劫长？
长日且难遣，肠热何可当？
山深人不见，积雪压春阳。
粗识天之命，否塞宜括囊。
动辄心猿躁，去就误行藏。
止之毋复道，中心孰与商？
悠悠望君来，君来我何伤！

他在怀才不遇、心情愤激的时候，是很欢迎谈得拢的朋友来看他的。这类诗他也写得不少，大多见出真情。如《谢竺仙和尚访》：

穷巷昼长春睡惊，伊伊轧轧送嘉声。
停车麦浪陇头立，倒屣菜花篱外迎。
光寒里闾人改观，泽流岩谷草生荣。
瓣香欲走谢临屈，争奈已成莲社盟。

还有一首《和谢忻大喜相访》也很动人：

乾坤何处可安身？穷独浑无拯急人。
诗句凭谁吟共伴？干戈胁我死相邻。
感君交不崇卑别，忆祖同应叔伯亲。
过访论文消半日，从今以后望频频。

别源圆旨是中岩的好友，两人同时在元有六年之久。中岩《和答别源二首》，既写友情，又浇胸中磊块。七律艺术，造诣甚深：

心以形劳何太迷，锦毛照水眩山鸡。
新题诗见篇篇妙，久废棋应着着低。
天也丘轲无遇鲁，时哉管晏有功齐。
想君寒榻永宵座，忆我同舟过浙西。

窗间吐月夜沉沉，壁角光生藤一寻。
穷达与时俱有命，行藏于世总无心。
梦中谁谓彼非此，觉后方知古不今。
自笑未能除僻病，逸然乘兴发高吟。

在中岩的诗中，纯粹的闲适诗倒是不多见的。1339年他四十岁时，写有《新年》一诗：

天下至公惟岁华，未尝行不到闲家。
今朝四十何方愕？暮景寻常变可嗟。
茶啜新年瓯面雪，梅葩旧腊佛前花。
儿童那识老来早，竞趁青阳笑语哗。

此诗在闲适中亦隐含不平之气。四十岁竟称“暮景”，也确实是太“老来早”了。另有一首《漫成》，大概是其晚年所作，其中可见已由愤激归于冷澹：

老来眇世恶浮夸，尚自随时爱物华。
取性窗前开小沼，举头方外望无涯。
逐风蛱蝶迷芳草，得所蜻蜓倚藕花。
若在斯中甘冷淡，便能安住法王家。

关于中岩在日本汉文学史上的地位，日本《本朝高僧传》说他：“驱逐五车，嗜嚼肥润，挥毫万言立就，胸中橐籥而愈出。本朝缁林有文章以还，无抗衡者。可谓光前绝后也。”简直就认为他是五山文学的最高峰，而且“绝后”。这显得有些过誉。而近代学者猪口笃志在《日本汉文学史》中认为中岩“诗、文、哲学，都可称为五山第一。据说其学识连虎关师也惊叹。藤原惺窝也推其为五山第一学僧。玉村竹二称‘世之论五山文学者，开口便并称义堂、绝海为二妙。这虽不能说不对，但为何忘了他们前一辈的中岩圆月呢？义堂之能文固不待说，但使他能文的师父正是中岩。绝海之绝妙万人首肯，但毋宁说与他同一流派的先辈中岩的气宇更为广大。’久保天随也说：‘中岩作为诗人，地位殆凌驾于绝海。’一人而兼能义堂之文、绝海之诗，并且作为契嵩仲灵、虎关师的后起之秀而发展前人未及的深远哲理，这就是中岩圆月。”猪口的论述可能仍然评价偏高，但毫无疑问，中岩确是五山中期第一流汉文学大家。中岩曾为义堂周信的

《空华集》作序，也是非常精彩的一篇文章，我们在下一节会摘引。

六、义堂周信和绝海中津

五山文学繁荣时期，义堂周信和绝海中津是一对双星辉映式的名家。他们同为梦窗疏石的门生，但文学风格并不完全相同。前人多认为他们二人是日本十四世纪汉文学的双峰。如江户学者江村北海的《日本诗史》卷二说："五山作者，其名可征于今者，不下百人。而绝海、义堂其选也。"又说："绝海、义堂，世多并称，以为敌手。余尝读《蕉坚稿》，又读《空华集》，审二禅壁垒：论学殖，则义堂似胜绝海；如诗才，则义堂非绝海敌也。"亦即认为义堂学问更好，而绝海诗才尤大。早在室町后期，同为五山禅僧的横川景三(1429—1493)挑选古今百名诗僧，人各一首，编为《百人一首》，其首篇即为绝海，而义堂为第二。与此同时，建仁寺僧文举契也编选了五山诗僧二十人的选集《花上集》(据云书名乃横川景山所取，一是仿中国的《花间集》，二是"花上"乃"卄"，即"廿"，意为作者廿人)，每人十首，而义堂居首，绝海第二。直到现在，日本学界仍对义堂、绝海的汉文学作品给予高度评价，认为乃五山之翘楚，中世汉文学之双璧。

义堂周信(1325—1388)，俗姓平氏，又号空华道人，土佐(今高知县)人。幼年出家，十四岁削发，十五岁在叡山受戒，十七岁入京从梦窗疏石修禅。梦窗圆寂后，就学于中岩圆月、龙山德见。正平二十二年(1367)，被足利基氏请至善福寺住持。建德二年(1371)为镰仓报恩寺开山祖师。天授五年(1379)又受足利义满之命主持京都建仁寺。元中三年(1386)移住南禅寺。六十四岁圆寂。义堂著作甚多，有《空华集》二十卷、《空华日用工夫略集》(日记)四卷，还有《义堂和尚语录》《三体诗抄》《贞和类聚》等等。

义堂的日记也是用汉文写的，具有极高的史料价值。据其日记记载，1366年梦窗曾为他和绝海要去中国留学而写了介绍信交给中国文人宋景濂。但他后来却未能成行。义堂虽未有留学经历，但对中华文化的造诣并不逊于绝海。人称义堂学殖深，主要大概因为他用功钻研儒学，提倡文教。他在镰仓住了十一年，对足利基氏、义满父子也反复宣传儒家治国平天下的道理。这在他的日记中多有记述，如应安五年(1372)某日记："府君(按即义满)入保寿而烧香,余献《贞观政要》,乃云:‘唐太宗治天下,皆收在此书。幕下治天下,亦宜准此书。’君领之。”康历二年(1380)他赴京都拜谒义满,又劝他要以孔孟之“仁善”治国:

> 一人修善,则一家化之;一家修善,则一国化之;一国修善,则天下人皆化之。天下人皆修善,则欲其国之不治,政之不行,其可得哉?故曰:为善不同,同归于治。

他还强调以文辅政,在应安四年(1371)某日日记中记:“府君入寺烧香,余引接方丈而茶话。余劝以文学,且云:‘治天下国家者,无不以文先。’”他继承其师梦窗的观点:“诗歌管弦,虽为唐土之事,但可调人心之邪恶,导之于清雅。”(《梦中答客问》),认为“诗可补吾宗”。义堂虽是僧人,但提倡儒学,因为他这样认为:

> 凡孔孟之书与吾佛学,乃人天教之分齐,书也不必专门,姑为助道之一耳。经云法尚可舍,何况非法?如是讲,则儒书即释书也。在儒,“仁义礼智信”;在释,“不杀不盗不淫不妄不酒”。儒谓之“五常”,释谓之“五戒”。其名异,其义同。佛初为下根凡夫说人天乘,即五戒十善也。然则佛教得兼儒教,儒教不得兼佛教。

因此,义堂的文章,便是向唐代韩愈及柳宗元等大儒学习的。江户学者斋藤正谦在《拙堂文话》中说:“室町氏之时无文章,然余观僧义堂《空华集》,颇有可诵者。尤喜其《深耕说》。”斋藤全引其文,并说:“文字非无瑕疵,然说理核实,意在笔先。今世文章家,能无愧乎?”《深耕说》一文不长,兹录于下:

> 空华叟郊居无事,出游泛观。田野桑柘之间,有大麦同亩而异熟者。怪之,质诸老农。曰:“惰农为也。”问其所以。曰:“凡地耕而浅者,所种之物,必早熟而不茂;深而耕者,所种之物,必晚成而肥硕也。”是以善学稼者,患乎耕之浅,不患成之晚也。而彼惰者,用力弗专,所以耕有深浅,而熟有早晚也。嗟乎!今之吾徒也,耕道不深,而患名之晚者,岂无愧于老农之言也耶!余窃有感于中,遂书以告同学端介然。端介然,深耕者之徒也。

《深耕说》是优秀的小品,义堂还有较长的文章如《铜雀研记》,也很有名。据说义堂之文一出,即为世传诵。明初使者瓦官讲师、释无逸等见之，很是赞赏，携归中国，嘉兴天宁寺僧楚石梵崎以为必是中国入日僧所作，待知为未尝留学的日僧义堂之文，叹曰："不谓日本国有此郎耶！"今节录《铜雀研记》于下，不仅欣赏其文笔，或亦可为文史研究工作者考证之资料：

昔者魏·曹操，字孟德，初事后汉，为丞相。及受汉禅，建部于邺。建安十五年，创作铜雀台。盖铸铜雀置台上，因以为名焉。或曰铜雀乃铜凤凰也。而台上有屋，百二十间，势凌苍穹。其上置宫妓，遗令曰："吾妓皆着铜雀台，月朔十五日，望吾西陵墓。"及魏亡，台废为墟，有里人耕其址者，往往得其古瓦，盛水为研，为世所贵重。由是大人题咏，登于史籍者多。今见研，实其一也。

初，天龙长老春屋葩禅师得之于海舶，献关东幕府大人。府君源公，天资文雅，每乘军务之隙，从事翰墨，以文武兼资也。既得此研而甚喜，于是命工雕匣以藏之，镂管以挥之，麝以研之，金貘以滴之，呼为文房至宝焉。适出以示小比丘周信，命俾作记。

余观其瓦背，有铭云"建安十五年"。其面上下亦有铭，上铭云"绍圣元年七月十六日东坡居士书"，下铭后则云"黄庭坚书"。左右又有铭，各二行，古篆不可读者数字。余退归山舍，考之倭汉历书，其曰"建安十五年"，即后汉末主献帝，其年庚寅，当本朝女主神功皇后十一年也。其曰"绍圣元年"，即赵宋第七主哲宗，其年甲戌，当本朝堀河院嘉保元年也。今溯而推之，自建安十五年庚寅，至绍圣元年甲戌，八百八十四年；自甲戌至今本朝贞治三年甲辰，凡二百七十一年。通计一千一百五十五年矣。其曰"东坡居士"，即苏子瞻也；其曰"黄庭坚"，即山谷也。考之二公年谱，盖东坡绍圣元年惜旨有南迁之责，赴于惠州，舟中与山谷邂逅于彭蠡之间，而为山谷作是铭也。

［中略］

於戏！自汉以降，兴亡治乱，山为谷，谷为陵，人物之更换，都邑之变迁，不啻千万。而是研也，孑然独存，不亦寿乎？或曰：吾国远彼邺都，几乎几万里，而山夐海阻，是研也无翼而飞，无足而至，何也？曰：人君修德，则远人归，方物至，理必然也。惟我府君，果能修其德以待物，则四夷八蛮之国，珠翠象犀之贡，威弗加而自服，译弗重而自献，岂止是研而已矣。但玩物丧志，则君子不取。

义堂《空华集》存诗甚多，计一千七百三十九首，最多的是七绝，有一千零三首。他的诗，据江村北海的看法不如绝海，但当时中岩圆月为《空华集》作的序则推崇备至。中岩说："友人信义堂，禅文偕熟，余力学诗。风骚以后作者，商参而究之，最于老杜、老坡二集读之稔焉。而酝酿于胸中既久矣，时或感物兴发而作，则雄壮健峻，幽远古淡，众体具矣。若夫高之如山岳，深之如河海，明之如日月，冥之如鬼神。其变化如风云雷电，其珍奇如珠贝金璧，以至其纵逸横放，则如猎虎豹熊貅之猛然角之、掎之，其力不能暂假焉。紫燕之暄，黄鹂之嫩，其声于是无耻乎？……自非禅文偕熟，安能如斯之为耶？"中岩指出义堂最熟读杜甫、苏轼之诗，这点值得注意。而义堂自己又强调写诗不能"俗"，说"尤其可笑者，今僧之诗，例学士大夫体。官之富贵金玉、文章衣冠、高名崇位等，弊害尤多"，"今时禅子作谒，皆变为俗人秀才花鸟之词，是最可痛惜也。假令作诗，当学禅祖之体。"义堂提倡写诗超俗入禅，这对五山文学发展颇有影响。

义堂一生周旋于幕府与各地大名之间，但确实不写富贵金玉类东西，倒有劝他们以儒家之道治国和劝他们重文的内容。如他曾以六臣注《文选》寄给京都管领细川赖之，并附诗曰：

萧统编成七代文，六臣竞注漫纷纭。
老僧不敢闲囊秘，驻献明公助策勋。

不管怎么说，义堂这样做对传播中华文化是有利的。义堂虽然没有来过中国，但他的诗中不仅大量引用中国典故，而且还写到中国名胜古迹。如《题庐山图》：

道人来自海西头，千仞匡庐半幅收。
楼观已随兵火尽，山林犹见画图留。
九江秀色清于水，五老苍颜瘦似秋。
指点远公高隐处，白云丹壑兴悠悠。

原来这幅庐山图是中国僧人携来的，义堂从画主的介绍中了解到由于中国连年战火，图中有些楼亭已被毁坏，流露出痛惜之情。他对李白诗中写到过的五老峰和东晋高僧慧远的故事等十分熟悉，因此，览图就像曾经到过一样。又有一首《子陵钓台》，也写得像曾去富春江畔凭临过一般：

汉家诸将各论功，谁访羊裘独钓翁？

强被刘郎寻旧约，一丝吹断暮江风。

义堂诗中感叹世事之作颇多，如《对花怀旧》：

纷纷世事乱如麻，旧恨新愁只自嗟。
春梦醒来人不见，暮檐雨洒紫荆花。

又如《题隐岐山陵》，是写后鸟羽天皇陵墓，充满世事苍茫之感，末联尤佳：

历数于天道不穷，万年枝上万年红。
干戈起自开边后，社稷终归战国中。
宴罢瑶池秋月落，春阑辇路晚花空。
游人不管兴亡事，闲读碑文认篆虫。

他还写过两首《竹雀》，都是有所寓意的。描写小小竹雀的与世无争，寄托了安贫守节的人生态度：

不啄太仓粟，不穿主人屋。
山林有生涯，暮宿一枝竹。

但这世界对于这样弱小的善良的生命来说，也充满艰辛和危险。他在另一首《竹雀》中写道：

风枝栖不稳，露叶梦应寒。
莫近高堂宿，公孙挟弹丸！

义堂也有一些写得很好的抒写闲适的诗，大多作于晚年。如《春日漫兴》：

老去才仍拙，春来睡更痴。
每惊风动竹，无奈雨催诗。
褪蕊轻轻急，幽花稍稍迟。
开襟成独笑，此意竟谁知？

又如《山茶花》：

老屋凄凉苔半遮，门前谁肯暂留车。
童儿解我招佳客，不扫山茶满地花。

《岁朝谢客而作》，亦颇见老人风趣：

新年日月只寻常，俗习成风贺岁忙。
垂老逢春偏爱睡，莫来撼我黑甜床。

再引绝句二首，均很有诗意。《小景》：

酒旆翩翩弄晚风，招人避暑绿荫中。
谁将钓艇来投宿，典却蓑衣醉一篷。

《梦梅》：

梦入罗浮小洞天，幽人引步月婵娟。
晓来一觉知何处？雪后梅花浅水边。

绝海中津(1336—1405)，土佐(今高知县)人。幼时即有“麒麟儿”之誉。早年即自号“蕉坚道人”，出自雪里芭蕉之意。十三岁投天龙寺，随侍梦窗疏石，受到梦窗培养。十八岁，入京都东山建仁寺，参龙山德见和尚，广参深究达十二年之久。应安元年(1368)，西行入华，正值明太祖洪武元年。绝海历参杭州中天竺寺全室(季潭)和尚，灵隐寺用贞良、清远渭禅师等。明洪武九年(1376)，应明太祖之诏，至英武楼，与太祖论禅。不久归国，受幕府重视。康历二年(1380)，奉幕府命至甲斐乾德山慧林寺开堂说法，轰动一时。后又开建宝冠寺，历住持等持寺、相国寺等。示寂后留有诗文集《蕉坚稿》二卷、《四会语录》三卷等。

绝海与义堂既是同乡，又是同门，但绝海比义堂小十一岁。两人关系很好，相互推重，传为美谈。义堂逝世前，特遗嘱请绝海掩土作法语。绝海作法语中说：“小弟兄事真慈四十年，详知师之出处始末，莫如小弟。及其盛德大业，小弟尚不能识仿佛，况其蕴奥乎！”

绝海以诗著称，其文一般就不为人提起，其实文章亦如其人，很有骨气。他从明归国后，足利义满于永德三年(1383)建相国寺，请他住持。翌年元中元年(1384)，绝海以直言忤义满，即离寺隐居于钱原(今茨木市)，其时他致道友椿庭的信，于旷达中寓不屈，很可一读：

某进不避危机，退亦失于高尚之节。冥顽无识，玷污宗门。是以遁逃已还，一周岁月，六移茅舍。虽时时逢山水幽胜之处，披衣散策，而陶冶于猬鸟云树之趣，悠然而游乎物化之元。人生未尽，只得为太平之逸民，其亦足矣。

还可一提的是，元末明初中国禅林流行一种类似骈文的四六句。首创者为笑隐大。经其法嗣季潭(全室)教授，绝海得师祖真传，回国后即推广于五山文坛。后日本禅林文学中盛行四六文创作，也算开一种文风，而绝海正是第一人。这种文体讲究对仗、节奏，虽带有形式主义、文字游戏的弊端，但客观上仍然刺激了禅僧们学习中国古典文学的热情，对提高汉文学写作水平有利。今引录绝海《枢寰中住周阳承福京城诸山疏》一文，以见此种文体之样式及当时的书写格式(按，原无标点)：

南院直下真孙，孰出首山之右。
寰中同时诸老，竞游大慈之门。
　　倘有实以当名，
　　岂曰今不如昔。
某
　　学该百氏，
　　理透重玄。
舌本澜翻，亲分多子塔前坐；
脚头眼活，直踏毘卢顶上行。
　　不向北斗藏身，
　　肯慕东山高卧。
洒甘露水，沛然云雨八荒；
望摩尼峰，莹彻烟霞五色。
　　山川虽阻千里，
　　书疏毋忘同风。

《蕉坚稿》所收绝海诗共一百六十五首，数量远比义堂《空华集》要少。但似乎是经过精选的。绝海的诗确实写得比义堂要好，功力更深。很显然的特点是承自盛唐遗风，尤以律诗见长。如作于杭州的五律《三生石》：

凄凉天竺寺，片石寄巑岏。
千劫空磨尽，三生旧梦残。
云根山气润，野火藓纹干。
二子今安在？临风一感叹。

同样写怆然怀古的还有《古寺》:

古寺门何向，藤萝四面深。
檐花经雨落，野鸟向人吟。
草没世尊座，基消长者金。
断碑无岁月，唐宋竟难寻。

此诗程千帆评为“消峭似浪仙”(按,即贾岛)。又有《出塞图》:

驰马腰弓箭，军行无少留。
只须身许国，不敢计封侯。
寒雨黄沙暮，西风白草秋。
何人画图里，一一写边愁。

他的五言排律《早发》也不错,略似韩愈:

冬行苦短日，蓐食戒长涂。
雪暗关河远，风吹鬓发枯。
荒山虽可度，积水若为逾。
岸转桥何在，沙危杖屡扶。
渔沟残近渚，僧磬彻寒芜。
野兴潜中动，衰容颇外苏。
破衣江上步，圆笠月中孤。
天迥长河没，曙分群象殊。
寒烟人未爨，野树鸟相呼。
回首榑桑日，还如萍实朱。

他的七律似写得更好,其中不少作于中国。如《送迪侍者归天台》:

丹丘东望白云横，独抱囊衣发帝京。
寸草谁怜游子意，编蒲应慕古人情。
维舟海岸疏灯雨，倚杖秋山落木声。
遥思故园行乐处，含霜桔柚照林明。

又如《姑苏台上作》:

姑苏台上北风吹，过客登临日暮时。
麋鹿群游华丽尽，江山千里版图移。

忠臣甘受属镂剑，诸将愁看姑蔑旗。
回首长洲古苑外，断烟疏树共凄其。

正如富春山天竺寺僧如兰所说:“绝海游于中州也,睹山川之壮丽,人物之繁盛,登高俯深,感今怀古,一寓于诗。”这样的诗还可举《钱塘怀古》,是步其老师全室和尚的:

天目山崩炎运徂，东南王气委平芜。
鼓鼙声震三州地，歌舞香消十里湖。
古殿重寻芳草合，诸陵何在断云孤。
百年江左风流尽，小海空环旧版图。

《多景楼》则作于镇江北固山,亦感慨沉雄:

北固高楼拥梵宫，楼前风物古今同。
千年城堑孙刘后，万里盐麻吴蜀通。
京口云开春树绿，海门潮落夕阳红。
英雄一去江山在，白发残僧立晚风。

绝海的七律述怀诗,亦很有感染力,如《新秋书怀》:

边雁初声夕露繁，客心一倍感徂年。
封书曾附安期鹤，隔岁未还徐福船。
久雨南山荒紫豆，清秋北渚落红莲。
远游虽好令人老，季子休嫌二顷田。

《岁暮感怀寄宁成甫》:

天寒岁暮雪如簸，日夜严城鼓角鸣。
百万已收燕北马，频繁休督海南兵。
长江水冷鱼龙伏，曲渚风生鸿雁惊。
遥想东门饭牛者，悲歌声绝泪纵横。

中国研究者马歌东认为:“绝海诗中最具特色的是对于禅僧日常斋戒功课及起居生活的具体描述。”(《日本五山禅僧汉诗研究》)他举的例子就是绝海的七律组诗《山居十五首次禅月韵》。禅月为唐末著名诗僧贯休之号,其《禅月集》中《山居诗》原有二十四首。绝海对其中第三、四、六、七、九、十一、十三、十八、二十一计九首未次韵。我认为这绝不是因为才力不济,而应是他尽诗兴而止。第一首诗中“东林香火沃洲鹤”,连用两个佛教典故,前者用晋高僧慧远建白莲社于庐山东林寺精进修行事;后者用晋高僧支遁隐居绍兴沃洲山爱鹤并放饲之事。从其第五首末联可知,绝海这些诗是在中国时写的。因此,它们反映的是他和明代禅僧的生活与功课。这十五首诗在很多日本汉诗选本中均未选,大概因为太多,水平又相当整齐,难于取舍,于是索性就不选了吧?本书不忍舍取,又因不易见,犹豫之余,乃全录之,以供读者鉴赏:

人世由来行路难,闲居偶得占青山。
平生混迹樵渔里,万事忘机麋鹿间。
远壑移松怜晚翠,小池通水爱幽潺。
东林香火沃洲鹤,逸轨高风谁敢攀?

放歌长啸傲王侯,矮屋谁能暂俯头。
碧海丹山多入梦,湘云楚水少同游。
蒙蒙空翠沾经案,漠漠寒云满石楼。
幸是芋香人不爱,从教菜叶逐溪流。

壶中风景四时兼,山色溪光共一帘。
清白传家随分过,语言无味任人嫌。
灵踪未到情何已,好句忽来吟不厌。
幽鸟有期春已晚,半岩细雨草纤纤。

静者襟怀久旷夷,白头懒剃雪垂垂。
闭门雨后扫秋叶,绕树风前收堕枝。
云暗猕猴来近岭,人闲翡翠下清池。
余生尽向山中老,除却山林何所之?

无数峰峦围梵宫,自然不与世相通。
菖蒲石畔泠泠水,茉莉花前细细风。
溪獭祭鱼青箬里,杉鸡引子白云中。
有山何处能如此?忆得蓬莱碧海东。

晨炊不羡五侯鲭,葵藿盘中风露馨。
霜后年年收芋栗,春前日日劚参苓。
听经龙去云归洞,看瀑僧回雪满瓶。

穷谷深林皆帝力，也知畎亩乐清宁。

浮岚浓翠湿窗纱，玉气丹光接太霞。
洞口云来藏怪石，溪头水涨没危槎。
滴残松桂溥溥露，落尽兰苕淡淡花。
昨日山前叟来访，蒲团扪虱说桑麻。

幽栖地僻少人知，古木苍藤映竹扉。
香草食余青鹿卧，小梨摘尽白猿归。
浣衣溪水摇云影，曝药阳檐爱日晖。
童子未知常住性，朝朝怪我鬓毛稀。

袅袅樵歌下杳冥，幽庭鸟散暮烟青。
卷中欣对古人面，架上新添异译经。
此地由来无俗驾，移文何必托山灵？
幽居日日心多乐，城市醺醺人未醒。

身安心乐在无求，自是粗人不肯休。
老去一身同野鹤，闲边多梦到沙鸥。
和烟藤蔓侵门牡，经雨苔花上架头。
涧有香芹坡有蕨，何妨满鼎煮春柔。

黄精紫术绕春畦，爱此葛洪丹井西。
传法未能同粲可，垂名何肯羡夷齐。
寒山寂寂茶人少，修竹冥冥谢豹啼。
有客纵令若陶令，相携一笑懒过溪。

山列屏风九叠开，泉鸣岩窦八音谐。
茅茨敢拟汉金屋，轩砌聊夸尧土阶。
瑶草似云铺满地，琪花如雪照幽崖。
空王住处堪依止，回首人间事事乖。

懒拙无堪世事劳，沈冥高卧兴滔滔。
连窗丛竹深听雨，映屋新松才学涛。
一榻寥寥蜗室阔，九衢衮衮马尘高。
久知簪组为人累，制得荷衣胜锦袍。

一庵无事只萧然，柏子烧残古佛前。
电露身心真暂寓，鹪鹩栖息尽余年。
绿萝窗外三竿日，黄鸟声中一觉眠。
问我山居有何好，此中即是四禅天。

寒山拾得邈高风，物外清游谁与同？
林罅穿云凌虎穴，潭头洗钵瞰龙宫。
百年多兴朝朝过，一梦无凭念念空。
题遍苍崖千万仞，长歌短咏意何穷！

绝海的七绝也颇有名。最广为人知的，当然就是那首《应制赋三山》。所谓“应制”，就是应皇上要求而作；所谓“三山”，即蓬莱、方丈、瀛洲等海上三神山，喻日本。诗云：

熊野峰前徐福祠，满山药草雨余肥。
只今海上波涛稳，万里好风须早归。

那是他在中国进谒明太祖朱元璋时，回答朱元璋关于秦时徐福渡日传说之问时所作。朱元璋并赐和一首：“熊野峰高血食祠，松根琥珀也应肥。当年徐福求仙药，直到如今更不归。”和作写得不怎么样，但历史上中国皇帝和外国人唱和是很少见的，体现了朱元璋对日本诗僧的“恩遇”。

绝海在中国写的七绝，以及有关中国的七绝，最引起我们的兴趣。如《雨后登楼》，当作于杭州：

一天过雨洗新秋，携友同登江上楼。
欲写仲宣千古恨，断烟疏树不堪愁。

《读杜牧集》，前两句提到杜牧的《赤壁》诗和《阿房宫赋》，末句则出自杜牧《题禅院》：“今日鬓丝禅榻畔，茶烟轻飏落花风。”

赤壁英雄遗折戟，阿房宫殿后人悲。
风流独爱樊川子，禅榻茶烟吹鬓丝。

他的《河上雾》一诗，写的当是湘江的景色：

河流一带冷涵天，远近峰峦秋雾连。
似把碧罗遮望眼，水妃不肯露婵娟。

他的一首《赵文敏画》，是欣赏元初诗人、画家赵孟頫的画作时写的：

苕上秋风一棹归，青山绿水绕林扉。
挥毫兴与沧洲远，落日明边白鸟飞。

绝海《蕉坚稿》一六五首诗中，七律六十七首，七绝五十二首，五言诗不多，其中五绝仅四首。其《西湖归舟图》作于杭州：

访僧寻寺去，随鹤棹舟回。
来往共潇洒，宁惭湖上梅。

江户时代江村北海《日本诗史》中指出："绝海诗，非但古昔中世无敌手也，虽近时诸名家，恐弃甲宵遁。何则？古昔朝绅咏言，非无佳句警联，然疵病杂陈，全篇佳者甚稀。偶有佳作，亦唯我邦之诗耳。较之于华人之诗，殊隔径蹊。虽近时诸名家，以余观之，亦唯我邦之诗，往往难免俗累。如绝海则不然也。"他又说绝海之诗"有工绝者，有秀朗者。优柔静远，瑰奇赡丽，靡所不有。义堂视绝海，骨力有加，而才藻不及，且多禅语，又涉议论，温雅流丽者，集中无几。如绝句则有佳者。"江村的评价，基本公允。所谓"我邦之诗"，即一眼能看出乃日人所作的汉诗；而义堂和绝海，尤其是绝海之诗，则从文字到情调，都已经很像中国优秀诗人之作了。明杭州天竺寺僧如兰为《蕉坚稿》写的跋文中说："虽吾中州之士，老于文学者，不是过也。且无日东语言气习，诚为海东之魁，想无出其右者。"同时中国名僧、明成祖宠信的世道衍，为《蕉坚稿》作的序中也说："日本绝海禅师之于诗，亦善鸣者也。自壮岁挟囊乘艘，泛沧海来中国，客于杭之千岁岩，依全室翁以求道，暇则讲乎诗文。故禅师得师之体裁，清婉峭雅，出于性情之正，虽晋唐(汤)休(灵)彻之辈，亦弗能过之。"两位中国诗僧都称誉绝海之诗连一些中国诗人也不能过之，可算是极高的评价了。正如人们都指出的，绝海能达到这种水平，与他直接师承入日华僧和他亲身赴华学习分不开的。

总之，绝海、义堂的诗文代表了汉文学的又一个高峰。江户学者赖山阳在论绝句诗时说："五山僧侣颇为瘦硬绝句，其中巨擘有若义堂、绝海，颇雄奇，有台阁儒绅不及处。当时王霸盛衰，渠辈冷眼旁观，颇形之吟咏，含有讥讽，又非近时士君子徒镂刻风月为无益诗比也。"其实，也不只是绝句如此也。

七、室町前期其他诗僧

室町前期为五山文学的繁荣作出贡献的诗僧还有很多。今仅就所知者再作些述评。

龙湫周泽(1308—1388),甲斐(今山梨县)人。他是梦窗疏石的弟子。曾住大兴寺、天龙寺、临川寺、建仁寺、南禅寺等。擅绘画,据说画了二十年,笔妙入神。有《随得集》三卷。他的诗,常表现孤高离群及寂寞的情绪,如《夜泛湖见月》:

夜泛兰舟弄碧波,水天空豁见嫦娥。
扣舷一曲无人会,唯有秋风入棹歌。

有时又自作旷达,如:

人间万事不如休,驰逐东西到白头。
息影山宵闲座睡,自然无喜亦无忧。

《客夜》一诗,也属于此类:

钟声夜夜落谁边,客梦黄粱四十年。
起座松棂我忘我,云生岭上月行天。

也有情绪比较向上的,如《对梅自叹》,就显得精神焕发:

乾坤清气越精神,故入梅花枝上新。
三嗅幽香三省己,皤皤华发又逢春。

总之,龙湫的七绝流畅自然,抒发自己的真实感情,是真正的诗,再不是禅的附属品和偈颂之类。

性海灵见(1314—1396),信浓(今长野县)人。先后师从于南都北岭、虎关师镜。曾入元六年,1351年回国。历住三圣寺、东福寺、天龙寺、南禅寺等。有《石屏集》,可惜已佚。仅见残存若干作品。有《莲》诗一首,写回忆杭州的风光:

亭亭抽水清于碧,片片泛波轻似舟。
十里西湖风景好,六桥烟雨忆曾游。

古剑妙快,生卒年待考,梦窗疏石的弟子。仅知元至正八年(1348)入元，拜谒恕中、楚石、穆庵诸禅匠，颇受器许。二十五年(1365)归国，历主京都建仁寺、镰仓建长寺。著有《了幻集》二卷，又有《扶桑一叶》，今不传。他的汉诗颇有名，义堂周信《次韵寄古剑妙快禅师》云："秀气冲天古剑翁"。他曾有《怀江南》三首，其中《净慈》一首写杭州西湖边南屏山慧日峰下净慈寺所见美丽风景，令人陶醉：

十里湖山锦作堆，花红柳绿步瑶台。
六桥春水天开镜，不着人间半点埃。

又有七律《春江》，描写钱塘江风光如画，功力不在元诗人下：

东风吹水碧涟涟，日暮谁家一钓船？
南浦落花三月雪，西湖垂柳万条烟。
浮杯渡口吞平地，舞棹岩头笑揭天。
归去来兮波浪险，数声欸乃白鸥前。

他有《病中书怀》五首，今引其二、三、四。其二末句以"寒灰爆豆"喻顿悟，颇妙：

百念如冰万病平，月移梅影纸窗明。
夜深惊起炉边睡，豆在寒灰爆一声。

无禅无道百无忧，身上粗衣口里馁。
待我明朝笑归去，山前也作一头牛。

宋代普济《五灯会元》记南泉普愿禅师被问："和尚百年后向什么处去？"师答："山下作一头水牯牛去。"又记沩山灵佑禅师亦曰："老僧百年后，向山下作一头水牯牛。"古剑上诗即表此种心怀。其四云：

煨芋无香火一炉，家风愧与懒残殊。
有些相似底模样，寒涕垂垂霜茁须。

懒残是唐代和尚。《宋高僧传》中曾记他在牛粪中煨芋、流着寒涕会见天子使者等逸事。古剑上一首诗颇有朴俚诙谐之趣。

古剑咏雨之诗颇多，颇有特色。如《中秋值雨》：

雨外清光何处圆？令人翻忆老南泉。
玉阶夜色秋如水，白雁新声渡海天。

“老南泉”不知何指，猜测可能是上面提到的南泉普愿禅师。古剑在中秋因雨看不到明月之际，深情地回忆远在海天之外的中国的美妙夜色。又有《口号》一首，虽无干柴可烧，但也无愁雨之思：

山近却无柴可烧，长廊风雨暮萧萧。
老来多病稀人问，一笑安闲乐自聊。

还有一首《雨中作》，亦充满乐观。“眼中听”一语甚尖新可喜：

尽日檐头雨滴声，坐来堪向眼中听。
疏帘忽卷西山麓，万本长松一色青。

中恕如心，生卒年亦不详，山城(今京都)人。古剑妙快的法嗣。曾与绝海中津同时入明，在中国十余年。绝海回国后，他因病仍留明修禅。自号碧云，著有《碧云稿》。集中《送绝海津藏主归日本》，即在明所作，于1377年春送别绝海：

送君归故国，卧病楚山幽。
只可相随去，如何独自留？
天遥孤雁远，海阔百川收。
离思与春恨，人生欲白头。

又有一首《送人之九江》，亦作于中国：

白鹭洲前望去舟，云涛千里入江州。
风帆影灭青天外，日暮苍苍楚岫幽。

此首送别诗，很显然受了李白《送孟浩然之广陵》诗的影响，有“孤帆远影碧空尽”的境界；同时又用了李白《登金陵凤凰台》中“三山半落青天外，二水中分白鹭洲”句意。中恕体弱多病，有《病起》《秋思》诸诗，令人想起杜甫“万里悲秋常作客，百年多病独登台”之句。《病起》：

暮春抱病向初秋，卧里年光如水流。
柳絮桃花成昨梦，梧桐蟋蟀动新愁。
病虽多种浑维性，寿是百年还有休。
日夕凉风起天末，清羸且欲独登楼。

《秋思》:

不是秋清梦不成，庭前草树动人情。
芭蕉露落梧桐老，夜夜风声又雨声。

无文元选(1323—1390)本是后醍醐天皇之子。八岁出家，十八岁入建元寺，得可翁、雪村两高僧教诲。康永二年(1343)入元，历游诸方，参拜笑隐大、古梅正友等大师，于至正十年(1350)回国。无文回国后，对日本禅林现状很不满，有诗说:

邪师说法数如麻，般若灵根正败芽。
祖道安危非我事，柴门深掩送生涯。

由此诗亦可见日本五山已潜伏着腐败和危机。他的态度显然是消极反对。另有一诗也反映了这样的思想:

杖锡飘飘归旧山，松林寂寂避尘寰。
满庭黄叶无人拂，唯有闲云自往返。

愚中周及(1323—1409)，美浓(今岐阜县)人。其名为梦窗疏石所赐。也曾入元，居留十年，于1351年与性海灵见同年回国。谥号佛德大通禅师，遗著有《稟明集》《草余集》。他的《三月二日夜听雨》深得好评:

佩玉珊珊鸣竹外，谁家公子入山来。
今宵赚我一双耳，明日桃花千树开。

程千帆赞道:"转接变幻，虽小巧，亦自可喜。"孙望也认为:"写细雨声，匠。由夜雨而想来朝'花发千树'，其喜悦心境，有非可言喻者矣。"

愚中的《谢客》一诗，则反映了他安贫乐道，甚至连缁流中人也不愿多交往的独善心情:

披缁却怕近缁伦，恰似秦人不爱秦。
未审净邦心自许，世间真乐在孤贫。

惟忠通恕(1349—1429)历住建仁、天龙、南禅诸寺，自号云壑道人，著有《云壑猿吟集》，书名颇有野意。他常喜以野生动物来自喻，如《天地一沙鸥》，题目原为杜甫诗句:

天地一沙鸥，机心万事休。
冷看劳跼蹐，甘自任沉浮。

甚爱五湖景，不承千户侯。
阳颓青崦上，先落白苹洲。

诗笔流转，读之令人去鄙吝之心。又如《倦鸟》一诗，亦以鸟喻，寄托了自己的彷徨和失意：

夕阳带雨挂林梢，倦翼翩翩度远郊。
万里青云心已折，不知何地可安巢。

惟忠诗中对贫苦百姓的生活颇多关注，如《孤村残雨》：

可怜父老淡生涯，村北村南八九家。
数亩桑麻残雨外，归鸦闪闪日西斜。

他的《渔樵图》诗，则表明他向往渔樵的生活：

垂钓芦丛寒雨过，采薪洞口晚风多。
一生赢得江山乐，世上功名奈尔何。

他的《秋声》诗引及欧阳修的《秋声赋》，写的也是一种苍凉的心情：

风林一夜月苍苍，忽自西南送嫩凉。
听者古来多感慨，赋文谁复拟欧阳？

西胤俊承(1358—1422)，筑后(今福冈县)人，为绝海中津的门人，曾任相国寺住持，有诗集《真愚稿》一卷。他描写景物，观察细致。他的《竹影》一诗为日人称赞，但实际乃袭用我国宋诗人谢枋得《花影》："重重迭迭上瑶台，几度呼童扫不开。刚被太阳收拾去，又教明月送将来。"而改为："参差竹影静苍苔，半映前台半后台。几被夕阳收得去，又随明月送将来。"

他的《听夜泉》一诗，则描写听觉的细腻：

独坐听泉久，寒泉入夜深。
初如漱哀玉，忽似罢鸣琴。
动静能随境，抑扬非有心。
安倾天下耳，一一洗尘襟？

他的《柳烟》一诗，上半描写皇居护城河的景色，似乎是讴歌太平之世；下半则用白居易《隋堤柳·悯亡国》新乐府之典。前后对比鲜明，有警世喻世之深刻用意：

柳绕御沟烟色迷，春阴深锁晓莺啼。
时清无复诗人叹，莫比台城十里堤。

西胤还有一首《闻捣衣》，显然是学我国的唐诗的。其实，至少早在六百年前平安时代《文华秀丽集》中就已有桑原腹赤(789—825)的《奉和听捣衣》："双双秋雁数般翔，闺妾当惊边已霜。何处捣衣宵达旦，空楼月下万家场。暗中不辨杵低举，枕上唯闻声抑扬。守夜宫钟乍相和，应通长信复昭阳。"这样的诗，不管如何摆脱不了模仿痕迹，但毕竟是反映劳动妇女的悲苦，尤其在五山文学中不多见，所以仍然值得我们重视：

凉天万里雁初过，永夜砧声如思何。
别泪谁人沾翠袖，边愁何处寄香罗？
星河渺渺云容淡，槐树苍苍月色多。
使我亦惊寒事早，秋衣欲制满池荷。

岐阳方秀(1361—1424)号不二道人。赞岐(今香川县)人。他本是空海的同族，又曾先后拜梦岩祖应和义堂周信为师，因此水平颇高。受到足利义持的敬重，并向他问法。当时，中国的程朱理学已传到日本，但公然讲授者还没有，而岐阳则最早对《四书》作"和训"，并教学生。遗著有《不二遗稿》三卷等，所谓"不二"，即认为儒佛相通，并非二道。人称他的思想当是"儒七释三"。他的诗颇有可诵者，如《听童子读书声》，明确反对"读书无用论"，引录如下：

童儿执策惜居诸，千里行从一步初。
虽道离言言亦道，休言契稷读何书。

他的《新凉》一诗，则是赞扬深夜苦读的贫寒子弟的：

西风吹雨入前庭，送得新凉满枕屏。
第舍城南谁氏子，书窗彻宵一灯青。

他的一些描写乡村景色之作，充满诗意。如《题渔村夕照》：

八九家村接钓矶，何人曝网向斜晖。
数声柔橹烟波上，又有得鱼舟子归。

又如《立春探梅》一诗，可谓体物入微：

乍闻春色到山家，起看梅梢悉着花。
只怪无风送香去，不知残雪压枝斜。

又如《腊月二十冒雨到蟠根寺》一诗，通篇不描写雪景，却于末句写到主人以雪水煎茶，不仅写出了主人的雅趣，又给人以漫山白雪的诗意想象。实在是极妙的佳诗：

山路穿云日已斜，长松深处梵王家。
主人略叙寒温了，雪水先煎砂缶茶。

愕隐慧奯(1366—1425)，筑后(今福冈县)人。他是绝海中津的门人，1386年渡明，居留十来年。回国后，应细川赖之之请，住宝冠寺。晚年得罪足利义持，后隐居土佐(今高知县)吸江庵。谥号佛慧正统国师。愕隐擅长书法和诗文，有汉诗集《南游稿》一卷。《寒夜留客》一诗，作于中国：

一粲灯花照雪浓，相邀喜色动帘栊。
别来肝肺冷于铁，听尽长安半夜钟。

上联极写相逢之喜，下联补写此前相别之苦，对比强烈，用词新奇可喜。又有《春雨》一诗写愁，亦有诗味：

新愁对雨坐城楼，烟树冥濛郭外浮。
睡起不知是春昼，一帘暮色故山秋。

又有《牧笛》一诗，读来令人心旷神怡：

悠扬无律吕，牛背等闲吹。
数曲草多处，一声风度时。
江村梅落雪，野驿柳收丝。
弄得升平乐，牧童知不知？

约于此时，又有日僧天祥、机先、大用等三人，在中国内地云南留下了诗作。可惜此三人生平均不详。最早录其诗者为明初镇抚西南的武官沐景颙所编之《沧海遗珠》(书前有1436年张士奇序)，其后曹学佺《明诗选》、朱彝尊《明诗综》、钱谦益《列朝诗集》等书又从而选录若干。日本学者上村观光认为这位天祥即天祥一麟(1329—1407)，但《本朝高僧传》

中不曾记载一麟有入华之事。江村北海《日本诗史》提到天祥、机先“二僧被赏乎中土，而湮晦乎我邦，甚可叹惜”。亦可见此天祥不可能是一麟。天祥诗中有“可堪身世老南滇”句，可知其大概终老于云南。《沧海遗珠》中有中国诗人胡粹中挽机先诗云“日出扶桑极东处，云归滇海最西头”，知机先亦殁于滇南。清《四库全书》收入《沧海遗珠》，提要中说：“皆明初流寓迁谪于云南者”所作。钱谦益《列朝诗集》也说：“国初，日本僧入贡者，多谪居滇南。”

今存天祥诗共十二首。从中可知他曾游历过西安、杭州、苏州等地。如《长安春日作》：

何事长安客，春来思易迷？
乐游原上草，无日不萋萋。

诗短而有味，自问自答，令人想起白居易“离离原上草”“萋萋满别情”等名句。又有《梦里湖山为孙怀玉作》，则是久居云南后回忆杭州景物之作：

杭城一别已多年，梦里湖山尚宛然。
三竺楼台晴似画，六桥杨柳晚如烟。
青云鹤下梅边墓，白发僧谈石上缘。
残睡惊来倍惆怅，可堪身世老南滇。

《题虎丘寺》则当作于漫游苏州当时，甚佳：

东西两寺今为一，有客登临见断碑。
剩水残山王霸业，苦风酸雨鬼仙诗。
楼台半落长洲苑，箫鼓时来短簿祠。
盘郢鱼肠何处是？辘轳千尺响空池。

《送僧归重庆》则是居住云南后，又回忆起经过重庆时的情景：

东西千万里，来去一身轻。
碧凤山前别，黄梅雨里行。
江长巴子国，地入夜郎城。
昔我经过处，因君动远情。

《榆城听角》一诗，表明作者已在华十年，怀念家国，颇动感情。“榆城”

是云南大理的叶榆。

十年游子在天涯，一夜秋风又忆家。
恨杀叶榆城上角，晓来吹入小梅花。

有关云南的景物，还有《题龙关水楼》，写大理的龙尾关如画：

此楼登眺好，终日俯平湖。
叶尽村村树，花残岸岸芦。
渔翁晴独钓，沙鸟晚相呼。
何处微钟动，云藏岛寺孤。

值得一提的是，我查阅过民国初年编撰的《大理县志稿》，在其《艺文部》里就收载了上面天祥描写大理的这两首诗；而且没有注明作者是日本人，完全融合在当地的历史文化之中了。

天祥在华，交了很多中国朋友，留下这方面诗不少，前已引过几首，还有如《赠李生》：

异域无亲友，孤怀苦别离。
雨中春尽日，湖外客归时。
花落青山路，莺啼绿树枝。
从今分手后，两地可相思。

他的《呈同社诸友》，还表明他直接融入了当地中国诗人的社团之中：

君住峰头我水渍，相思只隔一孤云。
夜灯影向空中见，晨磬声从树杪闻。
咫尺谁知多役梦，寻常心似远离群。
今朝偶过高栖处，坐接微言到夕曛。

机先的诗，今见十八首。有《长相思》一首，写男女相思，感情深挚，悲婉奔放，几乎令人不相信出自出家僧人之手：

长相思，相思长，有美人兮在扶桑。
手攀珊瑚酌霞气，口诵太乙朝东皇。
鲸波摩天不可航，矫首欲渡川无梁。
去时遗我琼瑶章，蛮牋半幅双鸳鸯。
鸳鸯不飞墨色改，揽涕一读三断肠。

前年寄书吴王台，西湖杨柳青如苔。
今年东风杨柳动，鸿雁一去何当回？
欲弹朱弦弦断绝，欲放悲歌声哽咽。
孤鸾夜舞南山云，花渍帘前杜鹃血。
思君不如天上月，夜夜飞从海东出。
月明长傍美人身，美人亦近明月轮。
褰衣把酒问明月，中宵见月如见君。
长相思，长如许！
千种消愁愁不舞，乱丝零落多头绪。
但将泪寄东流波，为我流入扶桑去！

机先肯定也去过中国很多地方，仅从上引诗中即可知他也游过吴越一带。另有《雪夜偶成》二首，必作于中国北方而不会作于云南。另有《闻笛》一诗，云“塞上春情无赖甚”，亦可知机先曾远至寒上。《雪夜偶成》云：

画角声残曙色迟，雪花如掌朔风吹。
吟中二十年三昧，未了梅花一首诗。

定起闲吟独倚阑，朔风吹面雪漫漫。
修心不到梅花地，耐得山中一夜寒。

机先又有《滇阳六景》六首，则是描写云南景色的好诗。今录见二首。《玉案晴岚》：

山如玉案自为名，卓立天然刻画成。
白昼浮岚浓且淡，高秋叠翠雨还晴。
阴连太华千寻秀，影浸滇池万顷清。
杖策何当凌绝顶，滇南一览掌中平。

《滇池夜月》：

滇池有客夜乘舟，渺渺金波接素秋。
白月随人相上下，青天在水与沉浮。
遥怜谢客沧洲趣，更爱苏仙赤壁游。
坐倚篷窗吟到晓，不知身尚在南州。

大用的诗今仅见一首《挽逯光古》，是悼念一位与他深有交谊的中国朋友的。从“论交三十载”来看，大用此时在华竟已有三十年之久！另外，机先的诗中也有一首《挽逯光古先生》，可知死者是一位与日本诗僧建立很深友情的中国人(此人在《沧海遗珠》中亦有诗存)。大用的诗如下：

气宇自豪迈，孤超傲世时。
冥鸿冲汉志，鹤野出尘姿。
笔势云烟起，诗名草木知。
论交三十载，死别抱长悲。

此上三位日本诗僧因为长期在华，直接向中国诗人学习，所以诗作的水平相当高。他们的作品像沧海遗珠般在中国保存至今，是值得珍视和研究的。

钱谦益《列朝诗集》在选录天祥等三位日僧之前，还介绍了一位入明僧全俊，云：“全俊字秀崖，姓神氏，日本国北陆道信浓州(按，今长野县)高井县人。依善应寺快钝夫出家。快，印月江之嗣子也。”钱氏选录全俊《和宋学士赠诗》一首，宋学士当是宋濂(1310—1381)。诗如下：

一回错买离乡舶，抹过鲸波万里间。
震旦扶桑无异土，参方饱看浙西山。

《列朝诗集》中，还录有日本僧左省一诗，有序介绍云：“沈润卿《吏隐录》云：日本使者朝贡过吴，内有一僧往谒祝京兆希哲，不值。予与弟瀚偶遇之，索纸书字问之，僧亦书以对云：‘予乃俄补一官之阙，只有其名，贫冻沙门也。名左省，号钝牛。’又曰我国中无此官，惟禅僧学本国文字，故充使臣耳。问：‘谒祝君何为？’又书云：‘仲春之初，雨雪连日，篷底僵卧，今日新晴，扣祝君书屋，幸遇君，一笑，依稀十年之旧。杜少陵所谓“能吏逢联璧，华廷值一金”者也。’率赋小诗以呈。”其词云：

二月天和乍雪晴，见君似见祝先生。
醉中不觉虚檐滴，吟作灯前细雨声。

沈润卿续记：“后知其欲求希哲一文耳。”这真是中日文学交流史上的一则绝妙佳话。想不到当时祝允明(1461—1527)的文名，在日本有这么大的影响。左省所谓“依稀十年之旧”，恐并非他们十年前就已见过，只是表明自己渴仰之久而已。左省欲见祝允明，是想求他一文(为其诗集作序？)而已。左省的诗及笔谈，均显示他具有很高的汉文学水平。

据日本《本朝通鉴》卷六十，这时又有惟肖得岩的文、江西龙派的诗、心田清播的讲说、太白真玄的四六，被称为“丛林四绝”。其实，这四位的诗均写得不错。

太白真玄(?—1415)，曾师事义堂、绝海二大师，又号暮山老人，“暮”作“慕”解，意为私淑一山一宁大师之意。遗有文集《雅臭集》及《太白和尚语录》等。他以四六文著称。又喜韩柳文，撰有《柳文抄》一书。另外，他为义堂、绝海写的祭文都传诵一时。他的诗曾被《花上集》选入十首。今录诗二首，以窥一斑。《雨中惜花》云：

恼乱风光奈老何，强将白发惜春过。
寻常只道芭蕉雨，哪识花时一滴多。

《随月读书》写出了读书之乐，并对富豪权贵表示了轻蔑：

雪寒萤淡不多光，随月读书情最长。
想合豪家无此兴，金莲官烛照花堂。

惟肖得岩(1360—1437)号蕉雪，以善文著称。年十六岁时上京，参草堂得芳，后历住建长寺、万寿寺、天龙寺等，最后住持南禅寺，晚年退休后在南禅寺双桂院讲授《庄子》与苏轼诗。他曾参与幕府帏幄，代足利氏写过不少致明朝政府的公文。著有《东海琼华集》。今录其《蓬莱小隐诗叙》短文一篇：

世传秦·徐市上书始皇，请与童男女五百人，入海求三神山不死药，而得海岛，遂留不还，即我朝尾州热田神祠是也。或曰纪州熊野。熊野，予未之见矣；一锡东游，尝借宿热田，以目击之。千础万楹，涌出平沙之上，前瞰碧海晴豁，万顷与天无际，殆庶乎神仙栖，真佳境也。惠峰景先范上人，产于此焉，风姿潇洒，气骨不凡，山川清淑所钟，又异于它欤？其书斋，扁之曰“蓬莱小隐”，则有所托尔。禅社诸老，赋而咏者若干篇，兹谒予叙其首。於戏！秦氏之并吞也，六国侯王，天下智勇，屈其策，摧其锋，无不被之污蔑；唯武陵种桃之客，商岭采芝之翁，及徐氏求药之举，超然引去。况乎使五百人同脱虎口之厄，其伟图宏略，贤于桃客芝翁甚绝。则夫精爽，为神为仙，聘灵千载，世所传者，不可诬，实可尚矣。然而景先乃金仙氏徒，其所企慕，岂啻止于斯？所谓“蓬莱小隐”，乐吾土之信美，暂称以侈之而已。夫神仙者流，蝉蜕尘埃之间，爵跃宇宙之表，独善可也，道则狭矣。孰若印仙心于竺土，揭惠日于扶桑，寿域于八荒，乐邦于一世，赫赫焉，巍巍焉，以至大显著，则“蓬莱”云乎哉，“小隐”云乎哉？是为叙。

惟肖佳诗甚多。如至德三年(1386)，他曾写有《和十雪诗》，据其序，所和者元人诗也。据考，元代孙存吾编《元风雅后集》卷十二有《十雪题咏》，为李草窗等十一人各题一首(有一题重复)。所咏者都是中国历史上有名的与雪有关的古人。今略去其诗前长序，引录其中数诗以供鉴赏。《李朔淮雪》：

风力裂山浮六英，精明一倍邓隋兵。
森严屡讲同心令，凛冽唯闻随指声。
胁从宽刑争踊跃，奸邻破胆绝经营。
古来败卒如汤雪，不独蔡州悬瓠城。

《苏武羝雪》：

请缨北去是丁年，冻窖无由望汉天。
城气昏昏连雪合，风稜凛凛积冰坚。
身虽百粉敢忘节，死重泰山聊啮毡。
雁足书成羊亦乳，茂陵松柏冷萧然。

《郑綮驴雪》(按，“涯”字古可读若“疑”。)：

一治一乱浩无涯，心事唯容灞雪知。
戎马尘昏方扰扰，蹇驴路滑独迟迟。
策频较觉寒龟手，吟苦何堪白入髭。
肠断纥于山上雀，吉王终是唱俳诗。

《孙康书雪》：

雪里清高孰抗行，先生犹得读书名。
怀冰竟爽精神健，眼月添辉罅隙明。
青史幽光悠久见，柏台直气早时成。
堪怜天禄青藜丈，只照金刀一更生。

得岩还有一首《书灯》，首句用苏轼“人生识字忧患始”句：

人生识字百忧初，却恨长檠照见书。

别起残心深夜坐，年前短发影萧疏。

江西龙派(1375—1446)，下总(今千叶县)人，又号豩庵、续翠等。初师从建仁寺天祥一麟(1329—1407)，后转至南禅寺，晚年退居于东山的续翠轩。江西在“四绝”中以诗名，存诗较多，有诗集《豩庵集》《续翠集》。其诗亦以七绝为主。如《秉烛夜游》，在表面上宣扬及时行乐的背后，流露出世清无望的悲哀：

七十古稀休问天，只须秉烛夜留连。
岂将白发三千丈，坐待黄河五百年？

《寒塘小景》则描绘了野趣：

淡淡荒坡日欲西，鹭鸶相唤下寒堤。
蒲葭半倒涨痕没，紫蟹黄鱼满晚泥。

《野桥残雨》写野外雨景颇生动：

树影溟濛水一方，遥看片雨度斜阳。
风来卷取桥南去，打湿萧萧马上郎。

又如《晓井辘轳》，亦体物细微，写出了寺僧一天劳动的开始：

梧桐井上辘轳头，谁引蒲绳百尺修。
轰破道人残夜梦，铜瓶倾处月西流。

心田清播(1375—1447)，又号春耕、谦斋、听雨叟等。淡路(今兵库县)人。他九岁入建仁寺，为柏庭清祖的弟子，来往于建仁、南禅诸寺，或游历诸方，参究锻炼十余年。后师从惟肖得岩，学乃大成。颇受幕府重视。著有文集《春耕集》，诗集《听雨集》。《续群书类从》收有《心田诗稿》。心田虽在“四绝”中以“讲说”名，但诗也写得不错。如《赋秋浦明月寄伊阳故人》，颇有意境：

浦口秋晴佳月新，水天一色白于银。
终宵不寝待潮信，坐对清光忆故人。

心田似未曾来过中国，但他面对多景楼图也写下了《多景楼图》诗：

水怪山奇诗境开，眼前多景几楼台。
老来知己半天下，独爱岁寒松竹梅。

他的《春江夜泛》表达了他厌倦京城风尘、喜爱水乡美景的心情：

京国风尘情不堪，一竿春涨绿于蓝。
推篷喜见梅花面，月淡烟深野水南。

室町前期最后还有一位诗僧之作值得一提，那就是东沼周(1391—1462)的《流水集》。东沼又称留月道人、祥光老子，是惟肖得岩的门生，与心田清播、江西龙派、瑞溪周凤等人交游。曾住持建仁、相国诸寺。他亦颇有佳作，如《赋雪山招山阴季正侍者》：

天际芙蓉想玉颜，年年雪解涨溪湾。
请君来看愁城外，春不能青镜里山。

雪解溪涨，可以泛舟赏景，故以诗招友。末句乃袭用黄山谷"春不能朱镜里颜"句，又有新意。劝友人勿愁城对镜，镜里是看不到春山的。东沼又有《和子明高书记之韵》一诗，程千帆认为"流丽似中晚唐人"：

达人如有约，归思浩无边。
一出湘中寺，三年渭上船。
花阑胡蝶绕，竹暗鹧鸪烟。
此日温存问，亲于共被眠。

八、室町后期诗僧

1467年应仁之乱爆发，标志着室町幕府时代进入后期，日本社会更趋衰败动乱。不仅皇室更加式微，连幕府的政权也日益废弛，岌岌可危。守护大名大多卷入纷争和混战，经过弱肉强食的兼并，涌现出一些战国大名，如织田信长、丰臣秀吉之流。此后的日本进入所谓战国时期。内乱使京都成为血腥的战场，五山禅僧为躲避战乱，纷纷逃散各地。五山汉文学当然也开始衰退，跌入低谷。事实上，前面提到的禅林"四绝"等人的作品，已经与绝海、义堂不能相比，表现出很明显的过渡期的色彩。

室町后期，从时间上说比前期还长好多年；但是禅林文坛上，无论是作家的学问还是作品，水平均远不能同前期相比。刚开始，禅林文学还主要以东福寺、相国寺、建仁寺等几大寺院为中心得以维持，其作家都有一定的师承关系，如一般认为继承了梦岩祖应、岐阳方秀的云章一庆、翱之慧凤等东福寺派；继承了义堂周信、严中周噩一系的瑞溪周凤、横川景三、彦龙周兴、景徐周麟等相国寺派；继承了绝海中津、惟肖得岩、江西龙派的希世灵彦、正宗龙统、常庵龙崇、天隐龙泽、月舟寿柱等建仁寺派等等。但是，实际上很多人来往于各寺，或向不同师长学习，而且不少人的作品如今也很不好找。因此，我们这里也就不强分所谓派系，仅将一些能查到作品的有成就的文笔僧，大致依其生年顺序，予以评述。

瑞溪周凤(1391—1473)，别号卧云山人、羊僧、竹乡子、刻楮子等。他十四岁入相国寺，拜梦窗疏石的学生无求周伸为师。又师事严中周噩、惟肖得岩、瑞岩龙惺等人。尤其受瑞岩教诲最深，故自称瑞溪。他颇得幕府足利氏的信赖。日本人认为他的汉文学也颇有名，猪口笃志称他为义堂、绝海以后的大人物。在中日文化关系史上，他作出的最大贡献，是在文明二年(1470)编撰了一部《善邻国宝记》，共三卷，主要是从中国及朝鲜、日本的史书中辑录自垂仁天皇至室町时代日本与中、朝之间的外交史料。瑞溪并在跋文中阐述了对足利义满的外交政策的批评性见解。至少，他称中、朝为“善邻”，便是值得肯定的。瑞溪深喜苏轼诗，曾作《坡诗脞说》。他有诗集，名《卧云稿》。《花上集》中也收有他的作品。可惜精彩的不多。如《读范至能〈梅谱〉》：

揽辔功名鬓已丝，花村春静与梅期。
渡江诸将中兴日，花亦南枝胜北枝。

又如《墨菊》：

花有隐君兼俗违，秋深蝶亦往来稀。
寒香无恙东篱雨，似待渊明解印归。

一休宗纯(1394—1481)，京都大德寺派高僧，号狂云子、云华、国景等。他一生或居于小庵，或借寓民宅，漫游日本各地，好书法绘画，对汉诗和狂言也有很深造诣。主张禅学大众化，致力于禅宗改革。批评禅林腐败现象，并以狂诗或与众不同的怪异行为予以嘲讽。因此，有关他的逸事趣闻很多，并被夸张和传播。在中国，由于日本动画片《聪明的一休》的引入，使他成为妇孺皆知的神童。

据说，一休在十三岁时就吟出“荣辱悲欢目前事，君恩浅处草方深”的诗句，时人惊叹。他有《狂云集》，被人称为“狂诗”。他的集子中有些诗颇有意思，中国读者也能看懂。如《蛙》，讽刺那些无德无才、妄自尊大的俗僧。“子阳”指井底之蛙，见《后汉书·马援传》。

惯钓鲸鲵笑一场，泥沙碾步太忙忙。
可怜井底称尊大，天下衲僧皆子阳。

又如《风铃》，也很闲惬和风趣：

静时无响动时鸣，铃有声耶风有声？
惊起老僧白昼睡，何须日午打三更？

《题如意庵校割末》，据说是他四十七岁离开大德寺如意庵交接住持时写的，明白如话，显示了他的磊落和超然：

将常住物置庵中，木杓笊篱挂壁东。
我无如此闲家具，江海多年蓑笠风。

《尺八》一诗，写的是日本的一种管乐器：

一枝尺八恨难任，吹入胡笳塞上吟。
十字街头谁氏曲，少林门下绝知音。

《赞大黑》所写的大黑尊天是日本的七福神(财神)之一，他站在米袋上，米是他喂鼠用的。诗曰：

大黑尊天其面黔，诸人信仰置棚阴。
平生爱鼠是何意？足下米囊无用心。

这首诗便属于较典型的“狂诗”。所谓狂诗，是日本特有的一种富有幽默滑稽性质的诗体，有些内容是讽喻时世的，更有意多用一些日文俗词。如此诗中便用了日语词“棚”(意为架子、搁板)、“无用心”(意为不加注意)。狂诗主要流行于江户中期以后，但在五山后期即已出现。对中国读者来说，大部分狂诗只是识其字，不知其所云；同时，除了一些汉文学家以外，大部分日本读者也是看不懂狂诗的。这是日本汉诗的变种和异类。虽然在一些日本人写的汉文学史中写到它，但本书认为狂诗不属于汉文学。此处只是因为一休是这类狂诗的创始者，所以略引一二，以作示

样。一休还有一首《自赞》,是更典型的狂诗,其中用日语词的地方很费解,但看得出确实很“狂”:

风狂狂客起狂风，来往淫坊酒肆中。

具眼衲僧谁一拶，画南画北画西东。

希世灵彦(1403—1488),其名号取自苏轼《自净土寺步至功臣寺》的诗句:“谁谓山石顽,识此希世彦。”又别号村庵。幼出家,入南禅寺善住庵斯文正宣之室。六岁即学经史,有神童之誉,认细川满元为义父。后拜当时一流诗僧江西龙派、惟肖得岩为师。希世很受足利义持将军和细川满元管领之庇护和尊崇,但他一生止于“侍者”,即五山禅林僧阶之最下位,坚决拒绝“升进”。他因是细川的“犹子”,生活一直很优越,因而他的诗作不少流于纤弱,缺乏骨力。有《村庵集》。今引几首,以见一斑。如《天桥立》,描写的是在京都宫津湾的砂洲,为“日本三景”之一(另二景为仙台的松岛和广岛的宫海):

碧海中央六里松，天桥胜境是仙踪。

夜深人待龙灯出，月落文珠堂里钟。

又如《题富士山》,写的是日本的象征性山峰:

富士峰高宇宙间，崔嵬岂独冠东关。

唯应白日青天好，雪里看山不识山。

《扇面麻雀》一诗,写竹雀风神宛然,忘其为扇面画矣:

竹从墙外出横枝，风里低昂不自持。

暮雀欲栖心未稳，飞来飞去已多时。

他又有《读文山集》一诗,乃是歌咏南宋爱国文人文天祥的:

社稷虽非力所支，孤臣义重死轻时。

北风卷海崖山碎，许国丹心终不移。

永享六年(1434),他作有《观明使朝贡》。其实,历史上并无中国向日本“朝贡”之事。此诗可称“夜郎比汉”的典型,大概也是日本汉诗中这类可哂之作最早的一首:

海不扬波圣化齐，使星入贡远航梯。

方知日出处天子，势压中华万里西。

翱之慧凤(1414—1465),美浓(今岐阜县)人。曾师事岐阳方秀,永享初(1429年顷)入明,归国后住东福寺岩栖院。他被认为是仲芳圆伊、太白真玄以后四五十年室町后期出现的又一大文宗。与瑞溪周凤被合称为"大小凤"。晚年编有《竹居清事》一书,收其文章。其中有为嘉吉元年(1441)足利义政将军行德政、救济贫民而写的《德政论》,为传诵一时之名文。日僧兰隐曾携《竹居清事》入明,明朝前监察御史张式读了《德政论》后十分赞赏,题曰:"立论弘博,文采则丽,读之不能释手。"又曰:"睹师之文,盖僧而达治者也。使其从吾道,得入官吏之列,其弘词奥论岂不有稗于化理哉!"日僧景徐周麟则更称道:"盛哉此言,由是天下人信知倭国有此笔,千岁一人而已。"则未免又过誉了。宽正五年(1464),他奉细川右京之命,赴防州大内氏,偶与画僧雪舟相遇,叙旧畅谈,作诗奉和。后被集为《西游集》。据说其诗不如其文好,今录其《题江山小景》一首:

孤舟千万里,草屋两三楹。
何处好山水,寄踪终此生。

另一首题画诗《扇面画竹》,似含有对社会现实不满之意:

栽之不易养之难,谁识王君堪岁寒?
典午山河懒开眼,青青只爱两三竿。

兰坡景茝(1419—1501),生平待考,有《雪樵独唱集》。他的《花下思洛》一诗,颇可诵:

独乘款段涉江干,桃花开遍雪尚残。
寄语溧阳寒处士:有花即是小长安。

此诗原有题注:"江左道上之作。"可知写于京都木曾川东岸。日人以中国的洛阳来称京都。"款段"见《后汉书·马援传》"乘下泽车,御款段马",意为马行迟缓。"溧阳寒处士"指曾任溧阳县尉的唐诗人孟郊,时人有"郊寒岛瘦"之语。孟郊登科后有诗曰:"春风得意马蹄疾,一日看尽长安花。"兰坡此诗后半为自解之词,而托之于寄语孟郊,构思甚妙。

天隐龙泽(1422—1500),号默云。据说原为僧人收养的弃婴,曾从清原业忠学儒书。资性聪敏,通内外之学。初住京都真如寺,后管理建仁、南禅二寺。有诗集《默云稿》和语录《真如集》等,并曾编选唐、宋、元三代之诗三百余篇为《锦绣段》一书。他有《公子游春图》三首,其第一首写得最好，末句尖锐警辟之至，在五山文学中，甚至整个日本汉诗史上，都是罕见的：

领取名园处处春，华筵一醉动弥旬。
金鞍玉勒桃花马，啜尽民膏是此人！

又如《江天暮雪》一诗，很有意境：

江天欲暮雪霏霏，罢钓谁舟傍钓矶？
沙鸟不飞人不见，远村只有一蓑归。

普福，生卒年不详。清代朱彝尊编《明诗综》卷九五下，录有他的《被获叹怀》一诗，并注云："宣德七年(按，1432)，倭船入贡，凡九艘，其使普福迷失于乐县沙蒿藤岭，获释。"其诗如下：

来游上国看中原，细嚼青松咽冷泉。
慈母在堂年八十，孤儿为客路三千。
心依北阙浮云外，身在西山返照边。
处处朱门花柳巷，不知归日是何年。

东洋允彭，生卒年亦不详。宝德三年(1451)，他以禅僧而任幕府的遣明正使，于明景泰四年(1453)晋见明代宗。归途中殁于杭州。他在今江苏徐州停留时写的《宿彭城驿》，颇有人情味：

扁舟停棹宿彭城，篷底水寒眠不成。
因忆苏仙对床地，中宵风雨弟兄情。

九渊龙赊(?—1474)，号葵斋，为东洋允彭为首的遣明团成员。明景泰五年(1454)归国，有《九渊遗稿》。今亦录其在华诗作以为鉴赏。《题苏州枫桥寒山寺》为日本诗人咏寒山钟声的代表作：

闻昔江枫荫绿波，桥边秋色入诗多。
愁眠无客似张继，半夜钟声近奈何！

他在湖州苕溪所作《题垂虹桥》亦有诗味：

垂虹桥下即吴洲，忆昔坡仙此泊舟。
瑞世文章无复见，苕花流水为谁秋？

了庵桂悟(1425—1514)，初从惟肖得岩学朱子学，后成为真如寺的大疑和尚之法嗣。文明中(1469—1487)住安养寺，又徙京都东福寺。永正九年(1512)以八十六高龄奉使入明，谒明武宗。翌年归国，王阳阴曾作序赠之。回国后住南禅寺。著有《壬申入明记》和《了庵语录》等。了庵诗文待寻选。

桂庵玄树(1427—1508)，周防(今山口县)人。亦是惟肖得岩的学生，精研内外经典。应仁元年(1467)入明，谒宪宗，更游吴越间，历访诸儒，请教程朱之学，滞在七年，文明五年(1473)回国。为避京都一带的战乱，移锡于石见、丰前、肥后诸地。九年(1477)，应岛津忠昌之邀赴萨摩讲学。翌年建成桂树院，即定居于此，刊行朱熹《大学章句》，为此书最初的和刻。后人称他为海南朱子学派之开山祖。后又往来于日向饫肥的安国寺，掌管与明国间的书翰事务。桂庵的名望声震一时，甚至远达明朝。据说明人赞叹道："萨都新兴仲尼之道，移东鲁之风。"

桂庵善诗，有《岛隐渔唱集》三卷。据说当年天皇命惟肖得岩负责挑选遣明使，时五山知名僧侣共集有八十余人，惟肖以《大梅梅子》为题令众僧即席赋诗，桂庵当场夺魁。其诗曰：

大梅梅子铁团团，八十余人下嘴难。
今日当机百杂碎，那边一核与他看。

桂庵在中国山东漫游时，遇到一位宁波人，因宁波是当时日本与中国海上交通的一个重要港口，所以桂庵就写诗向这个宁波人打听有没有新到的日本人。这首诗反映了两国人民不分彼此的深厚交情：

途中适遇四明人，一笑如同骨肉亲。
可有扶桑新到客？报与东鲁送残春。

桂庵还有《扇面》一诗，新清可读：

归牛村远夕阳中，郊外谁家小牧童。
寸寸休牵鼻绳索，双趺背上一鞭风。

又有《晚江归钓图》，亦写乡村晚景：

潮绕苔矶水一痕，归渔罢钓近黄昏。
半蓑裹得远江雨，步入残阳浦口村。

横川景三(1429—1493)，十三岁剃发，依相国寺龙渊本珠。而他在文学上的老师，则是相国寺寿德庵北禅轩的瑞溪周凤。他后来自称是瑞溪的老门生，一生所著诗文集大多请瑞溪作序跋。他的前半生身历应仁之乱，流离失所，写过一些纪实诗文。后半生定居京都，生活较安定，频开诗会。而且，很受幕府重视，成为五山的长老，曾为足利义政作像赞，还常常为幕府代写致明朝及朝鲜的国书等。他存世著作较多，有《小补集》《补庵集》《东游集》《京华集》等等，还编选过日本僧侣诗选《百人一首》。

猪口笃志认为横川的文章比诗好，《识庐庵记》是上乘的古文，《松竹斋诗序》亦笔路畅达。前者太长，不宜引录，因抄后者及诗，以见一斑：

去京相国东者里许，有河曰贺茂。渡河西北折，又东者六七里，有里曰一乘。一乘乃比叡山之西麓也。里有小庵曰投老，前相国仲言老师窣堵是也。其高弟藏连城珍公居焉。而连城与予从游，实非一日也。壬寅之冬，袖一小轴来，告予曰："此画不知谁某所笔也。先是南游者自彼国持来，得之什袭日久矣。今也轴之，其意在求题诗于上耳。傥有画中宜于斋名者，请赐二字，以扁所居之室，何赐加之！"

予展而视之。呜呼，山偃蹇而落于青天之外者，所谓比叡也耶？渐闻水声潺潺，而映带于左右，清流激湍，合成长河者，所谓贺茂也耶？其山麓，则村家一聚落，茶店之烟，酒旗之风，有歌于市抃于野者，所谓一乘也耶？一把茆茨，惟寂惟寞，短短其篱，窄窄其门，仿佛见青松翠竹之中者，所谓投老庵也耶？于是乎予褰衣而东望，驰逸想于寥廓之外。甚则如造庵门，与连城相呼相唤，肩拍袂挹者，岂不异乎！抑此佳景也，自彼国而无胫飞为耶？不然，自此方而有物负去耶？何境之与画相谋如此也哉！

宋·王半山拜相之日，题窗曰："霜松雪竹钟山寺，投老归于寄此生。"后致仕，居金陵，游钟山，憩法云寺。是日偶林竹霜雪，如诗中谶，非徒然也。窃闻老师未董相国日，创此庵，名投老。方于退也，归老于庵，一脚不出门，以到埋光焉。盖菩萨宰相，乘大愿轮世出世间，入真入俗之所使然与？为不诬矣！由是言之，曰比叡者，乃钟山也；曰贺茂者，乃三十六陂也；曰一乘、曰投老者，乃金陵也、法云也。半山诗中有画，连城画中有诗。彼不飞来，此不负出，在人不在境尔。连城自少执侍巾瓶，片时不离师侧，遂奉其后，以知庵事。而才与德在躬，今非可投老之日，一朝大方广席，出据师，则投老之门其谓无人哉？予所望于连城在此矣。住庵有日，霜松雪竹，结为三友，婆娑于岁寒之后，也未为晚矣。予今老矣，果视之否耶？

仍摘半山诗中“松竹”二字，以名其斋。诗曰：

万年峰下旧同参，投老归与云一庵。
岁晚无他霜雪底，有松有竹与君三。

横川的诗颇得唐人之法。如《暮秋话旧》，取意于唐诗“白头宫女在，闲坐说玄宗”：

秋云暮矣夜萧萧，乱后烦君又过桥。
白发僧兼黄叶寺，旧游总似话前朝。

横川不曾来华学习，但他写过不少送别友人入明的诗，如《送遣唐使》，写出依依离愁：

皇明持节海程遥，一别春风绾柳条。
若写离愁上船去，和烟和雨入中朝。

又如《送肃元禅师赴大明诗》，更写出祝福与羡慕之情：

春风远送入明使，手绾柳条双鬓斑。
万里相随劳蝶梦，九重共喜拜龙颜。
楼台多少南朝寺，天地渺茫东海山。
待见昼游荣故国，扶桑日带宠光还。

景徐周麟(1440—1518)，号宜竹、半隐、对松、江左等。五岁入相国寺，侍从用堂中材。后又师事过瑞溪周凤等人。应仁之乱时，从横川景三、桃源瑞仙，在近江山上避难。延德二年(1490)，幕府因赏识其汉学才能，任命他为遣明正使，然而他却辞退了。著有《翰林胡芦集》《汤山联句》《日涉记》等。他有《破窗无纸》一诗，作于十九岁时，反映其生活之艰苦，令人想起辛弃疾“破纸窗间自语”之句，但无“眼前万里江山”之豪：

欲补囊无纸半枚，我窗皆破不劳推。
风从床角吹灯灭，雨自檐前湿砚来。

景徐虽然因故辞去遣明之使，但他对中国的历史和文化还是十分熟悉和向往的。这从他的《宋宫殿钱塘观潮图》一诗可以看出。此诗后二句还隐讽了南宋朝廷苟安宴乐、媚颜事敌。

势似银山忽欲颓，海涛卷地宋楼台。
观潮亭上七行酒，北使年年带雪来。

他也写了不少体物精妙、语带禅机的闲适诗，如《山寺看花》：

路入青山欲暮鸦，白樱树下梵王家。
居僧不识惜春意，数杵钟声惊落花。

又如《枫林晚雨》，末句极佳，用了“通感”手法。

晚云拖雨傍枫残，时有风前落叶寒。
天为诗翁惊耳目，一声红湿一声干。

又如《鸦背夕阳》写一种奇特的景观：

空外归鸦散晚风，翻翻相映夕阳中。
日华染不让霜叶，莫道胜于二月花。

又如《梅野吟步》，写的是在祭祀菅原道真的神社前散步的情景：

北野春闲丞相祠，红梅开处步迟迟。
莺边不觉夕阳落，花过眼时心有诗。

他写的《溪桥残雪》更反映了山民的勤劳辛苦：

料峭余寒未识春，溪阴深处雪残辰。
山中何处采薪客，留得桥头人迹晨。

彦龙周兴(1458—1491)，号半陶子。早年入相国寺投默堂久禅师，后住法住院。资性英敏，善诗文，其学因师从横川景三而提高，藤原惺窝认为是“一代伟人”，十分敬重。他还曾为《花上集》作序。可惜英年早逝。著有《半陶稿》。其《意足轩记》一文，短而有味：

听声而知，视色而知，诊脉而后知焉，是所以医之有上中下三品也。今也诊而知者鲜矣，况求之声色之间哉？难矣医乎！藤贞继，平居游扁仓之艺者也。征余名轩。余卒书“意足”二字赠焉。陈墨梅诗曰：“意足不求颜色似，前身相马九方皋。”方皋之妙于马相也，不以骊黄牝牡，只在骨相。故曰“意足不求”焉。夫以颜色而求者，中医也；视骊黄而知者，下相也。余名轩以“意足”，期公于上医也。吁，古之为医，医病不足，以医人；医人不足，以医国。岂浅丈夫之所企乎？但在意足焉耳。范史曰：

"医之为言，意也。"公圭复之可也。

他有《上元前买芙蓉灯》一诗，深得中国学者青睐。程千帆评曰："羁旅贫贱，感喟深至，因物寓情，意不在灯也。"孙望认为："曲致委婉，怨而不怒。"其末句出自黄庭坚《寄黄几复》"江湖夜雨十年灯"。

富家一碗费千金，独买芙蓉照苦吟。
屈指灯前数佳节，江湖夜雨十年心。

与彦龙周兴齐名的月舟寿桂(1470—1533)，号幻云、中孚道人。早年投矶野楞严寺，曾向天隐龙泽学禅文，业成住持越前的弘祥、善应二寺。后归京都，文名闻于五山间，历住建仁、南禅诸寺。出入幕府，将军、侯伯归依者颇众。著有《幻云诗稿》《幻云文集》等，还继天隐龙泽的《锦绣段》而编了《续锦绣段》。他的文章如《如寄斋记》《海翁说》等，颇见才力。他的诗也颇有佳作，如《赋菊花寄人》，批评了士林凋落的现状：

黄菊虽佳白发新，折来何耐插乌巾？
士林凋落风霜后，晚节除花无一人。

又如《次雪岭老友见寄芳韵》，反映了对战乱的怨恨。第二句"梦刀州"，用《晋书·王濬传》典，"濬夜梦悬三刀于卧屋上，须臾又益一刀。濬惊觉，意甚恶之。主簿李毅再拜贺曰：'三刀为州字(按，古州字异写作"刕")，又益一者，明府其临益州乎？'……果迁濬为益州刺史。"昔王濬因恶梦而升官，今月舟则身临刀兵世界：

双鬓萧萧万事休，旅愁何敢梦刀州。
只今不入战图里，独有山间明月秋。

他的《履声隔花》，也颇有诗意：

一树闲花空谷中，何人曳履立春风。
跫音堪喜却堪恨，蹈破阶前几片红。

策彦周良(1501—1579)，号怡斋、谦斋等。为管领细川氏的家老井上宗信之子。九岁入京都鹿苑院侍从心翁等安，读中国典籍、诗赋。十八岁剃发于天龙寺，其时所作诗文已使五山诸老惊叹。天文七年(1538)，防州太守大内义隆以足利义晴之命，派他以副使(正使为湖心硕鼎)入明。翌年归国，写有日记《初渡集》。天文十六年(1547)又作为遣明正使第二次入明，曾受到明世宗嘉靖皇帝的宴请优遇。十九年(1550)归国，写有日记《再渡集》。《初渡集》记事详密，为义堂周信《空华集》以后最佳日记；《再渡集》则叙事简略。二者均为室町时代日本对华交往的珍贵史料。而且，由于日本战乱不息，策彦便成为最后一位入明使，此后日本官方与明朝便中断了正式的联系。策彦归国后住天龙寺妙智院，名声很大，织田信长经常招谈政事，并割赠良田。武田信玄也对他尊敬有加。他一生亲附权势，参与政事，在五山中也是比较突出的。除上述日记外，还著有《谦斋诗集》《南游集》《谦斋杂稿》等。诗有七绝千余首。明人丰存叔在为他写的序中称："吾今观公之诗，言近而指远，词约而思深，写难状之景如在目前。"策彦在中国写的《西湖》，引用苏轼诗意，颇佳：

余杭门外日将晡，多景朦胧一景无。
参得雨奇晴好句，暗中摸索识西湖。

《杜鹃》一诗，似亦作于中国。

楚天空阔月成轮，蜀魄声声似诉人。
啼得血流无用处，不如缄口过残春。

《赠翰林金仲山》表达了与中国友人的情谊，也体现了汉诗在国际交流中的神奇作用：

莫道江南隔海东，相亲千里亦同风。
从今若许忘形友，语纵不通心可通。

《江楼留别》则是他最后离开中国时所写的：

青嶂俯楼楼俯渡，远人送客此经过。
西风扬子江边柳，落叶不如离思多。

策彦周良可称为五山禅林文学的最后一个代表性诗人了。

又有春泽永恩(1511—1574)，年龄比策彦小十岁，但过世比策彦早，若狭(今福井县)人，别号泰安、枯木、天津等。曾师从建仁寺的九峰以成。著有诗集《枯木稿》。他的诗亦有可诵者，如《雨后杜鹃花》：

春风吹霁鸟声闲，踯躅露滋红映山。
应是千年啼血泪，杜鹃枝上雨斑斑。

又如《游鱼动荷》：

水底游鱼影有无，动荷围围共相娱。
锦鳞疑是化龙去，香露跳盘颔下珠。

又如《柳阴新蝉》：

阴阴翠桥乱纵横，斜日鸣蝉作颂声。
一曲无弦五株下，羽虫部里老渊明。

上引数诗，转结句多用故事，引起联想，似是作者的习癖，但似略嫌缺少诗味。

最后，在有关史料中还看到有位僧侣诗人袋中(1552—1639)，或可附带一述。袋中一直怀有入明求学之志，于是在1603年先到琉球国。在琉球时他受到尚宁王的信任，在那霸建了桂林寺由他住持。他在琉球滞在三年，为琉球最初传去净土宗的人。后在萨摩藩(今鹿儿岛县)侵略琉球之前，经萨摩回到京都。著有《琉球神道记》，其中录有他的一些汉诗。今举一首《景满秋月》，“景满”也就是琉球群岛中的庆良间岛。诗云：

浮云收尽九天昂，今夜桂花浴水凉。
冰里夹银山互耀，中山游子断哦肠。

九、山外汉诗

五山时期的汉文学，当然以五山为渊薮。这是说，当时的汉文学的大本营，是在五山禅林；当时的最著名的汉文学作家，主要是僧侣。但这并不是说，这个时期除了学问僧以外，其他就没有人写汉诗文了。事实上，当时至少还有三种人也创作了一些汉诗文。那就是有几位天皇以及皇室中的部分诗人，某些贵族、“博士家”中的诗人，以及部分有文化的“武人”。然而，这些“山外”的诗人人数不多，作品也不多，且质量总体上说也比不上五山诗僧。但作为文学史，也不能漏掉这些。我们在此挑选若干较突出者作一概述。

本书前已多次写到，日本古代的天皇，都从小读经书文学，学习汉文写作。幕府时代，虽然天皇不真正掌握政权，但仍享受良好的教育和拥有较高的文化，是肯定的。例如，镰仓初期的后鸟羽天皇，据说资性聪敏，熟读中国史传著作；土御门天皇，据说特嗜汉诗；等等。但五山时代的天皇及皇室诗人传存的汉诗并不多，且多为作文（当时他们称作诗为“作文”）连句和所谓“诗合”（即所谓“斗诗”），技术水平远逊于平安时代皇室诗人之作，思想内容亦无足观。比较值得一提的，有光明天皇（1321—1380），名丰仁。他于1336年被足利尊氏拥立为北朝第一任天皇。有《山家春兴》一诗，尚属可读：

桃花流水洞中天，不记烟霞多少年。
满目风光尘世外，等闲逢着是神仙。

后花园天皇（1419—1470），名彦仁。1428年即位，1464年让位。他在位时，正值室町幕府统治日本。足利义政不务政事，终日淫乐，对民间横征暴敛，修建银阁寺等，举国上下怨声载道。1461年，天下饥馑，将军义政之妻却囤积粮食，哄抬米价，人民怨恨不已。连后花园天皇也写有一诗予以讽刺，颇为难得：

残民争采首阳薇，处处闭庐锁竹扉。
诗兴吟酸春二月，满城红绿为谁肥？

后土御门天皇，名成仁，1464年即其父后花园天皇位，在位三十五年。他的一首《星河秋兴》学唐人诗法：

此夜新凉何不游？星河月落在南楼。
长生私语今犹古，吟里谁言一梦秋。

后柏原天皇（1464—1526），名胜仁，1521年即位，在位六年。有《岁首》一诗，尚属平易近人，但不免粉饰太平：

雪尽山山韶景新，莺歌燕语各迎春。
此心非一人天下，故觉升平乐兆民。

后奈良天皇为后柏原天皇之子，名知仁，1536年即位，在位二十二年，时值“战国年代”。但他的《赋萤渡星河》却似乎身在仙境：

双星交会自良宵，萤渡银河天寂寥。
秋扇未损有人扑，飞从乌鹊欲过桥。

五山时代那些贵族世家子弟中，很少有能继承平安时代祖先的学业和诗文创作的。其中值得一提的寥寥无几。如源通亲(1149—1202)，为内大臣雅通之子，历仕后白河天皇至土御门天皇七朝，治承中(1177—1181)为藏人头，又任内大臣。今在其所撰《高仓院升遐记》中见诗一首，作为悼诗尚可一读：

洞天龙去云空惨，宫树莺留花独匂。
禁阙昔年驯德客，巴陵今日恋恩臣。

菅原为长(1158—1246)为菅原道真的十世孙，大学头菅原长守之子。历任式部少辅、大内记、式部权大辅、大藏卿等，终至正二位。擅长书道、和歌，精通典故。建保中(1213—1218)为上皇侍读《贞观政要》，又因平政子之请将此书译成日语。他的诗句见于《元久诗歌合》(为日本特有的和歌汉诗合璧形式的选集)。如《水乡春望》中的两联，颇佳：

潮来海树荠犹短，浪去汀松花不留。
春径草青湖北岸，晓江月白郡西楼。

藤原家也出了几个诗人。如藤原定家(1162—1241)，曾仕后白河天皇至后堀河天皇，共七帝，官至权中纳言。他是《新古今和歌集》的作者之一，亦能汉诗。《大日本史》称他“颇涉猎史传，又能诗”。他的名句“故乡有母秋风泪，旅馆无人暮雨魂”传诵一时。建仁元年(1195)后鸟羽上皇游熊野，定家撰有《后鸟羽院熊野御幸记》，并有诗记其事，可惜无甚韵味：

慧日光前忏罪根，大悲道上发心门。
南山月下结缘力，西刹云中吊旅魂。

藤原显俊(1182—1229)，历任参议、权中纳言，有《春兴》诗，尚平白可诵：

胜景不常有，雨余芳草浓。
莺声当户外，花影泛杯中。
邻寺昏钟度，前村落日红。
归来犹有兴，林罅月朦胧。

又有《云山隐士之幽居诗书以赠之》：

云山幽邃地，自是足其生。

诗炼三冬雪，歌连百首声。
道情如铁重，世念似毛轻。
方外得斯文，眼青心始倾。

还有藤原资朝(1290—1332)，又名日野资朝，镰仓末期朝廷公卿，天资聪慧，深受后醍醐天皇器重，累任参议、权中纳言等职。正中元年(1324)装扮成托钵僧去关东地方秘密联络，说服地方武士倒幕尊王，事败被捕，流放佐渡。元弘之乱(1331)，幕府借口他与此乱有关，翌年将他处死。临死有诗：

五蕴假成形，四大今归空。
将首当白刃，截断一阵风。

到吉野朝(南北朝)时，菅家还出了一个菅原秀长(1338—1411)，历任文章博士、大学头、参议、式部大辅等职，侍读后圆融、后小松二天皇，还曾为将军义满讲授四书五经，与义堂周信等禅师也有交往。他的《云井夜雨》颇有气势：

霹雳春鞭井底龙，乘时变化与云从。
跃翻三级禹门浪，金榜尚遗风雨踪。

朝廷、公家的汉诗，实在也没有多少可说了；剩下倒是一些武人，偶尔出人意料地也有一二首诗可以一读。

细川赖之(1329—1392)，南北朝时管领，仕足利尊氏有战功。1362年灭细川清氏，镇抚四国。1367年足利义诠病重时任执事，辅佐将军足利义满。1390年，义满任其为备后守护，平定领国之乱。翌年被召还京都，处理国政。他有一首《偶成》(一名《海南行》)颇有气概，被称为名作：

人生五十愧无功，花木春过夏已中。
满室苍蝇扫难去，起寻禅榻卧清风。

细川满元(1378—1426)是赖之的儿子，在其父熏陶下亦爱好学问，曾师从惟肖得岩、岐阳方秀诸诗僧。继父职，任管领十年。在自宅前植松甚多，称“听松轩”，自号“听松居士”。曾有自像赞诗曰：

捧雨喝雪或弓马，真非真是不须分。
朝临厅事听邦政，夕倚栏杆瞻片云。

一条兼良(1402—1481),是关白经嗣之次子,1416年代兄经辅继承家业,升任太政大臣、关白。应仁之乱中,其邸宅被烧,寄居于奈良禅定院。1473年索性出家,后归京,专事著述、讲学,武人一变而成学者,自称三华老人、桃华老人、三关老人等。他的《避乱出京,江州水口遇雨》传诵一时:

忆得三生石上缘,一庵风雨夜无眠。
今朝更下山前路,老树云深哭杜鹃。

另一有诗,状景颇佳:

南行数里下阳坡,西望平湖远不波。
孤岛屹然何所似?琉璃万顷一青螺。

武田信玄(1521—1573),号机山。甲斐守护武田信虎之子。他以其父暴政为由,于1541年流放其父而自立。后出兵信浓,灭诹访氏,驱逐小笠原氏等,于1555年统一信浓。1561年与上杉谦信战于川中岛。此后出兵飞骅、关东北部地区。1570年合并骏河,与织田信长对立。1572年打败德川家康。翌年病死军中。他虽是赫赫武将,但又笃信佛教,法号法性院信玄;还重视治水、开矿等实事;还擅长写诗,在武人中较突出。今存七绝十七首。他的《新年口号》有宋人风:

淑气未融春尚迟,霜辛雪苦岂言诗?
此情愧被东风笑,吟断江南梅一枝。

《寄浓州僧》表明他时与诗僧唱和:

气似岐阳九月寒,三冬六出洒朱栏。
多情尚退风流客,共对士峰吟雪看。

"浓州"即信浓国,"士峰"即富士山。此诗写出了武人妩媚的一面。另一首《春山如笑》亦是如此:

檐外风光分外新,卷帘山色恼吟身。
孱颜亦有娥眉趣,一笑蔼然如美人。

新纳忠元(1526—1610),号拙斋,又号为舟。父为加贺守。忠元仕从岛津义久、义弘、家久三代,屡立功劳,被任大口城主、武藏守。以骁勇善战闻名,人称"鬼武藏"。今录其《偶成》一诗:

今朝二十七春风，吹入旧丛花复红。
岂莫三分割据略，英雄不顾草庐中。

上杉谦信(1530—1578)，初名景虎，又名辉虎，其父为越后守护，后过继给关东管领上杉宽政为嗣。曾剃发皈依佛教，改名谦信。谦信从小助兄参战，屡建战功，长期与北条氏康和武田信玄对抗争霸，为越后和关东北部地区的统治者。谦信亦能诗，如《九月十三夜阵中作》是1574年他写的名诗：

霜满军营秋气清，数行连雁月三更。
越山併得能州景，遮莫家乡忆远征。

足利义昭(1537—1579)为室町幕府的最后一代将军。少时在奈良为僧，法号觉庆。1565年，其兄(第十三代将军)义辉为武将三好义继、松永久秀所杀，他于幽禁中脱逃还俗。1568年投靠织田信长，击败三好、松永，进京继嗣将军。后又与信长失和，被逐出京都，未久足利幕府灭亡。丰臣秀吉统一日本后，他被召至大阪，封年禄万石。1565年他逃难近江时，作有《避乱泛舟江洲湖上》一诗，描写当时心情甚切。该湖即日本著名的琵琶湖：

落魄江湖暗结愁，孤舟一夜思悠悠。
天公亦怜吾生否？月白芦花浅水秋。

直江兼续(1560—1619)，其父为越后舆板城主。兼续仕于上杉谦信，谦信死后又仕其子景胜，作为上杉家老臣和谋将，辅佐景胜，曾助景胜讨伐德川家康。事败后，又周旋于家康的老臣本田正信、秀忠的老臣土井利胜之间，为上杉家免于灭亡出力。兼续爱读书，富藏书。著名的米泽文库即以他的藏书为基础。1607年他还印行《昭明文选》，即有名的要法寺版《文选》。兼续并写汉诗，如《织女惜别》：

二星何恨隔年逢，今夜连床散郁胸。
情话未终先洒泪，合欢枕下五更钟。

这里还要讲到一位武将伊达政宗(1567—1636)，他是伊达辉宗的长子，袭封，领有米泽地区，扩张势力。1589年打败宿敌芦名氏，移至会津城。翌年投降丰臣秀吉，会津被没收，返回米泽。后因战功，又转封岩出山城。

关原之战后，加封领地，移仙台，为仙台藩第一代藩主。他善战，因只眼，人称独眼龙。他还曾派支仓常长为遣欧使节，拜见罗马教皇。他也会写诗，如《春夜作》：

余寒未去发花迟，春雪夜夜重积时。
信手聊斟三盏酒，醉中独乐有谁知？

又如《偶成》，诗中所谓“蛮国”指当时的西洋人：

邪法迷国唱不终，欲征蛮国未成功。
图南鹏翼何时奋？久待扶摇万里风。

江村北海《日本诗史》卷二，写到了细川赖之、武田信玄、上杉谦信、足利义昭、伊达政宗等人，称“横槊赋诗，据鞍草檄，世称无几，况我东土”。又说：“赖之以下诸人，生长于干戈扰冗时，南战北争，羽檄旁午，何曾得有宁日，不知何暇读书学诗？此尤不易。”在日本整个汉文学，包括五山禅林诗，处于衰退期之际，这些武人反倒偶尔吟出几首好诗，确实令人刮目相看。

最后，我们再举几首保存在中国明代嘉靖年间薛俊所撰《日本考略》和万历年间常州蒋一葵(仲舒)所撰《尧山堂外纪》等书中的日本来华人士的诗。这些诗有的后来又反馈回日本，被林鹅峰收入《本朝一人一首》中，因此颇有影响。当然，这些诗人中也很可能有僧人，但因较难确认，我们就把它放在“山外”部分来记述。

从终兴，生卒年不详。江户大学者林鹅峰所编《本朝一人一首》卷十引其《雨中往曹娥江二首》，云：“《尧山堂外纪》载此诗，以为嘉靖年间(按，1522—1566)事。今按，未知从终兴为何人。二首共连用迭字，格体固奇，读得不涩，最为绝唱。蒋仲舒收载之者，宜哉！”诗云：

渺渺茫茫浪泼天，霏霏拂拂雨和烟。
苍苍翠翠山遮寺，白白红红花满川。
整整齐齐沙上雁，来来往往渡头船。
行行坐坐看无尽，世世生生作话传。

其二，韵相同，叠字则更奇，且每句首尾字相同：

天连泗水水连天，烟锁孤村村锁烟。

树绕藤萝萝绕树，川通巫峡峡通川。
酒迷醉客客迷酒，船送行人人送船。
此会应难难会此，传今话古古今传。

《日本考略》又载佚名日人《咏西湖》二首，《尧山堂外纪》谓出于正德年间(按，1506—1521)日本遣明使之手。钱谦益《列朝诗集》署作者名"答里麻"，注云："日本使臣，一云名'普福'，或云即'嗒哩嘛哈'也。"其诗云：

一株杨柳一株花，原是唐朝卖酒家。
惟有吾邦风土异，春深无处不桑麻。

昔年曾见画湖图，不意人间有此湖。
今日打从湖上过，画工犹自欠工夫。

钱谦益提到的嗒哩嘛哈是日本使臣，在《列朝诗集》中还录有他的《答大明高皇帝问日本风俗》一诗，注明作于洪武二十年(1387)。此诗在朱彝尊编的《明诗综》中也选入，并说"嗒哩嘛哈或作答黑麻"。其诗颇富自豪。其中写到的清酒、生鱼片等，至今仍为日本特色：

国比中原国，礼同上古人。
衣冠唐制度，礼乐汉君臣。
银瓮篘清酒，金刀脍紫鳞。
年年二三月，桃李自阳春。

《列朝诗集》又录有不知名日本贡使一诗，云"倭夷入贡，驻船杭城外涌金门，有《咏柳》诗云：'涌金门外柳如金，三日不来成绿阴。折取一枝城里去，教人知道是春深。'"今查，此诗实为抄袭我国元人贡性之之作，贡氏《南湖集》最后一首《涌金门见柳》："涌金门外柳垂金，三日不来成绿阴。折取一枝入城去，使人知道已春深。"贡诗为顾嗣立《元诗选》、田汝成《西湖游览志余》、康熙时修《杭州府志》等收入。

而《明诗综》中又著录日本使臣中心叟一首《吊郭璞墓》。朱彝尊还在《正德重修金山寺志跋》中谈及此诗云："世传景纯(按，即郭璞)墓在金山，过于诡奇。沈启南诗：'气散风冲岂可居？先生埋骨理何如？日中数莫逃兵解，世上人犹信葬书。'如叩晨钟，寐者可以发深省矣！日本中心叟'墓前无地拜儿孙'一语，亦足发笑。诗载庐陵胡经用甫《金山志》。

志成于正德辛巳(按，1521)，文待诏征仲序之。”中心叟虽然凭弔的未必是郭璞的墓，但这首诗还是写得很好的：

遗音寂寂锁龙门，此日青囊竟不闻。
水底有天行日月，墓前无地拜儿孙。
秋风野寺施香饭，夜月渔灯照断魂。
我有诔歌招不返，停船空见白鸥群。

林鹅峰《本朝一人一首》还录有佚名诗人的《登州题春雪》，并云："是亦见《日本考略》。'昨夜'或作'一夜'，'酿成春雪'或作'鹅毛乱飞'。《尧山堂外纪》曰：'万历二年(按，1574)三月，倭子三人同一破船漂至登州府。其一能诗。是日雨雪，登守就出为题，倭子即写此诗一首'云云。按，《考略》唯记诗，不记其趣；《外纪》并载其趣。然《考略》嘉靖年(按，1522—1566)所作也，《外纪》曰万历者，误也。"登州即今山东省蓬莱县，自古中日间海船往来不绝之地。该诗褚人获录入《坚瓠集》，亦云"万历甲戌三月"事。又被钱谦益录入《列朝诗集》，并云"出《四夷广记》"。

昨夜东风胜北风，酿成春雪满长空。
梨花树上白加白，桃杏枝头红不红。
莺问几时能出谷，燕愁何日得泥融。
寒冰锁却鞦韆架，路阻行人去不通。

这真是一首佳诗，尤其中间两联，想象生动，绝妙好辞！

《列朝诗集》录自《四夷广记》不知其名的日人诗还有二首，一为《游育王寺》，是拜访浙江鄞县著名佛寺之作(此诗又据说是策彦周良作为遣明正使于1548年所作)：

偶来览胜鄮峰境，山路行行雪作堆。
风搅空林饥虎啸，云埋老树断猿哀。
抬头东塔又西塔，移步前台更后台。
正是如来真境界，腊天香散一枝梅。

又一首题为《咏萍》，亦令人回味：

锦鳞密砌不容针，只为根儿做不深。
曾与白云争水面，岂容明月下波心。

几番浪打因难灭，数阵风吹不复沉。
多少鱼龙藏在底，渔翁无处下钩寻。

从上引这些明代流传在中国的日人诗来看，日本五山后期尽管禅林汉文学已处于衰退状态，但上述入华日人(可能有的也是僧侣)由于亲受华夏山水人物诗文的激灵，仍然写出了一些高水平的诗。

临末我们要提《明史》卷二九六《孝义传》中记载的这样一则史事："麹祥，字景德，永平人。永乐中(按，1403—1424)，父亮为金山卫百户。祥年十四，被倭掠。国王知为中国人，召侍左右，改名元贵。遂仕其国。有妻、子，然心未尝一日忘中国也。屡讽王入贡。宣德中(按，1426—1435)，与使臣偕来，上疏言：'臣夙遭俘掠，抱衅痛心，流离困顿，艰苦万状。今获生还中国，夫岂由人！伏乞赐归侍养，不胜至愿！'天子方怀柔远人，不从其请。但许给驿暂归，仍还本国。祥抵家，独其母在，不能识，曰：'果吾儿，则耳阴有赤痣。'验之，信，抱持痛哭。未几，别去。至日本，启以帝意。国王允之，仍令入贡。祥乃复申前请，诏许袭职归养。母子相失二十年，又有华夷之限，竟得遂其初志，闻者异之。"

关于麹祥的事，在日本的《异称日本传》《邻交征书》和中国学者翁广平(1760—1843)的《吾妻镜补》等书中，也都有记载。而且在《金山县志》中还保存着源常熙和清播、等辉写的送麹祥还乡的诗。(后两人是僧侣，但为叙述方便起见，也一并放在这里叙述。)源常熙生平不详，只知他任官"金吾"。他写了两首送别诗：

流寓殊方十八年，生还中土岂非天？
冷泉解缆好风便，三月落帆鄞水边。

偶副皇华过旧庐，亲邻相见远何如？
海东盛事逢人问，一姓官家百一初。

麹祥是被绑架入日的，"流寓"的字面未免太漂亮了；"生还"一词才较贴切。"偶副皇华"指偶尔得到辅助日使赴华的机会。皇华，《诗经·小雅》有"皇皇者华"篇，序曰："君遣使臣也，送之以礼乐，言远而有光华也。"后即以"皇华"为出使的典故。源常熙能运用此词，亦表明他的汉学修养。他已想象麹祥此行必将回归故里，其时亲邻相见将是何等激动！他又希望麹祥能向中国人宣扬"海东盛事"，即日本天皇的所谓"百世一统"。我们知道，此前日僧奝然入宋时，已向中国皇帝夸耀过这一点。但其实魏祥在日本时，日本刚经过南北朝动乱，马上又将进入所谓“战国时代”，天皇的日子并不好过，大权完全旁落在幕府将军手里。因此，谈何“海东盛事”？

清播的生平亦不详，仅知其字日成。诗曰：

异域秋深桔柚霜，知恩旅寓不忘乡。
西风五两金山去，童稚候门亲在堂。

前面源常熙诗中写“三月”，这里却是“秋深”。我认为这当是魏祥第二次回国时写赠的。“知恩”句讲魏祥虽然感激将军对他的关照，但是他更不能忘记自己的祖国。“五两”指海上测风器，据说古人用五两鸡毛粘在高竿上以测风。此诗也想象了魏祥的祖国的亲人在盼他回去。

等辉的生平亦不详，仅知其字搏桑。诗曰：

西土旧豪杰，当今抡楚材。
鸿胪屡通译，鲸海已重来。
帆影扶桑晓，鞋香辇毂埃。
青云生足下，贱迹恐难陪。

“抡”是选拔人才的意思。“楚材”出自《左传·襄公二十六年》：“虽楚有材，晋实用之。”诗的首联乃夸魏祥是中国的优秀人才，如今在日本被重用了。但事实是，魏祥乃被劫至日本，后来他虽然受到将军的照顾，所谓“楚材晋用”，但毕竟是完全违背本人意愿的。从“鲸海已重来”句，可知此诗写于魏祥第一次回国又返日之后。从“鸿胪屡通译”句，可知他随使团赴华，主要担任翻译工作。而从尾联看，等辉已预料他这次回国后不会再回日本了。

上引四首写于室町前期的诗，都表达了对中国友人恋恋不舍之情，还是值得一读的。

到此，我们写完了本书的第二章。作为一个文学时代，五山汉文学是结束了。但是，到江户时代及其后，禅寺中仍有一些汉诗人在继续吟唱，只不过总的说来，那时禅林已经不再是日本汉文学的中心了。我们从江户诗人野村东皋的诗中，也可以看到有好几首是写于寺院的聚会上的，这说明直到江户中期，仍有个别寺庙被借用为汉文学创作的活动中心，只不过主持者未必再是禅僧了。